FEDERHERZ
VERLAG

SOPHIA COMO

Wie STIMMEN im Wind

ROMAN

Wie Stimmen im Wind

Einzelband

Bildmaterial: Rawpixel, Freepik, Adobe Stock
Korrektorat: Vanessa Streng

Bestellung und Vertrieb: Nova MD GmbH, Vachendorf

ISBN: 978-3-96966-520-6

Druckerei Smilkov Print Ltd
Pokrovnishko shose
2700, Blagoevgrad

Federherz Verlag
Süntelstraße 70
31848 Bad Münder
www.federherzverlag.de
Instagram: @federherz.verlag

Für Mama

Denn du bist der Grund,
warum ich niemals aufgeben könnte.

PLAYLIST

Wildfire – Seafret
Kiss Me – Ed Sheeran
Helium – Sia
In My Veins – Andrew Belle
The One – Kodaline
Salvation – Gabrielle Aplin
Violin – Amos Lee
Each Coming Night – Iron & Wine
Hearts Don't Break Around Here – Ed Sheeran
Wrap Your Arms Around Me – Gareth Dunlop
Be My Baby – Gareth Dunlop
How Far This Road Goes – Gareth Dunlop
Desire – Ryan Adams
Poison & Wine – The Civil Wars
Say Anything – Tristan Prettyman
Hope – Tom Rosenthal
Brush Fire – Gracie Abrams
August – the long pond studio sessions – Taylor Swift
Lonely Eyes – Lauv
Unbreakable – Jamie Scott
Over You – Ingrid Michaelson, A Great Big World
Falling – Harry Styles
Lost – Blake Rose
Walking Blind – Aidan Hawken
The Moon – Glen Hansard, Markéta Irglová
Runaway – Aurora

1

Giulia

Vorwärts.

Mühsam atmete ich ein paar Mal tief durch, ehe ich meinen Rucksack zurück auf die Schultern hievte. Ein leises Jammern entwich meiner Kehle, als sich der Schmerz meines Rückens in meine Beine und Füße ausbreitete. Ich brauchte dringend eine Pause, einen Ort, an dem ich mein Zelt aufschlagen konnte. Doch dafür musste ich noch ein bisschen weiter. Auch wenn dieser Waldweg ziemlich verlassen wirkte, war die Gefahr einfach zu groß, auf Menschen zu treffen.

Also vorwärts. Einfach weiter. Zwei der vielen Motivationssätze, die ich mir nun schon seit zwei Wochen gedanklich zurief, um nicht zusammenzubrechen und aufzugeben. Zugegeben, ich hatte schon öfters verzweifelt auf einem Stein oder zwischen hohen Bäumen gesessen und war kurz davor gewesen, mein Leben in Chicago fortzuführen. Doch sobald ich mir die Vorstellung jenes Lebens ins Gedächtnis rief, war jeder Schmerz plötzlich vollkommen irrelevant. Aufgeben war also nicht. Egal, wie orientierungslos ich mittlerweile war, egal, wie oft ich das viel zu große Stück Papier namens Landkarte auch verflucht hatte, egal, wie hungrig mein

Magen knurrte, und egal, wie wenig Wasser ich noch übrighatte. Lieber hungerte ich, als umzukehren.

Ich schnaufte. Die dicht beieinanderstehenden Bäume boten zwar reichlich Schatten, doch die Hitze der Sommersonne drang trotzdem zu mir durch. Ich durfte mich nicht beschweren. Schlimmer wäre es, wenn es kalt und regnerisch gewesen wäre. Dann hätte ich diese Reise, diese Flucht nicht machen können. Ich lief ohne wirkliches Ziel. Von Chicago über Indiana und Texas, immer weiter in Richtung Osten, in die Natur, in die Ruhe. Vielleicht war Tennessee mein Ziel, vielleicht gab es aber auch gar keines. Vielleicht irrte ich mein Leben lang weiter durch die Gegend, ohne jemals meinen Platz zu finden.

Das laute Schreien einer Krähe schlängelte sich durch die hohen Bäume hindurch und drang zu mir hervor. Neugierig blieb ich für eine Sekunde stehen und reckte den Hals, um zwischen den vielen Ästen etwas erkennen zu können. Natürlich war der Vogel schon längst verschwunden und weit und breit war kein Tier zu sehen, trotzdem verharrte ich mit dem Blick auf dem friedlichen Panorama aus dichten Baumstämmen und moosbedeckten Steinvorsprüngen. Sehnsüchtig atmete ich die ruhige, ungestörte Atmosphäre tief ein, als könnte ich dadurch ein Stück Frieden in mir speichern. Als könnte ich mir diese Ruhe mitnehmen und sie als Schutz vor all meinen Panikattacken nutzen. Ich wünschte, es wäre so einfach.

Eine kleine Windböe kam auf und schob einen lockeren Ast zur Seite, um den Sonnenstrahlen Zugang zu meiner Nasenspitze zu gewähren. Als auch der Wind meine Haut erreichte, spürte ich, wie heiß mir wirklich war. Ich musste weiter. Weiter, um irgendwo meinen Wasserhaushalt aufzustocken, weiter, um endlich ruhen und neue Kraft tanken zu können. Nur eine leise Brise wehte und raschelte in den Blättern. Geräusche wie diese waren nun seit Wochen mein Zuhause, meine Heimat, und zauberten trotz der Erschöpfung ein leichtes Schmunzeln auf meine Lippen.

Als würde der Rucksack dadurch leichter werden, klammerte ich meine Hände an die Riemen und konzentrierte mich auf den vielen Kies unter meinen Füßen. Eigentlich hatte ich nicht viel bei mir. Ein paar Wechselklamotten, eine Karte, ein Zelt und anderweitige Dinge, die man in der Wildnis brauchte. Darunter mein liebstes Utensil: ein altes Taschenmesser meiner Mutter. Auch wenn ich mich in der verlassenen Natur sicher und wohl fühlte, hielten die Panikattacken dennoch keinen Abstand zu mir. Ich wusste, dass es absurd war, an diesem Ort einem Menschen zu begegnen – seit meinem letzten Einkauf in Louisville vor weniger als einer Woche hatte ich keine Menschenseele mehr gesehen, und auch davor hatten sich meine sozialen Kontakte auf wilde Chipmunks und laute Singvögel reduziert –, doch wenn ich es dann doch ab und zu mal hinter mir knacken hörte oder in die dunkle Nacht horchte und mir sicher war, dass mich jemand beobachtete, war es unmöglich, das Messer in der Tasche zu lassen.

Als die Sonne immer tiefer sank, stieg der Weg hingegen an. Mühsam stemmte ich mich gegen die Steigung. Mittlerweile hatte ich keine Kraft mehr, um mich der wunderschönen Natur zu widmen. Nein, mein Blick galt nun ganz allein meinen Fußspitzen, war fest auf den Boden gerichtet. Natürlich hatte ich mich vorher auf diesen Trip vorbereitet, ein Buch nach dem anderen gelesen. Doch letztendlich war das Praktische dann doch eine ganz andere Liga als das Theoretische.

Schweißtreibend, schmerzhaft, anstrengend – und dennoch lange nicht so schlimm wie mein Leben in Chicago.

Mit verzerrtem Gesicht wagte ich einen Blick in die Umgebung. Rechts neben mir fiel der Wald einen mäßigen Hang hinab, links stieg er. Wo führte der Weg mich hin? Weit und breit war mir in den letzten Stunden keine einzige Menschenseele begegnet, kein Auto, kein anderer Wanderer oder Fahrradfahrer.

Ich ließ meinen Rucksack von den Schultern gleiten und fischte meine Flasche hervor, ließ einen halben des letzten Liters in meinem Magen verschwinden. *Scheiße!* Ich brauchte wirklich frisches Wasser und der Essensvorrat wurde auch knapp. Zwei mickrige Milchbrötchen schlummerten noch in den Tiefen meines Rucksacks. Ich wollte sie mir für später aufheben.

Atemlos ließ ich vom Flaschenhals ab und blickte mich erneut um. Erst jetzt nahm ich am Ende des Hangs ein Glitzern wahr. Zwischen den vielen Bäumen konnte ich erkennen, dass die Sonne sich in etwas spiegelte. Ein vergessenes Stück Plastik? Nein, es war viel zu groß, viel zu weitflächig. Es war ... ein See!

Sofort sprang ich auf, griff nach meinem Rucksack und stieg vorsichtig den Hang hinab. Und ehe ich groß darüber nachdenken konnte, schmiss ich meine Sachen ans Ufer, streifte Hose, Shirt und Schuhe ab und sprang samt Unterwäsche in das kühle Nass. Wohltuend erfrischte es meine Muskeln, meine Sinne. Wie eine Irre löste sich aus meiner Kehle plötzlich ein lautes Lachen, als ich mich auf den Rücken schmiss und mich vom Wasser tragen ließ. Die Baumwipfel beugten sich über mich, über den See. Ich lächelte ihnen zu, dankte ihnen für ihre Gesellschaft und die schützende Ruhe, die sie ausstrahlten. Ob der See in der Umgebung bekannt war?

Ob in der Umgebung überhaupt Menschen lebten und Orte angesiedelt waren? Ich wusste es nicht.

Ich wusste nicht mal genau, wo ich überhaupt war, was mein Lächeln verblassen ließ. Langsam schwamm ich zurück zum Ufer, um mein Lager aufzuschlagen. Hier unten war ich weit genug vom Weg entfernt und doch nah genug, um meinen Kurs wieder aufnehmen zu können. Doch als erstes musste ich herausfinden, wo ich war. Wenn ich morgen keinen Ort fand, an dem ich meinen Wasservorrat aufstocken konnte, musste ich wohl oder übel den See als Quelle nutzen.

Mit meiner Karte setzte ich mich ans sonnige Ufer, um trocknen zu können. Doch egal, wie sehr ich dieses Stück Papier auch drehte, ich konnte beim besten Willen nicht entschlüsseln, welches dunkelgrüne Fleckchen meines war. Ich fand Louisville auf der Karte. Von der Entfernung her müsste ich eigentlich schon längst in Tennessee stehen. Vorausgesetzt ich war in die richtige Richtung gelaufen und mein Schritttempo war nicht das einer Schildkröte. Ich setzte meinen Finger auf die Karte, dort, wo dick und fett Louisville stand, und fuhr damit den Weg entlang, von dem ich mir fast sicher war, dass ich ihn genommen hatte. Nach der geschätzten Entfernung, die ich gelaufen war, verharrte ich und suchte nach einem See in der Nähe. Doch davon gab es gleich mehrere.

Seufzend lehnte ich mich zurück an einen Baumstamm und sog die Atmosphäre in mir auf. Diese Ruhe war alles, was ich immer gebraucht hatte, und doch spürte ich selbst hier stets leise Panik in mir schlummern, die nur darauf wartete, wieder ausbrechen zu können. Ob ich sie jemals würde auslöschen können? Ein Rascheln, gefolgt von einem stumpfen Knall, ertönte hinter mir. Panisch sprang ich auf und taumelte ins Wasser, fiel dabei auf meinen Po und robbte tiefer in den See, als würde das etwas bringen. Das Rasen meines Herzens verbreitete eine stechende Hitze in meiner Brust. Wie ein Buschfeuer begann mein Inneres zu brennen und schnürte mir jegliche Luft ab. Nicht einmal das kühle Wasser konnte etwas dagegen tun.

Atemlos blickte ich mich um und erkannte erleichtert, dass nur mein Rucksack umgekippt war. Niemand wollte mich angreifen, ich war alleine, *er* war nicht hier.

Seufzend vergrub ich das Gesicht in den nassen Händen, versuchte es zu kühlen und wieder runterzukommen. Ich wusste, dass ich mir früher oder später Hilfe holen musste, sollte ich nicht bald eine Quelle oder einen Markt finden. Ich konnte nicht alles alleine schaffen, auch das wusste ich. Doch was half mir dieses Wissen, wenn mein Körper sich schlichtweg querstellte, wenn meine Angst größer als die Vernunft war?

Wie konnte ich lernen, anderen zu vertrauen, wenn ich nicht mal mir selbst traute?

2

Scott

Blueberry scharrte nervös mit den Hufen. Dass sie Schmerzen hatte, konnte man deutlich erkennen. Beruhigend streichelte ich ihr über die Nüstern, während Dr. Mellory ihre Wunde tackerte und einen Druckverband befestigte, doch meine eigene Nervosität machte es nicht besser.

»Das dumme Ding hat sich sicherlich am Zaun verletzt«, hörte ich Harvey hinter mir sagen.

Ich verdrehte die Augen. Vor einer halben Stunde war ich vom Präsidium nach Hause gekommen, da hatte Blueberry schon gelahmt und geblutet. Zum Glück wohnte Dr. Mellory am Stadteingang und somit nur wenige Minuten von der Farm entfernt. Er war sofort gekommen und hatte dadurch schlimmere Entzündungen der Wunde noch rechtzeitig verhindern können.

»Scott, du kannst den Zaun im Anschluss ja mal absuchen«, fügte mein Onkel noch hinzu und wollte sich dann wieder entfernen, um sich anderer Arbeit zu widmen. Er interessierte sich kaum für die Pferde, denn sie hatten auf der Farm für ihn keinen Nutzen. Wenn es nach ihm gegangen wäre, wären die Pferde schon längst verkauft worden.

»Ich glaube kaum, dass es am Zaun lag.« Ich drehte mich nicht um, konnte aber trotzdem genau hören, dass Harvey im Stalltor stehengeblieben war. Wahrscheinlich musterte er mich nun abfällig oder verdrehte die Augen.

»Ach, das glaubst du?« Er lachte spottend.

Als ich mich zu ihm umdrehte, hatte er die Hände in seine Hüfte gestemmt und die Brauen erwartungsvoll in die Höhe getrieben.

»Ja«, antwortete ich mit fester Stimme. »Und ich weiß, dass du die Wahrheit ebenfalls kennst. Blueberry hat eine Stichwunde, keine Schürfung.«

Dr. Mellory rappelte sich auf und räusperte sich unsicher. Er hatte Harveys und meine Auseinandersetzungen schon öfters mitbekommen. Es war kein Geheimnis, dass unser Verhältnis seit Jahren zerrüttet war, doch auch ich war der Auffassung, dass unsere Meinungsverschiedenheiten nicht unbedingt immer jeder mitbekommen musste, und ging meinem Onkel daher strickt aus dem Weg.

Einer der Gründe, weshalb ich seit meinem Abschluss als Deputy im Police Department arbeitete. Wirklichen Spaß hatte ich an meiner Arbeit nicht. In einem Ort wie Coker Creek kam es außer einem Süßigkeitendiebstahl einer Sechsjährigen und einer entlaufenen Kuh zu keinen aufregenden Verbrechen. Trotz allem hielt mich die Arbeit bei der Polizei von der Farm ab und ich konnte neue Luft schnuppern. Blöd auf dem Revier herumzusitzen oder durch die Gegend zu streifen, war mir meist doch lieber, als mir von meinem Onkel Tag für Tag anzuhören, was für ein Nichtsnutz ich doch war.

»Bleib mir fern mit deinen Hirngespinsten«, raunte er mir entgegen. Mit Hirngespinsten meinte er mein Misstrauen dem neuen Vorarbeiter Jakub gegenüber, den Harvey vor kurzem eingestellt hatte. Er war immer schlecht drauf und wirkte in seiner launischen Art nicht wirklich so, als hätte er etwas für die Tiere übrig. Seine Arbeit führte er viel zu hektisch aus, fuchtelte mit seiner Mistgabel gefährlich nahe an den Pferden herum, wenn sie nicht schnell genug Platz machten. Ehrlich gesagt hatte ich nur darauf gewartet, dass mal etwas passierte. Doch Harvey wollte davon natürlich nichts wissen.

»Harvey, schau dir die Wunde doch an«, bat ich ihn auf die ruhige Art. »Du weißt, wie Jakub drauf ist.«

Dr. Mellory räusperte sich erneut. Erst jetzt bemerkte ich, dass er seinen Koffer schon wieder gepackt hatte. »Die Verletzung ist zum Glück nicht so groß, aber sie muss trotzdem erstmal geschont werden. Koppelgang mit den anderen Pferden ist vorerst tabu. Die erste Woche hat sie strickte Stallruhe, danach können Sie langsam anfangen, sie zehn Minuten am Tag zu führen.«

Ich bedankte mich herzlich bei ihm und blickte ihm dann nach, als er förmlich aus dem Stall flüchtete. Von Harvey bekam er nur ein Nicken, dann wandte dieser sich wieder an mich und kam langsam auf mich zu.

»Scott, was soll das?« Seine Frage klang herablassend. »Sonst scherst du dich einen Scheißdreck um die Farm, bist den ganzen Tag auf dem Präsidium, also kümmere du dich um deinen Kram und lass mich meine Arbeit machen!«

Wütend presste ich die Lippen aufeinander und starrte ihn verbissen an. Es lag in meiner Hand, ob ich gegen seine Worte anging oder einfach meine Klappe hielt. Ich entschied mich für Letzteres und blickte meinem Onkel nach, als er zurück in den Hof lief. Es war besser so. Harvey war ein sturer alter Mann und ich hatte vor langer Zeit aufgehört, gegen ihn anzugehen. Auch wenn ich ihm zu gerne mal meine Meinung gegeigt hätte, auch wenn seine Worte so schmerzten. Doch ich wusste, meine Bemühungen wären umsonst, weswegen die einzige mir ersichtlich sinnvolle Lösung es war, ihm einfach aus dem Weg zu gehen. Man konnte es ihm sowieso nicht recht machen. *Ich* konnte es ihm nicht recht machen. Egal, ob ich auf der Arbeit war oder auf der Farm aushalf.

Blueberry stupste mir in den Rücken, weil sie meine Unruhe zu spüren schien. Ich drehte mich um und ließ meine Stirn auf ihre Nüstern sinken, schloss für einen Moment die Augen. Jetzt war sie es, die mich zu beruhigen versuchte. Harveys Worte konnten schmerzen, was aber irgendwie noch viel mehr schmerzte, war seine Gleichgültigkeit den Pferden gegenüber. Er wusste, wie viel sie mir bedeuteten. Er wusste, wie viel sie Mum bedeutet hatten. Sie waren eines der wenigen Dinge, die mir von meinen Eltern geblieben waren. Nur Grandma, Bonnie und die Farm waren noch Gründe, warum ich nicht schon längst abgehauen war. Für Harvey war die Farm das Wichtigste und er war der festen Überzeugung, dass man sich als männlicher Nachfahre gefälligst ebenfalls um die Farm kümmern müsse. Das tat ich auch. Ich half, wo ich konnte, denn ob Harvey es glaubte oder nicht, dieser Ort war mir ebenso wichtig. Doch mein Heim war längst nicht mehr das warme Zuhause, das es einst mit meinen Eltern gewesen war. Die Zeit hatte einen dunklen Schatten auf die Farm geworfen.

Ausgelaugt stellte ich Blueberry zurück in ihren Stall und holte dann auch noch die anderen Pferde von der Koppel. Es war sowieso viel zu heiß. Eigentlich hatte ich mir meinen Freitagabend anders vorgestellt, mal wieder mit Ruby und Bonnie zusammen essen gewollt, doch das Gespräch mit Harvey und die Sorge um Blueberry hatten mir meinen Feierabend mal wieder ziemlich verbittert. Also trat ich zurück an meinen Wagen und entfernte mich von der Farm.

Die Scheibenwischer quietschten, als ich versuchte, den vielen staubigen Sand von meiner Windschutzscheibe zu entfernen. Sie wurden schon viel zu lange nicht mehr benutzt und schrien bei diesem viel zu heißen und trockenen Wetter förmlich nach Regen. Scheibenwischwasser musste auch neu aufgefüllt werden, aber das konnte ruhig mal das Police Department erledigen. In diesen heruntergekommenen Dienstwagen hatte ich schon genug Geld und eigene Arbeit investiert.

Der Scheinwerfer meines Wagens vermischte sich mit den letzten Sonnenstrahlen des Tages. Unsere Farm lag außerhalb der Stadt, umgeben von Wald. Um zur großen Landstraße zu kommen, die mich in den Ort brachte, musste ich erstmal durch ein langes Waldstück. Aufgewühlt fuhr ich in Richtung Stadtgrenze und hielt am Ortseingang an einer Tankstelle. Als der Motor verstummte, lehnte ich mich zurück und schloss für einen Moment meine Augen.

›Sonst scherst du dich einen Scheißdreck um die Farm, bist den ganzen Tag auf dem Präsidium, also kümmere du dich um deinen Kram und lass mich meine Arbeit machen!‹ Ich hörte die Worte meines Onkels noch genau in meinem Inneren.

Wut stieg in mir auf. Reue, Verzweiflung und Schmerz folgten. Hastig lehnte ich mich über den Beifahrersitz und kramte eine Schmerztablette aus dem Handschuhfach. Ich schluckte sie in einem Rutsch herunter, damit der brennende Schmerz auf meiner Haut endlich nachließ, und atmete dann erschöpft durch. Dabei fiel mein Blick auf den Himmel. Der Mond wurde schon am dunkelvioletten Himmel sichtbar. Abnehmender Vollmond. Dass ich fasziniert von diesem Anblick war, konnte ich nicht behaupten. Vielmehr suchte er mich heim, belächelte mich, denn jedes Mal aufs Neue erinnerte er mich an die Nacht, in der Mum und Dad von uns gegangen waren. Die Nacht, in der mein eigenes Leben eigentlich auch geendet haben sollte. Bonnie und Grandma Ruby waren die Einzigen, die mich noch am Leben hielten.

Meine kleine Schwester hingegen hatte solchen Lebenswillen, dass er meist für uns beide reichte. Manchmal merkte ich aber auch bei ihr, dass sie litt. Nicht in erster Linie wegen Mum und Dad, sie war zu jung gewesen, um sich noch richtig an sie zu erinnern. Vielmehr wegen des Zerwürfnisses zwischen Harvey und mir. Dies war einer der vielen Gründe, weshalb ich ihr auch keinen einzigen Wunsch abschlagen konnte. Dass sie morgen mit mir schwimmen gehen wollte, hatte ich bisher mit einem »Mal sehen« abgewimmelt, doch nachdem ich sie nun schon an diesem Abend hängengelassen hatte, war mir klar, an welchem Ort ich wohl den morgigen Tag mit ihr verbringen würde. Der Wickfield Lake war eigentlich nicht zum Schwimmen gedacht. Um ehrlich zu sein war es sogar verboten, das wusste ich als Deputy besonders genau. Doch in diesem See hatte selbst ich in Bonnies Alter schon mit meinen Eltern gebadet, es herrschten keine Strömungen und sowieso war er so abgelegen, dass keine Menschenseele vorbeikommen und uns erwischen würde. Und wer sollte das von der Polizei schon sein? John etwa? Der streifte doch lieber durch die Orte, wollte gesehen und bewundert werden. In dem abgelegenen Waldstück weit außerhalb von Coker Creek gab es niemanden, vor dem er mit seiner Uniform und dem dicken Streifenwagen protzen konnte.

Es war schon dunkel, als ich schließlich wieder in den steinigen Weg einbog, der mich zur Farm führte. In der Ferne sah ich schon die Scheune und Grandmas altes Wohnhaus. Im Wohnzimmer brannte noch Licht, sie machte sich sicherlich wieder Sorgen um mich und konnte nicht schlafen. Als ich an der Koppel entlangfuhr, verlangsamte ich mein Tempo, um vielleicht doch irgendwo ein Loch oder einen spitz herausragenden Gegenstand, an dem sich Blueberry verletzt haben könnte, zu entdecken. Doch ich konnte beim besten Willen nichts erkennen.

Leise trat ich auf die alten Holzstufen der Veranda, von denen die weiße Farbe bereits abblätterte. Bedacht übersprang ich die zweite Stufe, weil ich wusste, dass sie schon immer ein so lautes Knarzen von sich gab, das keiner im Haus überhören würde. Vor ein paar Jahren hatte ich mich in den Keller des Hauses zurückgezogen, dessen Treppen direkt im Hausflur lagen. Doch noch bevor ich meine Boots abstreifen konnte, wurde ich abgefangen.

»Scott?« Grandma saß im Wohnzimmer in ihrem altbekannten Ohrensessel, dessen Polster schon so durchgesessen war, dass sie darin richtig versank.

Ich steckte den Kopf durch die Tür, woraufhin sie sich mühevoll hochstemmte. Sie trug ihr übliches geblümtes Nachthemd, das bis zu ihren Füßen reichte. In ihrem Gesicht prangte ein warmes Lächeln, doch ihre Augen waren müde und traurig.

»Wie geht es Blueberry?«

Super. Sie hatte den Streit zwischen Harvey und mir mitbekommen. Wahrscheinlich hatte Harvey seine Launen nicht unter Kontrolle halten können und sich lauthals über mich ausgekotzt. Als würde Ruby nicht schon genug leiden, als hätte sie nicht schon genug Sorgen und Mühen, die Familie zusammenzuhalten. Gerade vor ihr und Bonnie versuchte ich stets gut mit Harvey klarzukommen, doch mein Onkel war da längst nicht so beherrscht wie ich.

»Ich glaube, es geht ihr ganz gut«, versicherte ich ihr und lächelte warm, damit sie sich nicht noch mehr sorgte, damit sie nicht sah, wie niedergeschlagen ich wirklich war. Doch wem machte ich etwas vor? Ruby konnte Gefühle, wie Sorgen, Trauer und Wut, aus meilenweiter Entfernung riechen. »Sie hat Glück gehabt. Die Wunde ist nicht so tief. Aber dass sie erstmal nicht mit auf die Koppel darf, wird ihr nicht guttun.«

Ruby nickte. Sie kannte sich mit Tieren bei weitem nicht so gut aus wie Harvey und ich. Zwar lebte sie ihr Leben lang schon auf dieser Farm, war aber immer mehr den Pflanzen und dem Gemüse in ihrem Garten zugetan gewesen. Grandpa hatte sich stets um den Rest der Farm gekümmert, bis dies nach seinem Tod Harvey und mein Dad übernommen hatten. Bis dahin hatte es im Stall neben den Rindern und Schweinen nur zwei Pferde zu Nutzzwecken, wie dem Rindertreiben, gegeben. Erst als Mum mehr Verantwortung auf der Farm hatte übernehmen dürfen, hatte sie den Rest der Pferde angeschafft, und von da an waren sie von Nutztieren zu Familienmitgliedern geworden.

»Harvey meinte, der Zaun ist vielleicht irgendwo kaputt …« Ihre Stimme war zaghaft und fragend. Sie wusste genau, was meiner Meinung nach der wahre Grund für die Verletzung war, und wollte jetzt, gutmütig wie sie war, die Streitschlichterin spielen. Für einen Moment schloss ich die Augen, nahm dann meinen Hut vom Kopf und fuhr mir erschöpft durch die Haare.

Als sich Harveys und meine Auseinandersetzungen nach dem Tod meiner Eltern verschlimmert hatten, hatte ich mich öfters bei Grandma ausgekotzt, mit der Hoffnung, sie könnte ihren Sohn zur Vernunft bringen. Doch mittlerweile wusste ich, dass das niemand konnte, und ich wollte Ruby nicht noch mehr aufbürden, als sie sowieso schon trug.

»Ja, wahrscheinlich«, antwortete ich also nur und nickte zustimmend. Sie presste mitfühlend die Lippen aufeinander, senkte dann den Blick.

Natürlich nahm sie mir meine Antwort nicht ab, wusste, dass ich mittlerweile lieber schwieg und mich fernhielt, als nochmal den Mund aufzumachen. Wenn Harvey sich nicht zurückhalten konnte, dann musste ich diesen Part übernehmen.

»Geh jetzt schlafen.« Liebevoll drückte ich ihr kurz einen Kuss auf die Schläfe, woraufhin sie mir durch die hellbraunen verschwitzten Haare wuschelte und schmunzelte.

Und während ich schließlich mit leeren und doch so vollen Gedanken im Bett lag und aus dem kleinen Fenster in der oberen rechten Ecke starrte, fragte ich mich, welche Auseinandersetzungen der morgige Tag bringen würde. Mein freier Tag. Ein Tag, an dem ich mich nicht ins Präsidium flüchten konnte.

Wickfield Lake, dachte ich und rief mir Bonnies strahlendes Gesicht vor Augen. Wickfield Lake – dies würde mein morgiger Zufluchtsort sein.

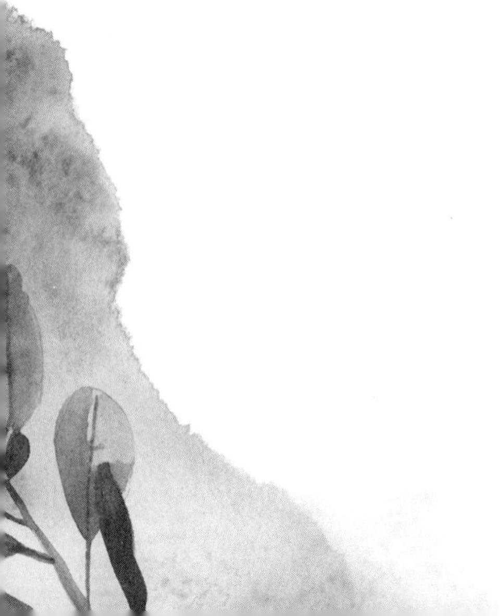

3

Giulia

Alles war dunkel. Alles schwarz. Augen auf, Augen auf! Wieso wurde es nicht hell? Wieso war meine Lampe nicht an? Wo war ich? Durfte ich schreien? Durfte ich mich bewegen? So viele Fragen und keine Antworten. Ich tappte im Dunkeln.

Jetzt war ein fester Griff an meinem Oberschenkel zu spüren. Zu fest, es schmerzte. Alles schmerzte. Und ich konnte nichts sehen. Ich wollte das nicht. Ich wollte das nicht!

»Ich will das nicht«, hauchte ich irgendwo unverständlich. Niemand konnte es hören, niemand war da, der mir helfen konnte.

Irgendwas drückte mich zu Boden, dann war da plötzlich ein stechender Zug an meinen Haaren. Schmerz. Ich war umgeben von Schmerz. Und doch, mich zu bewegen schien unmöglich. Es war, als würde ich auf mich hinabsehen und nichts unternehmen können, einfach zusehen müssen.

Hol doch Hilfe!, *dachte ich – oder sagte, rief ich es? Ich glaubte nicht, denn aufschreien war mir unmöglich. Aufschreien war mir verboten. Selbst als irgendetwas mein Handgelenk verdrehte, bekam ich nicht den Mund auf. Ich sagte nichts, ich unternahm nichts. Es war meine Schuld. Ganz allein meine Schuld.*

Sparsam trank ich einen Schluck meines restlichen Wassers. Ich brauchte wirklich dringend neues, denn obwohl die Sonne noch gar nicht aufgegangen war, war es schon jetzt um kurz nach fünf brüllend heiß. Ich konnte mir gut vorstellen, wie erbarmungslos sie in wenigen Stunden auf mich herab scheinen würde. Da konnten selbst die dichten Ahorn- und Walnussbäume nicht mehr aushelfen.

Mühsam rappelte ich mich auf, um meine Sachen zusammenzupacken. Sobald die Sonne sich zeigte, wollte ich weiter. Doch kaum stand ich auf den Beinen, wurde mir mächtig schwarz vor Augen. Mein Kreislauf streikte und das lag entweder an meinem mangelhaften Wasserhaushalt oder war dem nachhallenden Schwindel meines heutigen Alptraums zu verdanken.

Ich war am Seeufer aufgewacht, mein Fuß hatte im Wasser gelegen. Scheinbar war ich geschlafwandelt. Seit Jahren gehörten solche Träume zu meiner Nachtroutine. Ich hatte gehofft, dass ich sie hier loswerden könnte, doch es schien so, als würden sie mich niemals verlassen wollen. Gegen drei war ich dann wach geworden und hatte mich ausgelaugt zurück in mein Zelt neben meine hell leuchtende Taschenlampe verfrachtet. Schlafen war von da an unmöglich gewesen.

Ich rollte meine Isomatte zusammen und fischte die getrockneten Klamotten von einem Ast. Meine Haare bändigte ich mit einem großen Haargummi. Sie waren von meinem gestrigen Badegang gewellt und standen zu allen Richtungen ab. Schließlich fischte ich gähnend meine Karte aus dem Rucksack und versuchte mich erneut daran, sie zu lesen. Vergeblich. Selbst wenn ich recht hatte und mich an der vermuteten Stelle darauf befand, brachte mich das nicht wirklich weiter, denn der nächste Ort lag meilenweit entfernt. Ich war umgeben von Grün – so wie ich es mir gewünscht hatte. Nur dass ich dies im jetzigen Moment wirklich gar nicht so cool fand.

Gut, dann musste ich halt meilenweit laufen. Etwas anderes blieb mir nicht übrig. Da musste ich nun durch. Seufzend packte ich die Karte zurück in meine Tasche, dann ließ ich mich ein letztes Mal unter einem Baum nieder, um mich vor der heutigen Wanderung nochmal auszuruhen. Ich war erschöpfter als sonst. Auch wenn ich normalerweise an wenig Schlaf gewöhnt war, hatte mir die letzte Nacht doch extremer zu schaffen gemacht.

Unwillkürlich strömten mir all die Details meines Alptraums in den Kopf. Sie verhöhnten mich, lachten mich aus. Angespannt kniff ich die Augen zusammen und schüttelte den Kopf, versuchte im Hier und Jetzt zu bleiben und nicht in den Schrecken vergangener Tage einzutauchen. Doch es half nichts. Also klammerte ich mich an meine letzte Hoffnung, an mein letztes Beruhigungsmittel.

Ich griff nach meinem Rucksack und fischte mein Notizbuch hervor, um meiner Mutter einen Brief zu schreiben. All unsere Konversationen hielt ich darin fest, all meine Worte, meine Gedanken, meine Gefühle teilte ich ihr seit Jahren über meinen Stift mit. Nur ihr. Wenn sie jemand anderes las, würde ich mich verletzlich machen. Wäre ich dem ausgesetzt, was er mit meinen Worten, mit mir machen würde. Mich erfrieren lassen, in Flammen stecken, auslachen oder mir zu nahe kommen. Und das durfte nicht passieren.

So saß ich nun hier, widmete mich meinen Gedanken und ließ sie auf Papier zu Tinte werden. Versuchte hoffnungsvoll, meine Ängste in mein Notizbuch zu kleben, es einfach zuzuschlagen und sie darin zu verbannen. Und während der Wind um mich herum sein Lied zwischen den raschelnden Blättern anstimmte und die Bäume sich sachte hin und her wogen, versank ich in der Natur, wurde eins mit ihr. Eins mit mir und den Worten, die ich erzählte.

»Oh mein Gott, ist das kalt!«

Die Stimme eines Kindes drang zu mir hervor und ließ mich hochschrecken. Panisch blickte ich mich um, analysierte die Situation. Die Sonne knallte durch die Blätter hindurch auf meine Haut und ich saß immer noch am Fuße des dicken Baumstammes. *Mist!* Ich musste wohl eingeschlafen sein.

Erschrocken duckte ich mich, als erneut ein lautes Lachen ertönte, und griff in meine Hosentasche, um meine Armbanduhr hervorzukramen. *Verdammte Scheiße!* Wir hatten wirklich schon halb elf! Wie zur Hölle hatte ich nochmal so lange schlafen können? Auf dem harten Boden?! In der prallen Sonne?!

Jetzt aber los, sonst würde ich wirklich noch vollkommen dehydrieren. Leise zog ich mir den Rucksack auf die Schultern und trat dann etwas näher an die Stimmen heran. Durch die vielen Äste sah ich ein junges blondes Mädchen in einem geblümten Badeanzug knöcheltief im Wasser stehen. Ich schätzte es auf zehn, vielleicht elf. Für kurze Zeit spielte ich mit dem Gedanken, seine Eltern einfach zu fragen, ob sie etwas zu trinken haben oder mich in den nächsten Ort mitnehmen können. Ich meine, wenn sie ein kleines Kind dabei hatten, dann waren sie sicherlich harmlos …

Ich stockte und fuhr zurück hinter einen dicken Baumstamm, als ein junger Mann hinter den Ästen hervortrat und sich an das Ufer stellte. Er trug lange dunkle Jeans, ein blaukariertes und langärmliges Hemd und abgewetzte Cowboyboots, was sehr widersprüchlich war, denn wir hatten sicherlich 35 Grad in der Sonne. Heimlich musterte ich ihn näher. War er der Vater dieses Mädchens? Konnte ich mir nicht vorstellen, denn er war sicherlich nur ein paar Jahre älter als ich. Während ich ihn mir näher ansah, seine sportliche Statur musterte und beobachtete, wie er seinen Hut kurz anhob, um sich durch die hellbraunen Haare zu fahren, begann mein Inneres zu rebellieren. Es war zu gefährlich, ihn anzusprechen, weshalb ich mich schließlich dagegen entschied, ihn um Wasser oder eine Fahrt zum nächsten Supermarkt zu bitten. Zumal er einen Polizeiwagen fuhr – sicherlich war es verboten, hier wild zu campen, und am Ende fing ich mir noch eine Strafe ein. Nein, danke!

So leise wie möglich entfernte ich mich wieder von den beiden und versuchte den Hang hinauf zum Weg zu steigen. Laub raschelte unter mir, doch das bemerkten die beiden zum Glück nicht. Schließlich hätten diese Geräusche auch von einem Tier kommen können. Gerade als ich über eine große Wurzel springen wollte, um dann mit zwei letzten Schritten zum Weg zu gelangen, blieb ich mit dem Fuß hängen und spürte meinen Knöchel knacken. Reflexartig jaulte ich kurz auf, schlug mir dann noch das Knie blutig.

Super. Dieses Geräusch kam eindeutig von keinem Tier.

Die Stimmen der beiden verstummten. Ein panischer Blick in ihre Richtung verriet mir, dass sie zwischen die Bäume spähten und mich schließlich entdeckten.

»Alles in Ordnung?« Seine Stimme war tief und sachlich, die Stirn hatte er in Falten gelegt und musterte mich mehr überrascht als besorgt.

Ohne etwas zu antworten, stand ich mit rasendem Herzen auf und robbte mich hoch zum Weg. Doch mit jedem Schritt, den ich tat, vertiefte sich der Schmerz in meinem Knöchel nur noch mehr. Tränen stiegen mir in die Augen, während ich hastig weiterhumpelte. Tränen vor Ärger, Angst und Verzweiflung. Ich hatte keine Ahnung, wo ich war, mein Wasser war leer und nun war auch noch mein Knöchel verstaucht. Was aber schlimmer war: Ich bekam Panik. Nicht wegen den brenzlichen Umständen, in denen ich mich befand. Nein, es war die Aufmerksamkeit dieses Typs, der Kontakt zu ihm, sein Blick. Denn obwohl er mich keineswegs anzüglich gemustert hatte, lösten die Blicke eines Mannes doch immer noch Sorgen in mir aus.

Wahrscheinlich humpelte ich ganze zehn Minuten den Weg entlang, versuchte, der Panik zu entfliehen. Irgendwann ließ ich mich schmerzerfüllt auf einem großen Stein nieder und blickte die bisher gelaufene Strecke zurück. Sein Wagen war noch deutlich zu erkennen. Wenn ich jetzt schon vollkommen aus der Puste war, wie sollte ich dann den Rest noch schaffen?

Vorsichtig löste ich meinen Schuh vom Fuß und betrachtete meinen Knöchel. Er war blau angelaufen und leicht geschwollen. Voller Wut stieg mir mein ganzes Blut in die Schläfen und löste dort starken Schwindel aus. *Reiß dich zusammen! Du bist selbst dran schuld!,* rief ich mir in Gedanken zu und hievte mich wieder auf meinen gesunden Fuß. Halb humpelnd, halb springend setzte ich meinen Weg fort, versuchte der Panik zu entfliehen. Ein leiser Schluchzer löste sich aus meinem Mund, doch meine trockene Kehle schmerzte dabei so sehr, dass ich den nächsten einfach hinunterwürgte. Am liebsten hätte ich geschrien. Einfach geschrien, dadurch meine Mutter geweckt, damit sie mich dann aus diesem schrecklichen Traum retten konnte. Doch dies war kein Traum. Dies war die

Realität. Eine Realität, die ich mir selbst ausgesucht hatte.

Plötzlich hörte ich hinter mir das Geräusch eines Anlassers, dann brummte ein Motor auf. Hastig weiteten sich meine zugekniffenen Augen und ich lauschte. Folgten sie mir? Mühevoll versuchte ich mich zusammenzureißen, normal zu laufen, damit er nicht erneut auf die Idee kam, nach mir zu fragen. Vielleicht war es Zufall, dass sie nun auch wieder abfuhren. Vielleicht würden sie nur an mir vorbeifahren und mich hier lassen. Hier alleine. *Wollte ich das wirklich?*

»Hey!«, rief eine junge Männerstimme, bei der mir sofort jegliches Blut in den Adern gefror, gleichzeitig aber irgendwie auch zu kochen begann. »Ist alles in Ordnung? Du blutest.«

Die Lust, mich einfach zur Seite zu drehen, während er neben mir herfuhr, ihn mir nochmal näher anzusehen und seine Stimme erneut in meinen Ohren zu haben, zerrte an mir. Doch sie zerriss mich ebenfalls. Denn auf der anderen Seite schrie meine Angst und flehte mich an, abzuhauen, ihn abzuweisen oder ihn einfach stur zu ignorieren, den Blick nach vorne gerichtet zu halten und weiterzuhumpeln. Vielleicht würde er dann weiterfahren, dann musste ich mich wenigstens nicht entscheiden.

»Wir können dich zum Doktor bringen«, ertönte plötzlich die helle Stimme des kleinen Mädchens, bei der mein Herz umgehend weich wurde.

Wie von selbst stoppte ich, spähte in die Richtung der beiden, weil ich mich nicht traute, richtig hinzusehen, und schüttelte sachte den Kopf. »Es ist schon alles in Ordnung. Vielen Dank!«

»Bist du sicher?« Hörte ich da ein Lächeln in seiner Stimme? Ein spottendes Lächeln? Ich wusste es nicht, setzte stur meinen Weg fort und versuchte, nicht allzu wehleidig zu wirken. »Du scheinst nicht wirklich zu wissen, wo du bist, oder?«

Ja, eindeutig, da war Spott in seiner Stimme. Und ja, eindeutig hatte ich keine Ahnung, wo ich war.

»Komm doch.« Wieder das Mädchen. Wieder diese liebliche, in Sorge getränkte Stimme, die all meine Sinne beruhigte. »Dr. Fitzgerald ist wirklich gut. Er kann dir helfen. Es tut auch gar nicht weh, jedenfalls bei mir nie!«

Ein leichtes Lächeln tauchte auf meinem Gesicht auf. Wie konnte jemand so süßes etwas mit so einem blöden Typ zu tun haben? Am liebsten hätte ich die beiden weiter ignoriert, doch ihre Stimme klang so besorgt, dass ich es nicht übers Herz brachte. Also blieb ich erneut stehen, drehte mich zu ihnen um und blickte schließlich direkt in seine Augen. Nicht in ihre. In seine. Und – verdammter Drecksmist – wie sehr ich mich dafür hätte ohrfeigen können. Denn nun hing ich dort fest, und obwohl ich schon Luft zum Antworten geholt hatte, blieb sie mir elendig im Rachen stecken. Ein Teil von mir begann zu zittern, wurde nervös und panischer, je länger ich ihn ansah, ein kleiner anderer Teil, der mit jeder Sekunde explosionsartig zu wachsen schien, wollte die Zeit anhalten und die Tiefe seiner dunkelgrünen Iris noch weiter erforschen.

Er räusperte sich, woraufhin ich nach Luft schnappte. Dadurch, dass meine Lungen aber bereits prall gefüllt waren, hörte sich das Ganze wie ein seltsames Würgen an. *Super.*

»Du musst dir keine Sorgen machen. Ich brauche keinen Doktor«, antwortete ich schließlich dem Mädchen, nachdem ich mich wieder gefasst hatte, und schenkte meine Aufmerksamkeit nun bewusst nur ihr. Ihre blonden Löckchen hingen ihr wild ins Gesicht, an ein paar Stellen tropfte noch etwas Wasser ab und fiel auf ihre Wangen. Genau wie seine, waren auch ihre Augen grün, ihre Nase mit zarten Sommersprossen bedeckt. Bei meiner Antwort blickte sie protestierend zu dem Mann an ihrer Seite, welcher seinen Blick mittlerweile gelangweilt durch die Frontscheibe schweifen ließ und mir kaum mehr Beachtung schenkte. Als hätte er ebenso wenig Lust, mir seine Hilfe anzubieten, wie ich, sie anzunehmen.

»Steig ein.«

Wie bitte? Seine Stimmlage war so eintönig und mürrisch, dass sein Hilfsangebot mittlerweile einem Befehl nahekam. Verblüfft und verärgert runzelte ich die Stirn und blickte ihn fassungslos an. Das merkte er, formte seine Lippen dann zu einem frechen Schmunzeln und drehte seinen Kopf schließlich zu mir, dabei verschwanden seine Augen im Schatten seines Cowboyhuts und ich war mir für kurze Zeit sicher, dass sie sich in tiefes Dunkelgrün – fast schwarz – färbten.

»Oder willst du weiter irgendwo ins Nirgendwo wandern?« Er deutete aus der Frontscheibe in genau die Richtung, in die ich hatte weiterhumpeln wollen.

Genervt presste ich die Lippen aufeinander. Jetzt wollte ich ihn erst recht stehenlassen, jetzt wollte ich erst recht nicht seine Hilfe annehmen. Ihm diese Genugtuung geben, dass er recht und ich keinen blassen Schimmer hatte, wo ich war, wie schlimm es um meinen Knöchel stand und wie zur Hölle ich an Wasser kommen sollte.

Wasser. Gerade als ich ihm irgendeinen guten Spruch drücken wollte, über den ich erst noch nachdenken musste, fiel mein Blick auf den Schoß der Kleinen. Sie trug einen Rucksack bei sich, aus dessen Öffnung der Hals einer vollen Wasserflasche ragte. Ich musste so intensiv und gedankenversunken drauf gestarrt haben, dass sich plötzlich eine Hand um den Hals schlang und mir die Flasche entgegenhielt.

»Durst hast du auch noch?« Jetzt wirkte er nicht mehr spottend, sondern irgendwie genervt. Als wäre er enttäuscht darüber, wie naiv und unerfahren ich doch war und dass ich trotzdem diese Reise machte. Gut, verirrt, verletzt und halb verdurstet sind keine Zustände, auf die man stolz sein konnte.

Vorsichtig hob ich den Arm und kam mit der Hand der Flasche und damit auch seinen Fingern näher. *Bloß nicht berühren,* dachte ich mir und spürte, dass meine Glieder am Beben waren. Entweder wegen der Dehydrierung oder vor Aufregung. Ich tippte auf Letzteres.

»Danke«, hauchte ich kaum hörbar, weil ich mich schämte, eigentlich immer noch wütend auf ihn war und meine trockene Kehle mir zu schaffen machte. Dann setzte ich die kühle Flaschenöffnung endlich an meine Lippen und genoss, wie sich wohltuende Feuchtigkeit in meinem Hals und schließlich in meinem Körper verteilte.

»Also in diese Richtung wirst du nichts als Wald und Felder finden. Da kannst du lange nach einem Arzt oder einem Supermarkt suchen, selbst wenn du unsere ganze Flasche leer trinkst.« Seine Stimme wurde von diesem erfrischenden Gefühl, das sich in mir breitmachte, überschattet. Erst bei seinen letzten Worten merkte ich, dass ich den kompletten Wasservorrat der beiden ausgetrunken hatte. Erschrocken nahm ich die Flasche von meinen Lippen und blickte mit aufgerissenen Augen ins Auto.

»Entschuldigung!« Meine Wangen fingen Feuer und ich wäre am liebsten im Erdboden versunken. Dass mein Knöchel angeknackst war, hatte ich zu dem Zeitpunkt irgendwie vollkommen vergessen, und merkte ich leider erst wieder, als ich vor Scham einen Schritt zurücktrat und sofort schmerzerfüllt zusammenzuckte.

»Okay, sei vernünftig und steig jetzt ein. Du musst zu einem Arzt, sonst überlebst du hier nicht. Jedenfalls nicht unter den Umständen.« Irgendwo hörte ich das Klicken einer Autotür, dann spürte ich plötzlich einen festen Griff an meinem Oberarm, der mich auf den Beinen hielt.

Mein erster Instinkt war, ihn abzuschütteln, denn er war zu nahe. Viel zu nahe. Doch in dem Moment, in dem ich mich erschrocken lösen wollte, feuerte mein Knöchel einen weiteren explosionsartigen Schmerz durch mein komplettes Bein, dass ich kaum Möglichkeiten dazu hatte, nochmal über meine Entscheidung nachzudenken. Also krallte ich mich an der Autotür fest, die er nun öffnete, und krabbelte auf den Beifahrersitz. Ein verwunderter Blick durchs Auto verriet mir, dass das junge Mädchen bereits auf den Rücksitz geklettert war. Ehe ich mich wieder richtig beruhigen konnte, setzte sich der Wagen auch schon wieder in Bewegung.

»Danke«, flüsterte ich und lehnte mich mit geschlossenen Augen gegen die Lehne, versuchte mir einzubilden, dass ich hier nicht gerade im Auto irgendeines Wildfremden saß, der mich dazu auch noch berührt hatte.

»Hier!« Ich öffnete die Augen und sah, dass mir das Mädchen ein Taschentuch entgegenhielt. Weil ich nicht sofort reagierte, deutete sie auf mein blutendes Knie. Stimmt, das war ja auch verletzt.

»Ich bin Bonnie, Bonnie Collister. Und das ist mein Bruder. Und wie heißt du?«

Bruder also. So, wie ich es mir schon gedacht hatte. Ehrlich gesagt beruhigte mich dieses Wissen etwas. Ein großer Bruder eines so süßen Mädchens würde mir sicherlich nichts tun. *Hoffentlich.*

»Sof-« Ich stockte und räusperte mich, ehe ich nochmal von vorne begann. »Giulia Moreno.«

»Ich bin Scott.« Bei seiner Stimme zuckte ich innerlich wieder zusammen. Nicht weil sie großartig furchteinflößend war – ganz im Gegenteil: Sie war ruhig, irgendwie rauchig und ein Hauch von Erschöpfung klang in ihr mit. Vielmehr verwunderte es mich, dass er mir seinen Namen nannte. Dass er überhaupt nochmal mit mir sprach, war unerwartet.

»Bist du auf der Durchwanderung?«

Wow, noch ein weiterer Satz. Und diesmal eine Frage sogar.

»Ja.« *War das nicht offensichtlich?*

»Wie lange bist du schon unterwegs?«

»Seit zwei Wochen.«

Ein Blick in Scotts Richtung verriet mir, dass er kaum merkbar die Brauen hob. Wieder Spott oder wirkliches Staunen?

»Und woher kommst du?«, fragte er dann nach einer längeren Pause, in der ich mir eigentlich sicher war, dass unsere Unterhaltung nun beendet war.

Was geht dich das an?, hätte ich am liebsten geantwortet, doch auch Bonnie hing mir so interessiert an den Lippen, dass ich es nicht über mich brachte, pampig zu reagieren.

»Du stellst aber viele Fragen«, antwortete ich schließlich nach langem Überlegen.

»Nun, Coker Creek ist eine kleine Stadt mit neugierigen Einwohnern.«

Erst jetzt wandte ich den Blick aufmerksam aus dem Fenster und entdeckte die vielen weiten Wiesen und Felder voll mit Mais, Raps und anderen Getreidesorten. Hier und da sah man immer mal wieder eine Rinderherde oder einfach nur ein weites Stück Natur, das mir den kompletten Atem raubte. *Coker Creek also?*

»Wo genau liegt Coker Creek?«, fragte ich vorsichtig, woraufhin er erst erschrocken, dann lachend sein Gesicht verzog.

»Du hast echt gar keine Ahnung, wo du bist?«

Ja, streu noch Salz in die Wunde. »Nein.«

»Aber dass du in Amerika bist, weißt du?«

Ich verdrehte die Augen und legte mit warnendem Blick den Kopf zur Seite. Noch so einen Spruch und ich würde mich nicht mehr zusammenreißen können.

Zum Glück lachte er schließlich. Ein leises und kurzes Lachen, das mich überraschte. Noch mehr überraschte es mich aber, dass mir sein Lachen irgendwie gefiel, wo er mich doch die letzten Minuten nur genervt hatte.

»Coker Creek liegt in Tennessee.«

Tennessee. Ich hatte es erreicht. Das indirekte Ziel, das doch eigentlich nie mein Ziel sein sollte. Denn Ziel bedeutete immer Ende. Ich wollte nicht ans Ende denken, ich wollte noch nicht zurück. Doch vielleicht war mein angeknackster Knöchel ja ein Zeichen. Vielleicht war es ein Zeichen, dass es an der Zeit war, meine Flucht zu beenden. Doch ich war noch nicht soweit.

4

Harvey

Mein Blick legte sich auf die Waldspalte in der Ferne, in der der sandige Weg verschwand, der sich von der Landstraße durch den Wald direkt zur Farm schlängelte. Gleich würde der kleine Laster von Maurice zwischen den Bäumen hervorfahren und das Material für den neuen Weidezaun der Rinder liefern. Hoffte ich zumindest. Wir hatten elf Uhr ausgemacht und ich hasste Unpünktlichkeit. Angespannt warf ich einen Blick auf meine Uhr und trat einen Schritt vor, als könnte ich damit tiefer zwischen die Bäume blicken und herausfinden, wo Maurice sich rumtrieb. Das Holz knarzte unter meinen Stiefeln. Unsere alte Veranda brauchte dringend mal ein paar Erneuerungen. Genauso wie das stockende Tor der alten Rinderscheune, die ich für den neuen Bullen etwas ausgebaut hatte, die vielen Schlaglöcher im Weg und die verstopften Wasserleitungen im Pferdestall. Und jetzt setzte sich noch die Zaunerweiterung für die Rinderherde auf diese lange Liste unerledigter Aufgaben. Wenn Scott nicht ständig auf dem Revier herumhängen und sich stattdessen etwas mehr auf der Farm einbringen würde, wäre jene Liste vielleicht gar nicht so lang. Wieso er genau hier in Coker Creek als Deputy Sheriff durchstarten wollte, hatte ich noch nie verstanden. Reinste Zeitverschwendung war das. In diesem Dorf passierte doch nie etwas. Hier auf der Collister Farm hingegen wartete viel Arbeit, die wegen ihm liegenblieb.

Und dann waren da noch Mum und Bonnie. Noch bis vor ein paar Jahren hatte meine Mutter Ruby bei vielem helfen können. Sie hatte die Buchhaltung gemacht, Futterbestellungen erledigt und sich um das Gemüsebeet gekümmert. Doch seit sie letztes Jahr einen Schlaganfall erlitten hatte, gab es ein von mir selbst erteiltes Arbeitsverbot. Ganz zu ihrem Missverständnis, denn laut ihrer Aussage wäre das ja gar kein richtiger Schlaganfall gewesen und sie hätte noch genug Kraft und wäre fit genug, um mit anzupacken. Von ihrem Gemüsebeet konnte ich sie daher leider nicht abhalten, aber zum Glück packte Bonnie dort mit an. Stur wie ein Esel war die Frau. Das lag den Collisters wohl im Blut.

Ungeduldig trat ich nun auf die Stufen der Veranda und bahnte mir meinen Weg in Richtung Scheune, um Maurice etwas entgegenzukommen. Wir hatten schon drei nach und er war immer noch nicht zu sehen. Sobald ich aus dem Schatten des Verandadachs trat und der staubige Sand sich auf meine Boots legte, zog ich meinen Hut tiefer ins Gesicht, um mich vor dieser Bullenhitze zu schützen. Wir brauchten dringend mal wieder etwas Regen. Diese Sommerdürre hatte die letzten Jahre schon einige Farmer in der Gegend in den Bankrott gestürzt. Auch bei uns war die Kasse knapp, doch zum Glück hatten wir von Eve, meiner Schwägerin, ziemlich viele Rücklagen geerbt, die uns über Wasser hielten. Sie stammte aus wohlhabender Familie und ihre Eltern hatten ein Depot für ihr von Geburt an geplantes Jurastudium angelegt. Doch Eve hatte andere Pläne gehabt. Als sie meinen Bruder Phil kennenlernte, schmiss sie all jene ihrer Eltern über den Haufen und beschäftigte sich von da an lieber mit unserer Farm. Die Pferde hatten es ihr besonders angetan – diese Liebe hatte Scott von seiner Mutter geerbt.

Ich dachte jeden Tag an sie. Die Leidenschaft und die Fröhlichkeit der beiden, die sie in die Arbeit hier gesteckt hatten, wurde von allen sehr vermisst und ihr Verlust legte sich in stummer Trauer über die Farm. Sogar die Tiere spürten das. Es war, als hätten sie alles Glück und alle Freude mit sich in den Tod genommen. Gerade deshalb lag mir diese Farm so am Herzen, gerade wegen Phil wollte ich sie aufrechterhalten. Seit vier Generationen war sie im Besitz meiner Familie, doch ich merkte, dass sie immer mehr zusammenbrach. Was würde daraus werden, wenn ich nicht mehr da war? Scott interessierte sich einen Dreck dafür und Bonnie war noch zu jung, um zu erben. Der Gedanke, dass mein Zuhause in die Hände irgendeines Großunternehmers kam, schmerzte noch schrecklicher als der Gedanke an den Tod.

Endlich tauchte Maurices Lieferwagen in der Ferne auf. Meine Zigarette landete im Sand und verschwand unter meinem Stiefel. Dann vergrub ich meine Hände in den Hosentaschen und schlenderte weiter zur Scheune, an der nach wenigen Momenten nun auch Maurice anhielt.

»Harvey, alter Freund!«, rief er, bevor er beide Beine aus dem Wagen schwang und geschickt die Tür hinter sich zuwarf.

Ich nickte ihm einmal zu. »Du bist zu spät.«

»Ach, hab dich nicht so«, lachte er und lief zur Ladefläche. »Du bist viel zu unruhig. Entspann dich doch mal.«

Ich ging auf seine Gelassenheit nicht weiter ein, denn es nützte sowieso nichts, ihm noch etwas von Pünktlichkeit und Manieren zu erzählen. Als Optimist nahm er immer alles langsam und entspannt in Angriff, hatte immer einen guten Spruch auf den Lippen und sowieso wirkte seine Welt immer heile und schön. Ich konnte mit dieser positiven Einstellung nichts anfangen.

»Hast du das Material?«

Maurice warf einen Blick auf die Ladefläche, als er sie öffnete, dann blickte er mich an und lächelte breit.

»Na klaro! Die Teile sind alle da, nur müssen sie einzeln geliefert werden, aber das haben wir ja schon am Telefon besprochen. Ich habe jetzt erstmal die Zaunpfähle, die Bänder und die Isolatoren. Die Tore werden noch geliefert. Wann kommt denn der Bulle?«

»In drei Wochen.«

Maurice verzog das Gesicht und kratzte sich am Kopf. »Soll ich dir nicht doch helfen?«, fragte er dann vorsichtig, weil er sicherlich ahnte, dass die Zeit knapp werden würde.

»Nicht nötig.«

Maurice musterte mich aufmerksam. Ich wusste genau, was in seinem Kopf vorging. *Der alte Mann schafft das doch sicherlich nicht alleine.*

Ich wusste, dass die nächsten Wochen hart werden würden. Härter als sonst. Doch was blieb mir anderes übrig? Seitdem unser letzter Bulle vor einem halben Jahr gestorben war, hatten wir unsere Zucht einstellen müssen. Dann im Frühling kam der große Sturm und zerstörte sämtliche Zaunpfähle der Rinder. Da der Zaun der Pferdekoppel zum Glück erst erneuert worden war, überlebte er größtenteils. Doch um die Rinderzucht – eines der wichtigsten Geschäfte unserer Farm – aufrechtzuerhalten, war klar, dass nicht nur ein neuer Bulle, sondern auch ein neuer Zaun hermusste. Und um dort die beste Qualität zu erhaschen, konnte ich mir schlichtweg keinen weiteren Vorarbeiter leisten. Es musste klappen, ich musste es schaffen. Und wer wusste schon, ob Scott nicht vielleicht am Ende doch etwas mit anpackte. Die meiste Zeit war der Junge ja doch sehr hilfsbereit, doch wenn er diesen dummen Job nicht hätte, könnte er noch mehr anpacken, mir noch mehr helfen. Ich wusste, was er von mir dachte. Ich wusste, dass er dachte, ich würde ihm die Schuld für den Tod seiner Eltern geben. Und ich wusste auch, dass ich nicht gerade viel tat, um dieses Missverständnis aufzuklären, ihm zu zeigen, dass dieser Gedanke absurd war und er und Bonnie mein Ein und Alles waren. Meine Gefühle zum Ausdruck zu bringen, war mir schon immer schwergefallen, und diese Art färbte seit dem Tod seiner Eltern auf Scott ab. Die Freude fehlte, die Wärme seiner Mutter und die Ruhe seines Vaters. Ich war ihm dabei keine große Hilfe, machte ihn nur noch kälter, als er es sowieso schon war, auch das wusste ich. Und es schmerzte. Es schmerzte gewaltig.

Maurice nickte schließlich und schlug mir lachend auf die Schulter. Bei dem Aufprall durchfuhr mich ein stechender Schmerz und ich musste mich zusammenreißen, nicht aufzujaulen. *Bloß nichts anmerken lassen.*

»Ich weiß doch, dass mein Freund das schafft«, rief Maurice laut und lachte. Ich stimmte mit ein, verfiel dadurch aber in starkes Keuchen. Meine Brust ging in Flammen auf und ein schmerzhaftes Feuerwerk brannte in meiner Lunge. Zum Glück schaffte ich es noch rechtzeitig, den Hustenanfall nicht ausarten zu lassen.

»Alles in Ordnung?«, fragte Maurice grinsend. »Hast dich wohl verschluckt, was? Alter Mann!«

»Ja …«, stammelte ich leise und quälte mich zu einem Lächeln. »Alles gut.«

Und mit dem Schmerz in meiner Brust, der Tag für Tag schlimmer wurde, wuchs auch der Schmerz, Scott mehr und mehr zu verlieren. Ich wusste, dass die Zeit knapp war. Ich wusste, dass ich mit ihm reden musste. Bevor es zu spät war.

5

Scott

Die Jalousien der Fenster formten das pralle Sonnenlicht zu dünnen Linien und versuchten, einen Teil davon draußen zu behalten. Doch trotz allem kam es mir in dem kleinen Wartezimmer von Dr. Fitzgerald noch heißer vor als draußen. Ich sank tiefer in den Stuhl und schnaufte unauffällig. Meinen freien Tag hatte ich mir anders vorgestellt, als jetzt hier in diesem stickigen Raum auf irgendein naives Mädchen zu warten, das definitiv keine Ahnung hatte, auf was für eine Wanderung es sich da eingelassen hatte. Doch was hätte ich denn anderes tun sollen? Bonnie das Herz brechen? Giulia ihrem Schicksal überlassen und ignorieren, dass sie wahrscheinlich wirklich früher oder später zusammengebrochen wäre, wenn sie weiter orientierungslos durch die Gegend geirrt wäre? Nein, so ein Mistkerl war ich nun auch wieder nicht.

Bonnie hatte seit ihrem Aufschrei nicht mehr aufgehört, über sie zu sprechen. Sie sorgte sich über jeden humpelnden Käfer und jede schwankende Fliege. Der See und das Schwimmen, auf das sie sich tagelang gefreut hatte, wurden mit Giulias Verletzung plötzlich nebensächlich, und während ich mit meinen Gedanken eigentlich schon wieder an einem völlig anderen Ort gewesen war, hatte sie mich zum Auto gezerrt.

»Sie blutet. Sie muss zum Arzt«, hatte Bonnie gesagt und nicht aufgehört, an mir zu ziehen. Wenn ich alleine gewesen wäre, würde ich nun sicherlich nicht hier sitzen. Ein Nein hätte mir gereicht. Obwohl ich zugeben musste, dass ich früher oder später dann wahrscheinlich doch nach ihr gesucht hätte – um mein Gewissen zu reinigen, versteht sich. Ich hatte wenig Lust darauf, für das Elend eines weiteren Menschen verantwortlich zu sein.

»Denkst du, sie wird wieder gesund?«, fragte Bonnie neben mir und holte mich somit aus meinen Gedanken zurück. Erschöpft rappelte ich mich auf und lächelte ihr zu.

»Na klar, Süße.«

Ihre Miene war in Sorge getränkt, sie zappelte ungeduldig auf ihrem Stuhl herum. Ich fuhr ihr durch das zerzauste Haar und gab ihr einen Kuss auf den Kopf.

»Dr. Fitzgerald gibt ihr bestimmt einen Verband. Vielleicht lässt sie mich darauf unterschreiben!« Ein Strahlen breitete sich kurzzeitig auf ihrem Gesicht aus, verblasste aber sofort wieder. »Was wird dann mit ihr passieren?«

Ich presste die Lippen zusammen, weil ich darauf selbst keine Antwort wusste. Dr. Fitzgerald würde sie sicher nicht auf wundersame Weise wieder so zusammenflicken können, dass sie ihre Wanderung fortsetzen könnte. Vielleicht konnte sie in ein Hotel? Doch wo zur Hölle gab es hier in der Nähe ein Hotel? Diese Gegend war nicht für Touristen gemacht. Coker Creek war langweilig und klein und der nächste Ort meilenweit entfernt.

In dem Moment öffnete sich die Tür der Ärztin und Giulia kam humpelnd heraus. Komischerweise schnellte mein Körper wie von selbst in die Höhe und blickte erwartungsvoll auf ihren verbundenen Fuß, während sie sich bei Dr. Fitzgerald bedankte. Bonnie sprang sofort von ihrem Stuhl auf und nahm Giulia an die Hand, als würde sie sie schon ewig kennen. Mir fiel auf, dass diese bei der Berührung kaum merklich zusammenzuckte und für eine Sekunde erstarrte. Vielleicht hatte sie eine Keimphobie? Als ich ihr vorhin am Wagen auch wieder auf die Beine hatte helfen wollen, hatte sie noch extremer reagiert. Vielleicht bildete ich mir das aber auch nur ein.

»Ihr Knöchel ist verstaucht, sie braucht viel Ruhe.« Dr. Fitzgerald wandte sich nun an mich. »Das sollte sich aber bei guter Kühlung und ausreichend Erholung in ein, zwei Wochen wieder gebessert haben.«

Ich nickte nur, weil ich keinen blassen Schimmer hatte, was ich mit dieser Information anfangen sollte. Ein Blick zu Giulia verriet mir, dass sie nur geistesabwesend ins Leere starrte. Wahrscheinlich hatte sie den gleichen Gedanken wie ich: Wo sollte sie die nächsten zwei Wochen ausreichend Kühlung und Erholung bekommen?

»Wenn es sich nicht bessert, kommen Sie bitte nochmal vorbei.« Nun wandte sie sich wieder direkt an Giulia, die nur angespannt die zusammengepressten Lippen zu einem Lächeln verzog, und verabschiedete sich schließlich von uns.

Als wir die Praxis verließen und Bonnie sie, so gut sie konnte, stützte, herrschte eine noch angespanntere Stimmung zwischen uns als zuvor.

»Vielen Dank für eure Hilfe«, sprach Giulia schließlich mit entschlossener Stimme und ließ dann Bonnies Hand los, »aber ich werde nun alleine zurechtfinden müssen.«

»Aber Dr. Fitzgerald hat gesagt –«, begann Bonnie protestierend, doch ich kam ihr dazwischen.

»Weißt du, wo du unterkommen kannst?« Giulia legte den Kopf schief, als würde sie nicht verstehen. Ich deutete auf ihren Fuß. »Soll ich dich irgendwo hinfahren, wo du dich die nächsten zwei Wochen ausruhen kannst?«

»Das ist nicht nötig. Ich finde schon einen Ort.« Welche andere Antwort hatte ich denn auch erwartet? Diese Frau war stur wie sonst was.

Traurig und erwartungsvoll blickte meine Schwester an mir hoch, als Giulia sich wieder umdrehte und vollgepackt weiterhumpelte. Bonnie war das Ebenbild meiner Mutter – nicht nur äußerlich. Auch innerlich erinnerte sie mich täglich an ihr großes Herz und zeigte mir jedes Mal aufs Neue, was die richtige Entscheidung war. Und diese war, Giulias Sturheit mit meiner eigenen zu begegnen. Denn das konnte ich schließlich am besten.

»Du kommst erstmal mit zur Farm und dann überlegen wir weiter«, antwortete ich, öffnete den Wagen und ließ den Rest Bonnie erledigen. Diese rannte erfreut zu Giulia und zog an ihrer Hand.

»Nein, das ist wirklich nett, aber ich kann das nicht –«

»Wo willst du sonst hin? Tut mir leid, dass diese Wanderung vielleicht nicht nach deinen Plänen verläuft, aber mit dieser sturen Einstellung *verreckst* du da draußen.«

Okay, der Ton war vielleicht etwas zu forsch, doch er schien zu wirken. Giulia starrte mich durchdringend an. Als müsste sie ernsthaft darüber nachdenken, welche Option besser war, bei mir einzusteigen oder in Kauf zu nehmen, eventuell zu sterben. Und während sie das tat, bemerkte ich in ihren eigentlich so kalten Augen plötzlich etwas Verletzliches. Nicht jene Verletzlichkeit, die ich durch ihren verstauchten Knöchel zu Gesicht bekommen hatte. Nein, was ich hier für einen Bruchteil einer Sekunde wahrnahm, war tiefe innere Gebrochenheit – und ich begann ernsthaft in Erwägung zu ziehen, dass ihre Entscheidungsunsicherheit vielleicht doch gar nicht so unberechtigt war.

»Tut mir leid«, hauchte ich und fuhr mir übers schweißnasse Gesicht. »Ruby, meine Grandma, macht dir sicher etwas Warmes zu Essen. Du kannst deinen Knöchel kühlen, dich etwas ausruhen und reichlich trinken. Danach kannst du immer noch weiterwandern, wenn du das unbedingt möchtest, aber so bist du vollkommen entkräftet.«

Ihr Blick wanderte zu Bonnie, die immer noch ihren Arm umklammerte. Dann tauchte ein erschöpftes Lächeln auf ihren Lippen auf, so erschöpft, wie sich meines auch anfühlte.

»Danke«, hauchte sie schließlich zum fünften Mal an diesem Tag und ließ sich dann endlich wieder im Wagen nieder.

Während der Fahrt dachte ich über meine heutige To-Do-Liste nach. Ja, ›frei‹ bedeutete in meinem Fall eigentlich nie wirklich frei. Zwar musste ich heute nicht aufs Revier und durfte mir den Vormittag mit Bonnie vertreiben, doch auf der Farm gab es immer genug zu tun und ich wusste ganz genau, was Harvey davon hielt, dass ich meine heutigen freien Stunden nicht vollkommen der Arbeit auf der Farm gewidmet hatte. Ich hatte wenig Lust, mich erneut mit ihm auseinanderzusetzen und mir anzuhören, was für ein Nichtsnutz ich war. Daher widmete ich mich, sobald wir zu Hause waren, am besten sofort seinem kaputten alten Truck, der Versorgung der Tiere und der Reifeprüfung des Mais, damit mein Onkel erst gar nicht auf die Idee kam, wieder zu meckern. Obwohl er sicherlich, auch wenn ich alle Arbeit der Farm übernehmen würde, immer einen Grund zum Meckern finden könnte. Es war unmöglich, ihm etwas recht zu machen.

Mein Blick flog zu meiner Rechten. Giulias Ausdruck war angespannt und unnahbar wie die ganze Zeit schon. Und doch schnellten ihre Augen immer wieder unauffällig über die Wiesen und Felder, die an uns vorbei rasten. Begeisterung versteckte sich in ihrem Blick und ich fragte mich, woher sie wohl kam. Sicherlich war sie ein Großstadtmädchen. Was sie an diesem Fleckchen Nichts aber so begeisternd fand, war mir ein Rätsel. Coker Creek war meine Heimat und ja, die Gegend war wunderschön, doch das Stadtleben stellte ich mir eindeutig aufregender vor.

Als wir von der Landstraße in den dunklen Waldweg einbogen, wurde ihre Haltung wieder etwas steifer. Angespannt klammerte sie sich an den großen Rucksack, der auf ihrem Schoß lag.

»Wir sind gleich da!« Bonnie tauchte zwischen unseren Sitzen auf und deutete in Fahrtrichtung. »Siehst du da vorne? Da endet der Wald. Na ja, jedenfalls dieser Wald. Weißt du, wir wohnen nämlich auf einer großen Lichtung. Sozusagen ein riesiges Loch im Wald. Wirklich riesig, weit und breit sind wir umzingelt von Bäumen.«

Noch bevor sie ihren Redeschwall beenden konnte, endete der lichtgeschützte Waldweg und die Sonne prallte uns wieder mit ihrer vollen Wucht entgegen. Und so wie die Sonne begann nun auch Giulias Gesicht zu strahlen. Wir fuhren an unserem alten Cottage am Waldrand vorbei, dann passierten wir das Maisfeld. Von weitem konnte man schon die Scheune und Rubys altes Wohnhaus erkennen und mir entging nicht, dass Giulia beides mit zusammengekniffenen Augen fixierte. Als wir dann an der Koppel entlang geradewegs auf das Haus zu fuhren und Arrow – Mums Hengst – neben uns her galoppierte, formten sich ihre Lippen zu einem großen Lächeln. Das größte und vielleicht auch einzige Lächeln, das ich bisher von ihr zu Gesicht bekommen hatte, und der Fakt, dass sie es wegen den Pferden trug, machte sie mir direkt ein Stück sympathischer.

»Ihr wohnt ja auf einer richtigen Farm.« Nun wandte sie sich von der Fensterscheibe ab und blickte mich staunend an.

Ich runzelte die Stirn. *Jap, eindeutig Stadtmädchen.* »Was ist denn *keine* richtige Farm?«

Sie kam nicht mehr zum Antworten, denn in dem Moment lehnte sich Bonnie aus dem Fenster und rief nach unserer Großmutter, die auf der Veranda stand. Sammy bellte laut, noch bevor wir zum Stehen kamen, und steckte schwanzwedelnd seine Schnauze zur Beifahrertür rein. Ein prüfender Blick über das Gelände verriet mir, dass Harvey nirgends zu sehen war. Wahrscheinlich machte er sich gerade am Weidezaun zu schaffen.

Wie selbstverständlich nahm ich Giulia den Rucksack vom Schoß und drehte mich dann zur Veranda, auf der Bonnie Grandma scheinbar schon alles zu erzählen schien. Als ich in ihre Richtung laufen wollte, warf sie mir einen warnenden Blick zu und forderte mich stumm dazu auf, umzudrehen und Giulia zu helfen. Ja, gut, wirklich Gentlemanlike war das nicht gewesen, doch in dem Thema war ich sowieso nicht der Beste und Giulia selbst war ja auch nicht wirklich offener gewesen.

Doch da Ruby nun mal meine Grandma war, drehte ich mich schließlich doch um und bot dem humpelnden Mädchen meine Hand an. »Geht's?«

Doch – wie zu erwarten – zuckte sie vor meiner Hand davon und winkte ab. »Ja.«

Na schön, dachte ich mir, drehte mich wieder zum Haus und lief schulterzuckend in Rubys Richtung.

Diese schüttelte nur schmunzelnd den Kopf, klopfte

mir dann aber liebevoll auf die Schulter, ehe ich ins Haus trat.

»Nimm ihm das nicht übel. Er ist nicht immer so ein Griesgram«, hörte ich noch Ruby lachen, als sie Giulia in Empfang nahm. »Schön, dich kennenzulernen. Ich bin Ruby. Komm erstmal rein ins kühle Haus. Ich mach dir eine Suppe – oder möchtest du erstmal duschen? Etwas trinken? Na, wie auch immer, wichtig ist, dass du dich erstmal setzen kannst.«

Ein Schmunzeln huschte über mein Gesicht, als ich vom Flur hinausspähte und Giulias überforderten Ausdruck sah.

»Ich hoffe, ich mache Ihnen keine großen Umstände. Ich werde so schnell wie möglich wieder verschwinden, versprochen!« Giulias Versuch sich zu erklären, scheiterte, als Ruby erneut auf sie einredete und ihr erklärte, dass sie sich keine Gedanken machen müsste.

Mein Reiz, endlich im Keller zu verschwinden, verstärkte sich, als Ruby und Bonnie Giulia ins Haus führen wollten. Ich hatte genug anderes zu tun, als mir weiterhin dieses Frauengeschnatter anzuhören. Also kramte ich meine dreckige Arbeitsjeans heraus, zog mir ein altes Hemd von meinem Vater über und warf dann noch eine Schmerztablette ein. Als ich wieder hoch in den Flur trat, hallte Rubys Stimme lauthals aus dem Wohnzimmer heraus. Auf meinem Weg nach draußen blieb ich an der Tür stehen und beobachtete das Schauspiel einen Moment. Giulia saß auf einem Sessel und bekam von Ruby einen Eistee gereicht, währen Bonnie ihren Fuß in Eis einpackte. Auf ihrem Gesicht klebte ein überfordertes Lächeln. Ich konnte ihr sofort ansehen, dass sie sich redlich unwohl mit all der Hilfe fühlte.

»Ich kümmere mich jetzt um die Pferde.« Meine Stimme ging in dem Geschehen unter. Weder Ruby noch

Bonnie schenkten mir in irgendeiner Weise Aufmerksamkeit. Nur Giulia hob den Blick, musterte meine dreckige Arbeitskleidung eine Sekunde lang und ich war mir fast sicher, dass sie als Stadtmädchen gleich die Nase rümpfen würde. Doch dann lächelte sie und ihre Augen bekamen dasselbe sehnsüchtige Strahlen, das sie schon zuvor beim Erblicken der Pferde getragen hatte.

»Scott, wer ist das Mädchen da bei Ruby?« Harveys Stimme tauchte hinter mir auf, als ich Jacks Futtertrog gerade mit Hafer füllte.

Ich warf meinen Blick in den Hof, zuckte dann mit den Schultern und setzte meine Arbeit fort. »Eine Durchwanderin, die sich verletzt hat. Bonnie hat drauf bestanden, ihr zu helfen«, erklärte ich kurz und knapp, weil ich wusste, dass er sich sowieso kaum dafür interessierte. Dieser fischte eine Zigarette aus seiner Hose, lauschte naserümpfend dem leisen Getuschel der Frauen und zündete sich die Todespfeife an. Ich schüttelte innerlich den Kopf.

»Du musst wieder reiten«, brachte er schließlich ganz trocken hervor und trat an die Wasserleitung, an der er wohl bis vor kurzem noch gearbeitet hatte.

»Ich reite nicht mehr, das weißt du.« Stur schob ich den Futterwagen zurück ans Silo.

»Irgendwer muss es tun.« Harveys Stimme war ein Nuscheln und ich musste mich nicht zu ihm umdrehen, um herauszufinden warum. Er hatte seine Zigarette zwischen die Lippen gepresst, wie er es so oft tat, wenn er die Hände zum Arbeiten nutzte. Dass er das Rauchen einfach mal sein ließ, war scheinbar noch nie eine Option für ihn gewesen. »Nächsten Monat kommt der neue Bulle, dann brauchen wir Ordnung, damit er nicht alles aufmischt. Jemand, der die Rinder zusammentreibt.«

Angespannt presste ich die Lippen aufeinander, drehte mich schließlich zu ihm um. Harvey schraubte mühevoll an der Wasserleitung, da die Tränken der Pferde seit Tagen nicht mehr richtig funktionierten.

»Wenn du es nicht tust, dann kümmere dich darum, dass jemand anderes sie reitet«, fügte er dann noch verbittert hinzu. Dabei schaute er mich kein einziges Mal an. Das tat er schon lange nicht mehr, jedenfalls nicht richtig. Ich seufzte unbemerkt, denn in diesem Punkt hatte Harvey ausnahmsweise mal recht. Bevor unser letzter Bulle verstarb, hatte Billy – ein älterer Herr aus dem Ort – das Rindertreiben übernommen. Leider durfte er nach einem kürzlichen Bandscheibenvorfall kein Pferd mehr besteigen, was hieß, dass ich schleunigst nach einem Ersatz suchen musste. Ich war der Einzige in der Familie, der mit den Pferden wirklich etwas am Hut hatte, für den sie nicht nur Nutztiere waren und der sie normalerweise auch ritt. *Normalerweise*. Diese Leidenschaft hatte ich allein mit meiner Mutter geteilt – für die gebürtigen Collisters kamen Pferde immer nur für die Arbeit zu Nutzen. Doch seit ihrem Tod konnte ich das einfach nicht mehr.

Harvey jaulte leise auf, dann fluchte er und fasste sich an sein kaputtes Knie.

»Lass mich das machen«, schlug ich vor und nahm ihm die Zange aus der Hand. Harvey stöhnte nur, krallte sich dann wieder an seinen Zigarettenstummel und humpelte in Richtung Haus. Enttäuscht sah ich ihm hinterher. Die Stille zwischen uns machte mich langsam aber sicher kaputt.

6

Giulia

Das alte Parkett knarzte unter meinen Füßen, als ich in das Gästezimmer im ersten Stock trat. Obwohl ich mich unwohl fühlte, überhaupt hier zu sein, weckte die gemütliche Einrichtung Gefallen in mir. Rechts neben der Tür stand ein breites Bett aus Hartholz, das mit einer weißen Spitzendecke geschmückt wurde, und an den Wänden hingen altmodische Stillleben bunter Blumensträuße und diverser Bauerngemüse. Direkt gegenüber konnte man aus dem Fenster in den Hof und über das wunderschöne Panorama der Farm schauen, und nun, wo die Sonne langsam alles in dunkles Gold tunkte, wirkte das Geschehen noch idyllischer. Eigentlich hatte ich nicht vorgehabt, hier zu übernachten. Streng genommen hatte ich auch nicht vorgehabt, überhaupt mit herzukommen. Doch Ruby war genau so hartnäckig wie ihre Enkelkinder und ihre Art war so herzlich, dass mir der Gedanke, mich bei ihnen auszuruhen, obwohl sie wildfremd waren, gar nicht mehr so viel Angst bereitete. Ganz im Gegenteil, ich fühlte mich in ihrer Gesellschaft direkt willkommen. Trotzdem war es mir redlich unangenehm, überhaupt ihre Hilfe in Anspruch nehmen zu müssen. *Eine Nacht*, schwor ich mir.

Eine einzige Nacht, dann musste ich selbst weitersehen, wie ich voran kam. Und vor allem wohin.

»Dort ist das Badezimmer.« Ruby trat ins Zimmer und holte mich aus meinen Gedanken. Sie zeigte auf eine weiße Tür an der linken Wand. »Hier sind Handtücher. Wasch dich ruhig erstmal. Du hast einen langen Weg hinter dir und musst dich ausruhen.«

Dankbar nahm ich den Stapel Handtücher an mich und lächelte ihr entgegen. »Ich weiß nicht, wie ich euch danken kann. Das wäre echt nicht nötig gewesen, ich hätte auch in meinem Zelt übernachten kön-«

»Ach papperlapapp. Du bleibst hier und ruhst dich aus. Punkt. Aus. Ende.« Bevor ich meinen Satz beenden oder ihr erneut danken konnte, verschwand sie mit einem fröhlichen Lacher aus dem Zimmer und ließ mich alleine. Zurück blieb ihr lieblicher Duft nach süßem Obst und herben Kräutern, der mich ein wenig an meine eigene Großmutter erinnerte.

Vor dem Duschen betrachtete ich mich zum ersten Mal seit einer Ewigkeit wieder im Spiegel. Und zu behaupten, dass ich einer Vogelscheuche glich, wäre redlich untertrieben gewesen. Meine Güte, für die anderen musste ich doch sicherlich bis zum Himmel stinken. Dass sie mich in diesem Zustand überhaupt aufgenommen hatten, war für mich immer noch ein Rätsel. In Chicago hätte man mich für eine Obdachlose gehalten und mich dementsprechend auch behandelt, da war ich mir sicher. Doch hier war es scheinbar so üblich, einer wildfremden Streunerin Obhut zu bieten.

Wann hatte ich zuletzt so schön duschen können? Die Duschen in den Motels oder an den Raststätten waren alle dreckig und nur lauwarm gewesen. Hier rieselte das Wasser samtweich auf meine Haare, bändigte sie wieder und erfüllte meinen Körper mit Wärme und

Geborgenheit. Und dann war da dieses wunderschöne Bett. Dieses wundervolle weiche Bett. Wie sehnsüchtig ich mich auf diese Nacht freute, auf eine Nacht ohne schreckliche Rückenschmerzen. Gestern noch hatte ich um meinen Wasservorrat gebangt, mich gefragt, wie ich überhaupt weiterkommen sollte, und nun war ich hier auf der Farm der Collisters, hatte etwas im Magen und wieder genug Wasser intus, um klar denken zu können. Auch wenn ich wirklich noch nicht wusste, wie es weitergehen und was ich von dem Ganzen hier halten sollte – was ich von den Menschen halten sollte –, war es doch beruhigend, mir wenigstens für eine Nacht keine Sorgen machen zu müssen. Für diese eine Nacht legte ich meinen Stolz und meine Angst zur Seite und versuchte zu vertrauen. Nur ein bisschen. Nur für ein paar Stunden.

Es war schon dunkel, als ich mich nochmal aufrappelte und zum Fenster lief. Kaum zu glauben, dass ich genau in dieser Nacht Einschlafprobleme hatte. Wahrscheinlich hatte mein Körper sich schon an den harten Boden gewöhnt und wunderte sich nun über die weichen Zustände. Ich lauschte hinaus. Im Haus konnte man nichts hören, wahrscheinlich schliefen alle schon. Also nahm ich mein Notizbuch und humpelte vorsichtig die Treppe hinab. Bei meiner Ankunft war mir sofort die alte Hollywoodschaukel auf der Veranda aufgefallen. Dort wollte ich mich niederlassen, nur noch ein bisschen die warme Abendluft schnuppern und meine Gedanken auf Papier sortieren. Ich musste Mum unbedingt hiervon erzählen. Von der Weite der Felder, den Pferden und ihr versichern, dass es mir gutging. Doch bevor ich mein Buch aufklappte, ließ ich den Blick durch die Umgebung schweifen. Tausende Grillen stimmten ein Lied an und verliehen der sonstigen nächtlichen Stille mit ihrem Zirpen eine beinah magische Melancholie. Ich schloss für einen Moment meine Augen und konzentrierte mich nur auf mein Gehör, zählte fünf Dinge auf, die ich wahrnahm. Eine Übung, die mir half, entspannen und meine Umgebung mit allen Sinnen wahrnehmen zu können, nur für den Fall, dass Gefahr drohte.

Ein leises Schnaufen ertönte aus dem Pferdestall und ich hob den Daumen, um mitzuzählen. Dann quietschte die Hollywoodschaukel unter mir und ich zählte innerlich bis zwei. Mein Atem schien plötzlich so laut, dass ich auch diesen mitzählte, und als eine leise Brise aufkam, setzte ich das Rascheln der Blätter meines Notizbuches auf Platz vier der Liste. Und dann kam der letzte Punkt. Aufmerksam hörte ich nochmal ganz genau in die Nacht hinein, konnte aber kein weiteres Geräusch ausmachen. Außer den bisher aufgezählten Dingen war es angenehm still und ich –

Obwohl. War da nicht …? Angespannt hielt ich den Atem an, um genauer lauschen zu können. Ja, da waren doch Schritte, oder? Ein großer Knall ertönte, ich riss die Augen auf und flüchtete aufgebracht hinter die Hollywoodschaukel. Dass der große Knall nur die Haustür gewesen war und ich bei meiner panischen Flucht vollkommen meinen schmerzenden Fuß vergessen hatte, bemerkte ich erst, als ich Scott hinauseilen und schnellen Schrittes in Richtung Stall gehen sah. Bemerkt hatte er mich durch seinen Tunnelblick nicht und meine skeptische Haltung ihm gegenüber verstärkte sich hiermit nur noch mehr. Dieser Typ war schon seltsam. Seltsam, mürrisch und unglaublich unhöflich. Wenn seine Schwester nicht so gedrängt hätte, hätte er mich sicherlich zurückgelassen – was meiner Meinung nach auch gar nicht so schlimm gewesen wäre. Und doch zog mich irgendetwas an ihm nun langsam vor zum Geländer der Veranda, ließ mich die Ohren spitzen und die Augen zusammenkneifen, um in dem dunklen Stall etwas ausmachen zu können. Was ihn wohl zu dem Menschen geformt hatte, der er heute war? So kalt und unnahbar, dass er schon fast traurig wirkte.

Langsam beugte ich mich über das Geländer, wobei sich ein paar meiner braunen Haarsträhnen aus dem Dutt lösten. Geschickt bändigte ich die Locken, die durch die pralle Sonne ein paar blonde Strähnen bekommen hatten, indem ich sie hinter meine Ohren klemmte. In dem Moment ertönten aus dem Stall ruhige Töne einer Mundharmonika. Ich kannte das Stück nicht und doch wurde mir bei der Trauer, die in der Melodie mitschwang, sofort schwer ums Herz. Ich musste an meine Mutter denken, daran, dass ich sie schmerzlich vermisste. Als könnte ich ihr Spiegelbild in den Sternen sehen, reckte ich den Hals und studierte den Himmel. Was sie wohl gerade tat? Ob sie spürte, dass ich verletzt war? Ob sie sich sorgte?

Die Sterne waren grell. Greller als die Lichter in Chicago. Im Erkennen von Sternbildern war ich schon immer schlecht gewesen, doch hier fiel es mir nochmal schwerer. So waren es nicht nur ein paar kleine schwache Punkte, wie man sie in der Großstadt, wenn man Glück hatte, durch den Smog und die grellen Lichter erkennen konnte. Nein, die Anhäufung von Sternen, die man hier in der Natur von Tennessee sah, legte sich wie eine Decke über den dunklen Himmel.

Jetzt verstummte die Mundharmonika und ich lauschte aufmerksam in die Nacht. Scott würde sicherlich gleich zurückkehren und mich kein zweites Mal übersehen. Auf ein Zusammentreffen mit ihm hatte ich wenig Lust – vor allem jetzt, wo er so aufgewühlt wirkte. Also humpelte ich vorsichtig zurück ins Gästezimmer. Einen letzten Blick aus dem Fenster erlaubte ich mir und dann trat er aus dem Dunkeln des Stalles. Nachdenklich lehnte er sich an das Tor, die eine Hand in der Hosentasche, die andere krallte sich an sein Instrument. Sein Blick war verborgen, legte sich ins Leere. Und nicht zum ersten Mal an diesem Tag fragte ich mich, was es war, das meine Gedanken so an ihn hefteten.

Früh morgens, als sich gerade die ersten Sonnenstrahlen zeigten, fing ich an zu packen und räumte das Gästezimmer auf. Ich wollte alles so hinterlassen, wie ich es auch vorgefunden hatte. Die letzte Nacht war schön, doch wie immer auch sehr kurz gewesen. Lange hatte ich am Abend noch wachgelegen und über meine nächsten Schritte nachgedacht. Es war unbestritten, dass ich weitermusste, auch wenn ich noch nicht wusste, wie ich das mit meinem Fuß anstellen sollte, und ein kleiner Teil von mir diesen Ort auf seltsame Weise sofort ins Herz geschlossen hatte. Zu gern hätte ich mir mal die Pferde angeschaut, nur einen kleinen Blick in den Stall. Das letzte Mal war viel zu lange her, und dass ich ihre Nähe vermisste, hatte ich erst gemerkt, als der Rappe neben Scotts Wagen aufgetaucht war.

Es klopfte an der Tür, als ich gerade meinen Rucksack über die Schulter zog. Ich hatte nicht erwartet, dass jemand schon wach war. Auf mein Zeichen steckte Ruby den Kopf durch die Tür.

»Guten Morgen, hast du gut geschlafen? Komm, es gibt Frühstück«, trällerte sie hellwach und winkte mich mit einer Handbewegung hinter sich her.

Bevor ich etwas sagen konnte, krallte sie sich meinen

Rucksack und trug ihn die Treppe hinunter. Ich folgte ihr, ohne ein Wort herauszubekommen.

»Du hattest doch nicht vor, mit deinem Fuß schon wieder zu verschwinden?«, fragte Ruby, als sie sich zurück an den Herd stellte und mit einem kurzen Nicken auf einen gedeckten Platz am Küchentisch zeigte. Ihre Frage klang weniger ernstgemeint, mehr wie ein liebevolles Schimpfen.

»Ich möchte mich nicht aufdrängen. Eure Hilfe ist wirklich sehr lieb gemeint, aber ich muss alleine weiter.«

»Wo musst du denn hin?« Ruby kam mit der Pfanne an den Tisch und schaufelte auf meinen Teller reichlich Rührei mit Speck, das ich überfordert musterte. »Harvey, mein Sohn und Bonnies und Scotts Onkel, kann dich sicherlich einfach fahren. Oder Scott selbst. Ist doch einfacher als zu laufen.«

Ja, wo musste ich hin? Das war die Frage. Die Frage, auf die ich keine Antwort wusste. Zu meinem Glück trat in dem Moment ein größerer schlanker Herr ins Zimmer und ersparte mir eine weitere Ausrede. Obwohl wir uns noch nie begegnet waren, würdigte er mich keines Blickes und behandelte mich, als wäre ich schon immer da gewesen. Wahrscheinlich hatte Bonnie auch ihm schon die Neuigkeiten erzählt, wer auch immer er war.

»Schläft Scott noch?«

»Nein, er ist schon lange wach und schraubt an deinem Wagen.«

Verdutzt warf ich einen Blick auf die Uhr. Es war doch gerade erst halb sieben in der Früh und alle waren schon wach, als wäre es bereits Mittag.

»Harvey, das ist Giulia.« Ruby deutete in meine Richtung und lächelte mir kurz herzlich zu. Das war also Harvey. Der Harvey, der mich an den Ort fahren konnte, den ich bisher noch nicht als mein Ziel ausgesucht hatte.

Vorsichtig stand ich auf und streckte ihm die Hand entgegen. Dieser ergriff sie mit einem starken Druck und zog seinen linken Mundwinkel zu einem Lächeln.

»Harvey, sehr erfreut«, stellte er sich vor und stemmte dann beide Arme in die Seite. »Kommen Sie von hier, Giulia?«

»Nein, ich bin eigentlich nur auf der Durchreise. Ich komme aus Chicago. Ich habe mir meinen Fuß verknackst und konnte deswegen nicht weiter, Ruby hat sich großzügig um mich gekümmert.« Dankend warf ich ihr ein Lächeln zu. »Ich bin aber sofort wieder weg, meinem Fuß geht es schon besser.«

Harvey nickte nachdenklich, betrachtete dann meinen verbundenen Fuß und deutete mir an, mich wieder zu setzen.

»Wir haben hier in der Nähe etwas abgelegen noch ein altes Cottage. Sie können dort vorübergehend bleiben«, schlug er vor, nahm sich einen Apfel und warf einen prüfenden Blick aus dem Fenster.

Mein Blick zuckte zu Ruby, dann zu Harvey und endete dort schließlich mit einer verzweifelten Grimasse. »Das ist sehr freundlich, aber wirklich nicht nötig. Ich möchte niemandem zur Last fallen.«

»Haben Sie es eilig?«

»Ich, ähm, eigentlich nicht.«

»Reiten Sie?«

Ich stockte, bei seinem plötzlichen Themenwechsel. »Nicht wirklich«, stammelte ich.

»Was heißt das?«

»Beim letzten Mal war ich neun.«

Er nickte, als wäre das eine gute Antwort. »Und haben Sie schon mal auf einer Farm gearbeitet?«

»Nein.«

»Haben Sie Angst, sich die Finger schmutzig zu machen?«

»Nein, Sir.« Langsam glich diese Unterhaltung einer Befragung und mein Wohlbefinden wurde immer trüber. Warum wollte er all dies wissen? Aus reinem Interesse? Bei dem prüfenden Ausdruck, den er trug, wohl kaum. Es würde mich nicht wundern, wenn er gleich Stift und Papier aus seiner Tasche holen und sich alles notieren würde.

»Und Sie fühlen sich hier unwohl, weil Sie meinen, dass Sie uns etwas schuldig sind?« Diese Frage stellte er anders. Mit mehr Skepsis, mehr Unsicherheit, und mehr ... Spott? Seine Stimmlage glich nun jener von Scott, als er mich vollkommen ungläubig darüber ausgefragt hatte, wie ich in diese missliche Lage hatte kommen können.

»In gewisser Weise, ja«, antwortete ich ehrlich und hob das Kinn.

Endlich lockerte Harvey seinen Stand, ging ein paar Schritte und blieb dann nochmal in der Tür stehen.

»Nun, wenn Sie uns etwas unter die Arme greifen, die Pferde reiten und Ruby beim Gemüse helfen, können Sie sich gerne erstmal in unserem Schuppen einrichten. Natürlich müssen Sie nicht sofort mit der Arbeit beginnen. Ruhen Sie sich etwas aus und wenn es Ihrem Fuß wieder besser geht, können Sie gerne anfangen. Überlegen Sie es sich!«

Mit diesem Satz zog er seinen Hut und verschwand aus der Tür. Was hatte diese Familie nur an sich, dass sie mir immer wieder die Sprache nahm? Weder Ruby noch Harvey hatten mir bisher die Möglichkeit gegeben, anständig abzulehnen, meine Tasche zu packen und zu gehen. Was war es, das mir dies so erschwerte?

Mein Blick fand ratlos den von Ruby. Sein Angebot

hörte sich gut an, ich wollte gerne mit anpacken, alleine um ihrer liebevollen Hilfe gerecht zu werden. Aber ich kannte diese Menschen doch gar nicht, konnte ihnen nicht vertrauen. Auch wenn mir der Gedanke, mit Tieren zu arbeiten, durchaus zusprach, war da doch immer noch die Spezies, der ich versuchte aus dem Weg zu gehen: der Mensch. Mein Inneres wurde zerrissen. Zerrissen von der Angst abzuhauen und dem Drang zu bleiben. Von der Unsicherheit zu vertrauen und dem Willen, Rubys, Bonnies und vielleicht auch Harveys Gesellschaft weiterhin zu genießen. Sie wiederzusehen.

Scott wiederzusehen.

»Ich muss darüber nachdenken.«

7

Scott

Eine weitere schlaflose Nacht begann, als ich nach diesem sehr seltsamen Tag am See müde aus dem Inneren des Stalles trat und das grelle Mondlicht auf meine Haut scheinen ließ. Ich krallte mich an Mums Mundharmonika, als wäre es ihre Hand, und lehnte mich dann ans Tor. Dabei durchfuhr meine Schulter ein stechender Schmerz und ich verzog das Gesicht.

»Scheiße!«, murmelte ich und fasste mir an den Arm, als könnte dies den Schmerz lindern. Tat es nicht, weswegen ich beschloss, wieder reinzugehen und eine Schmerztablette zu schlucken.

Hastig trat ich auf die erste Stufe der Veranda, wollte gerade die zweite überspringen, da entdeckte ich auf der dritten ein kleines rotes Buch. Skeptisch blieb ich stehen und nahm es an mich. Ich war mir sicher, dass es eben, als ich aus dem Haus getreten war, noch nicht dort gelegt hatte. Es war ziemlich dick und mitgenommen, an manchen Stellen zerknickt oder gerissen. Mit gerunzelter Stirn öffnete ich es.

3. April 2015

Ein Tagebuch? Aber wer in meiner Familie führte denn Tagebuch? Ruby etwa? Sie war jedenfalls die Einzige, bei der ich es mir vorstellen konnte. Harvey hatte dafür gar keine Zeit und Bonnie war 2015 erst in die Schule gekommen.

Liebe Mum,

heute war ein guter Tag. Zwar ist die Glühbirne meiner Nachttischlampe kaputt und ich muss nachts nun das große Licht anlassen, um schlafen zu können, doch Mr Gray ist auf Dienstreise und wird erst am Freitag wieder kommen. In Mathematik habe ich eine Eins bekommen. Vielleicht wird ihn das freuen. Vielleicht verschont er mich dann und lässt es vielleicht sein. Was denkst du?

Ich vermisse dich.

Deine Sofia

Verwirrt las ich die Seite nochmal, ehe ich nach vorne blätterte und mir das Namensschild ansah.

Dieses Buch gehört: ~~Sofia~~ Giulia Moreno.

Hastig klappte ich es wieder zu und legte es zurück auf die Stufe. Diese Worte waren nicht für mich bestimmt, sie gehörten Giulia – oder Sofia? – und ihrer Mutter, und es stand mir nicht zu, in ihrem Leben zu wühlen. Wer diese Sofia wohl war? Vielleicht Giulias Schwester? Warum war ihr Name durchgestrichen? Und wo war ihre Mutter, dass sie ihr in einem Tagebuch Briefe schrieb? Und Mr Gray? Was hatte es mit ihm auf sich? Ein ungutes Gefühl überkam mich, als ich auf das Buch starrte. Nicht nur, weil ich in ihrer Privatsphäre gewühlt hatte, sondern auch weil ihre Worte so trüb, so schwer waren. Auf irgendeine Weise konnte ich all das, was sie schrieb, nachempfinden, verstand aber dennoch kein Wort davon. Vorsichtig fuhr ich über den Buchrücken und hob es schließlich wieder an. Unschlüssig starrte ich auf die vielen Seiten, die wirr und lose hinausragten. Vielleicht sollte ich ... Nein! Auch wenn sie mir nicht geheuer war und dieses Buch das beste Mittel war, diese Fremde, die einfach so von jetzt auf gleich in unser Leben eindrang, besser kennenzulernen, war es doch falsch. Egal, wie gerne ich weitergelesen hätte, egal, wie gerne ich herausgefunden hätte, dass sie eine Irre war und vielleicht sogar eine Gefahr darstellte, nur um mir zu bestätigen, dass sie nicht gut für uns war. Nicht gut für mich.

Kopfschüttelnd lief ich schließlich in mein Zimmer und legte das Buch auf meinen Nachttisch. Morgen, wenn sie wieder verschwinden würde, wollte ich es ihr zurückgeben und mein Leben, träge wie es war, fortführen. Hörte sich doch gut an ...

Ein Schweißtropfen rann von meiner Stirn und tropfte auf den heißen Motor meines Onkels, als ich mich am nächsten Morgen über die Haube beugte. Erschöpft ließ ich vom Wagen ab und wischte mir mit einem ölbeschmierten Tuch über die Stirn. Schmutziger konnte ich sowieso nicht mehr werden. Ich überprüfte den Ölstand und füllte neues nach. Alles in Ordnung. Kühlwasser war auch noch genug da, also musste das Problem woanders liegen. Seufzend stemmte ich meine Arme gegen den Motor und überlegte. Diese Rostlaube war schon so alt, dass sich eine Reparatur eigentlich gar nicht mehr lohnte. Das nächste Problem lauerte sicherlich schon um die Ecke, doch Harvey hörte ja nicht auf mich, Harvey wusste es besser. Wie immer.

Ich warf einen Blick auf die Uhr. Ganze zwei Stunden war ich schon auf den Beinen. Das war normal bei mir. Mein Schlaf war so leicht und unruhig, dass ich es ab einem bestimmten Zeitpunkt nicht mehr im Bett aushielt und mich ablenken musste. Auch heute hatte ich frei – na ja, frei in Bezug auf meinen Hauptjob. Ich nahm mir Urlaub, damit ich meinen Teil auf der Farm erledigen konnte. Der Gedanke, dass ich morgen wieder aufs Revier musste, erleichterte mich zum Teil. Auch wenn ich meine Arbeit auf der Farm gerne ausübte, gab mein Onkel dem Ganzen doch immer einen bitteren Beigeschmack. Der Gedanke, dass ich von dem Ort, der eigentlich mein Zuhause war, flüchtete, schmerzte.

»Scott!«

Ohne hochzublicken, hörte ich, dass Harvey die Verandastufen herunter trat und näher kam. Der Kies knirschte unter seinen schweren, humpelnden Schritten, bis er schließlich neben mir stehenblieb und ebenfalls einen Blick auf den Motor warf.

»Schau mal, ob die Zündkerzen noch in Ordnung sind.«

»Ja, daran habe ich auch schon gedacht. Aber dann müsste ich mal in die Werkstatt fahren.«

Harvey nickte nur. Ich wusste, was das Nicken hieß. Es war kein Zustimmen, eher ein Zur-Kenntnis-Nehmen. Harvey würde niemals auf die Idee kommen, seinen Wagen in die Werkstatt zu bringen. Viel zu teuer und außerdem bekam man das ja schon selbst hin – meinte er. Und wenn ich es nicht hinbekam, dann versuchte ich es einfach zu wenig.

»Ich habe jemanden für dich, der sich um die Pferde kümmert«, wechselte er nun wie zu erwarten das Thema und vergrub die Hände in den Hosentaschen.

Weil ich mit den Gedanken immer noch beim Wagen war, hörte ich ihm im ersten Moment nicht richtig zu. »Ja ... Ich habe schon überlegt, Aushänge zu verteilen, aber –«

»Das junge Mädchen, Giulia, sie kann reiten. Jedenfalls ein bisschen. Eventuell musst du ihr das Rindertreiben noch zeigen.«

Jetzt war ich hellwach. Mit einem Mal versteiften sich meine Muskeln und mein Blick zappte skeptisch in seine Richtung. Es war das erste Mal seit langem, dass ich ihn so genau ansah. In meinem Kopf hallten seine Worte wider, immer und immer wieder. Und doch verstand ich kein einzelnes davon.

»Du kennst sie doch gar nicht.«

»Du auch nicht.«

»Ja, aber ich dachte, sie wollte nur eine Nacht bleiben? Und jetzt stellst du sie ein?«

Verärgert knallte ich die Motorhaube zu. Warum ich mich so ärgerte, wusste ich in dem Moment gar nicht. Vielleicht, weil Giulias und mein Anfang bisher ziemlich unterkühlt gewesen war, weil ich nicht wusste, ob man ihr überhaupt vertrauen konnte, und mich die Worte aus ihrem Tagebuch immer noch verunsicherten. Vielleicht lag es aber auch gar nicht an Giulia selbst, sondern an dem Fakt, dass es Harvey war, der eine neue Kraft gefunden hatte, obwohl es meine Aufgabe gewesen war, und er es mir in Zukunft sicherlich immer wieder unter die Nase reiben würde. Noch ein weiterer Grund, um als Nichtsnutz bezeichnet zu werden.

»Warum bist du nur so undankbar?« *Super, jetzt bin ich also auch noch undankbar.* »Wie soll sie so verletzt weiterwandern? Sie erholt sich erstmal bei uns. Außerdem hat sie noch gar nicht zugestimmt, also beruhig dich mal!«

»Ach, und wo soll sie dann bitte schlafen? Zieht sie jetzt bei uns ein?«

Mittlerweile war meine sonst so gleichgültige und ruhige Stimme brüllend laut. Und auch Harvey hob den Ton. Zum Glück hatten wir keine Nachbarn. Bei unseren Auseinandersetzungen hätten sie sich sicherlich schon öfters beschwert.

»Ich habe ihr unser Cottage angeboten, wenn sie auf der Farm hilft. Du kannst sie später dorthin bringen und ihr alles zeigen.«

Fassungslos schüttelte ich den Kopf. Das Cottage war vollgestellt mit altem Gerümpel. Als hätte ich nicht schon genug zu tun, musste ich diesem mürrischen Großstadtgör nun auch noch ihr Hotelzimmer aufräumen. Wutentbrannt stapfte ich davon. Dass Harvey ihr ausgerechnet *mein* Cottage anbieten musste. Das Cottage, das ich mit Dad gebaut hatte. Dies war einst mein persönlicher Rückzugsort gewesen, mein eigenes Reich. Auch wenn wir es in den letzten Jahren nur noch als Abstelllager benutzt hatten, wusste Harvey doch gar nicht, ob man Giulia vertrauen und sie einfach in unser persönliches Reich eindringen lassen kann. Das Gästezimmer war nochmal eine andere Nummer. Es war – wie der Name schon sagt – für Gäste gemacht. Doch das Cottage? Es war voller Erinnerungen, voller persönlicher Dinge. Wir wussten immer noch nicht genau, woher sie kam und was sie hier nach Tennessee führte, so offensichtlich unerfahren und hilflos. Bis gestern noch hatte sie schließlich keinen blassen Schimmer gehabt, wo sie überhaupt war.

Aufgebracht lief ich ins Haus und verfrachtete mich in den Keller, um mir das Öl von der Haut zu waschen.

Als ich mein Hemd über den Kopf zog und es neben mein Bett warf, fiel mein Blick auf das kleine Notizbuch auf meinem Nachttisch. Wenn sie nun doch länger blieb, musste ich es ihr ja auch noch nicht zurückgeben. Nicht, dass ich nochmal darin lesen würde, doch für den Notfall hätte ich es bei mir. Als Beweis, wenn sie eventuell wirklich eine Kriminelle auf der Flucht war.

Am Vormittag kümmerte ich mich hauptsächlich darum, die Hühner und Rinder zu füttern, den Hühnerstall zu streichen, das Tor zu reparieren und den Mais zu düngen. Um zum Maisfeld zu kommen, nahm ich Dads alten Truck, da das Feld am Waldrand lag. Weit entfernt genug, um meine Gedanken sortieren zu können und Ablenkung von dem Geschehen, das im Haus herrschte, zu bekommen. Mein Blick fiel auf das Cottage. Vom Maisfeld war es nur wenige Meter entfernt. Von dort aus konnte man über die ganze Farm schauen und da die Sonne im Rücken des Cottages unterging, leuchtete die Umgebung abends besonders golden. Giulia würde aus dem Staunen sicherlich nicht mehr herauskommen. Aber wie sollte das funktionieren? Wie sollte ich ihr das Rindertreiben zeigen? Und wieso sollte sie diesen Job überhaupt annehmen? Sie war ja kaum zu überreden gewesen, dass sie die eine Nacht blieb.

Erschöpft wischte ich mir mit meinem Ärmel über die Stirn. Die Sonne schien diesen Mittag besonders stark und meine hitzigen Gedanken machten es nicht besser. An solchen Tagen verfluchte ich meine lange Jeans und das Hemd, das ich trug. Noch mehr verfluchte ich aber meine vielen Narben, die ich darunter versteckte.

Die Klinge meines Messers versank im Maiskorn

eines Kolbens, woraufhin klarer und wässriger Saft aus dem Korn herausfloss. Die Ernte musste also noch etwas warten, der Mais war noch nicht reif. Also ging ich zurück zum Wagen und kramte aus dem Handschuhfach eine Flasche Wasser heraus. Verschnaufend setzte ich mich auf die Ablage von Dads Truck, die von schützenden Bäumen Schatten geboten bekam. Von weitem konnte ich Bonnie und Sammy spielen sehen. Sie rannten über den Hof, schienen der Hitze zu trotzen. Bei genauerem Hinsehen erkannte ich auch Giulia. Sie saß auf der Verandatreppe und sah Bonnie dabei zu. Immer wieder lief Sammy zwischen den beiden hin und her, rannte einem Vogel hinterher oder ließ sich zum Verschnaufen nieder. Es war so ruhig, dass man das Echo von Bonnies Lachen klar und deutlich hören konnte, und ohne es bewusst zu merken, tauchte auf meinem Gesicht ein Lächeln auf. Bonnie mochte Giulia. Jedenfalls sah man deutlich, dass Bonnie sich in ihrer Gegenwart wohlfühlte. Ich wusste, dass meiner Schwester eine weibliche Bezugsperson fehlte. Eine Gleichgesinnte. Eine Mutter. Ruby war eine großartige Frau und auch eine großartige Grandma, doch ich wusste, wie sehr Bonnie sich immer eine Schwester gewünscht hatte. Eine Frau, mit der sie in ihrem Zimmer sitzen, sich die Haare bürsten und reden konnte. Eine Frau, die ihr irgendwann mal erklären würde, wie das mit der Periode abläuft, die mit ihr shoppen ging und Mädchensachen unternahm. Es war absurd, einen Gedanken daran zu verschwenden, dass sie in Giulia diese Person gefunden hatte. Sie war eine Fremde, nur vorübergehend hier und würde sicherlich bald Geschichte sein. Und doch war es schön zu wissen, dass sie ihr wenigstens für eine kurze Zeit Gesellschaft leisten konnte.

Bonnie verschwand im Haus und ich sah auf meine

Uhr. Kurz vor zwölf, ich musste zurück. Wenn ich nicht pünktlich zum Essen kam, würde Ruby sauer werden. Außerdem hatte ich sowieso nicht viel Zeit zum Dösen. Nach dem Essen waren die Pferde dran, dann Rubys Gemüsebeet und ja, dann war da noch Giulia.

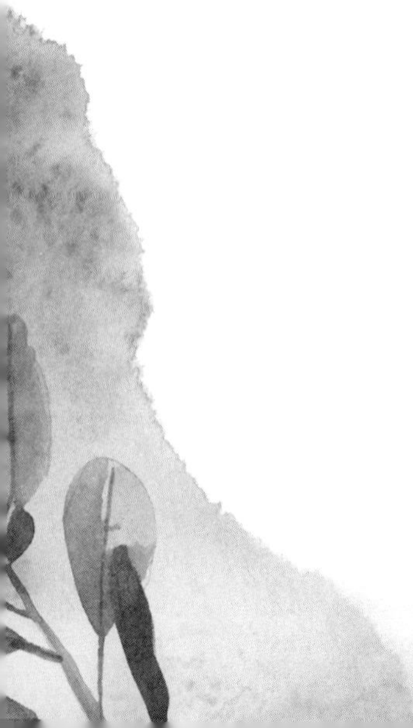

8

Giulia

Schwüler Fahrtwind verfing sich in meinen Haaren, als die tief stehende Sonne am Abend ihr Glitzern zur Erde schickte. Ich lehnte mich ans Fenster und schloss die Augen, sog den warmen Duft von nasser Erde, altem Holz und mildem Raps ein.

Ich war immer noch hier. Genauer gesagt saß ich auf dem Beifahrersitz von Scotts Truck auf dem Weg zu meinem nächsten Schlafplatz. Auch wenn ich mich zu Beginn gegen den Gedanken gesträubt hatte, das Angebot von Harvey anzunehmen, und mir auch immer noch nicht sicher war, ob es die richtige Entscheidung gewesen war, fühlte es sich doch irgendwie gut an, mich für kurze Zeit mal niederzulassen. Zu verschnaufen. Eine Pause zu machen. Das Cottage lag weit genug vom Wohnhaus entfernt. Wenn ich mich unwohl fühlte oder Panik bekam, konnte ich mich dorthin zurückziehen. Außerdem musste ich zugeben, dass ich mich auf der Farm der Collisters und zwischen Ruby und Bonnie irgendwie wohl fühlte. Nicht wohl-wohl wie in einem behüteten Zuhause oder wie bei meiner Mum. Aber es war ein Anfang. Und mal davon abgesehen, dass es hier so unglaublich friedlich war, war ich den Collisters noch etwas schuldig.

Ich schielte zu meiner Linken. Scott lehnte sich mit dem linken Arm gegen das Fenster, die rechte Hand auf dem Lenkrad. Angespannt zuckte er mit dem Kiefer und schien gedanklich ganz woanders zu sein. Wahrscheinlich dachte er daran, dass er ganz und gar keine Lust darauf hatte, mich nun herumzukutschieren. Mich überhaupt hier zu haben. Und irgendwo hatte er ja auch recht: Ich war eine Fremde und drang von heute auf morgen in sein Zuhause ein. Wenn es nach mir gegangen wäre, wäre es auch anders verlaufen. Dann hätte ich mich zum Beispiel erst gar nicht verletzt oder wäre nicht zu ihm ins Auto gestiegen – doch wer weiß, wo ich in dem Fall nun gewesen wäre. Wahrscheinlich irgendwo zwischen Laub und Bäumen, verdurstet und entkräftet. *Verreckt,* wie es Scott genannt hatte. Auch wenn ich es ungern zugab, war ich ihm in der Hinsicht doch dankbar. Dass er so hartnäckig gewesen war, hatte ganz sicher nur an seiner besorgten Schwester gelegen, trotzdem war er eine große Hilfe gewesen.

Mein Blick blieb auf seiner Hand hängen. Der Ärmel seines Hemdes war etwas hochgerutscht und ich hatte klare Sicht auf sein Gelenk. Eine großflächige Narbe lugte dort hervor und auch die Haut auf seinen Fingern war grob vernarbt. Woher er die wohl hatte? Und wie viele hatte er davon noch? Waren diese der Grund, weshalb –

»Willst du ein Foto machen?«

Obwohl seine Stimme ruhig und dunkel war, zuckte ich bei der plötzlichen Lautstärke zusammen. Hastig drehte ich den Kopf zurück. Ich hätte nicht gedacht, dass er meinen Blick wahrnahm, dass er überhaupt etwas wahrnahm. Er hatte so abwesend gewirkt, so nachdenklich.

»Sorry«, raunte ich leise und rutschte tiefer in den Sitz. Unauffällig verdrehte ich die Augen. Dieser Typ war ja wirklich richtig unausstehlich. Als wäre nichts gewesen, hielt er den Blick starr auf den Weg gerichtet, sah mich nicht an, bewegte sich nicht. Und doch schien er mich ganz genau zu beobachten.

»Wir sind da.« Er parkte den Wagen vor einer kleinen Blockhütte aus alten Baumstämmen. Ehe ich ausstieg, blickte ich in den Rückspiegel und sah das Wohnhaus weit entfernt in goldenem Ton der Sonne schlummern. Das tief stehende Licht spiegelte sich in den Fenstern und wurde in meine Richtung geworfen. Scott holte meinen Rucksack von der Ladefläche und trug ihn zum Cottage. Ob ich Hilfe brauchte, fragte er zum Glück nicht mehr. Ich wusste, dass weder er noch ich groß Lust auf unnötigen Körperkontakt oder überflüssige Konversation hatten. Auch wenn mein Interesse an seiner Geschichte mit jedem weiteren Moment mit ihm wuchs, war es besser, unser Verhältnis auf Abstand zu halten. Um gemeinsam arbeiten zu können, mussten wir neutral bleiben.

Langsam humpelte ich die zwei Stufen hinauf und blieb dann vor der Tür stehen. Ein vorsichtiger Blick ins Innere verriet mir, dass Scott an einem Fenster gegenüber dem Eingang hantierte.

»Das Fenster hängt manchmal etwas«, erklärte er, ohne sich umzudrehen. Ob er mich beim Reden wohl irgendwann mal ansehen würde? »Hier ist dein Schlafplatz.« Er drehte sich um und zeigte auf eine ausgezogene Couch, die bereits mit Bettwäsche bezogen war. »Herd und Kühlschrank sind hier. Ruby hat ihn etwas aufgefüllt, sie meinte aber, du kannst auch mit uns essen. Ach so, und das Bad ist hier.«

Ich steckte meinen Kopf in den Eingang und warf einen Blick durch die offen stehende Badtür. Im Cottage roch es herrlich nach alten Büchern und Holz. Wahrscheinlich wurde es bisher nur als Abstellkammer benutzt. Dankbar nickte ich ihm einmal zu, auch wenn ich wusste, dass er mich ja sowieso nicht ansah.

»Es ist schön«, gab ich leise von mir.

»Na ja.« Er sah sich schmunzelnd um. »Schön ist etwas anderes.«

Ich tat es ihm gleich und betrachtete das Innere genauer. Er hatte recht, es gab definitiv schönere Räume. Zum Beispiel mein Zimmer bei den Grays, das sorgsam mit Pflanzen, hübschen Blumentapeten und warmen Seidendecken geschmückt gewesen war. All diese schönen Dinge konnten dennoch nicht die schrecklichen Erinnerungen, die ich an jenes Zimmer hatte, übertönen. Da war mir ein solches dann doch lieber.

Hier und da schlummerte noch vergessener Staub und die Einrichtung war sparsam und minimalistisch. Deko oder Vorhänge gab es nicht – wozu auch? Und trotzdem schüttelte ich schließlich den Kopf und festigte meine Aussage.

»Für mich ist es perfekt.«

Jetzt drehte er seinen Blick zu mir, erstarrte für einen Moment, drang in meine Iris. Über seinen sonst so angespannten Ausdruck huschte Überraschung, dann tauchte Skepsis auf. Schließlich beendete er diesen seltenen Moment und fuhr sich durch die Haare.

»Willst du da draußen stehen bleiben?«

Mit einem Mal versteifte sich mein Körper und ich schluckte. *Ja, solange du da drin stehst,* dachte ich mir. Doch wie sollte ich ihm das erklären? Wie sollte ich ihm weismachen, dass ich ungern mit ihm in einem geschlossenen Raum stand, dies aber dennoch nichts persönlich mit ihm zu tun hatte? Angespannt zwang ich mich zu einem Lächeln und überwand mich schließlich dazu, die Türschwelle zu überqueren. Als ich mich dann nah genug am Eingang gegen die Wand drückte, um in einer brenzlichen Situation schnell genug wieder hinaus zu können, versuchte ich zwanghaft, nicht wie eine Irre zu wirken. Ob er meine Nervosität bemerkte? Bei seinem Talent, alles mitzubekommen, ohne hinzusehen, ganz bestimmt. Umso dankbarer war ich ihm, dass er sich dennoch nichts anmerken ließ.

»Gut, wenn du noch etwas brauchst, kannst du Ruby Bescheid sagen. Oder Harvey, er hat dich schließlich ja auch eingeladen.« Konnte ich da Verbitterung heraushören? Wut auf Harvey? Dass er mir das Angebot gemacht hatte?

»Hör zu, Scott«, begann ich, weil ich komischerweise das Bedürfnis hatte, mich zu erklären. »Ich kann verstehen, dass du mich nicht hier haben willst. Wenn es nach mir gehen würde, wäre ich auch woanders, aber –«

»Das hat nichts mit dir zu tun«, unterbrach er mich, bückte sich dann nach einer letzten Kiste Gerümpel und lief beinahe fluchtartig hinaus.

Für einen Moment blieb ich an die Wand gedrückt stehen und verarbeitete seine Worte. *Das hat nichts mit dir zu tun*? Womit denn dann? Ich konnte doch deutlich sehen, dass es ihm ganz und gar missfiel, dass ich nun länger blieb. Verwirrt schüttelte ich den Kopf und drehte mich zur Tür, um hinauszulaufen und ihn darauf anzusprechen. Dass er selbst schon wieder auf dem Weg ins Innere war, bemerkte ich zu spät und knallte gegen seinen großen Oberkörper. Erschrocken trat ich einen Schritt rückwärts – nur leider mit dem falschen Fuß.

Schmerzerfüllt verließ mich jegliche Kraft und mein Knie klappte zusammen. Im richtigen Moment schnellten seine Hände unter meine Arme und verhinderten, dass ich auf meinen Hintern fiel. Mein Herz raste, als ich hinaufblickte und erkannte, wie nah er mir doch war. Seine Augen sprachen *Pass doch auf*, sein Mund zeigte ein Schmunzeln.

»Du musst definitiv besser aufpassen, wenn du dir nicht noch deinen anderen Fuß kaputtmachen willst«, hörte ich irgendwo hinter dem dumpfen Klopfen meines Herzens, das in meinen Ohren dröhnte.

Und ehrlich gesagt, wusste ich nicht, was schlimmer war: Dass er mich so innig berührte oder schließlich losließ.

Während er schon in der nächsten Situation war, an mir vorbeilief und nach den letzten Kleinigkeiten griff, taumelte ich nach hinten und ließ mich auf der Schlafcouch nieder. Seine Zeit schien schneller zu laufen als meine. So hallten in meiner noch die Geschehnisse nach, spürte ich stets noch seinen Griff und versuchte zwanghaft die Worte zu ordnen, die ich vor wenigen Momenten zu ihm hatte sagen wollen.

»Im Kühlschrank ist noch ein Kühlakku für deinen Fuß«, sagte er, als wäre ich soeben nicht fast an einem Herzinfarkt gestorben, und verabschiedete sich schließlich.

Bevor ich wieder im Jetzt ankommen und in meinem Tempo hinauseilen konnte, verschwand sein Wagen bereits im dichten Nebel des aufgewirbelten Sandes und ich wurde das Gefühl nicht los, dass auch er vor irgendetwas flüchtete.

Im Inneren des Cottages war es angenehm kühl. Die Bäume und kleinen Fenster ließen kaum Licht hinein. Unschlüssig zog ich die Tür hinter mir zu und drehte den Schlüssel um. Dann erkundigte ich alles nochmal in Ruhe. Das Bad war geradeso groß genug, um sich einmal darin zu drehen. In der einen Ecke gab es eine kleine Dusche, daneben lag die Toilette und rechts neben dem Eingang das Waschbecken. Ruby – oder war es Scott gewesen? – hatte mir netterweise Handtücher und Waschzeug hingelegt. Ich humpelte zurück ins Zimmer und ließ mich auf der Couch nieder, um meinen Fuß zu betrachten. Vorsichtig wickelte ich den Verband ein wenig ab. Der Schmerz war heute stärker als gestern und mittlerweile glich die Farbe meines Knöchels einer bunten Galaxie. Na ja, schlimmer würde es sicherlich nicht mehr werden – hoffte ich zumindest. Auch wenn es sehr schön hier war, nervte mich meine Abhängigkeit von der Familie Collister gewaltig. Am liebsten hätte ich als Dankeschön sofort mit angepackt, damit ich zeitnah wieder aufbrechen konnte. Doch das musste wohl noch etwas warten.

Seufzend legte ich den Verband wieder richtig an und griff dann nach meinem Rucksack, um meine Sachen auszupacken. Die meisten meiner wenigen Klamotten schmiss ich ins Bad, um sie sofort mit der Hand waschen zu können, denn ich wollte Ruby nicht auch noch meine Wäsche aufdrängen. Den Rest legte ich in ein Regal, in dem neben ein paar Werkzeugkisten noch Platz war. Campingutensilien wie mein Zelt, meine Plane oder mein Gaskocher ließ ich in der Tasche und mein heiß geliebtes Messer verstaute ich unter meinem Kopfkissen. Dann öffnete ich die Seitentasche meines Rucksacks, um mich nochmal mit meinem Notizbuch auf die Eingangsstufen zu setzen und das letzte Licht des Tages in mir aufzunehmen. Doch als ich ins Innere griff, fand ich nur meinen Ersatzstift. Verwundert warf ich nochmal einen genauen Blick hinein und durchsuchte dann all die anderen Taschen. Nichts. Auch zwischen meinen Klamotten konnte ich kein einziges Blatt Papier finden. Panisch durchsuchte ich jede Ecke des Cottages, sogar jene, in denen ich selbst zuvor noch gar nicht gewesen war und mein Buch daher unmöglich dort sein konnte. Doch es war nirgends zu finden. Meine Worte, meine Erinnerungen, meine Mum – sie waren alle fort. Aufgewühlt brach ich auf dem Boden zusammen und weinte mir die Seele aus dem Leib. Wo hatte ich es zuletzt gehabt? Wann hatte ich zuletzt geschrieben? Am See? Ich wusste es nicht mehr, ich wusste nicht, wo ich es gelassen hatte, und diese Ungewissheit zerbrach mir das Herz. Wie sollte ich ohne es zurechtkommen? Wie sollte ich meine Gedanken ordnen können? Was war, wenn irgendjemand es fand? Wenn *er* es fand und dann vielleicht auch mich?

Wie ein Embryo rollte ich mich schluchzend auf dem Boden zusammen, malte mir das Schlimmste vom Schlimmsten aus und dachte an all die verloren gegangenen Worte und jene, die in der Tiefe meines Inneres schlummerten und nicht hinaus konnten. Ich würde an ihnen ertrinken, das wusste ich.

Die Nacht wurde zum Morgen und meine Augen waren stets geöffnet. Ausgelaugt setzte ich mich auf und warf einen Blick aus dem kleinen Fenster der Eingangstür. Die Sonne versteckte sich noch hinter den Bäumen, ich war vor ihr wach. Normalerweise zog ich an solchen Morgen mein Notizbuch hervor und brachte Ordnung in meinen Kopf – na ja, ich versuchte es zumindest. Doch das ging nun nicht mehr und vielleicht war es ja auch gut so. Ich meine, vielleicht war dies ein Zeichen. Ein Zeichen, dass es an der Zeit war, mein Leben nun ohne Hilfsmittel meistern zu müssen. Ich schluckte. Wie sollte das nur funktionieren?

Um mich abzulenken und meine Zeit zu vertreiben, machte ich mich daran, meine Wäsche zu waschen. Im Anschluss humpelte ich vorsichtig nach draußen, um nach einer Stelle zum Trocknen zu suchen. Wie eine Flutwelle strömte das Gold der aufgehenden Sonne ins Cottage und ich verharrte kurz, um den im Raum hängenden Staubkörnern beim Tanzen zuzusehen. Als ich mit der Hand durch die Strahlen fuhr, verschwand der Staub in alle Richtungen wie eine aufgebrachte Menschenmenge. Voller Panik, voller Furcht. Durcheinander, wie ich es war. Doch sie beruhigten sich wieder, stimmten wieder einen gemeinsamen Takt an und ließen sich in der Sonne hin und her wiegen. Vielleicht würde ich das auch irgendwann können.

Das erste Licht brachte sofortige Hitze mit sich und ich war mir sicher, dass meine Kleidung schon in spätestens einer Stunde trocken sein würde. Ich warf einen Blick zum Wohnhaus, das hinter der blendenden Sonne aber vollkommen zu verschwinden schien. Angestrengt kniff ich die Augen zusammen und legte meine flache Hand an meine Stirn, um die Strahlen abschirmen zu können, als ich in der Ferne eine Bewegung ausmachte. Ein Wagen kam näher, das konnte man nun auch deutlich hören. Der sandige Kies krachte unter den Reifen, als Scotts Polizeiauto vor dem Cottage zum Stehen kam. Ohne es wirklich realisiert zu haben, war ich zurück ins Innere geflüchtet und stand nun im Eingang. Scott stieg aus, blieb aber an der Fahrertür stehen. Ich musste laut schlucken, als mein Blick wie von selbst über seine Uniform wanderte. Er sah damit direkt ganz anders aus. Anders im Sinne von … heiß. Lässig lehnte er sich über das Dach des Wagens. Seine Haare waren gepflegt zur Seite gegelt, der Bart gestutzt. Nur sein Gesichtsausdruck war derselbe.

»Guten Morgen.« Seine tiefe Stimme ließ all die anderen Geräusche um mich herum verstummen. »Harvey kommt dich in einer halben Stunde abholen. Ruby hat für dich Frühstück gemacht.«

Das war's. Mehr kam nicht mehr. Kein »Hast du gut geschlafen?« oder »Wie geht es deinem Fuß?«. Zum Glück! Scott schien Smalltalk genauso sehr zu hassen wie ich.

»Okay«, sagte ich mit ungewöhnlich fester Stimme und trat dann einen Schritt hinaus. Ehe er einstieg, bedachte er mein Humpeln, musterte mich dann nachdenklich. Schließlich landete sein Blick wieder in meinem Gesicht und für einen Moment konnte ich in seinen Augen dieselbe Müdigkeit erkennen, wie ich sie in meinem Inneren fühlte.

»Züchten Sie die Pferde?«, fragte ich, als ich nur zwanzig Minuten später in Harveys Wagen saß und wir an der Koppel vorbeifuhren.

»Nein, Pferdezucht ist nicht unbedingt mein Ding. Die Pferde gehörten meiner Schwägerin Eve, Scotts Mutter. Jetzt kümmert sich Scott darum. Na ja, sollte er zumindest.«

Unauffällig musterte ich Harveys Gesichtsausdruck. Mir war schon gestern aufgefallen, dass das Verhältnis zwischen Scott und ihm nicht das beste war. Dabei hatte ich schon nach kurzer Zeit so viele Ähnlichkeiten entdeckt. Harveys Auftreten war genauso kalt und unnahbar wie das seines Neffen, wenn er grübelte, bildete sich zwischen seinen Brauen die gleiche tiefe Falte, und sogar die Art, wie sie liefen, war die gleiche. Woher diese Kälte wohl kam?

Harvey deutete auf eine große Wiese neben dem Maisfeld. »Dafür züchten wir aber Rinder. Dort auf der Wiese, sie breitet sich hinter den Bäumen noch weiter aus, bin ich gerade dabei, einen neuen Weidezaun zu installieren.«

Erstaunt blickte ich über das Gelände und erkannte, dass sich am Waldrand zwischen den Bäumen ein schmaler Durchgang befand, hinter dem sich noch mehr Wiesen und Felder ausbreiteten.

»Ich wusste nicht, dass das noch alles zur Farm gehört.«

Harvey lachte rau. »Es geht hinter dem Haus noch weiter. Früher habe ich mit Ruby alleine hier gewohnt. Scott, Bonnie und ihre Eltern hatten noch ein Haus die Straße rauf.«

Harvey deutete mit einem Kopfnicken hinters Haus, als er am Hof hielt, wo sich der Weg in den Wald verlängerte. Sie *hatten* noch ein Haus gehabt? War es abgerissen worden? Vermietet? Neugierig spähte ich beim Aussteigen zwischen die Bäume, konnte aber nichts erkennen.

»Schau mal, Giulia!«

Bonnies Stimme drang aus dem Stall, zarte Schritte folgten. Sie lief zur Veranda und kramte aus einer Kiste mit Stiften und Blättern ein Bild hervor. Im Schleichtempo folgte ich ihr und ließ mich neben ihr auf den Stufen nieder.

»Das habe ich für dich gemalt«, berichtete sie stolz und hob das Papier.

»Wow, das sieht ja toll aus! Bin das etwa ich?«

Schmunzelnd deutete ich auf eine krakelige Figur, die einen dicken weißen Verband am Fuß und einen großen Rucksack auf dem Rücken trug. Bonnie lachte.

»Ja! Und schau, das bin ich und das ist Sammy.«

Sie erklärte mir genauestens den Aufbau des Bildes, berichtete, wer wo stand und weshalb sie Sammy auf dem Kopf gemalt hatte.

»Weißt du, mein Onkel hat mir erklärt, dass Hunde Hitze nicht so gut ertragen können wie wir Menschen und es ist ja so unerträglich heiß. Deswegen liegt Sammy total müde und kaputt auf dem Rücken.«

Obwohl Bonnie in total ernstem Ton sprach, musste ich lachen. Wie unheimlich schlau die Kleine doch war.

Ruby holte uns zum Frühstück rein. Ich hatte zwar eigentlich kaum Hunger, konnte den warmen Rühreiern dennoch nicht widerstehen. Ruby fragte mich all die Fragen, die Scott nicht gestellt hatte. Wie es meinem Fuß ging, wie meine Nacht gewesen und mein heutiges Empfinden war. Und obwohl ich Smalltalk hasste, fühlte es sich bei ihr vollkommen normal an. Sie interessierte sich wirklich, sorgte sich wirklich um mich, als wäre ich schon Teil dieser Familie. Weil sie so herzlich war, erzählte ich schließlich auch etwas mehr von mir. Zum Beispiel, dass ich mit Mum früher auch auf einem Reiterhof gelebt und es mich nun wieder in die Natur gezogen hatte. Warum das so war, behielt ich aber für mich. Es war besser, wenn davon niemals jemand erfahren würde.

»Habt ihr vielleicht zufällig irgendwo ein rotes Notizbuch von mir liegen gesehen?«, traute ich mich dann schließlich nach dem Essen zu fragen.

»Ein Notizbuch? Hm …« Ruby überlegte, während sie einen Teller abwusch. Ich saß mit einem Stuhl neben der Spüle und half beim Abtrocknen. Nur doof rumzusitzen und bedient zu werden, war einfach nicht mein Ding.

Erst recht nicht bei einer Familie, die mir so herzlich Obhut geboten hatte.

»Nein, ich habe nichts gefunden. Bonnie, hast du etwas gesehen?« Bonnie saß am Esstisch und war gerade dabei, ein Pferd zu malen. Doch auch sie schüttelte ahnungslos den Kopf.

»Ist dein Gemüse schon geerntet?« Harvey trat von draußen hinein, doch Ruby ignorierte seine Frage.

»Harvey, hast du ein Notizbuch gefunden?«

»Was für ein Notizbuch?«

»Giulias Notizbuch.«

Beschämt zog ich den Kopf ein und zwang mich zu einem Lächeln. Auch wenn es mir wichtig war, hatte ich dennoch nicht vorgehabt, solch einen großen Wind darum zu machen. Ich wollte nicht, dass jemand hinterfragte, was da so Wichtiges drinstand.

»Ich habe nichts gesehen, aber ich kann mal Scott fragen.«

»Nein, nein!« Meine Stimme war lauter als geplant, panischer als geplant. Nervös hängte ich noch einen Lacher daran und winkte ab. »So wichtig ist es nicht.«

Dass Scott davon mitbekam, hätte mir gerade noch gefehlt. Ich konnte mir gut vorstellen, welchen Gesichtsausdruck er dabei haben würde: fragend und sicherlich voller Spott, warum ich mir nicht einfach ein neues kaufte. Außerdem hatte ich schon von der ersten Begegnung an als naives, planloses Dummchen vor ihm dagestanden. Ich wollte ihm nicht noch mehr Gründe dafür geben, mich so zu betrachten.

Harvey ließ das Thema sein und widmete sich zum Glück wieder Rubys Gemüse.

»Also«?«, fragte er ungeduldig nochmal nach. »Ist das Gemüse geerntet?«

»Noch nicht alles.«

»Ich dachte, Scott hat dir bereits geholfen! Wie stellt er sich das vor?! Am Wochenende ist schon der Markt und –«

»Hör auf, Harvey!«

Mit einem Mal war Rubys liebliche Art verschwunden. Jetzt wirkte sie einfach nur noch erschöpft und aufgebracht. Irgendwie zerbrechlich, gar nicht so stark und unbeschwert, wie ich sie eingeschätzt hatte. Und als sie ihrem Sohn einen warnenden Blick zuwarf, kam mir der Gedanke, dass nicht nur Scott und Harvey mit irgendetwas zu kämpfen hatten. Nein, Ruby litt auch. Still und heimlich, um die Familie dennoch zusammenzuhalten.

»Die Radieschen und Möhren fehlen noch. Um die wollte ich mich heute kümmern«, warf Ruby schließlich wieder mit einem liebevolleren Ton hinterher. Diesmal wirkte er jedoch ziemlich erzwungen.

»Da kann ich doch helfen!« Mein Vorschlag schob sich wie eine schützende Mauer zwischen die beiden. »Ich meine, wenn ich mir einen Hocker nehme? Oder mich aufs Beet knie? Ich weiß ja nicht, wie man das macht.«

Jetzt lächelte Ruby wieder. Zwar nicht ganz so ausgelassen wie zuvor, doch es genügte, um mir ein besseres Gefühl zu geben. Wenn ich die Chance hatte, den Collisters zu helfen, – egal ob körperlich oder seelisch –, dann nahm ich dies natürlich sofort in Angriff.

»Das ist lieb. Wir schauen mal, wie wir das mit deinem Fuß am besten machen.«

Ich nickte und warf dann einen Blick zu Harvey. Scotts Onkel hingegen schien noch nicht ganz zufrieden zu sein. Grummelnd ließ er schließlich von uns ab und lief zurück in den Hof, um seiner Arbeit nachzugehen.

»Tut mir leid, falls ich euch damit auf die Füße getreten bin«, gab ich leise von mir und verzog eine schuldbewusste Grimasse.

Ruby schüttelte lachend den Kopf. »Ach Liebes, du bist uns doch nicht auf die Füße getreten. Harvey ist ein alter sturer Farmer und auch Scott hat in den letzten Jahren viel von ihm übernommen. Aber glaub mir, ihr Verhalten hat ganz und gar nichts mit dir zu tun! Niemals!«

Liebevoll fuhr sie mir über die Schulter und ich musste bei ihren Worten auch an Scotts gestrige Bemerkung denken. *Das hat nichts mit dir zu tun.*

Vielleicht hatte es das ja wirklich nicht, vielleicht besaß Scotts mürrisches Verhalten mir gegenüber ja wirklich keinen persönlichen Grund. So, wie es bei mir kein persönliches Problem dafür gab, dass ich nicht mit ihm in einem geschlossenen Raum stehen wollte. Innerlich spürte ich Erleichterung.

Nur ein Problem gab es dabei trotzdem: Zu wissen, dass sein Verhalten nicht an mir lag, schürte meine Neugier, zu erfahren, was sein eigentliches Problem war.

»Giulia, kommst du am Wochenende mit zum Markt?«

Wie aus der Versenkung tauchte plötzlich Bonnies Stimme auf. Ich hatte vollkommen vergessen, dass sie ja auch noch mit im Raum war.

»Was denn für ein Markt?«

Ruby stellte laut krachend das Geschirr zurück in den Schrank, dann wandte sie sich wieder mir zu.

»Einmal im Monat wird in der Stadt ein kleiner Markt veranstaltet, bei dem jeder, der möchte, seine Ernte verkaufen kann. Ich mach das jetzt schon seit Jahren mit ein paar Freundinnen, es macht wirklich Spaß! Du kannst gerne mitkommen. Wir nehmen dir einfach einen Stuhl mit.«

Ein kleiner Markt in einer kleinen Stadt. Ich musste lächeln. Auf solch eine schöne Art und Weise helfen zu können, hinterließ in mir seit langem mal wieder ein Gefühl voller Vorfreude. Etwas, das ich als zukunftsängstliches Mädchen kaum mehr kannte. Doch es war da, es brachte mich zum Lächeln und ich wusste, dass ich mit Bonnie, Ruby und ihren Freundinnen sicherlich eine schöne Zeit haben würde.

»Scott hilft meistens auch mit!«, warf Ruby noch hinterher und mein Lächeln verwandelte sich in eine gezwungene Grimasse.

Egal, es würde trotzdem schön werden! Auch wenn Scotts Art mich immer noch in den Wahnsinn trieb, auch wenn sein Auftreten mich unheimlich nervös machte.

Auch wenn meine Gedanken redlich verrücktspielten, sobald er in meiner Nähe war.

9

Scott

Im Revier war es unglaublich schwül und stickig. Sowas wie eine Klimaanlage gab es nicht, wir mussten uns auf geschlossene Fensterläden verlassen. So ganz funktionierte das jedoch nicht. Verzweifelt griff ich immer wieder zur Wasserflasche, versuchte mich abzukühlen. Dabei war ich hier derjenige, der mit Hitze noch am besten klarkam. Die Arbeit auf der Farm hatte mich definitiv abgehärtet, doch blöden Papier- und Bürokram zu erledigen, fand ich in brüllender Hitze irgendwie nochmal schlimmer, als mich stumpfer körperlicher Arbeit zu widmen. Meine Kollegen wedelten hilflos mit ein paar Unterlagen vor ihren Gesichtern, unwissend, dass die warme Luft ihre Hemden nur noch nasser machte.

Mein Hemd war trocken, lediglich ein paar Schweißperlen prangten auf meiner Stirn und an vereinzelten gesunden Hautstellen zeigte auch meine Uniform nasse Flecken auf. Vernarbtes Gewebe zu besitzen, war Fluch und Segen zugleich. Schweißdrüsen gab es dort nämlich gar nicht, dafür plagten mich in der Hitze aber schneller Kreislaufprobleme und sowieso würde ich ab und an am liebsten einfach mein Langarmhemd abstreifen und mich, ohne der Gefahr ausgesetzt zu sein, mich zu verbrennen oder Rubys und Bonnies erschrockenen Blick sehen zu müssen, ein Stückweit von der Wärme befreien. Vielleicht zählte der Sommer deswegen zu meinen meistgehassten Jahreszeiten, obwohl er doch einst meine liebste gewesen war.

»Kommst du nach der Arbeit mit? Wir müssen noch das Feuerwerk besorgen.« John tauchte hinter meinem Bildschirm auf und schob sich in mein Sichtfeld. Ich hatte nicht viele Freunde – na ja, eigentlich hatte ich nur John. Damit war er eigentlich automatisch mein bester Freund. So bezeichnete ich ihn aber dennoch nicht, schließlich waren wir zwei unterschiedlich wie Tag und Nacht, unternahmen außerhalb der Arbeit kaum etwas miteinander und er teilte viele Ansichten, die ich nicht befürwortete. Streng genommen kannte ich ihn kaum und doch tat es ab und an ganz gut, Zeit mit ihm zu verbringen. John war ein Draufgänger, schon während der Schulzeit hatten alle Frauen den Blondschopf angehimmelt. Damals hatten wir uns aber nur flüchtig gekannt, beziehungsweise ich hatte ihn gekannt, er mich nicht. Erst in der Polizeischule waren wir dann Freunde geworden.

John war immer gut drauf – und damit meinte ich immer. Seine positive Energie konnte mich an schlechten Tagen stets aufheitern, weswegen ich, auch wenn er manchmal wirklich ein Arsch sein konnte, seine Anwesenheit dennoch schätzte.

»Ich habe keine Zeit, sorry«, antwortete ich, ohne vom Bildschirm hochzusehen, und dennoch wusste ich genau, wie Johns Gesichtsausdruck nun aussah.

»Ach, du bist doch scheiße.«

»Danke, ich hab dich auch lieb.«

»Ich mein's ernst, Scott.« John legte protzend seine

Beine auf den Tisch und stöhnte. Wenn Sheriff Moore nun aus seinem Büro käme, würde John einen gewaltigen Einlauf bekommen. Unser Chef war sowieso schon schlecht auf ihn zu sprechen. Bei seiner Arbeitsmoral war das aber auch verständlich.

»Wenn du schon nie mit zum Fest kommst, kannst du wenigstens mithelfen!«, hakte er jammernd nach. »Du *musst* übrigens sogar mithelfen. Gehört zu unseren Pflichten.«

Ich warf ihm einen genervten Blick zu, doch er grinste nur.

»Ach, jetzt sind dir deine Pflichten plötzlich so wichtig?«, antwortete ich und hob die Brauen.

»Ich nehme all meine Pflichten sehr ernst! Ich diene meinem Land und meinem Dorf und bin sofort zur Stelle, sollte eine Kuh umfallen!«

Ein Schmunzeln huschte über meine Lippen. Amüsiert schüttelte ich den Kopf und widmete mich wieder meinem Polizeibericht. Doch John dachte gar nicht daran, lockerzulassen. Lauthals warf er seine Beine zurück auf den Boden und lehnte sich über den Tisch.

»Das Sommerfest ist zu Ehren der Feuerwehr – unserer Kollegen. Wir sind dazu angehalten, bei den Vorbereitungen zu helfen, Scott.«

»Jaja, ich weiß«, stöhnte ich. »Tu aber nicht so, als würde es dir dabei nur um die Hilfe unserer Kollegen gehen. Du hast ganz andere Gründe, dieses Fest vorzubereiten.«

»Eine warme Sommernacht, gutes Bier und Studentinnen, die aus der Großstadt zurückkommen, um ihre Eltern zu besuchen!«, zählte er in schwärmendem Ton auf und bestätigte meine Aussage damit vollkommen. »Das Sommerfest ist fast die einzige Möglichkeit, dass in diesem Kaff mal etwas passiert. Die einzige Möglichkeit, mal jemanden kennenzulernen.«

»Du bist doch mindestens dreimal im Monat in Knoxville zum Feiern und lernst dort Frauen kennen.«

Er verdrehte die Augen. »Das ist doch nicht dasselbe. Annika, Hannah, Ellie, Marie – all unsere alten Schulfreundinnen werden zum Fest kommen. Das ist doch ein Besuch wert!«

Ich hob die Brauen. Diese Mädchen waren nie unsere *Schulfreundinnen* gewesen. Der einzige Grund, weshalb er sich so auf sie freute, war, dass er immer noch nicht über seine Ex-Freundin Michelle hinweg war und die Hoffnung hatte, sie würde auch kommen. Aber das würde er natürlich niemals zugeben.

»Sarah kommt sicherlich auch wieder.« Aus dem Klang seiner Stimme konnte ich ganz genau heraushören, dass er breit grinste. Wahrscheinlich wackelte er dabei noch wild mit den Brauen und hoffte, dass mich diese Information umstimmen könnte. Ganz im Gegenteil.

»Noch ein Grund, nicht hinzugehen«, antwortete ich plump und lief zum Drucker, in der Hoffnung, ihn so abwimmeln zu können. Fehlanzeige.

»Du tust so, als wäre sie so schrecklich«, hakte er nach und lief mir hinterher.

Sarah war meine Ex-Freundin aus dem Abschlussjahr, im Gegensatz zu ihm war ich über diese aber schon längst hinweg. Warum damals Schluss war, hatte ich ihm nie erzählt. Er dachte, dass es dann einfach nicht mehr funktioniert hatte, als sie für ihr Studium nach Nashville gezogen war und ich hier blieb. Die Wahrheit war aber viel härter und wenn er sie kennen würde, würde er sicherlich aufhören, Sarah immer noch so hoch anzupreisen.

»John«, begann ich genervt und drehte mich zu ihm um. »Ich helfe gerne, aber heute kann ich einfach nicht.«

»Wann kannst du denn?«

Ja, das war eine gute Frage. Eigentlich hatte ich nie Zeit und Harvey würde sicherlich nicht begeistert sein, wenn er erfuhr, dass ich nach der sowieso schon unnötigen Arbeit im Präsidium meine Zeit fürs Dekorieren nutzte, wobei ich ihm ausnahmsweise mal recht geben musste.

»Collister, Duster!« Die tiefe Stimme von Sheriff Moore drang durch den Raum. »Ich möchte, dass Sie beide auf Streife fahren. Am Wickfield Lake sind wohl wieder ein paar illegale Schwimmer gewesen und irgendjemand muss dort die letzten Nächte auch übernachtet haben. Es kann sein, dass sich in den Wäldern Obdachlose oder Landstreicher rumtreiben.«

Ich schluckte. Erst vorgestern hatte ich selbst dort illegal gebadet, mit Bonnie die Regeln gebrochen. An manchen Tagen merkte ich, dass dieser Job nur eine Ausrede war und keine Leidenschaft. Dass ich nur zur Polizei gegangen war, um mich in diesem Kaff von der Farm und meinem Onkel ablenken zu können. Wie sollte ich jemanden vom See verscheuchen und Regeln hoch anpreisen, wenn ich mich selbst nicht an sie hielt? Wenn nicht mal ich selbst sie für richtig hielt?

John sprang auf, schnappte sich seine Schlüssel und ging zur Tür. Dann drehte er sich noch mal auf der Hacke um, lehnte sich in den Türrahmen und zeigte seine weiß blitzenden Zähne.

»Wird gemacht, Chef!«, trällerte er, warf mir dann noch einen auffordernden Blick zu und verschwand nach draußen.

Der Sheriff schüttelte teils amüsiert teils besorgt den Kopf. Schon in der High School hatte er des Öfteren mit

John zu tun gehabt, nur leider auf keine so schöne Art und Weise. Paradox, dass genau er, der in seiner Jugend ständig die Regeln gebrochen hatte, nun bei der Polizei war. Doch im Gegensatz zu mir schien dieser Job genau sein Ding zu sein. Gefürchtet, begehrt und angesehen zu werden, war Johns Leidenschaft. Meine eher weniger.

»Passen Sie auf ihn auf«, bat Moore mich, als ich ihm schmunzelnd auf die Schulter klopfte und John schließlich folgte.

Am See gab es keine Spur von irgendwelchen Badenden und ein Zelt war auch nirgends aufgeschlagen. Ich hatte bereits geahnt, wer gemeint gewesen war, als Moore uns über den unerwünschten Übernachtungsgast informiert hatte. Sicherlich hatte Giulia am See gezeltet und gerade aufbrechen wollen, als sie sich verletzt hatte. Scheinbar war ihre Anwesenheit in der Gegend schon bemerkt worden. Coker Creek war ein kleines Städtchen und Touristen gab es bei uns nicht. Wenn eine Fremde mit vollgepacktem Rucksack und einem Zelt durch die Natur streifte, fiel das auf, selbst wenn man die Menschen mied, wie es Giulia ganz klar getan hatte.

John setzte seine Pilotenbrille auf und erfüllte damit jedes Klischee eines Cops. Während ich bei Verkehrskontrollen oder Kontrollen anderer Art eigentlich immer nur stumm Formulare ausfüllte, spielte er gerne den großen Helden, ließ den Machtvollen raushängen. Dabei fummelte er meist provozierend an seiner Waffe und legte ein arrogantes Schmunzeln auf, das er auch zum Flirten benutzte. Eigentlich hasste ich solche Typen, hatte John selbst in der Schulzeit auch kaum leiden können, und doch konnte ich nun auch nicht mehr ohne ihn. Wir hassten und liebten uns, wie Brüder es taten.

»Also wenn du mich fragst, hier ist niemand«, meinte ich und drehte mich zum Auto um.

»Wir haben noch gar nicht alles abgesucht. Komm schon, wir müssen sie kriegen!« John schlich über die Äste von Baumstamm zu Baumstamm und wirkte dabei, als wäre er einer schlechten James-Bond-Nachmache entsprungen.

»Mach dich doch nicht zum Affen, John!«, raunte ich, als er stolperte und seine Sonnenbrille verlor.

John fing sich wieder, packte seine Sonnenbrille zurück und kam dann auf mich zu. Mit skeptischem Gesichtsausdruck musterte er mich eine Zeitlang.

»Scott, was ist eigentlich mit dir los? Den ganzen Tag bist du schon so pampig.«

»Das bin ich doch immer.« Ich gab einen leisen Lacher von mir.

»Nein, heute bist du nicht nur pampig, du bist auch irgendwie komplett abwesend. Ständig in Gedanken, ganz woanders. Vorhin hatte ich das Gefühl, du hörst mir gar nicht zu.«

John hatte nicht unbedingt unrecht. Mal davon abgesehen, dass Harvey, das anstehende Sommerfest und die unerledigte Arbeit auf der Farm mir redlich zu schaffen machten, war da noch etwas anderes, das mich beschäftigte. Jemand anderes.

Ich wusste immer noch nicht, wer Giulia wirklich war. Wusste nicht, woher sie kam, was sie hier machte und warum zur Hölle es mich so beschäftigte, das rauszubekommen. Mir war schon längst klar, dass diese Neugier nicht mehr ausschließlich meinem Misstrauen ihr gegenüber entsprang. Da war ein innerer Wille, sie kennenzulernen. Ein innerer Wille, ihr vielleicht doch irgendwann zu vertrauen, weil sie meiner Familie ganz eindeutig guttat – bisher zumindest.

Ich schüttelte unauffällig den Kopf. Vielleicht war das doch keine so gute Idee. War es noch nie gewesen.

»Quatsch, das ist nur der Stress«, winkte ich ab. »Komm jetzt.«

John musterte mich mit schräg gelegtem Kopf, nickte dann schließlich nachdenklich und sah sich ein letztes Mal um. Stöhnend stapfte er schließlich an mir vorbei und stieg in den Wagen.

Als wir den langen Feldweg zur Stadt entlangfuhren, visierte ich die Umgebung genauer. Vielleicht war die Gegend ja doch seit neuestem ein beliebtes Ziel für Wanderer, vielleicht gab es ja öfters Touristen hier. Zeiten änderten sich schließlich ständig und eventuell war Giulia ja gar kein Landstreicher, wie der Sheriff es genannt hatte. Verwirrt schüttelte ich den Kopf. Wieso suchte ich nach Gründen, die Giulia besser darstellten? Wieso wollte ich sie mir schönreden? Sie selbst hatte sich verirrt gehabt, sie selbst war nicht gezielt nach Coker Creek gekommen, um hier einen Wandertrip zu unternehmen. Verwirrt und halb verdurstet war sie umhergestreift, sichtlich ohne jegliche Erfahrung. Wieso zur Hölle hatte sie das getan? War sie vielleicht eine Kriminelle, die auf der Flucht war? Nein, sicherlich nicht. So planlos und naiv, wie ich sie bisher kennengelernt hatte, hätte sie sicherlich nicht mal den Diebstahl eines Apfels gebacken bekommen.

Ohne es zu merken, tauchte plötzlich ein Lächeln auf meinen Lippen auf. Es festigte sich, als ich an ihren verwirrten Gesichtsausdruck zurückdachte, als sie im Cottage gegen mich geknallt war. An die verzweifelte Wut, die in ihrem Gesicht gestanden hatte, als sie am See widerwillig nachlassen musste. Oder an das begeisterte Lächeln auf ihren Lippen, als sie unsere Pferde entdeckt hatte. So ehrlich und roh, dass es mir wirklich schwerfiel, all mein Misstrauen ihr gegenüber aufrechtzuerhalten. Nein, eine Kriminelle war sie sicherlich nicht. Trotzdem musste ich sie im Auge behalten, trotzdem musste ich aufpassen.

Gegen Feierabend plagte mich mal wieder der übliche Gedanke: dass zu Hause noch genug Arbeit auf mich wartete. Harvey verbrachte nun alle Zeit damit, sich um den Weidezaun zu kümmern. Also blieben andere Aufgaben an mir hängen.

Und ich sollte recht behalten: Als ich gegen halb sieben an der Koppel vorbeifuhr, kam Harvey mir auch schon entgegen.

»Ich habe die Hälfte der Pfähle schon aufgestellt.« Mein Onkel trat an den Wagen, zwischen seinen Fingern ein Zigarettenstummel. »Du kannst die Isolatoren befestigen, dann muss ich nicht nochmal rausfahren.«

»Dir auch hallo«, raunte ich ihm entgegen, als ich aus dem Wagen stieg und kopfschüttelnd zum Haus lief. Dass er mich nicht erstmal ankommen ließ, mich begrüßte, mich fragte, wie mein Tag gewesen war, verfrachtete meine Laune mal wieder komplett in den Keller.

»Jaja, hallo«, hörte ich ihn hinter mir murmeln. »Sei nicht so frech!«

»Darf ich mich erst umziehen?«, fragte ich genervt und drehte mich auf der Veranda nochmal um.

Harvey schob seinen Unterkiefer vor, musterte meine Uniform abfällig und schickte mich schließlich mit einem abweisenden Nicken ins Haus.

Wütend stürmte ich die Treppe in mein Zimmer hinunter. Unten angekommen riss ich meine Uniform vom Körper und feuerte sie auf den Boden. Dabei traf ich meinen Nachttisch und meine Lampe fiel laut scheppernd auf das harte Parkett. Seufzend ließ ich mich auf der Bettkante nieder und vergrub das Gesicht zwischen den Händen. Tränen brannten mir in den Augen, wütende Tränen.

Bis zum Tod von Mum und Dad hatten wir eigentlich ein relativ gutes Verhältnis gehabt. Klar, Streit gab es immer mal und Harveys kalte Art war auch schon zu Lebzeiten meiner Eltern ein Thema gewesen. Doch mit jedem Tag, der ohne Mums Ruhe und ohne Dads Witz verging, übernahm Harveys Kälte den Hof. Er war es gewesen, der mich ins Handwerkliche eingearbeitet hatte. Schon in Bonnies Alter hatte Harvey mir gezeigt, wie ein Traktormotor aufgebaut ist, wie man ihn repariert und fährt. Wie man die Tränken der Tiere richtig einstellt und im Winter enteist und wie man am Wagen Reifen wechselt, Öl überprüft und die Batterie austauscht. Dad hingegen hatte die landwirtschaftlichen Dinge übernommen, lehrte mich alles Wissen über die Rinderzucht, das Futter der Tiere und dem Anbau von Mais und Raps. All diese Dinge interessierten mich. Was mich aber wirklich begeistern konnte, waren Mums Pferde, und ich glaube, genau deshalb habe ich zu ihr eine solch tiefe Bindung gehabt. Wir hatten eine Leidenschaft, eine Liebe, während ich mit Dad und Harvey immer nur Arbeit geteilt hatte.

Erschöpft hob ich den Kopf und atmete tief durch, als ich Bonnies und Harveys Stimmen von oben hören konnte. Um weiteren Streit zu vermeiden, zog ich mich schließlich um und kühlte noch einmal mein Gesicht, um mir die gerötete Wut von der Haut zu waschen und etwas ruhiger zu werden. Anschließend räumte ich noch rasch meinen Nachttisch auf. Die Lampe und das gerahmte Bild meiner Eltern waren zum Glück noch heil, nur mein Tablettendöschen war aufgesprungen und hatte den Inhalt erfolgreich neben meinem Bett verteilt. Als ich danach greifen wollte, fiel mein Blick auf das Buch, das aufgeschlagen unter der Bettkante lag. Giulias Buch. Die Worte, die dort gekritzelt standen, ketteten sich an mich, verhinderten, dass ich den Blick abwenden konnte. Wie in Trance hob ich es vom Boden und tat das, was ich eigentlich nicht nochmal hatte tun wollen: lesen.

19. Januar 2017

Mein Recht zu Leiden – Ein Gedicht

Das leise Flüstern des Windes besucht mich jede Nacht, leistet mir Gesellschaft. Verwundet von erdrückender Einsamkeit inmitten lauter Zu-viel-samkeit warte ich auf seinen sanften Kuss, geschickt von einem fernen Ort. Seinem Zuhause.

Ob dies auch meines ist? Ob es diesen Ort wirklich gibt? Mein Zuhause?

Wenn in der tiefen Nacht die Welt zu schlafen scheint, öffne ich mein Fenster, lasse sein ruhiges Heulen hinein und stimme mit ein. Gemeinsam klären wir hoffnungslos unsere Seelen, versuchen vergebens, all unsere Narben zu heilen. Und wenn mein Blick hinaus ins Dunkle huscht, frage ich mich, welches Recht ich habe, neben dem Wind bekümmert zu sein. Welches Recht ich habe, mich von ihm trösten zu lassen. Er, der all die Laster der Erde auf sich trägt. Denn was sonst auf der Welt könnte die Baumwipfel zum Biegen und Schwanken bringen, außer dem Gewicht aller Worte, die niemals jemand zu sagen wagte? Aller Tränen, die niemals jemand zu weinen wagte?

»Scott!«

Hastig klappte ich das Buch zu und schmiss es zurück auf meinen Nachttisch, als wäre es ätzende Säure. Aufgewühlt von ihren Worten, taumelte ich aus dem Raum und stürmte die Treppe hinauf. Ich hatte Harvey schon viel zu lange warten lassen. Gedanklich war ich immer noch bei Giulias Gedicht, bekam nicht mit, wie stürmisch mein Gang war, und bemerkte dadurch auch viel zu spät, dass der Flur gerade passiert wurde. Erschrocken taumelte Giulia mitsamt des Korbes mit Möhren, den sie gerade in die Küche tragen wollte, gegen die Wand. Ihr Fuß versagte und sie stolperte zu Boden. Schon wieder.

»Tut mir leid«, stammelte ich, immer noch vollkommen weggetreten. »Ich habe dich nicht gesehen.«

Giulia rieb sich verwirrt den Kopf. »Wird das jetzt zur Gewohnheit bei uns?«

Auf ihren Lippen lag ein unsicheres Schmunzeln, doch ihre Stimme klang genervt. Diesmal war sie diejenige, die frech konterte, und ich derjenige, der rot anlief. In meinem Kopf herrschte pures Chaos. Da war Harvey, der immer noch draußen stand und mich wütend musterte, Giulias Worte, die sich in meinem Inneren immer und immer wieder wiederholten, und Giulia selbst, die immer noch auf dem Boden saß und sich gerade daran machte, alle Möhren aufzusammeln. Ohne es zu merken, musterte ich sie. Musterte jedes kleine Detail, das mir auffiel. Die leichten Sommersprossen auf ihren Schultern zum Beispiel, die sanften goldenen Strähnen, die sich unter ihr dunkles Haar gemogelt hatten, oder das Zittern ihrer Hände, das in dieser Situation besonders stark ausgeprägt war. Warum zur Hölle tat ich nichts? Wie ein Geisteskranker starrte ich auf sie hinab, bekam plötzlich keinen klaren Gedanken mehr zustande.

»Ist alles in Ordnung, Giulia?« Rubys Stimme holte

mich wieder in die Realität zurück. Verwirrt kratzte ich mich am Kopf, als mir meine Grandma einen bösen Blick zuwarf und Giulia stützte. Zum Helfen war es nun zu spät und erklären konnte ich mein Verhalten auch nicht wirklich, also flüchtete ich schließlich mit einem letzten »Entschuldigung« hinaus und ertränkte meine Gedanken in Arbeit.

Es dämmerte schon, als ich mich wieder auf den Weg machte. Ich war schon seit Stunden fertig, wollte aber noch etwas verharren. Hier draußen auf der Weide, umgeben von Bäumen und den Geräuschen der Natur. Immer noch in Gedanken bei Giulias Worten hängend, hatte ich mich an einem der Pfähle niedergelassen und versucht, für einen Moment die Welt aus ihren Augen zu sehen.

Mein Recht zu leiden. Ich fragte mich, welches Leid sie durchlebt hatte, dass sie ein solches Gedicht verfasste. Die Trauer in ihren Worten beschäftigten mich mehr, als ich gedacht hätte. Hatte sie denn gar niemanden, der auf sie wartete? Jemand, den sie anrufen und der sie abholen konnte? Dieser Mr Gray vielleicht? Ich schüttelte den Kopf. Meine Gedanken waren viel zu sehr von ihr und ihrem Notizbuch eingenommen. Es stand mir nicht zu, darin zu lesen, und es sollte nicht nochmal vorkommen. Am besten war es, ich vergaß all ihre Worte sofort wieder.

Im Wohnzimmer brannte noch Licht. Als ich eintrat, sah ich Ruby in ihrem altbekannten Sessel sitzen. Der Fernseher flackerte, bekam von ihr aber wenig Aufmerksamkeit. Sie hatte auf mich gewartet. Auf ihren Lippen tauchte ein liebevolles aber erschöpftes Lächeln auf, als sie langsam aufstand und zu mir kam. Bevor sie etwas sagte, musterte sie mich nachdenklich. Sie spürte immer genau, wenn mich etwas beschäftigte. Etwas anderes als der normale Alltagsstress mit Harvey.

»Was war das vorhin?«

Mein Blick schweifte ab, als sie diese Frage stellte. Wie sollte ich ihr erklären, was mit mir los war, wenn ich es selbst nicht verstand?

»Ich weiß es nicht, ich stand einfach komplett unter Stress.«

»Du stehst immer unter Stress«, konterte sie und presste ihre Lippen zusammen. »Weißt du, ich verstehe, dass du ihr nicht vertraust, dass du uns beschützen möchtest. Es ist immer einfacher, kalt und gefühllos zu sein als freundlich. Vor allem in deiner Situation, vor allem nach dem Tod deiner Eltern, den Geschehnissen mit Sarah –«

»Grandma.« Beschämt fuhr ich mir übers Gesicht. Ich hasste dieses verdammte Thema und das wusste sie.

Schützend hob sie die Hände. »Ich möchte damit nur sagen: Du bist nicht gefühllos, Scott. Auch wenn du das vielleicht denkst, auch wenn es einfacher ist. Du weißt nicht, was dieses Mädchen erlebt hat, dass es ihr einziger Ausweg ist, sich ohne Erfahrungen ganz alleine in die Natur zu stürzen und in Kauf zu nehmen, dabei vielleicht umzukommen.«

Ich presste die Lippen zusammen. So genau hatte ich darüber noch gar nicht nachgedacht. Wie auch? Ich wusste nichts über sie. Dass ihr der Gedanke an den Tod aber kaum Angst machte, hatte ich schon von Beginn an gespürt. Da war etwas anderes, vor dem sie sich viel mehr fürchtete.

»Ich habe nichts gegen sie«, meinte ich schließlich erschöpft und seufzte. Und das entsprach auch stets der Wahrheit. Ja, ich vertraute ihr immer noch nicht ganz, ja, ihre Situation war definitiv seltsam und sie selbst machte es mir mit ihrer bockigen Art auch nicht einfacher. Doch die wahren Gründe für meine kalte Art lagen weniger bei ihr, sondern viel mehr in meinen eigenen Ängsten. In meinen eigenen Vertrauensproblemen.

»Ich weiß, dass du nichts gegen sie hast«, antwortete Ruby zu meiner Überraschung und setzte ein vielsagendes Lächeln auf. Ehe sie weitersprach, fuhr sie mir über die Wange. »Aber genau das ist dein Problem, nicht wahr?«

Bevor ich antworten konnte, hauchte sie mir einen Kuss auf die Stirn und verschwand dann im ersten Stock. Und erneut sollte sie recht behalten.

10

Giulia

Dunkle Wolken brauten sich am Abendhimmel zusammen, als ich Donnerstag in Rubys Küche saß und Kartoffeln schälte. Seit fünf Nächten war ich nun schon hier, half, wo ich mit meiner Verletzung nur konnte. Die Momente, die ich mit Ruby oder Bonnie bisher hatte verbringen dürfen, mochten für die meisten Arbeit bedeuten, für mich waren sie ein Geschenk, von dem ich niemals gedacht hätte, dass ich es irgendwann mal bekommen würde. Gemeinsam zu Kochen, Gemüse zu ernten oder Wäsche aufzuhängen waren Tätigkeiten, denen ich mit meiner eigenen Familie, mit meiner eigenen Mutter, nie hatte nachgehen können. Die Gespräche, die ich dabei mit Ruby geführt, die Geschichten, die sie mir erzählt hatte und die Freude, die Bonnie mir so herzlich schenkte, ließen mich ab und an vergessen, *weshalb* ich eigentlich hier war. Warum ich diese Reise begonnen hatte, dass diese eigentlich noch nicht beendet war und ich nur vorübergehend bei den Collisters bleiben wollte. Doch es war schön, ausnahmsweise mal nicht von ständigen Panikattacken heimgesucht zu werden und mich ein bisschen ausruhen zu können. Körperlich sowie auch seelisch.

Meinem Fuß ging es schon viel besser. Allmählich schweiften das Lila und Blau in tiefes Gelb über und auch die Schwellung war etwas abgeklungen. So ganz konnte ich den Fuß jedoch immer noch nicht belasten, weshalb sich die mir zugewiesenen Tätigkeiten erstmal auf meine Hände konzentrierten. Das Kochen, Ernten und Waschen waren schön, doch wenn ich nach der Arbeit mit Bonnie in den Pferdestall lief oder wir an der Koppel vorbeifuhren, verspürte ich eine unglaubliche Sehnsucht. Hier wollte ich helfen, hier wollte ich arbeiten, bei den Tieren, im Freien. Die Ruhe und Zufriedenheit, die die Pferde versprühten, hatten mich schon als Kind beruhigen können. Vielleicht gab mir dieser Ort deshalb jenes Heimatgefühl. Der Duft von warmem Stroh, das Geräusch von scharrenden Hufen und einem Abschnaufen erinnerten mich an mein einstiges Zuhause, an eine bessere Zeit, und zum ersten Mal seit einer Ewigkeit verspürte ich Optimismus in mir. Auch wenn es nur ein Funke war, auch wenn es sein konnte, dass dieser Funken mit der nächsten Nacht schon wieder verglühte. Doch ich versuchte im Jetzt zu bleiben, versuchte die seltenen Momente, in denen ich diese Flamme von Glück in mir spürte, voll und ganz auszukosten.

Als alle Kartoffeln geschält waren, reichte ich Ruby den Topf. Diese stellte ihn auf den Gasherd, fügte etwas Salz hinzu und ließ das Ganze dann köcheln.

»Das wird das erste Gewitter diesen Sommer«, bemerkte sie, ohne sich mir zuzuwenden. Als hätte sie genau gemerkt, dass ich in diesem Moment den Blick aus dem Fenster warf.

»Es wurde auch langsam mal Zeit«, fügte sie hinzu und wendete das Gemüse. »Wir brauchen den Regen.«

Unsicher blickte ich den schwarzen Wolken entgegen, die sich hinter dem Wald bedrohlich näherten. Weit entfernt konnte man es schon grollen hören. Wir hatten kurz nach sechs, um diese Uhrzeit war es eigentlich noch taghell und heiß wie in der Wüste. Doch nun, wo das Schwarz der Wolken jegliches Tageslicht zu stehlen schien, wurde mir mit einem Mal richtig kalt. Was wohl gewesen wäre, wäre ich nun immer noch alleine unterwegs? Im Wald hätte ich bei einem Gewitter nicht bleiben können und auch mein Zelt hätte mich kaum geschützt. Mir wurde klar, dass ich bei meinem sowieso viel zu unüberlegtem Aufbruch niemals über die Möglichkeit nachgedacht hatte, einem Gewitter ausgesetzt zu sein, und mal davon abgesehen, dass ich schreckliche Angst vor diesem Naturspektakel hatte, war es dazu auch noch ziemlich gefährlich für ein Mädchen, das ganz alleine in der Wildnis unterwegs war. Scott hatte recht: Ich war naiv, dumm und vollkommen planlos. Wäre ich nicht schon längst verdurstet oder wegen meines Knöchels entkräftet zusammengebrochen, hätte mich sicherlich spätestens diese Nacht der Tod geholt. Wie dankbar ich Scott und seiner Familie war, bekam ich mit diesem Moment nochmal deutlicher zu spüren. Doch auch wenn meine Reiseplanung mehr als unzureichend gewesen war, bereute ich es dennoch kein Stückweit, aufgebrochen zu sein. Sie war notwendig gewesen, lebensnotwendig. Diese *Reise*, diese Flucht.

»Gewittert es hier öfters?«, fragte ich mit angestrengt ruhiger Stimme. Ich wollte nicht, dass Ruby etwas von meiner Angst mitbekam.

Sie schüttelte den Kopf. »Eigentlich sind unsere Sommer immer sehr trocken und heiß. Wenn mal ein Gewitter kommt, dann ein sehr heftiges, aber das brauchen wir auch. Ohne würden wir bei der sowieso schon schwierigen Lage keine Ernte mehr erzielen können.«

Mit diesen Worten stellte sie sich ans Fenster und

blickte besorgt in Richtung Weide. Nun begann es zu nieseln und das Grölen wurde mit jedem Moment lauter.

»Harvey und Scott sollten langsam mal reinkommen«, murmelte sie und biss sich dabei angespannt auf die Unterlippe.

Scott hatte sich seit unserem komischen Zusammenstoß nicht mehr blickenlassen und sich nach der Arbeit immer direkt zur Weide aufgemacht, um seinem Onkel beim Aufbau des Zauns zu helfen. Bis jetzt fragte ich mich, wieso er sich so verhalten hatte. So ruhig, so überrascht und sprachlos. Ich erinnerte mich noch gut, wie frech und gelassen er bei unserem ersten Zusammenstoß im Cottage reagiert hatte. Kalt, arrogant und immer zu einem herablassenden Spruch bereit – so hatte ich ihn kennengelernt. Doch an diesem Abend war jegliche Arroganz, jegliche Kaltherzigkeit verschwunden gewesen. Fast schon verwundbar hatte er auf mich hinabgestarrt. So verwirrt, so zart und unglaublich einsam war sein Blick gewesen. So einsam, dass ich für einen Moment, nur für eine klitzekleine Sekunde, den befremdlichen Drang bekam, meine Einsamkeit mit ihm zu teilen.

»Oh, und die Pferde! Sie müssen in ihren Stall!«

Rubys hysterische Stimme holte mich aus dem vergangenen Moment mit Scott zurück. In dem Augenblick schreckte auch Bonnie von ihrem Malblock hoch. Bevor ich realisieren konnte, was Ruby so hysterisch machte, warf sie ihre Buntstifte weg und rannte zur Tür.

»Ich kann sie reinholen, Grandma!«

Der erste laute Donner erschütterte den Boden und ließ mich endlich handeln. Instinktiv humpelte ich ihr so schnell, wie ich konnte, hinterher. Rubys Rufe gingen im laut prasselnden Regen vollkommen unter und noch bevor ich im Stall ankam, waren meine Kleider vollkommen durchnässt. Schon von weitem konnte ich sehen, wie aufgebracht die Pferde auf der Koppel hin und her rannten – die Kleine würde sie nie im Leben halten können.

»Bonnie, warte!« Eifrig griff sie nach einem der vielen Stricke und ich kniete mich vorsichtig vor sie. »Ich hole die Pferde rein und du bleibst hier, okay?«

Bonnie stampfte enttäuscht den Fuß in den Boden. »Aber wieso? Ich möchte helfen, ich bin groß genug«, protestierte sie.

»Ich weiß, wie groß und stark du bist, aber schau mal, wie stürmisch die Pferde sind. Das ist zu gefährlich.«

Sie seufzte und ließ die Schultern hängen. Der Wind wurde immer stärker und peitschte den Regen durch die Luft. Ich musste handeln.

»Weißt du was? Ich weiß gar nicht, welches Pferd in welchen Stall gehört. Das kannst du mir sicher sagen, oder?«

Mit dieser Aufgabe begann Bonnie wieder zu strahlen und rannte stolz zurück in den trockenen Pferdestall. Von dort aus konnte sie mich und die Pferde genauestens beobachten.

Bevor ich das Gatter öffnete, atmete ich nochmal tief durch. Lange war es her, dass ich das letzte Mal in der Nähe eines Pferdes gewesen war. Viel zu lange. Und die momentanen Wetterbedingungen machten mir mein Vorhaben nicht wirklich leichter. Vorsichtig humpelte ich über die matschige Koppel. Zwei der Pferde standen ruhig und gelassen in einer Ecke, sie waren wohl schon etwas älter. Die anderen zwei tänzelten und galoppierten quer über die Wiese, wieherten, traten aus und stiegen. Ich schnappte mir erst die beiden älteren und führte sie gemeinsam rein. Bonnie hielt bereits zwei Boxentüren auf.

»Das ist Jack, die andere heißt My Fair Lady«, erklärte

sie mir, als ich schon wieder kehrtmachte und zurück zur Koppel humpelte.

Der große Rappe, der mich schon von Beginn an hatte begeistern können, schien nun vollkommen zu explodieren. Unberechenbar rannte er über die Koppel, trat um sich und jagte mir furchtbare Angst ein. Seine Anspannung ließ er an dem anderen Pferd aus, lief ihm mit angelegten Ohren hinterher und biss ihm in das Hinterteil. In einem ruhigen Moment, in dem er aufmerksam stehenblieb und in der Ferne etwas zu hören schien, näherte ich mich ihm. Gerade als ich den Strick an seinem Halfter befestigen wollte, stellte er sich plötzlich auf die Hinterbeine und verfehlte mein Gesicht mit dem Vorderhuf nur um Haaresbreite. Ein Donner erschütterte den Himmel, dann zischte ein heller Blitz zwischen den Wolken und ich kam ins Schwanken. Verzweifelt versuchte ich, an irgendetwas Halt zu finden.

Bloß nicht hinfallen, dachte ich panisch. *Sonst zertrampelt er dich.*

Doch es schien aussichtslos. Woran sollte ich mich festhalten? Wie sollte ich unter diesen Bedingungen auf den Beinen bleiben? Ein leiser verzweifelter Schrei löste sich aus meiner Kehle, als ich mich nach hoffnungslosem Schwanken schließlich meinem Schicksal hingab und zurückfiel. Doch nicht weit. Schritte tauchten auf – schwere, schnelle und matschige Schritte. Und im nächsten Moment schlangen sich zwei Hände unter meinen Armen durch, zogen mich zur Seite und brachten mich außer Gefahr.

Bevor ich das Geschehen richtig wahrnehmen konnte, nahm Scott mir den Strick aus der Hand und verschwand genauso schnell und stumm im Regen, wie er gekommen war. Völlig außer Atem blickte ich ihm nach, doch Mengen an Wasser peitschten mir ins Gesicht, verhinderten, dass ich die Augen aufhalten konnte. Es dauerte nicht lang, da kam er mit beiden Pferden zurück. Tänzelnd lief der Rappe neben ihm her und man konnte deutlich sehen, dass auch Scott Schwierigkeiten hatte.

»Kannst du Max nehmen?« Er reichte mir den Strick des Braunen, der deutlich ruhiger war. »Er ist lieb, keine Sorge.«

Ich nickte und griff nach dem Strick. Vorsichtig humpelte ich neben Max her, der nun, wo der Unruhestifter fort war, wirklich lieb und achtsam mit mir umging. Doch das änderte nichts an dem Fakt, dass mein Herz immer noch raste. Erst als ich endlich aus dem Regen ins Trockene trat und Scott mir Max abnahm, konnte ich endlich durchatmen.

»Geschafft, geschafft!«, rief Bonnie erfreut und rannte dann ins Haus, um Ruby alles zu erzählen.

Meine triefenden Haare klebten mir an den Wangen, die Beine waren mit Matsch bespritzt. Obwohl ich wusste, dass mir nichts passiert war, ließ ich trotzdem den Blick prüfend über meine Gliedmaßen fahren, nachdem ich mich auf einen Strohballen gesetzt hatte. Kein Kratzer, keine Wunde, nur mein Knöchel pochte schmerzhaft und das abflauende Adrenalin ließ ein Zittern zurück.

Erleichtert seufzte ich, hob dann den Blick. Auch Scott war pitschnass, auch er gab immer wieder ein atemloses Keuchen von sich. An Max' Stall gelehnt, legte er erschöpft den Kopf in den Nacken. Das Hemd klebte ihm nass am Oberkörper und man konnte deutlich sehen, wie sich die Umrisse seiner Brust darunter abzeichneten. Schließlich fand sein Blick den meinen und mit einem Mal existierte nur noch das Geräusch unseres Atems. Es übertönte das laute Prasseln auf dem Stalldach, das ferne Grölen eines Donners und das Rasen meines Herzens. Es pochte weiter – schnell und aufgeregt –, doch diesmal aus einem ganz anderen Grund. Je länger ich ihn ansah, desto stiller wurde die Welt um mich herum und die Welt in meinem Inneren. Es war seltsam. Normalerweise hatte ich Blickkontakt noch nie lange aushalten können, vor allem, wenn mein Gegenüber mich so dunkel, so undurchdringlich ansah. Mir wurde mulmig dabei, ich wurde panisch und zappelig. Doch hier und jetzt, mit seinem Blick auf mir und dem meinen auf ihm, fühlte ich mich so ruhig wie schon lange nicht mehr.

Doch dann verschwand die Ruhe. Mit einem Mal schüttelte er den Kopf und kam mit wütendem Blick auf mich zu.

»Das war ganz schön leichtsinnig von dir«, raunte er mir atemlos entgegen. Abfällig richtete er seine Augen auf meinen Knöchel. »Du hättest dich ernsthaft verletzen können! Lernst du denn gar nicht aus deinen Fehlern?«

Verwirrt schüttelte ich den Kopf. »Ich wollte nur helfen!«

»Du kannst Ruby helfen. In der Küche, bei der Ernte, aber doch nicht im stürmenden Gewitter mit verstauchtem Fuß. Arrow hätte dich umbringen können!«

»Wenn *du* rechtzeitig gekommen wärst, wäre es gar nicht nötig gewesen, dass ich mich in diese Gefahr begebe!«, zischte ich zurück, woraufhin Scotts Gesicht noch wütender wurde.

Aufgebracht und immer noch schwer atmend starrte er mich eine Zeit lang an, ehe er schließlich den Kopf schüttelte und aus dem Stall verschwand.

Die Stimmung am Tisch war angespannt wie immer. Die letzten Male hatte Harvey nicht mitgegessen, weil er noch gearbeitet hatte, und auch Scott hatte sich mit der Aussage, er hätte noch keinen Hunger, lieber in seinen Keller zurückgezogen. Doch nun saß Letzterer mir gegenüber und hörte seiner Schwester aufmerksam aber immer noch angespannt zu, wie heldenhaft sie mir beim Einfangen der Pferde geholfen hatte. Ich bekam dabei keinen einzigen Blick von ihm ab.

»Wir hätten das auch ohne dich geschafft«, winkte Bonnie stolz ab und verschränkte die Arme. »Na ja, Giulia hätte es auch ohne dich geschafft.«

Nicht wirklich, dachte ich mir. Insgeheim hatte Scott ja schon recht gehabt. Es war leichtsinnig von mir gewesen, einfach hinaus in eine wildfremde Herde aufgebrachter Pferde zu stürmen. Egal ob mit oder ohne Verletzung. Trotzdem ärgerte es mich, mit welcher Wut er diese Nachricht überbracht hatte.

Liebevoll fuhr er ihr durchs Haar und bemühte sich, vor seiner Schwester nicht allzu streng zu wirken. »Wenn ich nicht gekommen wäre, hätte Arrow wahrscheinlich schon den Zaun kaputtgemacht!«, lachte er, um seine Schwester liebevoll aufzuziehen. Ich sah sofort, wie unecht sein Lachen war.

»Wie wäre es mal mit ›Wenn ich gewesen wäre‹?«, raunte Harvey über den Tisch, ohne ein einziges Mal von seinem Teller hochzuschauen. Das Klirren unseres Bestecks verstummte. »Wenn du gewesen wärst, hättest du die beiden gar nicht in diese Lage gebracht. Wenn du rechtzeitig an die Pferde gedacht hättest, hätte Giulia nicht mit ihrem kaputten Knöchel über den Matsch humpeln müssen und sich von diesem Biest fast zu Tode trampeln lassen!«

»Harvey!«, zischte Ruby über den Tisch, um Schlimmeres zu verhindern. Zu spät.

Getroffen zog ich den Kopf ein. Harvey hatte genau dieselben Worte geäußert, die ich Scott an den Kopf geworfen hatte, und allmählich verstand ich auch, weshalb sie ihn so wütend gemacht hatten. Von seinem Onkel immer für alles beschuldigt zu werden, riss tiefe Wunden. Ich hatte eine davon getroffen.

Ich zuckte erschrocken zusammen, als Scott seine Gabel auf den Teller schmiss und wütend aufstand. Dabei krachte der Stuhl zu Boden und hinterließ einen lauten Knall. Ehe er wutverzerrt hinausstürmte, traf sein Blick mich mit voller Wucht. War ich eben noch so verärgert über ihn, fühlte ich mich nun richtig elendig. Auch wenn ich nichts dafür konnte, auch wenn Harvey auch ohne meine Aussage alle Schuld auf Scott geschoben hätte. Irgendwo zwischen der ganzen Wut in seinem Blick lag so viel Schmerz. Schmerz, Trauer und Verzweiflung.

Und mit einem Mal fühlte ich mich ihm so verbunden. Als trüge er dieselbe Masse an Elend in sich, wie ich es tat.

»Tut mir leid, dass du das mitbekommen musstest.« Ruby legte mir die Hand auf die Schulter, als ich ihr nach dem Essen beim Spülen half. Harvey hatte sich nach Scotts Aufbruch ebenfalls umgehend aus dem Staub gemacht, gleichgültig und gemütlich, als hätte er von dem Spektakel nichts mitbekommen.

»Harvey und Scott sind beide nicht so schrecklich, wie sie wirken«, fuhr sie fort. »Der Tod seiner Eltern und Harveys Bruder – mein Sohn Phil ...« Ehe sie weitersprach, wandte sie sich dem Fenster zu und starrte in die Dunkelheit. Ich presste die Lippen zusammen, weil ich mich schon wieder so hilflos fühlte. Wie gerne ich ihnen doch helfen würde, ihnen allen. »Er hat uns alle sehr getroffen. Scott und Harvey leiden auf eine spezielle Art und Weise. Sie wandeln ihre Trauer in Wut um, geben sich selbst und gegenseitig die Schuld.« Ein trauriges Lachen löste sich aus ihrer Kehle, als sie sich wieder zur Spüle drehte. »Wenn die beiden dann aufeinandertreffen, kann es nur eskalieren.«

Ich erwiderte ihr Lächeln mitfühlend. »Euer Verlust tut mir wirklich leid, Ruby.« Nun war ich es, die ihr die Hand auf die Schulter legte. »Wenn ich irgendetwas tun kann, sag mir bitte sofort Bescheid.«

»Ach du!« Sie lachte herzlich, überspielte ihre Schwäche und winkte ab. Das war ihre Art, mit Trauer umzugehen. »Das ist lieb, aber das braucht nicht deine Sorge zu sein! Jetzt schauen wir erstmal, wie wir dich zurück zum Cottage bekommen. Es ist schon spät, Harvey kann dich sicherlich fahren.«

Schon bereit, nach ihrem Sohn zu rufen, lief sie in den Flur, doch ich konnte sie noch rechtzeitig aufhalten.

»Nein, Ruby«, bat ich sie. »Schau nur, ich kann den Fuß wieder sehr gut aufsetzen und es regnet ja sowieso nicht mehr. Lass mich bitte laufen. Ich möchte noch einen kleinen Spaziergang machen.«

Dass es meinem Fuß besser ging, war gelogen. Ehrlich gesagt, schmerzte er nach der heutigen Situation noch schlimmer. Doch lieber kroch ich auf allen Vieren zum Cottage, als dass mich jemand nach diesem desaströsen Abend noch kutschieren musste.

Ruby beäugte meinen Gang skeptisch, hatte allmählich aber auch keine Kraft mehr, um großartig zu protestieren.

»Es ist wirklich in Ordnung. Tut kaum mehr weh«, versicherte ich ihr nochmal und lief zur Tür. »Wir sehen uns morgen.«

Unschlüssig runzelte sie die Stirn, nickte dann aber schließlich und schenkte mir ein erschöpftes Lächeln.

»Na gut«, hauchte sie und folgte mir zur Veranda. »Schlaf gut, Giulia.«

Bis sie die Tür hinter sich geschlossen hatte, versuchte ich angestrengt, normal zu laufen, belastete den schmerzenden Knöchel ebenso sehr wie den gesunden. Umso erleichterter war ich, als Ruby schließlich hinter der Haustür verschwand und ich mich schmerzerfüllt auf einem Stapel Holz am Rande des Schuppens niederließ. Vorsichtig öffnete ich meine Schnürsenkel und zog den Schuh ab. Die Schwellung hatte wieder zugenommen und ich spürte den Knöchel deutlich pulsieren.

»Mist!«, zischte ich und fuhr mir übers Gesicht.

Der heutige Tag konnte wirklich nicht mehr schlimmer werden. Wie sollte ich in diesem Zustand ordentlich arbeiten können? Den Collisters helfen? Ich wollte ihnen in keinem Fall noch weitere Sorgen bereiten, ich wollte nicht, dass sie mit mir noch mehr Arbeit hatten. Ganz im Gegenteil: Sie sollten mit meiner Hilfe entlastet werden, es leichter haben, dafür, dass sie sich so lieb um mich kümmerten.

Wütende Tränen schossen mir in die Augen. Tränen, die mich direkt noch wütender machten. Auf mich, dass ich so verdammt naiv gewesen war, zu denken, ich könnte diese Reise wirklich schaffen. Auf meinen Mund, dass er vorhin nicht einfach die Klappe hatte halten können. Auf meine Beine, dass sie nicht ordentlich funktionierten und ich meine Wanderung in naher Zukunft sicherlich nicht fortsetzen konnte. Und auf Scott. Denn was mich an seiner mürrischen Art noch wütender machte, war der Fakt, dass er mir trotz allem immer noch im Kopf herumschwirrte.

»Tut kaum mehr weh, was?«

Erschrocken hob ich den Blick, als plötzlich Scotts Stimme aus der Dunkelheit ertönte. Ich erkannte, dass er aus dem Pferdestall trat und über den Hof in meine Richtung schlenderte.

Hastig wischte ich mir die Tränen von den Wangen. Hoffentlich hatte er sie nicht gesehen.

»Ja«, antwortete ich mit fester Stimme. »Ich möchte deiner Familie wirklich nicht noch mehr Probleme bereiten.«

Er blieb einen Meter vor mir stehen. Die Hände tief in den Hosentaschen vergraben, beäugte er mich mit zusammengezogenen Brauen.

»Weil wir davon schon genug haben?«

Mein Kopf schreckte entsetzt hoch. »So war das nicht gem-«

»War nur ein Spaß.« Auf seinen Lippen tauchte ein trauriges Schmunzeln auf.

»Blödmann«, murmelte ich und senkte den Blick. Meine Gefühle waren noch immer ziemlich aufgewirbelt, ich wollte nicht, dass er mich weinen sah. Nicht, nachdem wir uns so gestritten hatten.

Scott sagte eine Zeit lang nichts, bewegte sich nicht. Wahrscheinlich stand er nur da, schaute auf mich herab und wollte das heulende und verletztes Häufchen Elend, das ich war, nicht alleine lassen.

»Komm, ich bringe dich ins Cottage.« Er kramte seine Schlüssel hervor.

»Du musst dich nicht um mich kümmern«, gab ich mit genervter Stimme und stets gesenktem Blick zurück. »Keiner aus deiner Familie hat etwas von meinem Leid mitbekommen.«

»Du denkst, ich möchte dir nur helfen, weil meine Familie das erwartet?«

»Ist es nicht so?« Ausgelaugt hob ich den Blick.

Scott öffnete den Mund, nur um ihn im nächsten Moment wieder zu schließen. Weil ich keine Antwort mehr erwartete, ließ ich von ihm ab und begann, mir mühevoll den Schuh überzuziehen. Da die Senkel aber zu eng geschnürt waren, bekam ich ihn ohne Schmerzen nicht an. Wutentbrannt feuerte ich ihn neben mich und vergrub verzweifelt das Gesicht zwischen den Fingern. Müdigkeit, Erschöpfung und so viele andere Gefühle überrumpelten mich, jagten ein zittriges, stummes Schluchzen durch meinen Körper, und das ausgerechnet vor Scott. Durch meine Finger erkannte ich, dass er nach meinem Schuh griff. Dann näherte sich seine andere Hand vorsichtig meinem Arm. Weil ich keine Kraft mehr hatte, groß zu protestieren, ließ ich mich schließlich von ihm ziehen. Ohne etwas zu sagen, half er mir auf die Beine und stützte mich bis zu seinem Wagen. Nachdem er mich auf dem Beifahrersitz verfrachtet hatte, lief er nochmal kurz ins Haus, um etwas zu holen. Was es war, interessierte mich nicht. Ich war einfach zu ausgelaugt, um den Kopf von der Fensterscheibe zu heben und nachzusehen.

Als wir ankamen, machte sich Scott an der Tür des Cottages zu schaffen, während ich noch mit Aussteigen beschäftigt war. Gerade als ich dachte, sein Hilfsbereitschaftspegel war nach dem heutigen Tag aufgebraucht, eilte er zurück zum Wagen und hob mich ohne Vorwarnung hoch. Panisch erstarrte ich im ersten Augenblick.

Zu viele Berührungen, zu viel Körperkontakt!, schrie mein Kopf. Bevor dieser aber Überhand nehmen konnte, hatte Scott mich auch schon wieder auf dem Bett niedergelassen. Stumm kniete er sich vor mich und nahm mein Bein in seine Hand. Ein fragender Blick in meine überraschten Augen zeigte mir, dass er um meine Zustimmung bat, sich meinen Knöchel anzusehen. Ich gab sie ihm nach einem Zögern und nickte.

Behutsam streifte er meinen Strumpf ab und drehte den Fuß dann zum blassen Licht, das von einer einzigen

Glühbirne im Raum ausgestrahlt wurde. Nach kurzem Überlegen lief er wortlos zum Wagen und kam mit einer weißen Packung wieder. Als er sie öffnete, erkannte ich, dass es Quark war. Ein weiterer Blick, ein weiteres Nicken. Seltsam, wie gut wir uns ohne Worte verstehen konnten, wie friedlich wir wurden, wenn alles um uns herum verstummte. Wenn *wir* verstummten. Ein seltener Augenblick, wenn man bedachte, dass unsere bisherigen Konversationen aus unterkühlten und wütenden Sätzen bestanden hatten.

Der Quark ließ mich sofort seine kühlende Wirkung spüren. Scott nutzte die halbe Packung und wickelte dann mehrere Küchentücher darum. Als er einen Knoten zog, durchfuhr mich ein schmerzhaftes Zucken und meine Hand schnellte reflexartig auf die seine. Dabei fuhr auch mein Oberkörper vor und ich erschrak, als Scott den Kopf hob und seine Augen nur noch Zentimeter von den meinen entfernt waren. Unmittelbar erstarrte die Luft in meinen Lungen, als würde nun der Moment kommen, in dem die Bombe zwischen uns platzte, in dem die seltene Ruhe vorüber war und wir wieder zu streiten begannen.

»Tut mir leid.« Seine Stimme war nur ein Flüstern. Ebenso überrascht, ebenso erstarrt wie ich. Als wollte er die wohltuende Stille gleichermaßen beibehalten.

Ich schluckte, als ich die Hand wieder fortzog und ihm mit einem leisen »Schon gut« antwortete. Und als er meinen Fuß behutsam wieder ablegte, aufstand und sich entfernte, wurde die Welt um uns herum plötzlich wieder ganz laut.

»Ich hoffe, das kann dir helfen«, meinte er und wandte seinen Blick unnahbar zu Boden. »Meine Mutter hat Schwellungen immer mit Quark behandelt. Egal, ob beim Tier oder beim Mensch. Ach, und hier sind noch ein paar Schmerztabletten.«

Ich verzog mitleidig und dankbar das Gesicht, als er mir ein kleines Döschen reichte. *Fentanyl* stand auf dem Aufkleber.

»Am besten nimmst du aber nur eine davon. Die Tabletten sind ziemlich stark.«

Wieso hatte er solch hochdosierten Schmerztabletten bei sich? Unsicher studierte ich seinen Blick, der nun wieder so verborgen und dunkel war, dass ich mich ernsthaft fragte, ob unser inniger Blickkontakt vor wenigen Momenten überhaupt echt gewesen war.

»Danke«, hauchte ich schließlich und legte die Dose aufs Bett. »Und tut mir leid wegen vorhin ... Du hattest recht. Ich hätte das nicht tun dürfen.«

Eine Zeit lang verharrte er mit gesenktem Blick und zuckendem Kiefer. Bedachte meine Worte, ehe er mich schließlich ansah. Seine Augen waren müde, die Lider erschöpft. Dann nickte er.

»Danke, dass du helfen wolltest.« Seine Antwort war kurz, die Stimme leise, und doch bedeuteten mir seine Worte eine Menge. Dass er verstand, dass ich nur hatte helfen wollen, und sich dafür bedankte, war ein großer Schritt in die richtige Richtung.

Ich studierte einen Moment sein Profil, als er hinaus zur Farm blickte. Auf seinen Wangen sprießten kurze Bartstoppeln, die Stirn war in Falten gelegt. Am liebsten wäre ich aufgestanden, um ihn von nahem zu betrachten, seine Sommersprossen zu zählen und mir von den Emotionen in seinen Augen Geschichten erzählen zu lassen. Meine Erkundungstour durch sein Gesicht endete, als er sich räusperte und hinaus deutete.

»Ich gehe dann jetzt«, begann er, ohne mich anzusehen. »Gute Nacht.«

»Gute Nacht, Scott.«

Mit gesenktem Blick lief er über die Diele und zog die Tür hinter sich zu. Kurz bevor sie ins Schloss fiel, stockte er, überlegte und wandte sich dann nochmal an mich.

»Um auf deine Frage von vorhin zurückzukommen«, begann er mit fester Stimme und blickte mich durchdringlich an. Er presste die Lippen aufeinander, als wären seine nächsten Worte eine große Hürde, die er zu überwinden versuchte. Schließlich machte sich ein erschöpftes Lächeln auf seinen Lippen gemütlich und er schüttelte den Kopf. »Nein, es ist nicht so. Nein, ich helfe dir nicht nur, weil meine Familie das erwartet. Nur leider vergesse ich manchmal, dass diese Arschloch-Fassade gar nicht echt ist und ich all diese Dinge eigentlich gerne für dich getan habe.«

Mit diesen Worten verschwand er ins Dunkle, ließ mich alleine zurück. Und zum ersten Mal in meinem Leben fragte ich mich, ob meine abweisende und unsichere Art auch nur eine Fassade war. Etwas, das andere für mich erschaffen hatten, um mich kleiner, unbedeutender zu machen. Und ob diese ungewöhnlichen Gefühle, die ich in seiner Nähe spürte, hinter dieser Fassade eigentlich gar nicht so ungewöhnlich waren.

11

Scott

»Du hättest gestern dabei sein müssen!«

Feiner Dunst schwebte schwerelos über den Gräsern, verfing sich in den Ästen, als ich Freitagabend auf dem Weg zu Gerry Sanders' alter Baumwollfabrik war. Langsam beseitigte die Sonne alle Spuren, die der gestrige Regen hinterlassen hatte. Im goldenen Abendlicht konnte man die letzten Wassertropfen auf den Ähren glitzern sehen. Bevor sie zurück in den Himmel gezogen wurden, verharrten sie noch ein wenig auf der Erde.

»Wir haben so krasse Feuerwerkskörper bekommen!« John saß auf dem Beifahrersitz und erzählte von seiner und Franks, ein Kollege der Feuerwehr, gestriger Ausbeute. Da ich keine Zeit gehabt hatte, hatte John sich jemand anderes zum Shoppen gesucht. »Jetzt fehlen nur noch die richtigen Gäste und das Fest kann starten.«

Ein Blick zu meiner Rechten verriet mir, dass John anzüglich mit den Brauen wackelte. Schmunzelnd schüttelte ich den Kopf und stützte ihn anschließend wieder auf meinen linken Arm, den ich müde gegen das offene Fenster lehnte.

In weniger als einem Monat ging das alljährliche

Sommerfest von Coker Creek los, das hauptsächlich dazu diente, Spenden für die Freiwillige Feuerwehr zu sammeln. Tagsüber gab es kleine Verkaufsstände und Attraktionen für die Kinder, ab acht Uhr am Abend wurde dann das große Feuerwerk gezündet und die Party in die große Halle von Gerry Sanders' Baumwollfabrik verfrachtet. Wie immer mussten wir diese aber vorher ausräumen und Dekoration organisieren.

»Hast du mit Freddy gesprochen und dich um die Zaubershow für die Kinder gekümmert?«, fragte ich, um das Thema zu wechseln.

»Ach, dafür haben wir noch genug Zeit.«

Ich seufzte. Seine Antwort war mir eigentlich schon klar gewesen. »Haben wir nicht, John. Es sind nur noch drei Wochen. Du freust dich immer so auf das Fest, kümmerst dich aber nur um die Dinge, die dir Spaß machen.«

»Stimmt doch gar nicht!«, protestierte er. »Warum kümmerst du dich nicht einfach?«

»Du weißt, dass ich wenig Zeit habe.« Ich parkte auf dem großen Gelände vor der alten Fabrik. Gerry erwartete uns schon. Im Schatten des Gebäudes lehnte er am großen Hallentor und rauchte eine Zigarette. Gott, wie sehr ich diese Dinger hasste.

»Ja, aber ich habe auch nicht alle Zeit der Welt. Ich muss ja schon die Hälfte deiner Organisation übernehmen, weil du nie Zeit und Bock hast.«

Seufzend stieg ich aus dem Wagen. Es war zwecklos, mit John zu diskutieren. Als reiches Söhnchen des Footballtrainers unserer High School und einer Staatsanwältin hatte er keine Ahnung, was harte Arbeit bedeutete. Körperliche Arbeit, bei der man sich die Finger schmutzig machte.

»Egal«, hauchte ich schließlich nur. »Ich kümmere mich darum.«

»Scott!« Gerry kam uns entgegen und klopfte mir freundschaftlich auf die Schulter. John gab er zur Begrüßung die Hand. »Alles klar? Wie geht es Harvey und Ruby? Ich habe viel zu lange nichts mehr von ihnen gehört.«

Gerry und Harvey waren alte Schulkameraden. Vor dem Unfall hatten sie sich öfters mal auf ein Bier getroffen und sich ausgetauscht, doch seit dem Tod meiner Eltern hatte Harvey sich vollkommen zurückgezogen, die Farm nur noch für die wichtigsten Erledigungen verlassen und jeglichen Kontakt zur Außenwelt abgebrochen. Ich wollte gerade antworten, dass es ihm gut ging, da kam mir Gerry zuvor.

»Ich habe ihn letzte Woche in der Stadt getroffen, er kam glaube ich gerade vom Arzt«, überlegte er und verzog dann besorgt das Gesicht. »Gehustet hat der Kerl, ich dachte schon, er erstickt gleich. Ich hoffe, ihm geht es mittlerweile besser?«

Verwundert öffnete ich den Mund. Dass Harvey aufgrund seines Zigarettenkonsums öfters hustete, war kein Geheimnis, doch dass es so schlimm war, dass er zum Arzt musste, hatte ich nicht gewusst. Vielleicht war es ja auch nur eine Routineuntersuchung gewesen … Obwohl Harvey Ärzte schon immer gemieden hatte.

»Ihm geht es gut«, gab ich schließlich von mir, um ihn zu beruhigen. Und vielleicht versuchte ich damit auch mich selbst etwas zu beruhigen. »Keine Sorge.«

Gerrys Blick blieb besorgt. Prüfend starrte er mich noch eine Zeit lang an, versuchte herauszufinden, ob ich log oder nicht, und ganz sicher lag irgendwo zwischen den vielen Zweifeln auch eine große Portion Mitleid. Doch das konnte ich momentan ganz und gar nicht gebrauchen.

»Was ist? Wollt ihr labern oder wollen wir anfangen?«

John stand bereits im Inneren der Halle und rief uns von dort aus zu. »Wir haben ein Fest zu organisieren!«

Zum ersten Mal war ich ihm dafür dankbar, dass er mit diesem blöden Fest nervte.

Zu meinem Glück musste ich den Samstagvormittag auch im Revier verbringen. John übernahm die Mittagsschicht und da nicht besonders viel los war, hatte ich genug Ruhe und Zeit, mir ein paar Gedanken zum Fest zu machen. Mit Freddy hatte ich bereits telefoniert und seine alljährliche Zaubershow – eines seiner Lieblingshobbys – organisieren können. Zudem klärte ich mit dem Bürgermeister den Ablauf und notierte mir die Dinge, die von den Bürgern für die Auktion bereitgestellt wurden. Jedes Jahr zählten da die verschiedensten Dinge dazu. Ein uralter Koffer, antikes Geschirr, Bauernwerkzeug oder auch ein großer Korb mit frischem Gemüse und Obst. Die Kollegen von der Feuerwehr kümmerten sich derweil um die Beleuchtung und die Bestuhlung sowie um weitere Attraktionen, wie zum Beispiel eine Hüpfburg. Darauf, dass John sich um die Getränke, die Band und das Essen kümmerte, war natürlich Verlass. Dies war ihm persönlich schließlich am wichtigsten.

Gegen zwölf hatte ich erstaunlicherweise schon die Hälfte meiner Erledigungen geschafft. Ein großer Punkt auf meiner Liste war der Bauernmarkt, bei dem ich Ruby beim Auf- und Abbau unter die Arme griff. Aufbau war bereits um halb acht in der Früh vor meiner Schicht gewesen, in einer halben Stunde endete der Markt.

Bevor ich aufbrach, schluckte ich noch zwei Schmerztabletten, da die Narben auf meiner Haut höllisch brannten. Schon beim Aufbau heute Morgen war ich an meine Grenzen gekommen. Die Haut spannte bei jeder Bewegung, schränkte mich in meiner Arbeit ziemlich ein. Auf dem Revier hatte ich die Stellen eincremen können, damit sie nicht einrissen, doch der Schmerz saß immer noch tief. Ein weiteres Mal Tische abbauen und schleppen würde ich nicht ohne Schmerzmittel aushalten.

Ich parkte den Wagen am Rand des Markts, lief dann zu Fuß zu unserem Stand. Von weitem konnte ich Bonnies laute Rufe hören. Ich musste schmunzeln, als ich sah, wie enthusiastisch sie vor dem Stand herumsprang und für unser Gemüse und Obst warb.

»Scott! Wie schön, dass du da bist«, hallte Rubys Stimme über den Markt, als ich bei ihnen ankam.

Ihre Freundinnen Magda und Ellinor – zwei Damen mit weißen, gelockten Haaren und braunen Schürzen – reckten die Hälse und begrüßten mich ebenfalls. Von klein auf waren sie befreundet und ich erinnerte mich noch gut, wie oft ich meine Nachmittage mit ihnen verbracht hatte.

Ich warf eine Begrüßung in die Runde und schaute mich dann am Stand um. »Wow, ihr habt ja fast alles verkaufen können!«

Bonnie klammerte sich an meine Hüfte. »Ich habe ganz viele Kunden gewinnen können«, erzählte sie stolz. »Und Giulia hat mir geholfen. Wir sind ein gutes Team.«

Überrascht blickte ich hinter mich. Giulia hatte ich bisher noch gar nicht gesehen. Stirnrunzelnd trat ich ans Ende des Standes und entdeckte erst bei genauerem Hinsehen einen hellbraunen Cowboyhut aus Stroh. Einer meiner älteren.

Amüsiert lehnte ich mich über den Tisch, während Giulia mit ein paar Kisten darunter beschäftigt war. Mühsam zog sie eine mit Tomaten hervor und hievte sie auf den Tisch. Dabei entdeckte sie mich und erschrak.

»Gott!«, schnaufte sie und lehnte sich an einen Stuhl hinter sich. Ihre rechte Hand schnellte auf ihre Brust, als stünde sie kurz vor einem Herzinfarkt.

»Wieso erschrickst du so?«, fragte ich skeptisch und zog die Stirn in Falten. »Hast du etwa ein schlechtes Gewissen?«

Sie zog die Augen zu Schlitzen. »Wegen was sollte ich ein schlechtes Gewissen haben?«

Voller Vorfreude auf ihr schuldbewusstes Gesicht deutete ich auf ihren Kopf. »Das ist mein Hut.«

Und da war es. Kugelrunde, große Augen, ein offen stehender Mund und Hände, die an ihren Kopf schnellten. Ich konnte mir ein Schmunzeln nicht verkneifen.

»Tut mir leid, Ruby hat ihn mir wegen der Sonne geg-« Sie stockte, als sich mein Lächeln in ein Grinsen verwandelte. Und in dem Moment wich die Panik in ihrem Gesicht einem genervten Ausdruck. »Du verarschst mich schon wieder, oder?«

Nichtsahnend zuckte ich mit den Schultern.

»Er steht dir aber«, warf ich ein, um nicht wieder als großer Mistkerl abgestempelt zu werden. Und das tat er wirklich. Besonders jetzt, als Giulias Wangen zu glühen begannen, ihr genervtes Lächeln sich in ein schüchternes verwandelte und ich den Blick nicht von ihren Augen lassen konnte. Im Sonnenlicht schien ihr Braun schon fast golden, glitzerte mir entgegen. Zu wissen, dass all die todtraurigen Worte aus ihrem Tagebuch von ihr stammten, beschäftigte mich mehr, als ich es für möglich gehalten hatte. Vor allem nach dem gestrigen Moment im Cottage schwirrten mir ihre Worte durchgehend im Kopf herum. Warum der Name *Sofia* durchgestrichen war, verwirrte mich dennoch weiterhin und ließ mich skeptisch zurück.

»Vielen Dank!« Spielerisch machte sie einen kleinen

Knicks und tippte dann nickend auf die Hutkrempe. Dabei rutschte ihr der viel zu große Hut ins Gesicht und ließ sie dabei noch kleiner wirken, als sie es sowieso schon war.

Ich kniff die Augen zusammen und musterte sie mit schief gelegtem Kopf. »Jetzt fehlen nur noch die Cowboystiefel, Sporen und das Lasso.«

Grinsend verdrehte sie die Augen, wollte gerade etwas erwidern, als sich plötzlich zwei hektische Arme von hinten um meinen Oberkörper schlangen. Aus Reflex schlug ich sie von mir und drehte mich erschrocken um.

»Scott! Es ist so schön, dich zu sehen«, trällerte eine mir nur allzu bekannte Stimme, die mich sofort wütend die Hände zu Fäusten ballen ließ.

»Sarah«, stammelte ich mit trockener Stimme und bemühte mich, ruhig zu bleiben. »Was machst du denn hier?«

Ich musterte sie ein paar Mal, um auch wirklich sicherzugehen, dass sie es war. Ihr blondes Haar lag wie immer makellos und glatt auf ihren Schultern. Sie trug ein weißes Sommerkleid, dazu Absatzsandalen. An ihr hatte sich rein gar nichts verändert.

»Ich habe Semesterferien und besuche meine Eltern«, erklärte sie. »Außerdem ist nächsten Monat doch Sommerfest. Die letzten Jahre habe ich es leider nicht geschafft, zu kommen. Ich freue mich, alle endlich mal wiederzusehen!« Mit einer typischen Kopfbewegung warf sie ein paar Strähnen hinter ihre Schulter und lächelte mir vielsagend entgegen. »Vor allem freue ich mich, dich wiederzusehen.«

Ihre langen Finger piksten mir zärtlich in die Schulter und ich hielt angespannt den Atem an, als ihre manikürten Nägel über mein Hemd fuhren.

»Schön.« Mehr brachte ich nicht raus. Mehr wollte ich nicht rausbringen.

»Meine Güte, Scott!« Ihr schrilles Lachen trällerte über den Markt. Ich wusste nicht, was ich jemals an ihr gefunden hatte. »Wie lange ist es her?«

»Lange.«

Ein Zwinkern schlich sich auf ihr Gesicht, als sie sich elegant näherte. »Immer noch kein Mann großer Worte, was?« Da ihre Frage rein rhetorisch gestellt war, presste ich nur bemüht lächelnd die Lippen zusammen und nickte. »Du siehst wirklich toll aus!«

»Danke«, antwortete ich und senkte den Blick. Um nicht ganz so kühl zu wirken, deutete ich schließlich auch auf sie. »Du auch.«

Wissen zu scheinen, dass sie umwerfend aussah, rollte sie die Augen und winkte ab. Eine ihrer vielen Maschen, Bestätigung zu bekommen. Ihr Blick fiel zur Seite und landete auf Giulia. Für eine Sekunde huschte ein herablassender Ausdruck über ihr Gesicht, doch sie fing sich zum Glück wieder.

»Wie unhöflich von mir!«, rief sie und stellte sich vor Giulia. »Ich bin Sarah, Scotts Freundin.«

»Ex-Freundin!«, korrigierte ich sie aus unerfindlichem Grund. Mir war klar, dass Sarah sich nicht als meine feste Freundin vorstellte, und eigentlich sollte es mir auch egal sein. Doch aus irgendeinem dummen Grund wollte ich nicht, dass Giulia dachte, bei Sarah und mir würde noch etwas laufen.

Sarah ignorierte meinen Einwand und ergriff Giulias Hand, die sich ebenfalls vorstellte. Verunsicherte huschte ihr Blick zwischen mir und Sarah hin und her. Man merkte deutlich, dass sie die Situation überforderte, dass Sarah sie überforderte.

»Du bist dann wohl die neue Glückliche?«, fragte sie

neugierig und brachte Giulia damit noch mehr aus dem Gleichgewicht.

»Oh nein.« Als würde sie im nächsten Moment von Sarah übers Gesicht gekratzt bekommen, riss sie panisch die Augen auf und errötete so stark, wie ich sie noch nie zuvor gesehen hatte. »Ich … ich arbeite nur bei den Collisters.«

»Oh, ich Dussel!«, lachte Sarah und warf ihren Blick in meine Richtung. »Tut mir leid, ich wollte dir nicht zu nahe treten!«

Giulia öffnete den Mund, schloss ihn aber sofort wieder. Ich konnte mir das Ganze allmählich nicht mehr ansehen.

»Sorry, aber wir müssen jetzt langsam mit dem Abbau starten«, begann ich und brachte Sarah damit erfolgreich dazu, sich von Giulia abzuwenden. »Du bist ja sicherlich noch länger da. Dann sehen wir uns bestimmt nochmal.« *Auch wenn ich wirklich keine Lust dazu habe.*

»Oh, das müssen wir unbedingt!«, antwortete sie und fasste mir erneut an die Schulter. Ich presste schmerzhaft den Kiefer zusammen und atmete erleichtert auf, als sie im nächsten Moment von mir abließ.

»Und wir beide auch«, wandte sie sich dann an Giulia, die nur bemüht freundlich mit dem Kopf nickte.

»Mach's gut, Sarah.«

»Bis hoffentlich bald!«

Hoffentlich nicht.

12

Harvey

Auf der Farm war es so friedlich wie schon lange nicht mehr. Nur Sammys Schnüffeln und sein leises Jaulen waren ab und an zu hören. Das tat er öfters, wenn Bonnie nicht da war oder er einfach ein bisschen Aufmerksamkeit brauchte. Nun, der Markt hatte eben erst begonnen, Sammy musste sich also noch etwas gedulden. Kein Scott, keine besorgte Mutter, nur ich und meine Farm.

Genau richtig, dachte ich mir und lehnte mich in der Hollywoodschaukel nochmal zurück, ehe ich zurück zur Arbeit musste. Der Zaun baute sich schließlich nicht von selbst auf, außerdem kam Jakub demnächst, um die Pferde zu füttern. Ich musste ihm noch sein Gehalt geben.

Bevor ich mich aufrappelte, rollte ich meine Schultern und streckte die müden Arme aus. Schmerzerfüllt verzog ich das Gesicht. Alles krachte und zerrte in meinen Muskeln und Knochen. Die richtigen Schmerzen kamen jedoch erst, als ich aufstand. Hilfesuchend krallte ich mich am Geländer fest, wollte nach Luft schnappen, schaffte es aber nicht. Ein Brennen verbreitete sich in meinen Lungen, brachte mich dazu, laut und schmerzlich zu husten. Der Schmerz wanderte von meiner Brust in meine Beine und zwang mich in die Knie. Erschöpft sank ich auf die Stufen, wühlte in meiner Tasche nach meinem Inhalator und setzte ihn mir zwischen die Lippen. Und gerade als ich dachte, dass dies nun wirklich das Ende war, ließ das Kratzen in meiner Brust nach. Einen Moment blieb ich sitzen, brachte meine Atmung unter Kontrolle und beruhigte mich. Allzu viel Zeit zum Ausruhen hatte ich aber nicht. Also zwang ich mich schließlich zurück auf die Beine, ignorierte zwanghaft meine Schmerzen und taumelte zu meinem Truck. Versuchte, nicht an die Konsequenzen zu denken.

Langsam war es Zeit.

Den Morgen verbrachte ich auf der Weide. Die Pfähle standen nun alle, nur ein paar Isolatoren mussten noch angebracht werden. Weil uns das letzte Mal das Gewitter einen Strich durch die Rechnung gemacht hatte, hatten Scott und ich abbrechen müssen. Dadurch war wichtige Zeit verloren gegangen und ich hinkte hinterher. Doch auch das würde ich sicherlich wieder aufholen können.

Von der kommenden Mittagssonne schweißgebadet, setzte ich mich um kurz vor zwölf mit einem lauwarmen Bier unter einen Baum und betrachtete mein Werk. Ich trank einen Schluck, hob dann die Flasche, als wollte ich mit jemandem anstoßen. Die Isolatoren und das Band würde ich die nächsten Tage befestigen. Anschließend hatte ich immer noch zwei Wochen Zeit, bis der Bulle kam, um die Batterie zu installieren und das Tor anzubringen. Schmunzelnd dachte ich an Maurices Gesicht, das er machen würde, wenn er erfuhr, dass ich mit dem Aufbau schon fast fertig war.

Erschöpft blickte ich über die Wiesen und wünschte

mir sehnlichst, den Anblick der Landschaft einfangen zu können. Nicht wie auf einem Bild, einem Video oder einem dummen Foto auf den Smartphones der Kids heutzutage. Viel mehr, als könne ich die Zeit anhalten, wie in einem Album zwischen den Momenten blättern und mir einen der vielen schönen raussuchen, um ihn wieder und wieder neu zu erleben.

Meine Reise nach Italien zum Beispiel, die Zeit mit meiner liebsten Maria. Damals, als ich mit meinen 25 Jahren noch in der Blüte meines Lebens gestanden hatte, die ganze Welt hatte erkunden wollen und nicht genug von den Orten bekommen hatte, die außerhalb der Farm lagen. Außerhalb der Sichtweite meines Vaters. Scott musste sich mittlerweile ähnlich fühlen wie ich in seinem Alter. Ich verstand, warum er sich von der Farm fernhalten wollte. In den letzten Jahren war ich meinem viel zu strengen, kalten und von mir verhassten Vater nur zu ähnlich geworden, und ich verabscheute mich dafür. Verabscheute mich, dass ich Scott in dieser schrecklichen Zeit alleineließ, ihm nicht die Wahrheit sagte, ihn von mir abstieß und er mir mit jedem Tag ähnlicher wurde. Vielleicht war dies in unserer Familie nunmal so üblich: Dad gab seine Verbitterung an mich ab, ich reichte sie an Scott weiter. Wenn Phil und Eve doch noch da wären, könnten sie ihn vor dem Hass, der mich umgab und mich ausmachte, beschützen. Verhindern, dass Scott wie ich irgendwann alleine endete, weil er jeden um sich herum von sich fernhielt.

Mein Bruder war Dads Liebling gewesen, hatte stets auf der Farm geholfen, während ich mich lieber zurückgezogen und wenig Interesse gezeigt hatte. Mit Eves herzlicher und liebevoller Zuneigung bildeten sie die perfekte Grundlage für eine glückliche Familie.

Was wohl gewesen wäre, wäre ich Maria damals gefolgt? Hätte ich mich nicht von Dad unterkriegen lassen und wäre zu ihr nach Italien gezogen, hätte Mum und Phil verlassen?

Mit jedem kleinen Funken meines Erinnerungsvermögens versuchte ich, mir ihr Gesicht, ihre Stimme und ihre Bewegungen zu verinnerlichen. Sie bei mir zu behalten, auch wenn sie längst nicht mehr da war. Ohne Erfolg, denn ich merkte schon nach wenigen Minuten, wie ihr Gesicht zerfiel, wichtige Details schwanden und das Bild langsam unklar wurde. Ihr Lachen, ihre Stimme, ihre Gestik und Mimik, die nach mehr als 25 Jahren nur noch ein Zusammenspiel unklarer Gedanken und Erinnerungen waren.

13

Giulia

Die Zeit mit Ruby, ihren Freundinnen und Bonnie auf dem Markt war schneller vorüber, als ich erwartet hatte. Keine einzige Sekunde war mir langweilig gewesen, erst recht nicht mit der kleinen Bonnie neben mir. Liebevoll hatte sie mich jedem Kunden vorgestellt, mir von den letzten Malen auf dem Markt erzählt und immer wieder betont, wie toll sie es fand, mich dabeizuhaben. Ganz besonders war mir ihr Drang nach meiner Nähe aufgefallen. Wie sie immer wieder nach meiner Hand gegriffen, in meinen Haaren gespielt und gewollt hatte, dass ich die ihren flechte, zeigte mir, wie sehr sie ihre Mutter als weibliche Bezugsperson vermisste. In Ruby hatte sie eine liebevolle Großmutter, die ihre Arbeit als Ersatzmutter sicherlich großartig machte, doch für eine junge Vertraute, mit der sie spielen, Geheimnisse teilen und über andere Dinge als die Ernte, das Essen oder die Kirche sprechen konnte, schien ihre Großmutter nicht geeignet zu sein. Es schmerzte, zu wissen, dass ich sie zu gegebener Zeit verlassen musste.

Rubys Freundinnen und die restlichen Dorfbewohner, die interessiert an unseren Stand gekommen waren, hatten mich herzlich willkommen geheißen. Ich war Ruby dankbar, dass sie mich als ihre neue Vorarbeiterin, die sich etwas dazu verdienen wollte, vorstellte und den Teil der verletzten Fremden, die durch die Wälder gestreift war, ausließ. In einem Städtchen wie diesen war der Tratschfluss sicherlich rasant und ich hatte wirklich keine Lust, aufzufallen. Somit war ich nun irgendein junges Mädchen – vermutlich dachten die meisten, ich wäre eine Studentin –, das nebenbei bei den Collisters jobbte.

Während ich mit den anderen den Rest des Gemüses einsammelte, ließ ich den bisherigen Tag Revue passieren. Vor allem die letzte Viertelstunde geisterte mir unkontrolliert im Kopf herum. Diese Sarah war mir direkt unsympathisch gewesen. Umwerfend sah sie trotzdem aus, und mit umwerfend meinte ich richtig, überdimensional heiß. Lange schlanke Beine, wunderschöne Haut, sanfte Hände und perfekte volle Lippen. Wie es wohl sein musste, so wunderschön zu sein? Sich niemals Gedanken über sein Aussehen machen zu müssen, weil man schon gutaussehend aufwachte? Mit makelloser Haut, die kein Make-Up nötig hatte, und Haaren, die wie von selbst an Ort und Stelle fielen. Ob sie und Scott wirklich nichts mehr miteinander hatten?

Flüchtig wandte ich ihm meinen Blick zu, der er schweißgebadet auf der Ladefläche seines Trucks stand und von anderen helfenden Händen Kisten und Tische annahm, um sie zu verstauen. Seine Armmuskeln zuckten unter den Ärmeln seines Hemdes, das auf seiner Haut klebte. Warum er stets Langarm und Jeans trug, war mir bei der Hitze ein Rätsel. Die Vorstellung, ihn Oberkörperfrei oder auch nur mal mit Shirt zu sehen, löste in mir unbekannte Gefühle aus. Körperkontakt, männliche Stärke oder nur der Anblick nackter Haut hatten mein

Leben lang zu meinen größten Feinden gehört. Ich hätte niemals gedacht, dass ich mich irgendwann mal so nach ihnen sehnen würde. Dass eine einzige Vorstellung davon meine Ängste regelrecht verdrängen könnte.

»Erde an Giulia!« Lautes Gegacker ließ mich zusammenzucken. Hastig wandte ich den Blick von Scott, taumelte zurück und fiel auf den kleinen Hocker, den Ruby mir wegen meines Knöchels mitgegeben hatte. Verwirrt blickte ich hoch und merkte, dass diese wohl soeben die ganze Zeit mit mir geredet hatte. Meine Wangen fingen umgehend Feuer.

»Ich habe gefragt, ob es in Ordnung ist, wenn du bei Scott mitfährst«, erklärte Ruby und lächelte vielsagend. »Ich gehe mit meinen Freundinnen noch einen Kaffee trinken und Bonnie trifft sich mit einer Klassenkameradin. Deinem Blick nach zu urteilen, ist das für dich aber kein Problem, oder?«

Spätestens jetzt hätte man meinen Kopf in den Korb mit den roten Tomaten stecken können. Er wäre nicht aufgefallen.

»Ich …«

Ungewollt blickte ich zurück zu Scott, der in genau dem Moment die Ladefläche schloss und dann seinen Schlüssel hervorholte. Dass er schon Bescheid wusste, merkte ich, als er sich ungeduldig an den Truck lehnte und mir einen Blick zuwarf. Umgehend wandte ich den meinen ab und nickte.

»Natürlich«, stammelte ich und erhob mich dann vom Hocker. »Viel Spaß wünsche ich euch!«

Liebevoll strich mir Ruby über die Wange und gesellte sich dann zu den anderen Damen. Laut hallten ihre hohen und durchdringenden Stimmen aus dem kleinen Wagen ihrer Freundin, fast wie bei einer Schulklasse, die nun auf Klassenfahrt fuhr.

»Kommst du?« Scotts Stimme tauchte hinter mir auf. Ich spürte seinen Atem auf meinen Schultern und bekam eine Gänsehaut.

»Ja, klar. Ich komme«, antwortete ich mit fester Stimme, um die Reaktion meines Körpers auf ihn zu überspielen.

Erst als ich mich auf dem Beifahrersitz niederließ, merkte ich, wie erschöpft ich wirklich war. Vorsichtig überprüfte ich meinen Knöchel. Nach Scotts Quarkwickel hatte er sich gut erholen können und mit den Schmerztabletten, die ich von ihm bekommen hatte, war der Vormittag bisher einwandfrei zu überstehen gewesen.

»Langer Tag?«, fragte Scott, als ich tief durchatmete.

»Kannst du laut sagen.«

»Tja, du wolltest ja unbedingt helfen. Glaub mir, das ist noch gar nichts.«

Prüfend wandte ich ihm den Blick zu. Ob er mich verschrecken wollte oder wieder nur einen Spaß machte, konnte ich aus seiner Stimmlage nicht raushören.

»Willst du mir Angst machen? Weil wenn ja, brauchst du gar nicht weiterreden, ich habe keine Angst.«

»Das habe ich schon am ersten Tag gemerkt.«

Ich runzelte die Stirn. »Wie meinst du das?«

Ohne mich anzusehen, hob er belustigt den Mundwinkel. »Na ja, dass du dich ganz alleine in die Wildnis stürzt, sichtbar ohne jegliche Erfahrung, zeigt ja, dass du keine Angst hast.«

Unschlüssig musterte ich ihn eine Zeit lang. Das merkte er, wandte mir kurz den Blick zu und zuckte mit den Schultern.

»Drückst du mir damit nun deine Bewunderung aus oder machst du dich über mich lustig?«, fragte ich etwas genervt, weil ich eher von Letzterem ausging.

Jetzt lachte er. Dabei legte er seinen Kopf in den Nacken und schloss für einen Moment seine Augen. »Na ja«, begann er schließlich und musterte mich frech grinsend, ehe er den Blick zurück zur Straße wandte, »wirklich schlau war es nicht von dir.«

Schnaufend verdrehte ich die Augen und ließ seine Aussage unkommentiert. Weil ich davon ausging, dass das Thema damit abgehakt war, wandte ich mich zum Fenster und ließ den Blick müde über die Landschaft streifen.

»Aber ja«, fügte Scott schließlich doch noch hinzu. Als ich mich zurückdrehte, hatte sich sein freches Grinsen in ein andächtiges Schmunzeln verwandelt. »Bewundern tue ich dich trotzdem irgendwie. Ich wollte dieses Kaff immer verlassen, habe es aber nie geschafft.«

Positiv überrascht, solch ein Kompliment von Scott Collister zu bekommen, brauchte ich einen Moment, um zu antworten. »Wieso das?«

Er zuckte mit den Schultern und stützte seinen Kopf in den am Fensterrahmen lehnenden Arm. »Ich weiß nicht«, überlegte er. »Es fühlt sich einfach nicht mehr wie ein Zuhause an.«

War es wirklich möglich, dass Scott sich mir offenbarte? Dass er zum ersten Mal über seine Gefühle sprach und Stück für Stück seine kalte Fassade fallenließ?

»Wegen deinen Eltern?«, fragte ich fast flüsternd. Vorsichtig genug, um diesen Moment nicht zu zerstörten.

»Ja, vielleicht.« Seine Stimme war nur ein Hauchen. Gedanklich war er ganz woanders, das konnte man ihm deutlich ansehen. Ich schwieg, wollte ihm diesen Augenblick lassen. Doch er verharrte nicht lange, schüttelte kurz den Kopf und fiel in seinen Standardblick zurück.

»Und du?«, fragte er mit gebrochener Stimme. Ehe er weitersprach, räusperte er sich. »Hast du kein Heimweh?«

Nun war ich es, die angespannt den Blick abwandte.

Für eine Sekunde dachte ich darüber nach, ihm irgendeine Lüge aufzutischen, entschied mich dann aber doch dazu, ehrlich mit ihm umzugehen.

»Die Voraussetzung von Heimweh ist es, ein Heim zu besitzen«, antwortete ich, ohne ihn anzusehen. Im Augenwinkel merkte ich, dass er mich überrascht musterte. »Ich habe kein Zuhause.«

»Und … woher kommst du?«, fragte er nun genauso vorsichtig, wie ich ihn nach seinen Eltern gefragt hatte.

»Aus Chicago. Als ich neun war, starb meine Mutter bei einem Autounfall. Verwandte oder einen Vater hatte ich nicht, weswegen ich bei Pflegeeltern aufgewachsen bin.«

Ich war ihm dankbar, dass Scott nicht weiter nachhakte. Dass er nur nickte, mir meinen Freiraum ließ und von selbst verstand, dass mein Leben bei den Grays niemals ein Zuhause für mich gewesen war. Warum das so war, ging ihn nichts an, und das wusste er.

»Mum hat damals auch auf einer Farm gearbeitet«, erzählte ich, um das Thema auf etwas Schönes zu lenken. »Wir hatten nicht viel Geld, Mum hatte keine Ausbildung oder Perspektiven. Ich wurde geboren, da war sie gerade erst 19, und obwohl ich ihre komplette Welt auf den Kopf stellte, hat sie alles stehen und liegen gelassen und von morgens bis abends gearbeitet, um mir ein schönes Leben bieten zu können.«

Scott hörte mir aufmerksam zu. Ich hatte niemals gedacht, dass wir mal eine solch ausführliche Unterhaltung führen würden. Er schien wohl einen guten Tag zu haben.

»Hast du dort reiten gelernt?«

Ich nickte breit lächelnd, weil die Erinnerung an die Zeit auf Lexus' Rücken überwältigend war. »Ja, Mum hatte einen Rappen. Sie durfte ihn dort unterstellen. Lexus hieß er. Arrow erinnert mich etwas an ihn.«

»Dann müssen eure Ritte ja ziemlich stürmisch gewesen sein!«, meinte er trocken und schmunzelte.

»Na ja, ganz so wild wie Arrow war er nicht. Wenn ich ihn geritten bin, war er immer ganz vorsichtig. Als hätte er gewusst, wie jung und zerbrechlich ich noch war.«

»So war es mit Mum und Arrow«, erzählte Scott, ehe er einen Moment lang nachdachte. »Sie war die Einzige, die er an sich ranließ.«

»Und dich, oder?«, begegnete ich ihm skeptisch und erinnerte mich an die Gewitternacht und wie leicht es Scott gefallen war, Arrow einzufangen. »Reitest du ihn manchmal?«

Scott reagierte nicht, wirkte plötzlich wieder ganz unnahbar. Angespannt ließ er seinen Kiefer zucken und krallte sich ans Lenkrad. Am liebsten hätte ich die Hand ausgestreckt, irgendetwas getan, um die angenehme Ruhe, mit der wir uns soeben unterhalten hatten, zurückzuholen. Warum er plötzlich wieder so gehetzt wirkte, war mir ein Rätsel. Hoffentlich hatte ich nichts Falsches gesagt.

»Nein«, meinte er schließlich nur, als er plötzlich von der Straße bog und auf den Parkplatz vom Polizeipräsidium fuhr. »Ich habe Regeln und kein Pferd mehr zu besteigen, ist eine davon.«

Bevor ich verwirrt nachfragen konnte, warum das so war, hatte er sich abgeschnallt und mit einem kurzen »Bin gleich wieder da« die Tür hinter sich zugeknallt.

Perplex starrte ich ihm nach, ging innerlich unser Gespräch nochmal durch. Doch ich konnte mir beim besten Willen nicht erklären, was mit ihm los war.

Vor der Tür stand ein blonder, großer Polizist in Scotts Alter und rauchte eine Zigarette. Scott schlug ihm freundschaftlich auf die Schulter und unterhielt sich kurz mit ihm, ehe dieser in meine Richtung deutete. Prompt wandte ich meinen Blick ab und sah aus dem Beifahrerfenster. Im Augenwinkel konnte ich erkennen, dass die beiden in meine Richtung sahen und sich wahrscheinlich über mich unterhielten. Was Scott ihm wohl erzählte, wer ich war? Eine Irre? Eine Landstreicherin?

Eine Tür klackte ins Schloss und ich sah, dass Scott im Inneren des Präsidiums verschwunden war. Der Blondschopf hingegen drückte nun seine Zigarette aus und näherte sich dem Wagen.

»Hey!«, begrüßte er mich und lehnte sich dabei aufdringlich in mein geöffnetes Fenster. Reflexartig rutschte ich tiefer ins Autoinnere. »Ich bin John, ein Arbeitskollege von Scott.«

»Giulia«, gab ich kleinlaut zurück und nickte ihm höflich zu.

»Du wohnst also jetzt bei den Collisters?«, fragte er und lächelte verschmitzt. Dabei lehnte er sich noch tiefer ins Auto.

Ich presste den Kiefer zusammen, krallte mich an den Sitz. »Ich arbeite dort.«

In dem Moment öffnete sich die Tür und Scott kam zum Vorschein. John drückte sich vom Wagen ab, um sich an ihn zu wenden.

»Warum hast du nie erzählt, dass ihr so hübsche Vorarbeiterinnen habt?«, lachte er und zwinkerte mir dann zu.

Angeekelt verzog ich das Gesicht. »Im Ernst? Funktionieren solche Sprüche wirklich?«, fragte ich und blickte ihn entgeistert an.

John brauchte einen Moment, um meine Abfuhr zu verarbeiten, fasste sich dann aber schnell wieder und kam mit einem Schmunzeln näher.

»Was funktioniert denn bei dir?«, fragte er und lehnte sich erneut in meinen Fensterrahmen.

»John!«, gab Scott genervt von sich, während er sich neben mir niederließ. Seine Sprüche schienen ihm schon bekannt zu sein.

Genervt, weil er mir wieder viel zu nahe kam, hob ich meinen Zeigefinger und drückte ihn damit zurück. »Abstand funktioniert bei mir ganz gut.«

Nun ließ er ein erschöpftes Lachen von sich und hob die Hände. »Na schön. Ich geb's auf. Bitte nimm mir das nicht übel, ich übertreibe es manchmal.«

Ich musste schmunzeln, weil Scotts Freund nun, wo er seine Sprüche sein ließ und sich entschuldigte, direkt viel angenehmer wirkte. Irgendwie natürlicher, nicht ganz so gekünstelt und aufdringlich.

»Ich habe heute Morgen mit Bürgermeister Rowley gesprochen«, warf Scott ungeduldig ein, ehe er den Motor startete. »Die Auktion ist soweit organisiert, Freddy übernimmt wie immer die Zaubershow und Frank und die anderen von der Feuerwehr kümmern sich um Strom, Bestuhlung und so weiter. Hast du schon Getränke bestellt und mit der Band geredet?«

Zaubershow? Feuerwehr? Band? Perplex blickte ich zwischen den beiden hin und her.

»Wollte ich die Tage machen.«

Scott verdrehte nur die Augen. »Bitte nicht wieder auf den letzten Drücker.«

»Entspann dich doch mal!«, bat John ihn mit ruhiger Stimme. »Wir haben noch drei Wochen Zeit bis zum Fest.«

»Fest?« Interessiert tauchte meine Stimme zwischen den beiden auf. Ich blickte zu Scott, dieser überließ die Erklärung seinem Freund.

»Unser Sommerfest. Du musst auch kommen«,

meinte John. »Tagsüber gibt es Attraktionen für die Kids, abends wird getanzt und getrunken. Außerdem werden die verschiedensten Dinge versteigert, um mit den Einnahmen die freiwillige Feuerwehr zu unterstützen.«

Während er erzählte, bemerkte ich, dass Scott nur genervt aus dem Fenster blickte. Angespannt ließ er den Kiefer zucken, als würde ihm dieses Thema gehörig auf den Geist gehen.

»Klingt interessant«, antwortete ich. »Ich überlege es mir.«

John nickte mir einmal zu und trat dann zwei Schritte zurück. »Dann sehen wir uns vielleicht dort! War schön, dich kennenzulernen, Giulia.«

Bevor ich antworten konnte, legte Scott den Rückwärtsgang ein und fuhr zurück auf die Straße. Weil ich ihn nicht noch mehr nerven wollte, sagte ich den Rest der Fahrt nichts mehr, gab ihm seinen Freiraum, sich abzuregen. Von was auch immer er das musste.

»Tut mir leid, John kann ein richtiges Arschloch sein.« Wir waren schon kurz vor der Farm, da öffnete Scott endlich seinen Mund. Müde fuhr er sich übers Gesicht. »Hinter seinen dummen Sprüchen ist er eigentlich ein ganz lieber Kerl. Er leidet nur schon seit Jahren unter einem gebrochenen Herz, was er zu überspielen versucht.«

Ich sah zu meiner Linken und studierte Scotts Profil. Er verließ den dunklen Waldweg und fuhr an den Koppeln vorbei. Erst als er vor dem Wohnhaus zum Stehen kam, wandte er sich endlich wieder mir zu. Unter seinen Augen hingen tiefe Ringe, seine Schläfen zuckten immer noch, weil er den Kiefer zusammenpresste. Ehe wir ausstiegen, verharrten wir einen Moment und blickten uns an. Ob Scott wohl auch unter derselben Krankheit litt? Einem gebrochenen Herz? Vielleicht war er deshalb so kalt, vielleicht hatte er Sarah deshalb so abgewiesen. Weil sie ihn verletzt hatte und ihn das immer noch beschäftigte.

»Ich komme schon klar«, beruhigte ich ihn, woraufhin seine Mundwinkel endlich wieder stiegen.

»Ja« Er schmunzelte ausatmend. »Darin besteht kein Zweifel.«

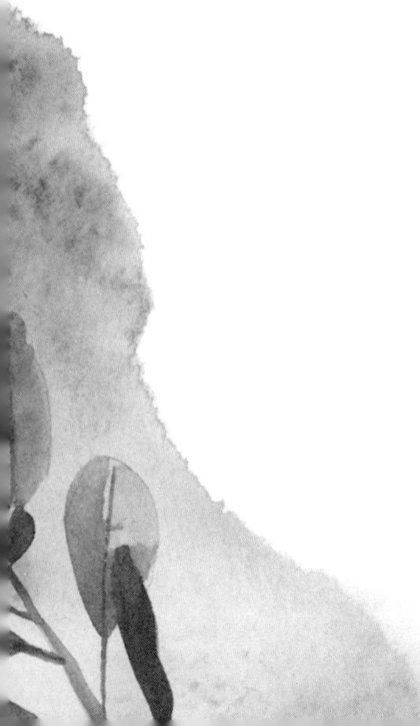

14

Scott

Die Stille, die auf der Farm herrschte, beruhigte meine Sinne. Als ich aus dem Wagen stieg, atmete ich ein paar Mal tief durch, ehe ich mich wieder an Giulia wandte.

»Harvey ist, glaube ich, auf der Weide«, begann ich, als sie ebenfalls ausstieg, und schlenderte dann in Richtung Stall. Ich wollte nicht, dass sie mich so schwach sah, wollte nicht, dass sie dachte, sie hätte etwas mit dem plötzlichen Wechsel meiner Laune zu tun. Genervt stützte ich mich gegen das Gatter der Koppel und ließ den Kopf hängen. Solche Aussetzer waren normal, wenn ich über meine Mutter und frühere Zeiten sprach und daran erinnert wurde, was ich angerichtet hatte. Dass ich es aber überhaupt tat, mit jemandem darüber redete, war alles andere als normal, und nun, nach so langer Zeit des Schweigens, sprudelten die Gefühle über. Die Verzweiflung, der Hass, die Trauer. All die Emotionen, die ich jahrelang unterdrückt hatte, die ich jahrelang unter meiner Verbitterung versteckt und fast schon vergessen hatte. Und wenn es jemand war, dem ich diese Schwäche am wenigsten zeigen wollte, dann Giulia.

»Ist alles in Ordnung?« Giulia stand immer noch am Wagen, wusste wahrscheinlich nicht, was sie tun sollte.

»Ja«, antwortete ich bemüht gelassen und drehte mich zu ihr um. »Möchtest du etwas trinken? Oder soll ich dich zum Cottage bringen?«

Sie starrte mich eine Zeit lang unschlüssig an, zuckte dann mit den Schultern. »Was machst du denn jetzt? Hast du noch etwas vor?«

Ich schmunzelte. »Ich habe immer etwas vor.«

Sie stimmte in das Schmunzeln mit ein und nickte. Es dauerte nicht lange, da verblasste es aber wieder.

»Gut, dann«, begann sie und deutete in Richtung Cottage, »will ich dich nicht weiter stören.«

Mist. Das hatte ich mit meiner Aussage nicht gemeint. Genervt stieß ich mir die Faust gegen die Stirn, als sie mir den Rücken zuwandte und ihre Sachen aus dem Auto holte.

»Ich muss mich jetzt um Blueberry kümmern«, begann ich, um sie irgendwie aufzuhalten. Aufmerksam wandte sie mir ihren Blick zu, auf ihrem Gesicht ein höfliches Lächeln. Kein wirklich freudiges, ehrliches – einfach nur höflich.

»Sie lahmt und darf nur geführt werden.« Ich beendete den Satz, indem ich in den Stall deutete. Ohne zu merken, dass ich immer noch nicht ausgedrückt hatte, was ich ihr damit eigentlich sagen wollte.

»Blueberry, hm?« Ihre Mundwinkel zuckten frech. »Süßer Name.«

»Ich habe ihr den Namen gegeben, als ich neun war«, verteidigte ich mich, hob schützend die Hände vor die Brust. Erst jetzt ließ sie wieder einen ehrlichen Lacher von sich, lockerte ihre Haltung, was auch mir den Mut gab, sie endlich zu fragen.

»Willst du mitkommen?«

Sie nickte, schaute dann aber auf ihren Knöchel. »Gerne, nur ich fürchte, dass ich nicht so viel laufen kann.«

»Darum brauchst du dir keine Sorgen zu machen.«

»Bereit?«

Wenige Momente später stand ich mit Blueberry und Giulia am Ausgang des Stalls. Giulia versuchte ihr aufgeregtes Grinsen zu verstecken, wie Bonnie, wenn sie sich auf etwas freute. Vergebens. Die Art, wie sie sich immer wieder auf die Unterlippe biss, Blueberry anstrahlte und sie begrüßte, verriet mir, wie groß ihre Vorfreude auf den Ritt wirklich war.

»Bist du sicher, dass ihr das nichts ausmacht? Ich meine ... ihrer Verletzung?«, fragte sie, während ihre Hand sanft über die Nüstern meiner Stute fuhr.

»Bei ihrer Größe und ihrer Kraft macht es keinen Unterschied, ob sie nur sich selbst oder ein paar Kilo mehr trägt. Du bist doch leicht wie eine Fliege, das spürt sie wahrscheinlich kaum.«

Giulia verdrehte beschämt die Augen und lächelte genervt. »So leicht bin ich jetzt auch wieder nicht.«

»Machst du Witze?« Überrascht hob ich die Brauen. »Ich habe dich gestern ins Cottage getragen, ich weiß, wovon ich spreche.« *Und vor allem weiß ich, wie ungewohnt gut sich dein Körper in meinen Armen angefühlt hat.*

»Na gut«, stimmte sie dann endlich zu und stellte sich in Position. »Ich weiß nur nicht, wie ich ohne Sattel da hochkomme.«

Staunend reckte sie ihren Hals. Blueberry war mit ihren 1,86 Metern Stockmaß wirklich groß, doch neben der zierlichen Giulia wirkte sie direkt viel mächtiger.

Um ihr zu helfen, trat ich hinter sie, dabei ließ sie

mich kaum aus den Augen. Ich musste an die Worte denken, die sie zu John gesagt hatte. *Abstand.* Schon von Beginn an war es unumstritten gewesen, dass sie sich bei Körperkontakt und menschlicher Nähe unwohl fühlte. Zuerst hatte ich gedacht, dass sie lediglich eine Keimphobie hatte, ein arrogantes Großstadtkind war, doch allmählich merkte ich, dass es für ihre Unsicherheit tiefere Gründe gab. Und es zerriss mich, dass diese Gründe, diese Wahrheiten, wahrscheinlich zum Greifen nahe in ihrem Notizbuch standen, ich sie aber nicht lesen durfte. Ich wusste am besten, wie schwer es war, Menschen heranzulassen, konnte am besten verstehen, wie stark die Psyche beeinflusst werden konnte, um Körperkontakt als etwas Negatives zu empfinden. Gerade deshalb wollte ich sie nicht bedrängen, sie nicht hintergehen und in ihrem Leben herumschnüffeln. Gerade deshalb berührte ich sie nur in Notfällen und fragte sie ansonsten um Erlaubnis. Und gerade deshalb waren meine Gefühle in ihrer Nähe so zerstäubt. Durcheinander, verwirrt. Ich fühlte mich ihr verbunden, weil sie ganz eindeutig ähnliche Probleme mit Nähe und Vertrauen hatte. Gleichzeitig ließ mein jahrelang antrainierter Automatismus, andere von mir abzustoßen, aber dennoch nicht locker.

»Darf ich?« Ich trat noch einen Schritt näher. So nah, dass beinahe meine Brust ihren Rücken berührte. Ihr Kopf war zur Seite gedreht, um mich ansehen zu können. Nun, da ich aber aus ihrem Sichtfeld trat, senkten sich ihre Lider zu Boden und sie nahm mich nur noch mit ihrem Körper wahr.

Es dauerte ein paar Momente, bis sie schließlich nickte und näher an Blueberrys Körper trat. Meine Finger kribbelten, als ich meine rechte Hand um ihre Hüfte und die linke an ihr angewinkeltes Knie legte. Ihre braunen Locken streiften meine Wangen und obwohl ich mir sicher war, dass sie in der freien Wildbahn kein Parfüm bei sich hatte, füllten sich meine Lungen wie von selbst mit ihrem wohligen Duft.

»Eins, zwei«, begann ich zu zählen und hievte sie dann bei drei auf Blueberrys Rücken. Diese blieb geduldig an Ort und Stelle stehen, wartete, bis Giulia sich positioniert hatte und einen guten Sitz fand.

»Kann's losgehen?«

Jetzt konnte sie ihr Grinsen kaum mehr verstecken. Überwältigt fuhr sie über den Hals meiner Stute und nickte.

Ich führte sie aus dem Stall und lief in Richtung Wald. Zwischen den Bäumen war es immer angenehm kühl und die große Runde würde Blueberry für heute reichen. Währenddessen war es still zwischen Giulia und mir. Angenehm still, nicht diese nervige peinliche Stille. Ab und an warf ich immer mal einen Blick nach hinten, um zu überprüfen, ob alles in Ordnung bei ihr war. Doch so, wie sie mir dabei entgegenstrahlte, brauchte ich mir keine Sorgen machen.

»Gehst du auch auf das Sommerfest?« Ihre Frage durchbrach die Stille zwischen uns, als ich sie am Cottage vorbeiführte und in den Wald lief.

Es überraschte mich, dass ich über meine Antwort nachdenken musste, wo sie doch eigentlich all die Jahre dieselbe gewesen war.

»Nein, ich denke nicht«, antwortete ich und blickte kurz zurück. »Also nein«, korrigierte ich mich dann doch. »Eigentlich gehe ich nie hin.«

»Wieso nicht?« Ihr Nachfragen war weder aufdringlich noch böse gemeint, das wusste ich, trotzdem senkte es meine Stimmung sofort wieder um Massen. Woher sollte sie auch wissen, dass dieses dumme Fest ein sensibles Thema für mich war? Dass ich der Auslöser gewesen war, dass es überhaupt ins Leben gerufen worden war? Dass die Feuerwehr wegen meinem Fehler nun besser unterstützt wurde?

Eigentlich war es lächerlich und kindisch von mir, mich so dagegen zu sträuben, schließlich diente das Fest einer guten Sache. Doch mal davon abgesehen, dass ich dort wahrscheinlich immer und immer wieder daran erinnert werden würde, was ich angerichtet hatte, waren Feste und Partys einfach noch nie mein Ding gewesen. Da überließ ich lieber John die Tanzfläche.

»Ist nicht so mein Ding«, antwortete ich also schließlich ehrlich und zuckte mit den Schultern. »Außerdem habe ich wahrscheinlich auch gar keine Zeit. Harvey rastet aus, wenn er mitbekommt, dass ich Arbeit liegenlasse, um feiern zu gehen.«

»Ihr beide habt's nicht so miteinander, oder?« Ihrer Frage folgte ein trauriges Schmunzeln.

»Das wäre untertrieben«, antwortete ich. »Ich glaube, wenn er es sich aussuchen könnte, wäre damals lieber ich gestorben statt seinem Bruder.«

Ich hörte, dass Giulia erschrocken einatmete, dann aber eine Zeit lang nichts mehr antwortete. Erst nach wenigen Momenten tauchte ihre Stimme vorsichtig wieder zwischen dem Hufgeklapper und dem Rascheln der Blätter auf.

»Habt ihr euch schonmal ausgesprochen?«

Ich gab ein spottendes Lachen von mir. »Das müssen wir nicht, ich weiß, was er von mir denkt.«

»Dasselbe denkt er vielleicht auch von dir zu wissen«, antwortete sie. »Weißt du, du und dein Onkel seid euch nämlich ziemlich ähnlich.«

Geschockt drehte ich mich zu ihr um und blickte sie entgeistert an. »Du machst Witze, oder?«

Sie zuckte mit den Schultern. »Eigentlich nicht.«

Genervt runzelte ich meine Brauen und wandte den Blick zu Boden. »Soll ich das als Beleidigung verstehen?«

Wir kamen an den Coker Creek, den Bach, nach dem unser kleines Städtchen benannt worden war. Hier in unserem Teil des Waldes war er noch relativ schmal und ruhig, später in Stadtnähe nahm die Strömung dann zu. Blueberry kannte das Procedere schon, näherte sich dem Ufer und stellte sich mit den Vorderhufen hinein, um zu trinken. Die Menge an Wasser, die sie herunterschlang, besorgte mich. Die Ventile der Tränken schienen wohl immer noch nicht richtig zu funktionieren.

»Nein«, antwortete Giulia, als ich ihr hinab half und wir Blueberry vom Ufer aus beim Baden beobachteten. »Es war nur eine Feststellung.«

Dass sie in mir das sah, was ich an meinem Onkel so hasste, nahm mich mehr mit, als ich gedacht hätte. Kein Wunder aber auch bei der Art, wie ich mit ihr bisher umgegangen war.

»Ihr seid beide stur und dickköpfig«, sprach sie weiter und obwohl ihre Aussage mehr als negativ war, klang in ihrer Stimme dennoch ein Schmunzeln mit. »Ihr widmet all eure Zeit und euer Herz der Familie, der Farm. Und –« Sie stockte ehe sie weitersprach, senkte ihre Stimme. »Es ist unumstritten, dass ihr leidet, und dafür habt ihr mein Mitgefühl. Ihr alle.«

Wie von selbst pressten sich meine Lippen aufeinander. Meine Zähne knirschten, so immens reagierte mein Kiefer bei ihrer Aussage. Ich hielt den Blick fest auf Blueberry gerichtet, versuchte, ihre Aussage unkommentiert hinzunehmen. Schwerer gesagt als getan.

»Und eure größte Gemeinsamkeit ist, dass ihr beide nicht redet. Ihr schweigt lieber, sprecht nicht aus, was ihr denkt oder fühlt. Gegenseitig aber auch bei Außenstehenden.«

Mein Kopf schnellte zur Seite. Angespannt fixierte ich sie. »Wenn man schweigt, kann man auch nichts Falsches sagen.«

Andächtig presste sie die Lippen aufeinander und nickte.

»Das mag sein«, antwortete sie. »Aber so viel Wahrheit geht verloren.«

Ich öffnete den Mund und schloss ihn anschließend wieder. Stumm wandte ich mich zurück an Blueberry und bedachte Giulias Worte. So ein Schwachsinn! Harvey war schon immer stur und wortkarg gewesen – wir beide! Wenn es etwas Wichtiges zu sagen gäbe, würde er es tun, schließlich nahm er sonst ja auch kein Blatt vor den Mund.

»Das siehst du falsch«, begann ich schließlich, weil ich immer noch nicht wahrhaben wollte, dass Harvey und ich etwas gemeinsam hatten. »Du hast keine Ahnung.«

Giulia trat einen Schritt näher, das sah ich im Augenwinkel. Mittlerweile hatte ich die Innenseite meiner Wange blutig gebissen und spürte durch die Anspannung plötzlich wieder all die Flammen auf meiner Haut. Die Narben, die schon heute Morgen beim Aufbau aufgesprungen waren und sich nun wieder bemerkbar machten.

»Ich möchte dir nicht zu nahe tret-«

»Dann tu es nicht!« Ich wollte es noch verhindern. Wollte verhindern, dass die Wut auf mich selbst, die Wut auf Harvey überhandnahm und ich sie verzweifelt an Giulia ausließ. Doch die Worte sprudelten einfach aus mir heraus. Worte und Gefühle, die jahrelang in meinem Inneren eingesperrt gewesen waren, und jetzt, wo Giulia genau ins Wunde getroffen hatte, blutig hinausströmten.

»Ich dachte, Abstand funktioniert bei dir ganz gut? Dann halte dich auch daran!«

Erschrocken taumelte Giulia einen Schritt zurück und ich konnte deutlich sehen, dass sich das Tor ihrer Mauer, das sie einladend für einen Spalt geöffnet hatte, wieder verriegelte. Erst jetzt realisierte ich, dass es ein Angebot gewesen war, sich gegenseitig kennenzulernen. Früher oder später hätte sie sich vielleicht auch ein Stück weit geöffnet, sich mir anvertraut, und ich hätte endlich etwas mehr über sie erfahren und herausfinden können, was es mit ihr auf sich hatte. Doch mit dem Moment, in dem ihr Ausdruck wieder ganz kühl wurde, realisierte ich, dass meine Chance versiebt war, und war ihre Mauer nicht schon hoch genug, hatte sie spätestens jetzt noch eine zweite errichtet.

»Tut mir leid«, begegnete sie mir neutral. Ob sie verletzt oder wütend war, ob ihr meine Abfuhr etwas bedeutete oder nicht, konnte ich ihr nun nicht mehr ansehen. Und diese Ungewissheit nahm mich seltsamerweise noch mehr mit als ihre Worte selbst. »Kommt nicht nochmal vor.«

Erschöpft fiel ich am späten Abend auf einen Heuballen und blickte aus dem Stall hinaus in Richtung Cottage. Nachdem ich Giulia so dermaßen bescheuert fertiggemacht hatte, war sie nicht mehr zurück ins Wohnhaus gekommen, sondern direkt im Cottage geblieben. Seitdem hatte ich mein schlechtes Gewissen ihr gegenüber und die Gedanken, ihre Worte könnten wirklich wahr sein, in Arbeit ertränkt. Doch nun, wo die Sonne hinter den Bäumen verschwand und alles erledigt war, kamen die Zweifel wieder hoch.

Ob sie recht hatte? Ob Harvey und ich uns nur ausmalten, was der andere zu sagen hatte, es aber eigentlich gar nicht wussten? Er hatte niemals ausdrücklich von sich gegeben, dass er mir die Schuld am Tod von Mum und Dad gab. Dass er seitdem aber auch kaum freundlich zu mir gewesen war oder mir deutlich gemacht hatte, dass er froh war, mich nicht auch verloren zu haben, hatte ich bisher immer als Anlass genommen, dennoch davon auszugehen, dass er mich verachtete. Doch Giulias Worte brachten mich zum ersten Mal dazu, in Betracht zu ziehen, dass in Harveys Schweigen so viel Wahrheit verloren ging. Wie viele es wohl waren? Wie viele Worte er vielleicht wirklich schon so oft runtergeschluckt hatte, statt sie mir zu sagen?

Ich dachte an die meinen. Meine Wahrheiten, die ich in mir verborgen hielt. Dass ich es unmöglich fand, wie er mit mir umging, hatte ich ihm noch nie gesagt, aber das auch nur, weil ich wusste, dass es keinen Sinn machen würde. Zudem wusste er nicht, dass ich nach dem Abschluss eigentlich auch mit Sarah nach Nashville hatte gehen, Coker Creek hinter mir hatte lassen wollen. Ich wusste – nein, ich war davon ausgegangen –, dass Harvey es als unverschämt und gefühllos bezeichnen würde, wäre ich nach dem Unfall wirklich gegangen. Das hatte ich ihm, Ruby und Bonnie nicht antun können. Und doch war es irgendwo meine Entscheidung gewesen – Harvey hatte aktiv nie etwas dazu sagen können.

Auch Giulia hatte ich so viele Wahrheiten verschwiegen. Zum Beispiel, dass ich gerne in ihrer Nähe war, das aber nicht zeigen konnte, weil ich ein verkorkstes und kaputtes Arschloch war, das vor allem zurückschreckte, was ihm zu nahe kam. Dass ich ihr nicht erklären konnte, warum ich mich so verhielt, weil ich zu feige war und zu viel Angst hatte. Angst davor, schwach zu sein. Schließlich war es meine Aufgabe, nach all den Geschehnissen die starke Rolle der Familie zu übernehmen. Harvey war alt und schon etwas zerbrechlich und Ruby und Bonnie konnten den Druck und die Trauer geradeso auf ihren eigenen Schultern tragen. Ich konnte es mir schlichtweg nicht leisten, schwach zu sein.

Das Rascheln von Reifen auf Kies kam näher und stoppte vor dem Wohnhaus. Nachdenklich schlenderte ich aus dem Stall und lehnte mich dann gegen das Tor, als ich sah, dass Harvey seine Arbeit beendete.

»Wie geht es ihr? Kann sie wieder auftreten?«, fragte er, ohne mich anzusehen, und öffnete dann die Ladeklappe.

»Noch nicht ganz.«

Während er sein Werkzeug vom Wagen hievte, deutete er hinter sich in Richtung Cottage. »Ich habe euch vorhin gesehen. Mit Blueberry. Sobald sie wieder Laufen kann, musst du ihr das Rindertreiben zeigen.«

Ich seufzte, weil ich nicht wusste, ob sie das überhaupt noch von mir gezeigt bekommen wollte.

»Ja, mal sehen«, murmelte ich kaum hörbar, weil ich echt keine Lust hatte, darüber nun zu diskutieren.

Er schloss die Ladeklappe und machte sich dann ohne einen weiteren Kommentar auf den Weg zur Veranda.

»Harvey?« Unsicher trat ich einen Schritt vor, doch er lief weiter, antwortete nur mit einem desinteressierten »Hm?«. Ich stockte, weil ich das Gefühl bekam, die Antwort schon zu kennen. Doch was war, wenn sie falsch war? Wenn Harvey eigentlich eine ganz andere hatte?

»Bin ich dir egal?«

Jetzt blieb er stehen, stoppte mit dem Rücken zu mir und verharrte einen Moment in dieser Position. Dann drehte er sich um und blickte mich fassungslos an. Irgendwo in dieser Fassungslosigkeit meinte ich Schmerz zu erkennen, vielleicht schaute er aber auch einfach immer so. Ich konnte es schließlich nicht wissen. Harvey sah mich nie wirklich an.

»Was?«

Ich zuckte mit den Schultern und kam noch näher. »Du hast mich verstanden.«

»Hast du irgendwas genommen?«, fragte er abfällig und drehte sich dann kopfschüttelnd wieder um, um seinen Weg fortzusetzen.

»Nur jeden Tag Mengen an Fentanyl, aber sonst nichts«, antwortete ich ebenso abfällig, weil es mich nach all der Zeit immer noch verletzte, wie er mit mir umging.

Er trat auf die Veranda und drehte sich nochmal um, starrte mich unschlüssig an.

Dann hob ich meine Arme und kam näher. »Ich meine, weißt du das eigentlich? Weißt du, wie es mir geht? Ich frage mich einfach, was es ist, dass du mich so hasst.«

»Hör auf, Scott«, raunte er dazwischen. »Du fragst doch auch nie, wie es mir geht.«

»Weil jedes einzelne Gespräch mit dir eine absolute Qual ist! Du gibst mir das Gefühl, ich wäre dir absolut egal. Ich meine, ich weiß selbst, dass es meine Schuld war, ich weiß selbst, dass wenn ich nicht diesen verdammten Ofen –«

»Hör sofort damit auf!« Harveys Stimme hallte laut über den Hof. Es würde mich nicht wundern, hätte Giulia sie auch gehört. Aufgewühlt verharrte ich mit offen stehendem Mund, atemlos und verwirrt. Erst jetzt, als Harvey zurück auf die Stufen trat und mit erhobenem Finger auf mich zukam, merkte ich, dass eine glasige Träne in meinem Augenwinkel zitterte. Ich hatte nie realisiert, dass mich unser zerrüttetes Verhältnis so mitnahm.

»Sag das nie wieder, Scott!« Im ersten Moment dachte ich, seine Wut galt den nervigen Fragen, die ich ihm gestellt hatte, und dass er keine Lust hatte, mit mir zu reden. Allmählich spürte ich aber, dass etwas anderes ihn wütend machte. »Der Tod deiner Eltern war ein Unfall!«

Als hätte jahrelang ein schwerer Fels auf meinem Bauch gelegen, der meinen Magen und meine Lungen abschnürte und nun endlich angehoben wurde, stieß ich erleichtert den Atem aus. Nach all den Jahren, nach all der Zeit zu hören, dass Harvey mir nicht die Schuld gab, war eine mächtige Befreiung, von der ich nie geglaubt hätte, dass sie mal eintreten würde. Auch wenn sich Harvey nun wieder unterkühlt umdrehte, stumm zum Haus lief und mich aufgewühlt dort stehenließ, wusste ich, dass es ein Schritt in die richtige Richtung war, und ich hatte keine Ahnung, wie ich Giulia jemals für ihre eiskalte Ehrlichkeit danken sollte.

15

Giulia

Die nächste Woche pendelte sich mein Tagesverlauf bei Ruby weiter ein. Da es meinem Knöchel immer besser ging, konnte ich mich allmählich auch öfters um die Tiere kümmern und half Harvey bei körperlicher Arbeit. Zum Beispiel packte ich beim Füttern und Misten mit an, reparierte den Hühnerstall und brachte die Pferde auf die Koppel oder führte Blueberry spazieren, damit Scott dies nicht mehr tun musste. Was ihn anging, war ich froh, dass ich meist schon längst wieder im Cottage war, wenn er von der Arbeit kam. Dass ich ihm das letzte Mal viel zu nahegetreten war, in seiner Privatsphäre gestochert hatte, war mir mehr als unangenehm, und ehrlich gesagt kannte ich mich so auch gar nicht. So aufdringlich und interessiert. Ich meine, ich *war* auch interessiert, aber gerade ich wusste eigentlich mit am besten, wie es war, zu leiden, Geheimnisse zu besitzen und lieber alleine zu sein. Doch irgendwie hatte ich nach all den Vorfällen, die ich bisher zwischen ihm und seinem Onkel mitbekommen hatte, den Drang gehabt, zu helfen. Ein großer Fehler, wie ich nun wusste, und ich schämte mich in Grund und Boden. Freunde würden wir wohl nicht mehr werden, was schließlich auch nie meine Intention gewesen war. Ich wusste von Anfang an, dass es besser war, sich nicht zu nahezukommen, nicht zu viel über den anderen zu wissen und ein neutrales Arbeitsverhältnis zu pflegen, solange ich noch hier verharrte. Doch irgendwie fühlte sich dieses Verhältnis nun gar nicht gut an.

Freitagvormittag fuhr ich mit Ruby und Bonnie in die Stadt, um ein paar Einkäufe zu erledigen. Da ich sowieso nach einer neuen Jeans schauen wollte, passte das ziemlich gut. Ruby meinte, in der Stadt gäbe es einen Second-Hand-Laden und eine kleine Boutique, die aber eher Kleidung für ältere Damen verkaufte. Da ich sowieso nicht viel Geld ausgeben wollte, bevorzugte ich den Second-Hand-Laden. Es fühlte sich gut an, endlich wieder halbwegs laufen zu können, und jetzt, wo ich mich nicht mehr ausschließlich auf meinen Knöchel konzentrierte, entdeckte ich Orte, die ich zuvor kaum wahrgenommen hatte. Zum Beispiel, dass der Kirchturm von Coker Creek seltsam schief stand, der Marktplatz von einem rauschenden Bach umrandet wurde und eine kleine antike Holzbrücke der einzige Weg darüber war. Wie friedlich es war. Selbst in der Stadt unter den vielen Menschen fühlte ich mich ungewohnt wohl. Die Menschen hier verurteilten mich nicht mit ihren Blicken, gaben mir nicht das Gefühl, ein einziger Fehler zu sein.

»Ich hüpfe schnell nochmal bei Ginnys Mosaic rein«, sagte Ruby, als wir nach dem Supermarkt bei der Boutique ankamen. »Der Second-Hand-Store ist da vorne. Wollen wir uns einfach hier wieder treffen?«

Ich nickte und stürzte mich dann mit Bonnie, die sich mir unbedingt anschließen wollte, ins Klamottengetümmel.

»Schau mal!« Bonnie hielt eine pinke Hose mit Glitzerbestickung hoch. »Die ist knallig!«

Ich lachte. »Nur leider passt sie gar nicht zu mir.«

Bonnie legte sie zurück und musterte mich dann prüfend. »Stimmt. Ist vielleicht etwas übertrieben, passt besser zu Sarah.«

Stockend blieb ich an einem Kleiderständer stehen und verdaute diesen Namen nur schwer, während Bonnie schon am nächsten Wühltisch stand.

»Wie ist sie so?«, fragte ich ganz beiläufig. »Magst du sie?«

Bonnie rümpfte die Nase. »Ich weiß nicht.«

»Du weißt es nicht?«

Sie zuckte mit den Schultern. »Als Scott in sie verliebt war, war ich noch klein. Ich kann mich nicht genau erinnern.«

Ich nickte und beschloss, das Thema sein zu lassen. Bonnie über Scotts Liebesleben auszufragen, war unfair, und ich wollte ihn nicht hintergehen. Nicht, nachdem ich ihm sowieso schon viel zu nahegetreten war.

»Aber ich glaube, ich mag sie nicht«, gab Bonnie dann doch noch gedankenversunken hinzu. »Sie hat meinem Bruder glaube ich wehgetan.«

Gerührt schmunzelte ich und kam nicht drumherum, ihr liebevoll übers Haar zu streichen. »Aber jetzt geht es ihm doch besser, oder?«

Ich lief zu einem zweiten Kleiderständer, von dem ich eine blaue schlichte Jeans in meiner Größe fischte. Bonnie verzog leidend das Gesicht, wurde immer nachdenklicher und zupfte nervös an den Kleidungsstücken herum.

»Das weiß ich auch nicht«, antwortete sie, ohne mich anzusehen. »Ich glaube, er ist immer noch traurig wegen Mum und Dad und seine Haut tut ihm weh. Ich würde ihm gerne helfen, male ihm ständig neue Bilder oder möchte, dass er mit mir aufs Sommerfest geht, damit er mal Spaß hat, aber er will nie mitkommen.«

Mitleidig schossen mir Tränen in die Augen. Nicht nur, weil Scott – und allgemein die Collisters – solches Leid durchlebten, sondern auch, weil es mich rührte, wie verzweifelt Bonnie versuchte, ihren Bruder zu beschützen. Einem Kind konnte man eben niemals wahre Gefühle verheimlichen.

»Wieso möchte er das nicht?«, fragte ich und ging vor ihr in die Hocke. »Gehst du sonst immer mit Ruby?«

Sie nickte, dabei schwangen ihre blonden Zöpfe hin und her. »Ja, aber Grandma kann leider nicht so vieles mit mir machen. Mit Scott wäre es schöner, aber ich glaube, er ist böse auf die Feuerwehr, weil sie Mum und Dad nicht rechtzeitig gerettet hat.«

Ich nahm ihre Hände und drückte sie. Nun reichte es mit den Fragen. Dies waren schlimme, private Angelegenheiten, die ich nicht aus einem Kind herausquetschen wollte.

»Weißt du was?«, begann ich schließlich und lächelte. »Wie fändest du es, wenn ich mit dir zum Fest gehe?«

Eigentlich waren Partys und Feste das Schlimmste, was man mir antun konnte. Menschenmassen, alkoholisierte Männer und laute Geräusche gehörten zu meinen größten Feinden. Doch für Bonnie wollte ich meine Angst überwinden und sowieso konnte ich ja, bevor die Party am Abend begann, nur den Nachmittag zwischen Kindern und Familien verbringen und dann rechtzeitig wieder abhauen.

Nun begann sie wieder zu strahlen, bekam das breiteste Lächeln, das ich je an ihr gesehen hatte. »Oh ja!«, rief sie und fiel mir um den Hals. »Das wäre toll!«

Ich drückte sie nochmal fest, um ihr zu signalisieren,

wie wundervoll sie war, ehe ich mich schließlich von ihr löste und die Jeans hob.

»Aber jetzt probieren wir die erstmal an, okay?«

Gemeinsam liefen wir zu den Umkleidekabinen. Während ich mich in die doch viel zu enge Jeans zwang, setzte Bonnie sich die verschiedensten Cowboyhüte auf. Irgendwann hörte ich hinter meinem Vorhang eine weitere Stimme, die sich mit Bonnie zu unterhalten schien. Neugierig streckte ich den Kopf aus der Umkleide und entdeckte eine rothaarige junge Frau, die sicherlich etwas älter als ich war. Als sie den Blick hob und mich entdeckte, begann sie herzlich zu strahlen und winkte mir zu.

»Du musst dann also Giulia sein«, begrüßte sie mich mit angenehm weicher Stimme. »Ich bin Chris. Also eigentlich Christina, aber alle nennen mich Chris.«

»Hey«, stammelte ich nur unsicher, weil ich etwas überfordert mit der Situation war und immer noch die viel zu enge und unbequeme Jeans trug. »Woher ...«

»Chris ist die große Schwester von meiner besten Freundin Gina!«, erzählte Bonnie stolz, woraufhin Chris lachte und auch ich lächeln musste.

»Genau, und Bonnie erzählt immer so viel von dir!«

Was sie ihr wohl alles erzählt hatte? Dass ich verletzt im Wald aufgetaucht war, klang aus dem Mund eines Kindes sicherlich so, als wäre ich eine absolute Verrückte. Doch Chris sah mich ganz und gar nicht an, als würde sie so von mir denken. Im Gegenteil: Ihre Haltung mir gegenüber war offen, freundlich und herzlich, ganz anders als die von Sarah.

»Zeig mal her!« Interessiert trat sie einen Schritt näher und betrachtete meine Jeans. Dann schüttelte sie den Kopf. »Die ist nicht nur zu eng, die ist auch viel zu teuer. Du hast bei den Markensachen geschaut. Warte kurz.«

Perplex starrte ich ihr hinterher, als sie kurz zwischen den Klamotten verschwand und mit einer ähnlichen Jeans zurückkam. »Probiere mal diese an.«

Ich betrachtete sie für einen Moment und bedankte mich dann nickend. Und sie hatte recht. Schon beim Anziehen spürte ich, dass sie viel weiter saß, und auch der Preis war ganze zwanzig Dollar niedriger.

»Wow, danke!«, staunte ich, als ich den Vorhang beiseiteschob und mich im Spiegel betrachtete. »Die ist wirklich gut!«

»Sag ich doch«, strahlte Chris. »Und sie steht dir total. Du weißt nicht, wie sexy dein Arsch darin aussieht!«

Erschrocken drehte ich mich zu ihr um und spürte, dass meine Wangen erröteten. Auf meine Reaktion gab sie einen herzlichen Lacher von sich.

»Hey, das ist doch was Gutes!« *In meiner Welt nicht wirklich.* »Sollte ein Kompliment sein, sie sieht wirklich gut an dir aus.«

Ich schmunzelte. »Vielen Dank, Chris!«

»Sehr gerne! Vielleicht sehen wir uns ja beim Sommerfest? Oder du meldest dich einfach mal, wenn du etwas unternehmen willst. Ich würde mich freuen!«

Meine Lippen weiteten sich und endeten in einem Grinsen. Eine richtige Freundin hatte ich noch nie zuvor gehabt und mir vorzustellen, ich könnte in Chris eine finden, war schön. Auch wenn dieser Gedanke absurd war, schließlich blieb ich ja nicht für immer in Coker Creek.

»Mache ich!«, antwortete ich trotzdem. »Und danke nochmal!«

Staunend bewunderte ich die großen Tannenwurzeln, als ich Freitagnachmittag zum ersten Mal die Gegend etwas erkunden konnte. Vom Cottage aus war ich in den Wald gelaufen und dem Weg gefolgt, von dem ich ausging, dass es derselbe war, den Scott mit Blueberry genommen hatte. Zum Glück hatte sich die Luft, nun, wo es sich dem Abend zuneigte, etwas abgekühlt und zwischen den hohen Tannen war es dunkel und lichtgeschützt. Wie gerne ich nun mein Notizbuch bei mir hätte, wie gerne ich nun meine Gedanken sortiert hätte. Seit meiner Ankunft hatte sich das Chaos in meinem Kopf immer weiter verbreitet. Seltsamerweise hatte ich es bisher zwar ganz gut ohne mein Buch verkraften können, doch ich spürte deutlich, wie verwirrt meine Gefühle waren, seitdem es fort war. Ich wusste nicht, was ich über Scott denken sollte, was das für Wünsche und Lüste waren, die ich in seiner Nähe spürte, und weshalb es mich so sehr mitnahm, dass unser Verhältnis weiterhin unterkühlt und neutral blieb. Ich wusste nicht, wie ich weitermachen wollte, hatte das Gefühl, mein Ziel vor Augen verloren zu haben. Was auch immer das gewesen war. Seit meiner Ankunft hatte ich Dinge getan, gesagt und gespürt, die ich zuvor kaum von mir gekannt hatte, und auch wenn sie sich durchaus gut anfühlten, machten sie mir gleichzeitig Angst. Was war, wenn ich vergaß, wie ich weitermachen sollte? Wenn ich vergaß, was geschehen könnte, sollte ich Scott zu nah an mich heranlassen?

Kopfschüttelnd erhob ich mich wieder und beendete meine Pause. Das Laufen befreite meinen Kopf und nach zwei Wochen ohne Wandern, ohne friedliches Alleinsein in der Natur, brauchte ich es nun mehr als zuvor. Bald würde ich sicherlich am Coker Creek ankommen und ich freute mich schon, mich dort ans Ufer zu setzen, die Füße hineinzuhalten und dem Rauschen des Baches zu zuhören. Gedankenversunken lief ich weiter und weiter und vergaß dabei vollkommen die Zeit. Erst als mir eine Dreiviertelstunde später allmählich doch der Knöchel wieder wehtat, realisierte ich, wie weit ich bereits gelaufen war. Unsicher blickte ich mich zwischen den dichten Tannen um. Kein Bach weit und breit und ein Weg war auch nirgends zu sehen. Wie konnte ich nur so gedankenlos vom Pfad abgekommen sein? War ich überhaupt in die richtige Richtung gelaufen? Ich warf den Blick zum Himmel, als könnten mir die vielen Baumkronen, die alle gleich aussahen, weiterhelfen.

Jetzt bloß nicht in Panik verfallen, dachte ich mir, obwohl meine Atmung schon zu stocken begann. *Zur Not schläfst du halt hier. Hast du doch sonst auch immer getan.*

»Nur dass ich da ein Zelt, ein Messer, Essen und Trinken bei mir gehabt hatte«, sprach ich laut aus, als würde ich mit mir selbst eine Konversation führen. Hektisch drehte ich mich einmal im Kreis, und nochmal, und nochmal in die andere Richtung. Bis mir schließlich schwindelig wurde und ich mich am Stamm einer großen Tanne abstützen musste. Angestrengt presste ich Daumen und Zeigefinger zwischen die Brauen und versuchte mich zu beruhigen.

Ich laufe einfach denselben Weg wieder zurück.

»Okay, klar! Und welcher ist das?!«, raunte ich mit wütenden Tränen in den Augen ins Leere.

Als Antwort knackste es. Erschrocken drehte ich mich zu dem Geräusch um, konnte aber nichts erkennen. Für einen Moment war es totenstill. Das Einzige, das man sicherlich auch meilenweit entfernt gehört hätte, war mein Herzklopfen. Ich spürte es überall. In meinen Schläfen, in meinen Fingerkuppen, in meiner Brust und auf der Lippe.

Erneut knackste es, diesmal in der anderen Richtung.

Scheiße! War mir jemand gefolgt? Jemand, der es ausnutzte, dass ich alleine und unbewaffnet in den Wald lief?

Mein Gott, Giulia! Was ist nur mit dir los? Seit wann bist du so zerstreut? Denkst nicht mehr nach, bevor du dich in Gefahr begibst?

Zittrig atmete ich ein. So vorsichtig und so langsam, dass man es kaum hörte. Ich hoffte, *er* hörte es auch nicht. Wer auch immer da war. Vielleicht war *er* mir aus Chicago gefolgt, wollte sich jetzt rächen.

Eine Eule heulte laut, dann wirbelte ein Schwarm von Staren auf. Ich erschrak so laut, dass mein Fuß versagte und ich auf dem Boden landete. Erst jetzt bemerkte ich, wie dämmrig es bereits geworden war. Es war der perfekte Ort und die perfekte Zeit für ein Verbrechen und ich wusste, *er* würde sich nicht davor scheuen, es ein weiteres Mal zu begehen.

Da war es wieder, das Knacken. Diesmal kam es wieder aus der anderen Richtung. Ängstlich robbte ich mich durch den Dreck an einen Baum, schluchzte laut auf und hielt mir im Anschluss die Hand vor den Mund. Von jetzt auf gleich wurde jede Erinnerung wieder greifbar, bildete sich schmerzhaft auf meinem Körper aus. Ich spürte jeden Griff, jedes Drücken, hörte *seinen* Atem und die Beleidigungen der anderen. Mit meiner Flucht aus Chicago hatte ich gedacht, dass *er* verschwinden würde. *Er* und der Schmerz und die Erinnerungen. Doch hier und jetzt, zusammengerollt auf dem dreckigen Waldboden und eingehüllt in Tränen, merkte ich, dass *er* immer noch bei mir war und wahrscheinlich niemals verschwinden würde.

Und erneut sollte Scott recht behalten. Ich war verdammt naiv. Naiv zu denken, ich könnte jemals ein annähernd normales Leben führen.

16

Scott

Müde sank ich in meinen Stuhl, als ich nach einem langen Arbeitstag, den ich fast ausschließlich im Dienstwagen verbracht hatte, endlich wieder im Büro ankam. Jamie Lorren, der Sohn eines Farmers aus dem Nachbardorf, war diese Woche nun schon zum dritten Mal aggressiv gegenüber seiner Ex-Freundin Jude Becks aufgetreten, doch auch nach langer Suche hatten wir ihn bisher nicht schnappen können. Ich kannte Jamie, jeder kannte Jamie. Er war schon in der High School auffällig gewesen, hatte sich ständig geprügelt, doch dass er nun auch auf Frauen losging, war ein Schock für uns alle.

Erschöpft fuhr ich mir über die Augen und seufzte. Jetzt musste nur noch der Bericht geschrieben werden und da John sich noch für die Vorbereitungen mit der Feuerwehr traf, blieb dies schließlich an mir hängen. Mein Blick fiel aus dem Fenster. Zum Glück dämmerte es schon und war somit nicht mehr ganz so heiß im Büro. Mein Kopf schmerzte trotzdem, als ich auf den grellen Bildschirm starrte und die heutigen Geschehnisse dokumentierte. Dass es so viel zu tun gab, war ein wirklicher

Ausnahmefall in einem Dorf wie diesem, und meine fehlende Konzentration machte es mir nicht leichter.

Ehrlich gesagt machte sie es mir schon die ganze Woche nicht einfach. Seit meinem Wutausbruch letzten Samstag hatte ich Giulia kein einziges Mal mehr zu Gesicht bekommen. Nach der Arbeit war sie immer schon im Cottage gewesen, aß abends nicht mehr mit uns, was Ruby natürlich sofort auf mein Verhalten ihr gegenüber zurückführte. Und obwohl es genau das war, was ich von ihr so bescheuert verlangt hatte, machte mir dieser Abstand zu ihr redlich zu schaffen. Nicht, dass wir uns vorher nah gewesen waren – unser bisheriges Verhältnis war eigentlich immer ziemlich distanziert gewesen –, doch allmählich fehlten mir ihre Stimme, ihr Lächeln und das Gefühl, ihr in irgendeiner Art und Weise verbunden zu sein. Als wäre sie die Einzige, die mich jemals verstehen könnte, die Einzige, die wusste, wie ich mich fühlte.

Dass John die ganze Woche über immer wieder betont hatte, wie gut sie doch aussah und dass ich unbedingt mit ihr zum Sommerfest kommen sollte, machte das Ganze nochmal schwerer. Ich konnte nicht zu diesem bescheuerten Fest, es *ging* einfach nicht. Doch mir vorzustellen, dass es Giulia vielleicht tun und von John angemacht werden würde, machte mich innerlich so wütend, wie es zuvor bisher nur Harvey geschafft hatte. Ich hatte kein Recht dazu, John vorzuschreiben, mit wem er flirten durfte, und erst recht keines, es Giulia vorzuschreiben, und doch wollte ich, dass er die Finger von ihr ließ. Aber wer wusste schon, ob Guilia vielleicht ja sowieso keine Lust darauf hatte. Vielleicht würde Michelle da sein und John würde Giulia gar keine Beachtung schenken. Doch dann war da eben immer noch Sarah. Sarah, die einfach so hier auftauchte und tat, als wäre nie etwas passiert. Sarah, die Giulia so herablassend behandelt hatte. Und Sarah, die es auf dem Sommerfest sicherlich noch ein weiteres Mal tun würde. Ihr konnte man alles zutrauen.

Ich tippte das letzte Wort ein, drückte dann auf Drucken und warf einen Blick auf die Uhr. Schon kurz nach acht. So lange war ich schon ewig nicht mehr im Büro gewesen. Ausgelaugt ließ ich meine Knochen knacksen und fischte dann den Bericht aus dem Drucker, um ihn dem Sheriff auf den Schreibtisch zu legen, ehe ich endlich das Revier verließ. Erst jetzt bemerkte ich, wie dunkel es wirklich schon war. Selbst wenn Giulia mit Ruby zu Abend gegessen hatte, war sie nun sicherlich schon zurück im Cottage. Vielleicht sollte ich einfach mal bei ihr klopfen?

Angestrengt ging ich während der Fahrt die möglichen Worte durch, die ich zu ihr sagen könnte. Ich musste mich entschuldigen, das stand fest. Nur wie stellte ich das an, ohne wie der letzte Volldepp dazustehen? Wie zeigte ich ihr meine Gefühle, wenn ich sie mir selbst nicht mal zeigen konnte? Vielleicht, indem ich ihr von Harveys und meinem Gespräch letzten Samstag erzählte. Vielleicht würde sie dadurch sehen, wie dankbar ich ihr für diesen Rat war und wie leid es mir tat.

Verwirrt schüttelte ich den Kopf, als ich am Cottage ankam. Ein prüfender Blick in die Fenster verriet mir, dass gar kein Licht brannte. War Giulia vielleicht doch noch bei Ruby? Nervös öffnete ich die Tür meines Wagens und lief zur Treppe. Ich wollte es trotzdem versuchen. Angespannt hob ich die Faust an das harte Holz, nur um sie im nächsten Moment wieder zu senken. Wie bescheuert ich doch war, hatte immer noch keine Ahnung, was ich zu ihr sagen sollte, und stand nun trotzdem vor ihrer Tür.

Genervt schüttelte ich den Kopf und klopfte dann

endlich. *Wird schon schiefgehen,* dachte ich mir. *Viel mehr kannst du eh nicht mehr kaputtmachen.*

Nachdem ich einen Moment ins Innere gehorcht aber keine Reaktion bekommen hatte, klopfte ich ein weiteres Mal.

»Giulia, bist du da?«, fragte ich mit bemüht ruhiger Stimme. »Ich bin es, Scott. Können wir kurz reden?«

Wie dumm klingt das denn? ›Können wir kurz reden?‹ Als wärst du ihr Vater!

Beschämt fuhr ich mir übers Gesicht. Doch zum Glück schien Giulia wirklich nicht da zu sein. Oder aber sie saß kichernd hinter der Tür und machte sich über mich lustig. Hoffnungsvoll, dass sie noch im Wohnhaus war, schwang ich mich zurück in den Wagen und setzte meinen Weg fort. In der Küche brannte jedenfalls noch Licht, das sah ich schon von weitem. Vielleicht half Giulia Bonnie noch beim Malen. Meine Schwester hatte mir die letzten Tage erzählt, dass sie nun schon öfters mit ihr Zeit verbracht hatte und sie sie wirklich mochte. Auch dafür wollte ich Giulia danken, denn Bonnie wirkte so glücklich wie schon lange nicht mehr.

Ich parkte meinen Wagen neben Harveys Trecker und eilte dann schnellen Schrittes ins Haus. Doch als ich euphorisch in der Küche ankam, fand ich nur meinen Onkel vor. Überrascht musterte er mein Auftreten einen Moment lang, widmete sich dann weiterhin den Essensresten.

»Wo … wo sind die anderen?«, stammelte ich, weil ich nicht explizit nach Giulia fragen wollte.

»Ruby ist mit Freundinnen bei einem Bingoabend, müsste aber demnächst nach Hause kommen, und Bonnie übernachtet heute bei Gina«, gab Harvey unbeeindruckt zurück und schlürfte weiterhin seine Suppe.

»Und Giulia?«

Prüfend hob er seinen Blick und bedachte mich eine Zeit lang. Ich versuchte, nicht allzu interessiert zu wirken, steckte gelassen meine Fäuste in die Hosentaschen.

Schließlich deutete er mit dem Löffel aus dem Fenster. »Die wollte nach Feierabend nochmal eine Runde spazieren gehen.«

Skeptisch hob ich die Brauen. »Spazieren? Wo lang?«

Er zuckte mit den Schultern. »Keine Ahnung, ich glaube, einmal zum Coker Creek und zurück.«

Plötzlich wurde mir ganz mulmig zumute. Giulia war erst ein einziges Mal am Coker Creek gewesen und kannte sich ganz und gar nicht in dieser Gegend aus.

»Wann ist sie los?«

Harvey verdrehte die Augen. »Scott, warum fragst du mich das alles?«

Angespannt trat ich näher und lehnte mich auf die Tischplatte. »Beantworte mir einfach die Fragen!«

»Keine Ahnung«, zischte er wieder. »Gegen sechs oder so! Was zur Hölle ist los mit dir?«

Hin und her gerissen stieß ich mich vom Tisch ab und drehte ihm den Rücken zu, weil ich nicht wollte, dass er mein Gefühlschaos mitbekam. Als ich meine Finger in den Haaren vergrub, versuchte ich tief durchzuatmen und mich zu beruhigen.

»Scott?« Harveys Stimme wurde vorsichtiger. Ich hörte, dass er aufstand. »Was ist –«

»Sie ist nicht im Cottage!« Aufgebracht drehte ich mich zu ihm um und deutete aus dem Fenster. »Ich habe bei ihr geklopft, aber es brennt kein Licht und niemand ist da. Was heißt, sie ist nicht von ihrem Spaziergang zurückgekommen!«

Ohne auf seine Antwort abzuwarten, lief ich wieder raus. Vielleicht war sie ja nochmal im Pferdestall.

»Giulia?«, rief ich über den Hof, bekam aber keine Antwort.

»Vielleicht schläft sie schon«, hörte ich Harvey hinter mir sagen. »Warum machst du dir solche Sorgen?«

»Weil Jamie Lorren diese Woche mehrmals gewalttätig gegenüber seiner Ex-Freundin war und uns heute entwischt ist!«, brüllte ich, obwohl er direkt vor mir stand. Mein Echo hallte über die Wiesen, wurde dann von der Dunkelheit verschluckt. Zurück blieb ein aufgebrachtes Keuchen.

Dass Jamie Lorren irgendwo da draußen war, war ein Teil meiner Sorge. Doch um ehrlich zu sein, war der erste Gedanke, der mir in den Kopf gekommen war, dass sie sich verirrt haben könnte. So, wie ich Giulia kannte, war dies nicht ausgeschlossen, und die Vorstellung, sie könnte irgendwo dort draußen in der Dunkelheit, ohne Karte und ohne Zelt liegen – vielleicht sogar verletzt –, zerriss mich innerlich.

»Okay.« Harvey wirkte nun gar nicht mehr so gefühlskalt, wie er es sonst war. Fast so, als würde er sich auch sorgen. »Lass uns erstmal zum Cottage fahren und nachschauen, vielleicht schläft sie ja wirklich schon.« Seine Stimme war ruhig, als wolle er mir jegliche Angst nehmen. Doch er schaffte es nicht.

»Sie schläft nicht!«, brüllte ich aufgebracht. »Bei ihr brennt kein Licht! Sie schläft nie ohne Licht!« Weil ich nicht wirklich stolz auf dieses Wissen war, biss ich mir schmerzlich auf die Lippe. Mal davon abgesehen, dass sie es in ihr Tagebuch geschrieben hatte, hatte ich noch keine Nacht erlebt, in der es im Cottage stockdunkel gewesen war.

»Woher –« Er verzog die Brauen, wollte mich gerade verhören, doch ich wandte mich rechtzeitig von ihm ab und lief in den Pferdestall. Ich musste irgendwas tun.

»Als ich mit ihr und Blueberry zum Bach gelaufen bin, habe ich eine Abkürzung abseits des Weges genommen. Sicherlich wollte sie dieselbe nehmen und hat sich verirrt!«, erklärte ich ihm, während ich Arrows Sattel hervorkramte.

Harvey eilte mir mühsam hinterher, kam aber kaum mit, was mir nochmal deutlich machte, wie zerbrechlich er mittlerweile wirklich war.

»Du willst doch nicht –« Er stockte, als ich Mums Rappen aus dem Stall führte. »Du reitest?«

Ich wollte gar nicht groß darüber nachdenken, wollte dem Fakt, dass ich mich in wenigen Minuten nach so vielen Jahren wieder auf ein Pferd setzen wollte – und dann noch auf Arrow -, nicht zu viel Aufmerksamkeit schenken. Momentan beunruhigten mich andere Dinge und ich sah keinen anderen Ausweg. Zu Fuß war ich zu langsam und mit dem Auto kam ich nicht vom Weg ab.

»Es geht nicht anders«, gab ich trocken zurück und streifte Arrow die Trense über den Kopf. Auch er spürte meine Anspannung, auch er schien sich zu sorgen.

»Du wartest hier«, bat ich meinen Onkel, ehe ich ein paar Mal tief durchatmete. »Falls sie doch zurückkommt. Wenn du in einer halben Stunde nichts von mir gehört hast, ruf John an, okay?«

Er nickte nur, blickte mich perplex an, als ich schließlich meinen linken Fuß in den Steigbügel stellte und das andere Bein rüberschwang. Ich saß noch nicht richtig, da galoppierte Arrow schon los, Sammy folgte uns. Zum Glück trug ich noch meine Uniform und somit auch eine Taschenlampe und meine Dienstwaffe bei mir.

»Such nach Giulia!«, wiederholte ich immer wieder, um Sammy zu animieren. Und es klappte. Aufgeregt ließ er ein Bellen von sich und rannte dann mit gesenkter Nase in den Wald hinein.

Ich nahm die Abkürzung, von der ich ausging, dass sie sie auch hatte nehmen wollen, und führte Arrow vom Weg ab. Sicherlich hatte sie sich erst später zwischen den vielen Bäumen verlaufen. Irgendwann stoppte ich und horchte in die Dunkelheit.

»Giulia!«, rief ich, bekam aber keine Antwort. Also nochmal lauter. »Giulia!«

Sammy half mir, gab zweimal ein Bellen von sich und trat dann aus der Dunkelheit hervor. Nun bellte er nochmal, sprang an Arrow hoch und raste schließlich weiter. Er hatte eine Spur. In der Hoffnung, dass er sich nicht irrte und statt Giulia ein wildes Tier aufgespürt hatte, galoppierte ich ihm hinterher. Die dichten Stämme sausten an mir vorbei und Äste peitschten mir dabei so stark ins Gesicht, dass sie Blut auf meinen Wangen hinterließen. Ich hatte vollkommen vergessen, wie schnell Arrow sein konnte, und jetzt, wo er nach so vielen Jahren endlich mal wieder geritten wurde, spürte ich, wie sehr auch er dieses Gefühl vermisst hatte.

Sammys Jaulen ertönte aus der Ferne. Man konnte ihn schon längst nicht mehr sehen, weil er einfach viel flinker war. Also folgten wir seinen Geräuschen, ließen uns von ihm führen. Und es dauerte nicht lange, da tauchte er wieder im Kegel meiner Taschenlampe auf.

»Ho, ho«, beruhigte ich Arrow und brachte ihn zum Stehen. Sammy kauerte neben einer großen Tanne. Erst bei genauerem Hinsehen erkannte ich, dass auch Giulia auf dem Boden lag.

Mein Herz setzte für einen Moment aus, als ich ihren zusammengekauerten Körper betrachtete und ich traute mich kaum, abzusteigen und näher zu kommen. Sie bewegte sich nicht. Was war, wenn sie ... Nein. Ich schüttelte den Kopf. Das durfte nicht sein.

»Giulia?«, fragte ich vorsichtig und stieg schließlich

ab. Komischerweise blieb Arrow nun ganz ruhig stehen, blieb bei mir, ohne dass ich ihn festhalten musste. Er spürte, dass er gebraucht wurde.

Langsam ging ich vor ihr in die Hocke und atmete erleichtert auf, als ich sah, dass sie sich bewegte. Meine Fingerkuppen kribbelten, als ich ihre Haare zur Seite streifte, um nach Verletzungen an ihrem Kopf zu schauen. Doch bei meiner Berührung schreckte sie panisch zurück und blickte mich mit traumatisiertem Ausdruck an.

»Nein.« Sie schüttelte den Kopf und robbte sich zurück an den Stamm der Tanne. »Ich will das nicht, ich will das nicht.«

Ihre Stimme war mit einem Schluchzen belegt. Sie nuschelte, als würde sie träumen, blickte mich an, als würde sie in mir jemand anderen sehen. Als würde sie mich gar nicht erkennen.

»Giulia, ich bin es, Scott!«, versuchte ich ihr klarzumachen und nahm ihr Gesicht behutsam in meine Hände. Doch sie wehrte sich weiter, ließ einen lauten Schluchzer von sich, als würde meine Berührung wie Säure auf ihrer Haut brennen. Es war eindeutig, dass sie in einer absoluten Schockstarre war.

»Bitte lass mich einfach gehen«, weinte sie weiter und versuchte meine Hände von sich zu entfernen, wollte ihren Kopf wegdrehen, um mich nicht ansehen zu müssen. Doch ich ließ nicht von ihr ab, versuchte ihr weiterhin klarzumachen, dass ich ihr nichts tun würde und sie in Sicherheit war.

»Ich werde es auch niemandem sagen«, fuhr sie kaum verständlich fort. »Ich will das nicht mehr, ich will das nicht mehr.«

Ihre Kraft ließ nach und sie sank erschöpft in sich zusammen. Ich drückte sie an mich, strich ihr über den

Hinterkopf und ließ zu, dass mein Hemd ihre Tränen aufsaugte.

»Du bist in Sicherheit«, wiederholte ich immer und immer wieder, um sie aus diesem schrecklichen Alptraum zu holen, den sie momentan durchlebte. »Ich bin da.«

Zu Beginn wehrte sie sich weiter, versuchte sich immer wieder von mir abzudrücken. Doch je mehr ich ihr signalisierte, dass sie nur in einer Schockstarre gefangen war und ich nicht zulassen würde, dass irgendwer ihr etwas antat, desto ruhiger wurde sie. Ab einem bestimmten Zeitpunkt krallte sie sich an mir fest, als würde sie mich nie wieder loslassen wollen. Meine Narben brannten, schmerzten unter ihrem Griff, doch das spielte gerade keine Rolle. Sie brauchte mich. Und während ich sie an mich drückte, meine ruhige Atmung auf die ihre übertrug und ihre Wärme in mein kaltes Herz ließ, merkte ich, dass ich sie noch dringender brauchte.

17

Harvey

Scott war schon seit mindestens einer Viertelstunde im Wald verschwunden, trotzdem konnte ich meinen Blick nicht von der Stelle nehmen, an der eben noch aufgewirbelter Sand in der Luft gehangen hatte. Nicht von Autoreifen. Von Pferdehufen.

Scott hatte sich auf ein Pferd gesetzt, auf Arrow. Nicht auf irgendeins – auf Arrow! Auch wenn ich nicht immer verständnisvoll mit ihm umgegangen bin, was dieses Thema betraf, und mir auf eine nicht gerade schöne Art und Weise gewünscht hatte, dass er endlich wieder zu reiten begann, konnte ich mir dennoch vorstellen, wie schwierig ihm diese Entscheidung gefallen war. Wie schmerzhaft es für ihn sein musste, psychisch sowie physisch. Und dieser besorgte Blick in seinem Gesicht. So emotionsgeladen hatte ich ihn ewig nicht mehr erlebt. Dort war er immer gefühlskalt gewesen und hatte, wenn überhaupt mal, wütende Emotionen gezeigt – und ich wusste auch selbst, dass ich dies mir alleine zu verdanken hatte. Doch auch ohne mein schreckliches Verhalten ihm gegenüber war Scott seit dem Tod seiner Eltern nur noch eine leere Hülle gewesen. Zu sehen, wie viel ihm Giulia bedeutete, ließ mich hoffen, dass wenigstens einer von uns beiden nochmal neu starten konnte. Dass wenigstens einer von uns beiden nochmal glücklich werden konnte.

Seit Sarah hatte er keine Frau mehr an sich herangelassen, jeden von sich ferngehalten und sich vollkommen einsam in seiner Tagesroutine eingepfercht. Wie viel mir sein Glück doch bedeutete, wurde mir mit diesem Moment nochmal klarer.

Geschwächt sackte ich auf die Treppenstufen der Veranda und war gedanklich immer noch in dem Geschehen vor wenigen Momenten, da tauchte im Hof ein Auto auf. Wildes Gegacker dröhnte durch die Fensterscheiben, als Ruby sich von ihren Freundinnen verabschiedete und diese schließlich kehrtmachten.

»Harvey?«, hörte ich Ruby verwirrt sagen, weil ich an ihr vorbei starrte, weil mein Blick immer noch am Waldrand lag und ich auf Scott und Arrow wartete. »Harvey!« Jetzt war ihre Stimme lauter, besorgter. »Was ist mit dir? Soll ich einen Arzt ruf-«

Ich hob beruhigend die Hand und sie verstummte. »Mir geht es gut.«

Perplex starrte sie auf mich hinab und folgte dann meinem Blick. »Warum sitzt du denn dann da? Du schaust, als hättest du einen Geist gesehen.«

»Giulia ist von ihrem Spaziergang durch den Wald nicht zurückgekommen«, erklärte ich und blickte sie an. Sie brauchte einen Moment, um zu verstehen, ehe ihre Sorgenfalten noch tiefer fielen. »Scott ist sie suchen gegangen.«

»Herrgott, hoffentlich geht es ihr gut!« Ihre Hände schnellten zu ihrem Mund, dann blickte sie sich erneut im Hof um. »Sollten wir nicht Verstärkung holen? Warum ist Scotts Wagen denn noch hier? Ist er etwa zu Fuß los?«

Ein trauriges Schmunzeln machte sich auf meinem Gesicht breit. »Er ist zu Pferd los.«

Meine Mutter blinzelte einmal, blinzelte zweimal, endete aber schließlich in einem ungläubigen Starren. »Zu Pferd?!«

Ich nickte. »Du hättest ihn sehen müssen. Wie panisch er los ist, als wir bemerkt haben, dass Giulia sich womöglich verirrt haben könnte.«

»Ich habe schon von Anfang an gemerkt, dass er etwas für das Mädchen übrig hat«, gab Ruby als Antwort und kratzte sich am Kopf. »Aber dass er für sie wieder aufs Pferd steigt, hätte ich nicht erwartet.«

»Ich habe ihn schon lange nicht mehr so erlebt ... so emotional.« Ich hob den Blick und durchforstete ihr Gesicht. Mitfühlend hob sie die Brauen und presste ihre Lippen aufeinander.

»*Du* hast ihn nicht so erlebt«, gab sie mit einem vorwurfsvollen Unterton zurück. »So, wie du mit ihm umspringst, kann ich aber auch verstehen, dass er dir nicht offen und ehrlich seine Gefühle zeigt.«

Schuldbewusst und ausgelaugt nickte ich. »Ja, kann sein.«

Mein Blick sank zu Boden und verharrte dort eine Zeitlang. Als ich in der dunklen Ferne eine Bewegung ausmachte, fuhr ich hektisch hoch.

»Schau! Dort –«, wollte ich sagen, doch der Geschmack von kaltem Eisen schnürte mir die Kehle zu. Angestrengt versuchte ich, das Kratzen fortzuhusten, und schnappte panisch nach Luft.

»Harvey!« Rubys Arme schlängelten sich unter meinen Achseln hindurch und versuchten mich vergebens zu halten. Ich fiel zurück auf meinen Hintern und prustete mir die Seele aus dem Leib. Immer wieder blickte ich dabei panisch zum Waldrand, um zu überprüfen, wie nah Scott bereits war. Ich wollte nicht, dass er mich so sah.

»Hast du deine Medikamente genommen? Soll ich Dr. Fitzgerald holen? Brauchst du etwas zu trinken?« Meine viel zu besorgte Mutter bombardierte mich mit Fragen, die ich alle nur mit einer Handbewegung abschüttelte. Im letzten Moment schaffte ich es, den Hustenreiz zu unterdrücken, und hievte mich mühevoll auf die Beine. Ruby schüttelte nur besorgt den Kopf, blickte mich mit Tränen in den Augen an.

»Scott!«, rief ich bemüht gelassen, als er im Hof ankam. Auf seinen Armen trug er Giulia, die zu zittern schien, während Arrow neben ihm her trabte.

»Was ist passiert? Geht es ihr gut?« Ruby breitete besorgt die Arme aus und lief den beiden entgegen. Erst jetzt erkannte ich, wie ausgelaugt und müde er wirkte.

»Ihr geht es gut. Ich bringe sie erstmal ins Gästezimmer«, gab Scott leise von sich, ehe er mit dem Kopf zu Arrow deutete. »Kannst du ihn bitte in seinen Stall zurückbringen?«

Ich nickte, was ihn zu überraschen schien. Doch für weitere Konversationen hatte er nun keine Kraft mehr, das sah man ihm deutlich an.

Kommentarlos lief er schließlich an uns vorbei und brachte Giulia ins Haus. Mit gemischten Gefühlen und einem unangenehmen Kratzen in meinem Hals blickte ich ihm nach, bis mich eine Berührung am Oberarm zusammenzucken ließ.

»Du musst endlich mit ihm reden«, bat Ruby mich unter Tränen und fuhr mir besorgt über die Wange.

Ich hätte gelogen, würde ich sagen, dass ich nicht dasselbe gedacht hätte. Dass ich dasselbe nicht schon seit Monaten dachte.

18

Giulia

Mein Blick hakte sich an die bunte Flugzeuglampe, die über mir an der Decke hing. Ihr Licht strahlte warm auf mein Puppenhaus, die vielen Pflanzen und das bunte Regal voller Bücher. Und doch fröstelte ich. Angespannt krallte ich mich an meine Bettdecke, bewegte mich nicht, als sich neben mir die Matratze senkte. Innerlich zählte ich bis drei, versuchte mir die Stimme meiner Mutter ins Gedächtnis zu rufen und die seine damit zu übertönen. Dann verschwand das Licht, dann verschwanden all die warmen und herzlichen Dekorationen und Spielsachen, die mein Zimmer etwas lebensfroher gestalten sollten. Die von der eigentlichen Hölle ablenken und sie schmutzig überdecken sollten.

Ich holte Luft, behielt sie dann in meinen Lungen. Angestrengt kniff ich die Augen zusammen, um die reale Dunkelheit nicht mitbekommen zu müssen. Wenn ich sie geschlossen hielt, konnte ich mir vorstellen, dass es außerhalb meiner Lider gar nicht so düster war, dass dort meine Mutter auf mich wartete, und wenn ich sie öffnen würde, ein schöner Tag mit ihr bei den Tieren begann.

Etwas berührte mich am Bein und ich versuchte, nicht zusammenzuzucken. Ist nur der Wind, *redete ich mir innerlich ein. Auch der Griff an meinem Oberschenkel und das warme, feuchte Hauchen an meinem Hals sollte ebenfalls nur meiner Vorstellungskraft entsprungen sein. Ein Kuss meiner Mutter, ein Krampf in meinen Muskeln. Es war nicht real, es durfte nicht real sein.*

Weitere Berührungen – weitere Windstöße – folgten und meine Lungen begannen langsam zu drücken. Nicht mehr lange, *beruhigte mich die innerliche Stimme meiner Mutter.* Gleich ist es vorbei, gleich geht das Licht wieder an und du kannst mir von deinem Tag erzählen.

Ein feuchter Kuss setzte sich auf meine Schläfe. Es fiel mir schwer, mir einzureden, dass er von meiner Mutter kam. Mums Küsse waren so viel sanfter, so viel leichter. Aber ich musste es tun, musste so tun, als wäre es ihrer. Sonst würde ich nicht überleben.

»Gute Nacht, meine Kleine«, sagte seine – nein, Mums! – Stimme. Ein letztes Mal nahm ich all meine Vorstellungskraft zusammen, um mich an einen anderen Ort zu beamen, und überkam dem Drang, meine Lungen zu leeren. Dann hob sich endlich die Matratze. Als die Tür ins Schloss klackte, ließ ich die angehaltene Luft meine Lungen passieren und atmete tief durch. Schließlich öffnete ich meine Augen.

Obwohl sich an der Dunkelheit nichts veränderte, wurde ich ziemlich schnell unruhig. Diese Art von Dunkelheit war leerer, voller, irgendwie furchteinflößender als die hinter meinen Augenlidern. Blind griff ich nach der Nachttischlampe, die rechts von meinem Bett stand, endete aber an einer kahlen Wand. Panisch tastete ich mich daran weiter. Seit wann stand mein Bett an einer Wand?! Meine Atmung beschleunigte sich, als ich es nun auf der anderen Seite versuchte. Doch auch da stand nichts, was sonst dort hingehörte. *Scheiße!* Ich brauchte Licht, jetzt sofort! Mein Herz raste, schlug mir bis in die Schläfen. Vorsichtig setzte ich meine fast tauben Beine ins Leere. Sie fassten den Boden, hievten meinen Körper in die Senkrechte. Doch meine Knie waren so zittrig, dass ich kaum aufrecht stehen bleiben konnte. Ich tappte einen Schritt vorwärts, streckte meine Hand aus, um irgendwo nach etwas greifen zu können. Irgendwas, das mich dem Lichtschalter näherbrachte. Doch da war nichts. Ein panischer Schluchzer löste sich aus meiner Kehle. Das war's also. Ich war in der Hölle.

Langsam setzte ich einen Schritt vor den anderen, wobei sich ein dumpfer Schmerz durch meinen rechten Knöchel zog. Woher kam er? Wieso humpelte ich? War ich beim Spielen umgeknickt? Hatte ich noch woanders Verletzungen?

»Ah!« Das Ächzen einer dunklen Männerstimme ertönte, als ich auf etwas Hartes trat und zu Boden stolperte. Panisch robbte ich mich von dem Geräusch fort, versuchte mich von der Stimme zu entfernen, selbst als sie so vertraut meinen Namen sagte.

»Giulia!« Ein seltsames Gefühl von Sicherheit mischte sich unter die Panik, dann ging endlich das dunkle Licht einer Glühbirne an.

Aus Reflex robbte ich mich weiter, drückte mich an die Wand, ehe ich merkte, was eigentlich los war. Ich blickte in ein besorgtes Gesicht, in wunderschöne grüne Augen, die mir so vertraut waren. Stück für Stück löste sich der Alptraum in Luft auf und ließ mich wieder im Jetzt ankommen. Ich war nicht zwölf, ich war zwanzig, saß nicht in meinem alten Zimmer bei den Grays, sondern im Gästezimmer der Collisters. Bei Scott.

Überrascht blickte er mich an, streckte vorsichtig seine Hand aus. Auch er saß auf dem Boden und sah noch ziemlich verschlafen aus. Tränen der abflauenden Panik und der Erleichterung strömten in meine Augen und ich wusste nicht, woher der plötzliche Drang kam, doch mit einem Mal drückte ich mich von der Wand ab und fiel in seinen Arm. Er versteifte sich im ersten Moment, legte dann aber doch sanft seine großen Hände auf meinem Rücken ab. Sein vertrauter Duft nach Leder, Kiefernholz und einem abgeklungenen Aftershave umhüllte mich. Als der Schock nachließ, fröstelte ich.

»Du zitterst.« Es war weniger eine Feststellung, mehr ein offener Ausdruck seiner Besorgnis.

»Ich hatte nur einen Alptraum«, beruhigte ich ihn mit belegter Stimme und unterdrückte mein Zittern.

Er bewegte sich kurz, griff mit einer lockeren Handbewegung zum Bett und zog die Decke hinab. Liebevoll hüllte er mich damit ein und mich überkam der Wunsch, seinen Arm nie wieder verlassen zu müssen. Ich lauschte seiner ruhigen Atmung, passte die meine an seine an.

»Was ist passiert?«, fragte ich nach einem langen Moment Stille, in der ich vergebens versucht hatte, die Puzzleteile zu füllen.

»Du hast dich im Wald verirrt«, begann er fast flüsternd. »Als ich dich gefunden habe, warst du in einer totalen Schockstarre, hast gezittert und geweint.«

Meine Wangen erröteten, auch wenn seine Worte in keiner Weise spottend klangen. Ganz im Gegenteil: Sie waren mitfühlend und ohne Urteil.

Langsam erinnerte ich mich wieder an meinen Spaziergang und dass ich zum Coker Creek hatte laufen wollen. Ich erinnerte mich an die Geräusche, die mich in Panik versetzt hatten, und daran, dass ich mich hilfesuchend auf dem Boden zusammengerollt hatte. Wie ich von dort wieder hierher gekommen war, hatte ich jedoch nicht mitbekommen.

»Wie hast du mich gefunden?«

Ich hörte ihn schmunzelnd ausatmen. Dabei streifte sein Atem warm meine Wange.

»Sammy hat dich gefunden«, erzählte er. »Als Harvey und ich gemerkt haben, dass du nicht von deinem Spaziergang zurückgekehrt bist, bin ich mit Arrow und Sammy los. Ich wusste, dass du meine Abkürzung genommen hattest und vom Weg abkommen warst.«

Ich öffnete den Mund und stockte, als ich seine Worte verarbeitete. Dann rappelte ich mich skeptisch auf. Hatte ich richtig gehört? Er war mit Arrow los?

»Du bist geritten?«, fragte ich vorsichtig und blickte ihn an. Während ich mich von seinem Körper entfernte, ließ er seinen Arm weiterhin um mich gelegt, malte sanfte Kreise auf meinen Oberarm. Doch mit meiner Frage verkrampfte er sich ein Stück weit.

Er nickte nur, wandte seinen Blick ins Leere.

»Du hast deine Regel für mich gebrochen?« Ich wiederholte meine zuvor gestellte Frage mit anderen Worten, weil ich immer noch nicht ganz verstand, warum er das getan hatte.

Wieder nur ein Nicken. Andächtig biss er sich auf die Lippe, schien in anderen Zeiten zu schwelgen, ehe er mir endlich seinen Blick zuwandte und mich traurig anlächelte.

»Jede einzelne.«

Meine Mundwinkel zuckten bei seinen Worten, bei seinem Blick, der sich wie ein wohliges Seidentuch auf meine Haut legte. Mal davon abgesehen, dass es mehr als ungewohnt war, solche Worte aus seinem Mund zu hören, ein solches Lächeln auf seinen Lippen zu sehen und seinen Körper an dem meinen zu spüren, versetzten mich solche Berührungen normalerweise in schreckliche Panik. Doch in diesem Moment gab es kein Richtig oder Falsch, keine Logik, kein Verstand. Es fühlte sich gut an, bei ihm zu sein, und das war alles, was zählte.

»Du hättest dich aber echt nicht hier auf den Boden

legen müssen«, meinte ich mit einem dankbaren Lächeln. »Mir wäre schon nichts passiert.«

»Da wäre ich mir nicht so sicher.«

Seine liebevolle Anspielung auf meinen Alptraum ließ mich überdenken, was ohne ihn gewesen wäre. Umso dankbarer war ich ihm, dass er mir zuliebe den harten Boden als Schlafplatz gewählt hatte.

Ich durchforstete sein Gesicht von nahem, wie ich es mir so oft gewünscht hatte. Innerlich zählte ich all die Emotionen auf, die ich in seinen Augen fand. Wie Figuren tanzten sie hinter seiner Iris, als würden sie sich freuen, endlich nicht mehr verborgen zu sein, endlich befreit zu werden. Nur für diesen Moment.

Schmerz und Trauer kannte ich schon, Wut auch. Doch ganz sanft lag nun eine andere Emotion in seinem Blick. Müde und erschöpft, doch auf irgendeine Art und Weise viel ehrlicher, viel ruhender als sonst. Als könnte er für einen Augenblick endlich mal verschnaufen, sein chaotisches Leben pausieren und einfach nur all die Gefühle zulassen, die er jahrelang unterdrückt hatte. Ich spürte sie auch, ich fühlte dasselbe. Und wenn es nach mir gegangen wäre, hätten wir diese Pause noch ewig lang weiterführen können.

»Ich hatte mich entschuldigen wollen«, begann er irgendwann und senkte den Blick. »Für das, was ich zu dir gesagt habe.«

Ich erinnerte mich an seine abfälligen aber ehrlichen Worte und daran, dass ich ihm ja von nun an eigentlich nicht mehr zu nahekommen wollte. Erschrocken drückte ich mich von ihm ab, wollte Abstand zwischen uns bringen. »Nein, du hattest recht! Ich hätte nicht –«

Scotts Hand schlang sich um mein Handgelenk und zog mich zurück in seinen Arm. Dann hielt er mich fest, als würde er nie wieder loslassen wollen.

»Nein, hatte ich nicht«, flüsterte er in meine Haare. »*Du* hattest recht! Als du mir all die Dinge aufgezählt hast, die mich mit meinem Onkel verbinden, bin ich durchgedreht. Ich wollte es nicht wahrhaben, wollte nicht hören, dass ich vieles von ihm übernommen habe, weil ich ihn selbst so verachte.«

Ich drückte mich fester an ihn, als könnte ich ihm somit den nötigen Trost schenken, den er brauchte.

»Ich habe mit ihm gesprochen«, erzählte er weiter. »Gleich nach unserem Spaziergang. Weißt du, ich dachte immer, er gibt mir die Schuld am Tod meiner Eltern, dabei habe ich sie mir einfach immer selbst gegeben und die Wut auf mich selbst an anderen ausgelassen.«

Mitfühlend hob ich den Kopf von seiner Brust und blickte zu ihm hoch. Sein Gesicht war mir nun so nah wie noch nie zuvor, unsere Nasenspitzen berührten sich beinahe und mir kam die plötzliche Frage in den Sinn, wie seine Lippen sich wohl auf den meinen anfühlen würden. Ob er sich ebenso danach sehnte?

»Wieso denkst du das immer?«, fragte ich und fuhr ihm über die Wange.

Er drehte seinen Kopf weg, warf seinen Blick andächtig ins Leere. »Weil es so ist.« Er sprach seine Worte aus, als würden sie der vollsten Wahrheit entsprechen. Ich runzelte die Stirn, weil es mich traurig machte, dass er so von sich dachte.

»Das Haus, in dem Bonnie und ich mit unseren Eltern gelebt haben, lag etwas außerhalb der Farm«, sprach er weiter und fuhr sich aufgewühlt übers Gesicht. Als er seinen Mund öffnete, sah ich, dass nun er derjenige war, der zitterte. »An einem Abend war Harvey noch bei Ruby, Bonnie schlief schon und auch meine Eltern lagen im Bett. Sie hatten ihr Schlafzimmer auf dem Dachboden. Ich war noch lange wach und wollte mir eine Pizza machen.« Er atmete aufgewühlt ein, musste sich sichtlich zusammenreißen. Kurzerhand griff ich nach seiner Hand und verschränkte sie mit meiner. »Ich habe sie vergessen, ich war zu sehr mit mir selbst beschäftigt und ... im nächsten Moment brannte dann auch schon alles lichterloh. Es ging so schnell, ich kann das alles gar nicht in Worte fassen. Ich habe mir Bonnie geschnappt und bin mit ihr nach draußen gerannt, dann wollte ich nochmal rein und meine Eltern holen, doch sie waren auf dem Dachboden eingesperrt.« Als würde ich durch seine Erzählung alles miterleben, kniff ich schmerzerfüllt die Augen zusammen und drückte mich an ihn. Seine Brust hob und senkte sich aufgewühlt und hektisch.

»Ich habe nur ihre Schreie gehört. Und ich konnte nichts tun, ich war so hilflos ...« Scotts Worte überschlugen sich, als er schließlich total erschöpft in Tränen ausbrach.

Ich löste mich aus seinem Arm, nur, um ihn dann in meinen zu nehmen. Beruhigend schlang ich die Arme um seinen Hals und er sank keuchend auf meinen Schoß, krallte sich an mir fest, als wäre dies das Einzige, was er im Moment brauchte. Und ich gab es ihm. Gab ihm Raum und Zeit, Stille und Ruhe, Wärme und Geborgenheit, um all sein Leid bei mir abzuladen.

Irgendwann beruhigte er sich wieder, hob sich von meinem Schoß und versteifte sich. Erschöpft lehnte er sich an die Wand hinter uns und starrte mit dunklem Blick ins Leere. Ihn so gebrochen und hilflos zu sehen, ließ mich erschaudern.

Nach wenigen Minuten purer Stille ließ er ein spottendes Schnaufen von sich. »Ist ja auch egal«, hauchte er und schüttelte traurig den Kopf. »Selbst wenn ich keine Schuld trage, ändert es nichts daran, was aus mir geworden ist, wie ich mit meinen Mitmenschen umgehe. Ich bin ein hoffnungsloser Fall ...«

Ich presste die Lippen zu einem Schmunzeln, nahm dann seine Hand. »Wenn es darum geht, sind wir wohl beide hoffnungslos«, flüsterte ich und musterte ihn, »doch ich habe dieses Wort vor geraumer Zeit aus meinem Wortschatz gestrichen.«

Er hob den Blick, sah mich aufmerksam an und ich sah in seinen Augen, dass auch er noch nicht bereit war, aufzugeben.

»Ein bisschen verloren, an manchen Stellen brüchig«, zählte ich auf und zuckte mit den Schultern, »aber nicht hoffnungslos. Dafür haben wir viel zu oft überlebt, und ich weigere mich, aufzugeben. Die Hoffnung aufzugeben, dass es nach all der Zeit endlich irgendwann besser wird.«

Sein Blick veränderte sich nur kaum. Andächtig fuhr er mit seinen Augen mein Gesicht ab, drang in meine ein, als würde er darin all die Worte lesen, die ich nicht hatte niederschreiben können. Und auf unerklärliche Weise ließ ich es zu. Ließ zu, dass er meine Gefühle so intim wahrnehmen konnte. Es war, als würde ich sie bei ihm abladen, als wäre er nun mein Notizbuch, dem ich stumm meine Ängste und Sorgen mitteilen und mich ein Stück weit leichter machen konnte.

Seine Mundwinkel zuckten traurig, als meine Lider schwerer wurden. Er sagte nichts mehr, zog mich einfach nur wieder an sich und wiegte mich mit dem melancholischen Auf und Ab seiner Brust schließlich in den Schlaf.

Als ich aufwachte, lag ich im Gästebett. Verschlafen blickte ich mich im Zimmer um und rappelte mich auf. Scott war weg. Ein Blick auf die Uhr verriet mir, dass wir bereits kurz vor neun hatten. Wann hatte ich zuletzt so lange geschlafen? Und warum hatte mich niemand geweckt? Die Arbeit wartete doch sicherlich schon auf mich.

Etwas zu schnell schwang ich meine Beine aus dem Bett und erlag dann den Folgen meines schwankenden Kreislaufes. Angespannt presste ich die Lider zusammen, als die Umgebung schwarzwurde. Dabei blitzten Wortfetzen und kribbelnde Berührungen der letzten Nacht vor mein inneres Auge. Hatte ich alles nur geträumt? Scott so einfühlsam, offen und ehrlich zu erleben, war etwas, von dem ich niemals gedacht hätte, dass ich es irgendwann mal live mitbekommen würde. Geschweige denn, dass *ich* es überhaupt zulassen würde. Zulassen, dass er mir so nah kam, mich berührte und ich diese Berührung so ungewohnt schön fand.

Ein Lächeln huschte auf meine Lippen, als mir klar wurde, dass es trotz allem wirklich passiert war und Scott und ich vielleicht doch noch Freunde werden konnten.

Ich nahm die Treppen hinab und wurde sofort von Bonnies Lachen begrüßt. Laut hallte es vom Hof durch die offen stehende Haustür. Als ich im Flur ankam und hinaus spähte, erkannte ich, dass Scott sie auf den Arm genommen hatte und spielerisch in die Luft warf. So innig hatte ich die beiden bisher noch nicht erlebt. Scott war zwar immer herzlich und liebevoll mit ihr umgegangen, doch selbst bei seiner Schwester hatte die Kälte keinen Halt gemacht.

»Guten Morgen!« Ruby trat aus der Küche und fuhr mir mit besorgtem Blick übers Haar. »Wie geht es dir? Du hast uns allen gestern einen ganz schönen Schrecken eingejagt.«

Ich brauchte einen Moment, um zu realisieren, was sie meinte. Weil ich immer noch im Geschehen der letzten Nacht schwelgte und in meinem Kopf momentan nur Platz für Scott war, hatte ich glatt vergessen, wie ich eigentlich in diese Lage gekommen war. Ich hatte mich verlaufen, war mehrere Male panisch in der Vergangenheit versunken – und doch waren nun alle negativen Gefühle wie ausgelöscht. So schnell hatte ich mich noch nie von einer Panikattacke erholen können.

»Mir geht es gut«, antwortete ich also ehrlich und schenkte ihr ein breites Lächeln. Als mein Blick zurück zu Scott haschte, hatte auch er mich bereits entdeckt. Er stellte Bonnie auf den Boden und begegnete mir dann mit einem andächtigen Lächeln, das so viele Geheimnisse in sich barg, die nur uns beiden gehörten.

Nun war ich mir ganz sicher: Letzte Nacht war kein Traum gewesen.

19

Scott

»Warum habt ihr mich denn nicht geweckt?«

Giulia trat auf die Stufen der Veranda, als ich ihr entgegenkam. Von dort oben war sie mir direkt auf Augenhöhe und für einen Moment überkam mich der Gedanke, sie bei der Hüfte zu packen, an mich zu ziehen und hinunter zu heben.

»Ich hätte schon um sieben die Tiere füttern müssen!«

»Schon erledigt«, antwortete ich und grinste ihr frech zu.

Sie zog die Brauen zusammen. »Du nimmst mir aber jetzt nicht die Arbeit weg, nur weil ich mich gestern Abend ein bisschen verlaufen habe. Mir geht es gut!«

Ich ließ einen lauten Lacher von mir. »Also erstens hast du dich gestern nicht nur *ein bisschen* verlaufen! Du warst ganz schön abseits der Farm«, erklärte ich und verschränkte die Arme vor der Brust. Sie verdrehte nur die Augen und ich konnte genau erkennen, dass ihre Wangen erröteten. »Und zweitens habe ich heute andere Arbeit für dich.«

Skeptisch kniff sie die Augen zusammen und warf

dann einen prüfenden Blick zu Harvey, der gerade sein Werkzeug auf die Ablage seines Trucks verfrachtete.

»*Andere Arbeit?*«, wiederholte sie skeptisch und unterdrückte dabei ein aufregendes Lächeln.

»Was macht dein Fuß?«, fragte ich, statt ihr zu antworten, woraufhin sie ihren Knöchel ein paarmal kreisen ließ.

»Es geht schon.«

»Kannst du reiten?« Mit meiner Frage hob sie ihren Blick und starrte mich aufgeregt an. Es dauerte nicht lange, dann tauchte ein breites Grinsen auf ihren Lippen auf. »Ich dachte, ich zeige dir langsam mal das Rindertreiben.«

Ihre Augen bekamen ein Strahlen, von dem ich mir sicher war, dass es den grellsten Stern hätte ablösen können. Ich hatte nach meinem gestrigen Jungfernritt nach so vielen Jahren zwar nicht vor, mich direkt wieder in den Sattel zu schwingen, doch langsam war es an der Zeit, Giulia einzuarbeiten, bevor Harveys neuer Bulle nächste Woche eintraf. Außerdem war dies eine gute Ausrede, um mich und Giulia von meinem Onkel freistellen zu lassen und Zeit zu zweit verbringen zu können.

»Dafür musst du dir aber leider eine lange Jeans anziehen«, bemerkte ich, als sie energisch nickte, und deutete auf ihre schlanken, nackten Beine, die nur von einer lockeren Hotpants bekleidet waren und mir schon von Tag eins an aufgefallen waren. Sie waren nicht besonders lang wie die von Sarah, doch dafür besaßen sie wohlgeformte Rundungen, bei denen ich mich nun zwingen musste, den Blick davon abzuwenden.

»Ich habe im Cottage noch eine neue Jeans«, meinte sie und blickte auf ihre Beine hinab.

Ich nickte und deutete ihr mit einem Winken an, mir in den Stall zu folgen. »Wir kommen sowieso am Cottage vorbei. Dann machen wir am besten erstmal Jack fertig und laufen mit ihm dann rüber, damit du dich noch umziehen kannst.«

Jack war der Älteste und damit auch der Ruhigste von allen. Außerdem kannte er das Rindertreiben schon und würde Giulia beim Üben eine gute Stütze sein.

Als ich ihr alles gezeigt hatte, machte ich es mir auf einem Strohballen gemütlich und beobachtete, wie Giulia Jack an einer Öse festband und sich dann ans Putzen machte. Immer wieder strich sie ihm sanft über die Nüstern und flüsterte ihm etwas ins Ohr, das ich von hier aus nicht verstehen konnte. Mit diesem Moment wurde mir klar, dass ich wahrscheinlich niemals jemanden gefunden hätte, der so gut und so einfühlsam mit den Tieren umgehen konnte wie Giulia. Umso dankbarer war ich nun meinem Onkel, dass er sie dazu überredet hatte, noch eine Weile zu bleiben. Auch wenn ich mich zu Beginn ganz und gar nicht über ihre Anwesenheit gefreut hatte und auch immer noch etwas skeptisch darüber war, warum sie überhaupt hier war und warum sie niemanden hatte, der ihr in Chicago fehlte, war ich doch froh, sie hier zu haben. Nicht nur, weil sie eventuell bald Jakub ablösen konnte und ihre Arbeit gut machte. Nein, mit dem gestrigen Abend hatte ich gemerkt, wie stark sich mein Körper dagegen sträubte, sie wieder gehenzulassen. Der Gedanke, dass sie wohlmöglich bald wieder aufbrechen könnte, fühlte sich schrecklich schmerzhaft an und ich wusste nicht mal wirklich, wieso.

Mit dieser ansteigenden Angst wuchs auch die Neugierde in mir, mehr über sie zu erfahren. Und obwohl ich alle Antworten griffbereit neben meinem Bett in ihrem Tagebuch liegen hatte, hatte ich es bisher nicht über mich gebracht, es nochmal zu öffnen. Ich schämte mich dafür, dass ich es überhaupt immer noch bei mir hatte.

Wie sollte ich es ihr nun nach ganzen zwei Wochen wiedergeben? Dass ich es vergessen hatte, würde sie mir sicherlich nicht glauben, und alles andere würde sie wahrscheinlich richtig wütend machen oder im schlimmsten Fall dazu bringen, wieder abzureisen. Nein, das wollte ich nicht, das konnte ich nicht zulassen – nicht jetzt, wo wir langsam begannen, miteinander klarzukommen. Dann ließ ich sie lieber in dem Glauben, dass sie es irgendwo im Wald verloren hatte.

»Willst du da sitzen und mir zusehen?« Ihre Stimme holte mich aus meinen Gedanken. Ich brauchte einen Moment, um ihre Worte im Inneren zu sortieren.

Spielerisch erschöpft verschränkte ich die Arme hinter meinem Kopf und lehnte mich zurück. »Ich musste die Nacht auf einem harten Boden verbringen, da habe ich mir eine kleine Pause hier verdient.«

Sie hob lachend die Brauen. »Ich habe dich nicht dazu gezwungen.«

»Gefallen hat's dir trotzdem.« Dieser Satz kam unerwartet und überraschte mich selbst. Einen solchen Spruch würde ich üblicherweise aus Johns Mund und nicht aus meinem erwarten. Ein schüchternes Lächeln machte sich auf Giulias Gesicht gemütlich und sie wandte verlegen den Blick ab. Auch meine Wangen erröteten und ich nutzte den Moment, in dem sie mir den Rücken zudrehte, und fuhr mir beschämt übers Gesicht. *Was ist nur los mit mir?*

»Über was hast du eben so versunken nachgedacht?«, fragte sie, ohne sich wieder umzudrehen, und ich war froh, dass sie auf meinen dummen Spruch nicht weiter einging.

Ich zuckte mit den Schultern, als hätte sie Augen am Hinterkopf und könnte diese Geste wahrnehmen. »Nichts Besonderes.«

Jetzt drehte sie sich kurz um und musterte mich skeptisch. »Dafür warst du aber ziemlich vertieft.«

»Ich habe mich nur gefragt, wann du wieder abreist.«

Eine Sekunde lang verharrte sie mit überraschtem Blick, ehe ihr Mund unsicher aufklappte. Nachdenklich drehte sie sich zurück zu Jack und strich mit dem Striegel über sein warmes Fell.

Sie zuckte mit den Schultern. »Willst du mich etwa immer noch loswerden?« In ihrer Stimme klang ein sarkastischer, amüsierter Unterton mit. Komischerweise spürte ich aber sofort, dass sie ihre Frage mehr als ernst meinte. Der Zeitpunkt ihrer Abreise schien sie ebenso sehr zu verunsichern wie mich.

»Ganz im Gegenteil«, hauchte ich fast unhörbar, woraufhin sie sich wieder zu mir umdrehte, auf ihrem Gesicht ein glühendes Lächeln, in ihren Augen sehnsüchtige Gefühle. Gefühle, die mich sofort wieder an die unschöne Realität erinnerten.

»Ich meine«, fügte ich schnell noch hinzu und lockerte räuspernd meinen Sitz, »du machst dich gut hier, Harvey ist zufrieden mit deiner Arbeit.«

Ihr Lächeln verblasste, als ich meine Mauern wieder schloss, und der enttäuschte Ausdruck, den sie nun mit einem Nicken zu überspielen versuchte, hinterließ ein schmerzliches Ziehen in meiner Brust. Doch es war einfach besser so.

Nachdem Jack fertig gesattelt und aufgezäumt war, liefen wir gemeinsam zum Cottage, damit Giulia sich noch umziehen konnte. Heute war es kühler als sonst. Zwar immer noch brechend heiß, doch die sonstige Hitze wurde durch ein paar Wolken, die sich vor die Sonne drängten, gut abgeschirmt. Perfektes Wetter also für unser heutiges Vorhaben.

»Bin gleich wieder da!« Giulia tippelte die kleinen Stufen des Cottages hinauf und verschwand dann hinter der Tür. Als sie nach wenigen Minuten wieder heraustrat, musste ich mächtig schlucken. Die Hose, die sie nun trug, war eine typische Cowboy-Jeans. Unten weit, dafür aber oben umso enger. Ihr Bund saß tief. So tief, dass ein Schlitz nackter Haut an ihrem Bauch hervorblitzte, als sie die Arme hob und ihre langen Haare zu einem Pferdeschwanz band.

»Bin bereit!«, meinte sie und trat dann vor. Erst jetzt fasste sie mein Starren richtig auf und legte den Kopf zur Seite.

»Ist …« Unsicher blickte sie an sich herab, ehe sie weitersprach. »Ist alles … ich meine, ist die Hose unpassend?«

Hastig wandte ich mich von ihr ab und tat so, als würde ich Jacks Sattel nochmal prüfen. »Nein, alles super.«

Sie zögerte zwar etwas, nahm meine Aussage zum Glück aber trotzdem so hin. Also half ich ihr schließlich aufs Pferd und trottete dann neben den beiden her. Wir liefen in den Wald, peilten eine große Lichtung an, auf dessen Wiese man gut üben konnte. Giulia beherrschte die Grundgangarten tadellos, hielt sich im Trab sowie im Galopp sicher im Sattel. Wir übten enge, rasche Wendungen, indem sie Jack zwischen den Baumstämmen am Rande der Lichtung hin und her schickte. Schließlich mussten beim Rindertreiben sowohl Reiter als auch Pferd schnell reagieren können, sollte eines der Rinder mal in eine andere Richtung rennen. Für Giulia war dies zu Beginn ziemlich ungewohnt, doch dafür, dass sie seit Ewigkeiten nicht mehr im Sattel gesessen hatte, stellte sie sich relativ gut an und es brauchte nur ein paar Versuche, bis Jack und sie perfekt harmonisierten. Durch sein dickes Fell, welches er im Alter bekommen hatte, war er nach einer halben Stunde schon nass geschwitzt und auch Giulia keuchte atemlos. Also galoppierte sie ein letztes Mal mit ihm über die Wiese und während ich sie dabei vom schattigen Waldrand aus beobachtete, zog sich mein Inneres zusammen. Die unermessliche Sehnsucht, auch wieder in den Sattel zu steigen, machte sich in mir breit. Gleichzeitig schmerzte der Gedanke. Das Reiten war eine Leidenschaft, die ich mit meiner Mutter geteilt hatte, und sie ohne sie auszuüben, fühlte sich an, als würde ich sie hintergehen. Zudem war es einfach viel zu gefährlich, dass bei einem Sturz oder einer falschen hektischen Bewegung meine Narben wieder aufplatzten. Es blieb mir also nichts anderes übrig, als Giulia dabei zuzusehen und mir vorzustellen, welch tolles Gefühl momentan durch ihre Adern floss.

»Und?« Weil Jack nur ein Stockmaß von 1,60 Metern hatte, musste ich kaum den Kopf heben, um Giulia anzusehen. »Wie fühlst du dich?«

Sie und Jack schnauften um die Wette, als sie auf dem Rückweg wieder neben mir her trotteten. Trotz der Anstrengung war ihr Lächeln aber bisher kein einziges Mal verrutscht.

»Toll!«, meinte sie vollkommen überwältigt. »Ich wusste gar nicht, dass mir das Reiten so sehr gefehlt hat.«

Liebevoll strich sie Jack über den Mähnenkamm. Ich beobachtete das Strahlen in ihren Augen und rief mir ins Gedächtnis, wie kühl und fast schon leblos sie zu Beginn auf mich gewirkt hatte. Niemals hätte ich gedacht, dass das vermeintliche Großstadtgör so gut hierher passte und mich mit ihrem Aufblühen förmlich mitriss.

»Soll ich dir was zeigen?« Mit mulmigem aber dennoch gutem Gefühl blieb ich an einer Weggabelung stehen und blickte den linken Pfad hinab. Eigentlich mussten wir weiter geradeaus, um zur Farm zurück zu kommen, und eigentlich hatte ich mir geschworen, diesen Pfad nie mehr einzuschlagen – nicht ohne Mum. Doch irgendetwas zog mich hinein, irgendetwas sagte mir, dass es richtig war und ich diesen Ort mit Giulia teilen musste.

»Gerne«, nickte sie und wendete Jack, um mir zu folgen. »Ich habe sowieso keine andere Wahl. Ohne dich würde ich mich wieder verlaufen.«

Ich lachte. »Jack kennt den Weg.«

»Trotzdem«, meinte sie. »So wie wir beide mich kennen, würde ich es irgendwie schaffen, von ihm runterzufallen und irgendwo in Timbuktu zu landen.«

Jetzt musste ich noch lauter lachen. Zu hören, wie locker sie sich allmählich über sich selbst lustig machen konnte, wo sie zu Beginn doch so stur auf meine Aussage, sie wäre viel zu naiv, reagiert hatte, zeigte mir, dass sie sich immer wohler in meiner Gegenwart fühlte.

»Was ist eigentlich dein Ziel? Ich meine, bei deiner Wanderung?«, fragte ich und behielt den Blick auf dem Boden. »Bist du dem schon näher? Oder ist Tennessee auch nur das Resultat einer Verirrung?«

Erst jetzt, wo ich den Blick wieder hob, merkte ich, dass sie sich angespannt an die Zügel krallte und ihr Lächeln fast vollkommen verschwunden war. *Mist!* Ich hätte es wissen müssen, hätte wissen müssen, dass ich dieses Thema lieber sein lassen sollte.

»Tut mir leid, ich –«

»Nein, nein. Ist schon in Ordnung.« Sie hob beruhigend ihre Hand und zwang sich zu einem Schmunzeln. »Weißt du, ich hatte eigentlich nie ein wirkliches Ziel.« Ihr Blick heftete sich auf Jacks Mähnenkamm, ehe sie weitersprach. »Ehrlich gesagt, bin ich ziemlich übereilt aufgebrochen, wollte einfach nur raus aus der Stadt, für mich sein, in die ruhige Natur ... Klar habe ich mich informiert, was man für eine solche Wanderung braucht, mehrere Bücher gewälzt, doch die Realität sieht halt immer ziemlich anders aus und das habe ich leider zu spät gemerkt.«

»Und was war dein Plan?«

Sie schnaubte amüsiert – traurig amüsiert. »Einfach nur weg und alles hinter mir lassen ... Herausfinden, wo ich hingehöre. Das war mein Plan.«

Ich musterte sie unschlüssig, traute mich aber nicht mehr, weiter nachzuhaken. Wenn sie mir mehr hätte erzählen wollen, hätte sie es schließlich getan. Was sie dazu gebracht hatte, sich in eine vollkommen neue fremde Welt zu stürzen, sich einer solchen Gefahr auszusetzen, konnte ich mir nicht vorstellen. Hatte es etwas mit diesem Mr Gray zu tun? Oder mit ihrer Mutter? Was es auch war, ich hoffte aus tiefster Seele, dass sie irgendwann all das hinter sich lassen konnte. Nicht nur körperlich, auch seelisch.

»Schau, wir sind da.«

Das Rauschen des kleinen Wasserfalls, der in einer großen Wasserstelle mündete, welche wiederum in den Coker Creek floss, konnte man schon von weitem hören. Schließlich tauchte das Glitzern der Sonne, die sich im Wasser spiegelte, zwischen den Bäumen auf und brachte Giulias Lächeln zurück. Ich war froh, dass wir genau zu dem Zeitpunkt ankamen und das Thema über ihre Vergangenheit somit abschließen konnten. Auch wenn ich zu gerne erfahren hätte, wovor sie weggerannt war, schien sie dieses Thema negativ zu beschäftigen, und eine lächelnde Giulia war mir einfach viel lieber.

»Du wolltest doch gestern zum Coker Creek. Ich dachte mir, ich zeige dir stattdessen das hier.«

»Wow!« Staunend ließ sie den Blick über die Umgebung schweifen und stieg dann vom Pferd. Jack lief zum Ufer und steckte seine Nüstern ins Wasser. »Das ist ja traumhaft!«

Ich schluckte, als in meinem Inneren ein schmerzhaftes Ziehen auftauchte. »Das letzte Mal war ich mit Mum hier.«

Im Augenwinkel merkte ich, dass sie mich musterte. »Wir müssen nicht bleiben. Ich verstehe, wenn dich dieser Ort belastet.«

Langsam schlenderte ich vor zum Ufer und blickte in mein verschwommenes Spiegelbild. Nach ein paar Sekunden tauchte auch Giulias auf und wir sahen uns einfach nur an. Seltsamerweise verschwand das schmerzhafte Ziehen nach einiger Zeit und ich musste gegen alle Erwartungen Lächeln.

»Ich hätte nie gedacht, dass ich das mal sage«, begann ich, ehe ich den Blick von ihrem Spiegelbild nahm und ihn direkt in ihre Augen wandte. Einen Moment lang vergaß ich, was Atmen bedeutete. »Aber ich möchte bleiben. Hier und jetzt, mit dir.«

Ihre Lippen öffneten sich einen Spalt und ich konnte nicht verhindern, mir vorzustellen, meine Hand zu heben, ihren Kopf zu nehmen und meinen Mund auf den ihren zu legen. Sie zu ertasten, ihre Küsse zu kosten. Benommen hob ich meine Augen zurück in die ihren und merkte, dass ihr Blick sehnsüchtig und besorgt zugleich war. Als würde sie etwas wagen, das sie sich zuvor noch nie getraut hatte, es zulassen, dass ich sie küssen könnte, weil ihr Körper danach schrie, ihr Kopf es aber einfach nicht gewohnt war.

Plötzlich plätscherte es neben uns und große Wassertropfen landeten auf unseren Körpern. Erschrocken ließ Giulia einen leisen Schrei von sich, als wir bemerkten, dass Jack mit seinem Vorderbein das Wasser aufwühlte. Ein Lachen tönte aus unser beider Münder, als Giulia ihre Hand ins Wasser hielt und es Jack entgegenspritzte. Ich konnte nicht anders, als ebenfalls nach dem kühlen Nass zu greifen und es in Giulias Richtung zu werfen. Laut lachend lieferten wir uns schließlich eine Wasserschlacht, fielen dabei immer tiefer in den Tümpel, bis wir schließlich knietief drin standen und beide von oben bis unten nass waren.

20

Giulia

»Bäh! Na super!«, lachte ich, als ich das Gleichgewicht verlor und vollständig ins Wasser fiel. Doch das änderte auch nicht mehr viel. Scott und ich waren bereits von oben bis unten nass und, außer der Tatsache, dass es vielleicht besser gewesen wäre, wenn ich vorher meine Boots ausgezogen hätte, machte mir das bei der Hitze ganz und gar nichts aus.

Da ich ja nun sowieso im flachen Wasser saß, hob ich kurzerhand mein Bein und streifte mir die Schuhe von den Füßen. Auch Scott lief mit einem nachhallenden Lachen zurück an Land und ließ dort seine Schuhe zum Trocknen ab. Für einen Moment überkam mich die Hoffnung, dass er sein Hemd und seine Jeans auch abstreifen und mit Boxershorts zurück ins Wasser kommen würde. Doch so, wie ich Scott mittlerweile einschätzte, schlief er sicherlich auch mit diesen Klamotten. Sie waren an ihm festgewachsen.

Ich schmiss meine Schuhe zurück ans Ufer, schwamm dann tiefer ins Wasser. Als Scott sich Jack zuwandte, um ihn unter einem schattigen Baum anzubinden, nutzte ich die Gelegenheit und streifte mir unter Wasser die Jeans von den Beinen. Zum Reiten war sie ja echt gut, doch wenn sie so klitschnass und eng an meiner Haut klebte, hinterließ das kein gutes Gefühl. Gerade, als ich zu einem großen Stein am Ufer schwamm, um dort meine Hose abzulassen, drehte Scott sich um und beäugte mich überrascht. Auf seinem Gesicht tauchte Verwirrung, Scham, Freude und Unsicherheit zugleich auf und auch meine Wangen fingen urplötzlich Feuer. Ich war ihm dankbar, dass er meinen halben Striptease nicht kommentierte, um die Wasserstelle herumlief und sich am Wasserfall auf einen hohen Fels stellte.

»Als ich klein war, hat mir Mum immer erzählt, dass hinter Wasserfällen all das Glück der Welt aufbewahrt wird«, dröhnte seine Stimme durch das Rauschen des Wassers. Ich lehnte mich zurück auf den Rücken und beobachtete, wie er seine Hand in das Kühle nass streckte. Die Tropfen prallten an seinem Arm ab und fielen ihm ins Gesicht.

Ich schmunzelte. »Ich dachte immer, dass es in einem Topf am Ende des Regenbogens aufbewahrt wird.«

Scott setzte sich auf den Fels und ließ sich dann hinter dem Wasserfall ins Wasser gleiten. Ich tauchte unter und folgte ihm.

»Nein«, meinte er. »Da wird nur das ganze Gold aufbewahrt. Aber Gold hat nichts mit Glück zu tun.«

Das Plätschern war hier nun noch lauter. Das abfallende Wasser ließ kaum Licht hindurch und doch prangte an den steilen Felswänden ein warmes Glitzern. Fasziniert drehte ich mich einmal im Kreis, spürte den kühlen Sprühregen auf meinen Wangen und bestaunte die Wunder der Natur. Als ich mich wieder Scott zuwandte, war er direkt viel näher. So nah, dass ich jeden einzelnen Tropfen auf seinen Lippen hätte zählen können. In Wasser bekleidet, schwebten wir nebeneinander und sahen uns an. Unsere Münder waren stumm, während sich unsere Augen gegenseitig anflehten, um ein kleines *Vielleicht* bettelten. *Vielleicht* könnte es klappen, *vielleicht* sollten wir es einfach zulassen, egal wie viel dagegensprach.

»Jahrelang bin ich als Kind immer hergekommen, hinter den Wasserfall geschwommen und habe mich gefragt, wo dieses verdammte Glück ist«, setzte er seine Erzählung fort und ließ einen leisen Lacher von sich. »Ich habe sogar mal eine Flasche voll mit dem Wasser, das hinter dem Wasserfall lag, gefüllt, und sie mit in eine Matheklausur genommen. Hat natürlich nichts gebracht. Du hättest mich sehen müssen, ich war so wütend auf Mum.«

Ich stimmte in sein Lachen ein, beobachtete ihn voller Freude, wie liebevoll er über die Zeit mit seiner Mutter sprach. Irgendwann verblasste sein Lächeln ein Stückweit und er senkte den Blick.

»Ich glaube, ich habe einfach nie den Sinn in ihren Erzählungen gefunden, nie verstanden, was sie mit diesem Glück gemeint hatte.«

Seine Hand ertastete die meine und brachte meine Atmung zum Stillstand. Es genügte nur eine Berührung und ich vergaß alles, was um uns herum passierte. Das laute Rauschen verstummte, ich hörte nur noch ihn. Spürte nur noch ihn. Sein Atem, der meine nassen Wangen wärmte, sein lautes Schlucken, als er seine Finger mit meinen verschränkte und sich unsere Körper schließlich berührten.

»Aber jetzt«, hauchte er und legte seine andere Hand an meinen Nacken, »jetzt verstehe ich, was sie gemeint hat.«

Mehr brauchte es nicht, um all meine Mauern zum Einstürzen zu bringen. Sanft ertasteten sich schließlich unsere Lippen. Vorsichtig und fragend. Doch mit jeder weiteren Berührung wuchs die Sehnsucht in mir. Ich schlang meine Arme um seinen Hals und er drückte mich an sich, als wolle er mich nie wieder loslassen. Seine Küsse waren wie die Luft zum Atmen. Ich brauchte sie, brauchte jeden einzelnen so sehr, wie ich es niemals erwartet hätte. Dass eine Berührung sich so schön, Intimität so sicher anfühlen konnte, war mir vollkommen fremd, und doch war es, als hätte es niemals etwas anderes in meinem Leben gegeben. Als hätte es niemals jemand anderen gegeben. Nur Scott. Scott Collister.

Ich krallte mich mit den Beinen an seinen Körper, als er mich gegen einen Fels drückte. Unser Keuchen übertönte den Wasserfall, warm trocknete es unsere Wangen. Seine Bartstoppeln kitzelten meine Haut. Sie hinterließen ein zartes Brennen, als er seine Küsse an meinem Hals und meinem Nacken weiter verteilte. Ich krallte mich in seinen Haaren fest, als er seinen Mund wieder auf den meinen presste. Diesmal energischer, leidenschaftlicher, weil unsere Lippen viel zu lange getrennt gewesen waren. Sie gehörten zusammen, durften nicht auseinandergerissen werden. So lange hatte ich mich vor den Schmerzen einer solchen Berührung gefürchtet, doch nun, mit seinem Atem in meinen Lungen, realisierte ich, dass der Versuch, seine Nähe zu umgehen, der eigentliche Grund für mein Leiden gewesen war.

Vorsichtig tastete ich mich von seinem Nacken hinab zu seinen Schultern, spürte die Muskeln, die er unter seinem Hemd versteckte. Wieso versteckte er sie? Wieso zeigte er sich nicht? Kurzerhand begann ich seine Knöpfe zu öffnen, arbeitete mich hinab. Als ich endlich seine Brust berührte, spürte, wie fest sie doch war, atmete Scott zischend ein und verspannte sich. Als Reaktion darauf küsste ich ihn noch inniger, zog ihn noch fester an mich, um seine nackte Haut auf meiner zu spüren. Meine Hände wanderten weiter unter sein Hemd, krallten sich an ihm fest. Als ich über seinen Rücken strich und an seinen Schultern ankam, fühlte sich seine Haut nicht mehr ganz so weich an. Sanft strich ich über das raue Gewebe, da ließ er plötzlich vollkommen abrupt von mir ab und drehte sich aufgebracht keuchend um. Ich verharrte mit dem Rücken am Felsen, kam langsam wieder im Hier und Jetzt an und starrte vollkommen außer Atem auf seinen Hinterkopf. Was war plötzlich los?

Besorgt stieß ich mich vom Fels ab, um ihm wieder näherzukommen. »Ist alles in –«

»Wir müssen langsam zurück. Ruby macht sicherlich Mittagessen.«

Bevor ich meine Hand auf seine Schulter legen konnte, verschwand er aus dem Wasser und ließ mich alleine zurück. Verwirrt, verwundet und irgendwie zerbrochen. Dass er plötzlich wieder so kalt und unnahbar wurde, mich von sich wegstieß, wo wir eben doch noch eins gewesen waren, hinterließ eine schmerzhafte Leere in mir. Eine Leere, die kein Glück eines jeden Wasserfalls dieser Welt hätte füllen können.

Als ich zum Ufer schwamm, hatte Scott sich schon wieder seine Schuhe angezogen und mich mit dem Hinweis, dass Jack den Weg kannte, fluchtartig alleine gelassen. Sein Wagen war verschwunden, als ich zurück zur Farm kam, und auch den Rest des Tages tauchte er nicht mehr auf. Am liebsten hätte ich meine Sachen gepackt und wäre wieder abgehauen. Wie hatte sich mein jahrelanger Automatismus, Menschen nicht zu vertrauen, ausgerechnet bei ihm abschalten können? Ich war mir so sicher gewesen, dass er es gut meinte. Am besten schlug ich mir das ganz schnell wieder aus dem Kopf. Alleine war ich schließlich besser dran.

Die Nacht weinte ich mir die Augen aus. An Schlaf war nicht zu denken. Wie gerne ich in dem Moment mein Notizbuch bei mir gehabt, einfach meine Gedanken niedergeschrieben hätte. Gegen drei fuhr ein Wagen am Cottage vorbei. Scotts Wagen. Ob er bei Sarah gewesen war? Vielleicht war ihm durch unseren Kuss klargeworden, wie sehr er sie noch liebte. Die Vorstellung schmerzte tiefer als jeder Messerstich. Auch die nächsten Tage bekam ich ihn kein einziges Mal zu Gesicht und hätte ich Bonnie nicht versprochen, mit ihr aufs Sommerfest zu gehen, wäre ich wahrscheinlich wirklich schon längst wieder abgehauen. Ich versuchte, meinen Kummer in Arbeit zu ertränken, übte mit Jack weiterhin das Rindertreiben und stahl mich mit ihm von der Farm fort, für den Fall, Scott würde früher von der Arbeit zurückkommen. Kam er nicht. Kein einziges Mal. Die nächste Woche war eine der längsten Wochen, die ich je erlebt hatte. Selbst als Harveys neuer Bulle eintraf und ich zu spüren bekam, wie anstrengend es wirklich war, eine solch aufgescheuchte Rinderherde unter Kontrolle zu bringen, vergingen Sekunden ohne Scott wie elendig lange Stunden. Obwohl er und ich, bevor wir uns nähergekommen waren, kaum etwas miteinander zu tun gehabt hatten, fühlten sich die Tage nach dem Kuss wie ein kalter Entzug an. Scott war eine Droge, die ich hatte kosten dürfen, doch er nahm sie mir von jetzt auf gleich wieder weg.

Als ich Montagfrüh nach einer weiteren schlaflosen Nacht aufstand und in den Spiegel blickte, erkannte ich mich kaum wieder. Sich eine ganze Woche lang jede Nacht die Augen auszuweinen, hinterließ Spuren. So ausgelaugt hatte ich mich zuletzt vor einem Jahr erlebt und das brachte all die Wut und Verzweiflung zurück, die mich erst auf diese Reise gebracht hatten. Scott hatte kein Recht, so mit mir umzugehen. Niemand hatte ein Recht dazu. So lange hatte ich gelitten, so lange hatte ich den Mund gehalten und akzeptiert, was mit mir getan worden war. Und dann hatte ich endlich ein Stück weit Ruhe und Frieden wiedergefunden, mich auf dieser Reise und auf der Farm von meiner unruhigen Vergangenheit erholen können. Ich ließ nicht zu, dass irgendein unreifer Typ, der keine Ahnung hatte, was er wollte, mir das wieder wegnahm. Egal, wie viel er mir bedeutete, egal, wie sehr er mich damit verletzte. Die Zeiten meines Leidens hatten mit dieser Reise ein für alle Mal ein Ende nehmen sollen.

Während ich an der Weide in Richtung Farm entlang schlenderte, entdeckte ich Ruby auf der Veranda. Sie schien auf mich zu warten, wirkte ziemlich ungeduldig. Ein mulmiges Gefühl überkam mich. Normalerweise war Ruby immer im Stress, hatte kaum Zeit, auf mich zu warten. Dass sie es nun tat, musste einen wichtigen Grund haben, weshalb ich schließlich meinen Schritt beschleunigte.

»Guten Morgen, Giulia.« Ihre Miene war eiskalt und sie wirkte ebenso müde, wie ich mich fühlte. Trotz allem zwang sie sich zu einem leichten Lächeln.

»Guten Morgen. Ist alles in Ordnung?«, fragte ich, als Ruby nach meiner Hand griff. Sie war kalt wie Eis und zitterte.

»Harvey kann heute leider nicht arbeiten, ihm geht es nicht so gut.« Der besorgte Ton in ihrer Stimme verriet mir, dass es ihm schlechter ging, als sie es beschrieb. »Also«, fuhr sie fort und holte tief Luft. »Es wäre schön, wenn du heute auch noch seine Sachen erledigen könntest.«

»Natürlich, ich helfe, wo ich nur kann.«

»Eines der Rinder hat sich gestern verletzt. Harvey meinte, es würde aussehen, als sei es am Zaun hängengeblieben. Kannst du bitte nachsehen, ob der Zaun repariert werden muss? Und eventuell dann nochmal beim Rind vorbeisehen? Wenn die Wunde eitert, ruf doch bitte den Tierarzt an. Ach so, und das Holz müsste langsam mal wieder gehackt werden, es wird bald wieder kälter und unser Vorrat reicht nicht mehr lange. Ich weiß nicht, ob du das alleine schaffst. Vielleicht kann dir Scott später –«

»Ich schaffe das schon«, schnitt ich ihr das Wort ab, weil ich seinen Namen nicht hören wollte. Es reichte schon, dass er mir sowieso im Kopf herumgeisterte.

Ohne ein einziges Mal hochzusehen, nickte Ruby und verzog die Lippen zu einem schmalen Strich.

»Na gut. Könntest du dir außerdem den Wagen von Harvey schnappen und in die Stadt fahren? Du kannst ihn in der Werkstatt abstellen, die wissen schon, was zu tun ist – da muss wohl irgendwas ausgetauscht werden, ich hab davon keine Ahnung –, aber auf jeden Fall dauert das ungefähr eine Stunde. In der Zeit kannst du bitte für mich einkaufen, ich muss mich um Harvey kümmern. Ich gebe dir gleich noch die Einkaufsliste, am besten machst du das noch heute Vormittag.«

Zum ersten Mal bekam ich das Gefühl, dass Ruby mich nicht bat, sondern es mir befahl. Es musste Harvey wohl ziemlich schlecht gehen. Hoffentlich würde sich seine Situation bald bessern.

Sie holte aus der Küche eine Liste und reichte sie mir. »Hier, das ist die Einkaufsliste. Ja, ich glaube, das wäre es dann. Dazu kommen natürlich noch die anderen Dinge, die du sonst immer tust. Tiere füttern, Rinder zusammentreiben, ausmisten.«

»Natürlich«, meinte ich mit einem freundlichen Nicken und steckte die Liste in meine Gesäßtasche.

Nun sah Ruby zum ersten Mal auf. Ihre Tränensäcke waren dick angeschwollen und die Augen gläsern. Mit einem Mal fühlte sich mein dummer Liebeskummer so irrelevant an. Ruby hatte ihren ersten Sohn verloren und nun schien es Harvey auch außerordentlich schlecht zu gehen. Ich wollte mir nicht ausmalen, wie sie sich fühlen musste. Also nahm ich sie schließlich ein letztes Mal in den Arm und beschloss, ihren Bitten so schnell wie möglich nachzukommen. Sie brauchte meine Hilfe, da mussten sich meine dummen Gefühle jetzt mal hintenanstellen.

Ehe ich den Wagen in die Stadt brachte, erledigte ich die sonstige morgendliche Arbeit. Ich fütterte die Tiere, half Jakub beim Ausmisten und sah mir das Bein des verletzten Rindes an. Dann setzte ich mich hinters Steuer und verließ die Farm. Ich folgte dem Weg, den Ruby mir auf ihrem Zettel notiert hatte, und genoss dabei, endlich mal wieder neuen Wind schnuppern zu können. Tag für Tag auf der Farm zu verbringen, war nicht gerade von Vorteil, wenn man bedachte, dass mich jede Ecke dort an Scott erinnerte.

Ruby hatte recht. Die Mechaniker in der Werkstatt wussten wirklich sofort, was zu tun war. Ich hatte nicht mal die Möglichkeit, zu erklären, wer ich war und wem der Wagen gehörte, da hatten sie mir schon den Schlüssel aus der Hand genommen und ihn auf einen Wagenheber gefahren.

»Er kann, denke ich, in einer Stunde wieder abgeholt werden«, murmelte ein glatzköpfiger Typ, auf dessen Blaumann der Name *Earl* geschrieben stand.

Ich nickte und bedankte mich, ehe ich mich auf den Weg zum Supermarkt machte. Die Werkstatt lag etwas außerhalb des Ortes, doch es waren nur wenige Minuten zu Fuß, da erreichte ich schon die ersten Häuser. Es tat gut, mal wieder alleine spazieren zu gehen – ohne sich zu verlaufen, verstand sich. Am Rande der Stadt passierte ich eine große alte Fabrik, die mir aus dem Auto heraus bisher noch nie aufgefallen war. Aus mehreren der Hallen konnte man deutliches Arbeiten mehrerer Maschinen hören, während aus der letzten laute Country Musik ertönte. Ich musste schmunzeln, weil ich sogar ein paar der Songs aus meiner Liebe zur Countrylegende Taylor Swift kannte. Als ich am Tor vorbeilief und sah, was sich im Inneren der Halle abspielte, erstarrte mein Schmunzeln allerdings.

Mehrere Männer hantierten an Biertischgarnituren und Bänken, und schienen am anderen Ende der Halle eine Bühne aufzubauen. Zwischendrin halfen auch ein paar Frauen, kümmerten sich hauptsächlich ums Dekorieren. Mir war sofort klar, dass hier der Ort sein musste, an dem das Sommerfest stattfinden sollte. Dies war aber nicht der Grund, weshalb ich vollkommen abrupt stehenblieb und ungläubig in die Halle starrte.

Scott stand mit dem Rücken zu mir an einem Tisch und schien an einer defekten Glühbirne zu hantieren. Neben ihm lehnte eine wunderschöne Blondine und legte ihm immer wieder die Hand auf die Schulter. *Sarah*. Die Art, wie sie sich stets neu positionierte, ihre perfekten langen Beine in Szene setzte und sich laut lachend die Haarpracht hinter ihre Schultern warf, brachte den altbekannten Kloß in meinem Hals zurück. Hierher hatte er sich also all die Zeit geflüchtet, um mir aus dem Weg zu gehen. Und Sarah war sicherlich die ganze Zeit dabei gewesen. Wut stieg in mir auf. Auf Scott, dass ich ihm scheinbar wirklich so egal war. Auf Sarah, dass sie einfach so umwerfend aussah. Und vor allem auf mich, dass ich so blöd gewesen war und ernsthaft gedacht hatte, dass es jemand wirklich mal gut mit mir meinen könnte.

Hastig fuhr ich mir über die Augen, als ich spürte, dass sich Tränen darin ansammelten, und wollte gerade flüchten, da hallte plötzlich mein Name ziemlich laut durch die Fabrik.

»Giulia!« Chris stürmte strahlend auf mich zu und richtete damit alle Aufmerksamkeit auf mich. *Na super!* »Was machst du denn hier? Möchtest du auch helfen?«

Mein Blick zappte zu Scott, der sich ebenfalls überrascht zu mir umgedreht hatte. Sein Ausdruck war dunkel und unergründlich, wenn auch ein Funken Freude mitschwang. Das bildete ich mir aber sicherlich nur ein.

»Nein, ich –«

»Giulia, wie schön, dich zu sehen!« Nun mischte sich auch Johns Stimme ein und schob meine Anwesenheit noch weiter ins Scheinwerferlicht. »Wir haben dich vermisst.«

Während er sich die schmutzigen Hände an einem Lappen abwischte, zwinkerte er mir verschmitzt zu.

»Ich bin gerade auf dem Weg zum Supermarkt.«

»Zu Fuß?« Chris warf ihren Blick suchend hinter mich, um nach einem Wagen Ausschau zu halten.

»Ja – ich meine, nein. Ich habe Harveys Wagen zur Werkstatt gebracht und gehe, solange er dort ist, in die Stadt.«

»Wieso schickt dich Harvey mit seinem Wagen zur Werkstatt?« Scotts Stimme brachte all meine Sinne zum Stillstand. Aufgebracht trat er ein paar Schritte näher und blickte mich wütend an. Seine Wut galt scheinbar seinem Onkel.

Hallo Scott, schön dich zu sehen! Ist lange her, was? Wie

geht es dir so? Ach, außer dass ich mir seit über einer Woche die Augen wegen dir ausheule, eigentlich ganz gut.

»Ruby hat mich geschickt. Harvey geht es nicht so gut.«

Er stockte. Scheinbar musste er meine Aussage erstmal verarbeiten. Dann schloss er angespannt die Augen, trat noch einen Schritt näher und hob die Brauen.

»Harvey *geht es nicht so gut?*«

Ja, Scott. So ist das, wenn man den ganzen Tag verschwindet und nicht merkt, dass es den anderen schlecht geht.

Ich nickte.

Er schüttelte fassungslos den Kopf, packte mich dann am Arm und wollte mich mitziehen.

»Du musst das nicht machen, ich fahre dich zum Supermarkt.«

»Das wirst du gefälligst nicht!« Meine Stimme war lauter, als ich erwartete. »Wenn du dich schon die ganze Woche einen Dreck um mich scherst, musst du jetzt nicht wieder anfangen, meinen Babysitter zu spielen.«

Ich hörte hinter mir irgendjemand zischend einatmen. Vermutlich John, vermutlich mit einem breiten Grinsen. Und auch ich war überrascht, wie standhaft und laut ich sein konnte, und das vor so vielen anderen. Mit einem Mal war es unheimlich ruhig in der Halle. Würde die Musik nicht weiterlaufen, hätte ich fast gedacht, dass alle anderen wie durch Zauberhand verschwunden waren. Doch das waren sie nicht. Sie standen hinter mir, bekamen alles mit, was zwischen Scott und mir passierte, und allerspätestens jetzt wusste wirklich jeder in dieser Fabrik, wer ich war.

Scotts Kiefer zuckte gewaltig, während er meine Worte verarbeitete. Ich war nicht die Einzige, die nicht mit meiner Reaktion gerechnet hatte. Man konnte ihm deutlich ansehen, dass er sich bemühte, ruhig zu bleiben.

»Giulia«, begann er dann nochmal leise, weil er nicht wollte, dass die anderen noch mehr von unserer Auseinandersetzung mitbekamen – dass sie noch mehr von *uns* mitbekamen. Wahrscheinlich wegen Sarah. Sicherlich wollte er sich seine Chancen bei ihr nicht vermiesen, was hieß, dass sie in keinem Fall erfahren durfte, was zwischen Scott und mir gelaufen war.

»Komm jetzt mit.« Angespannt presste er die Lippen aufeinander, als er erneut seine Hand ausstreckte und mich zu sich winkte. Doch ich verschränkte nur die Arme.

»Ach Scott«, meinte Sarah schließlich und hakte sich bei ihm unter. Scott ließ mich dabei kein einziges Mal aus den Augen. »Lass sie doch ruhig zu Fuß gehen. Dann kannst du bei uns bleiben und wir können weiterarbeiten.«

Wir starrten uns an, voller Intensität, voller Wut. Wie gerne ich diese Wut in einem Kuss ertränkt hätte, wie gerne ich einfach alles vergessen hätte und ihm in die Arme gefallen wäre. Meine Finger in seinen Haaren, seine Lippen auf meinem Schlüsselbein. Scotts Blick war so düster, dass mir der Raum gleich viel dunkler vorkam. So viel mehr als Wut und Gleichgültigkeit steckte dahinter, das konnte ich deutlich sehen. Und doch verstand ich nicht, weshalb er sich mir gegenüber so schrecklich verhielt.

»Scott, lass Giulia doch einfach in Ruhe«, hörte ich John neben mir mit einem lockeren Lacher sagen. Als sein Arm sich um meine Schultern legte und ich seinen großen Körper neben mir spürte, zuckte ich umgehend zusammen, was Scott natürlich auch mitbekam.

Ich hätte nicht gedacht, dass sein Gesichtsausdruck noch wütender werden könnte, doch mit einem Mal packte er John am Hemd und drückte ihn nach hinten. »Fass sie ja nicht an!«

Fluchtartig sprang ich zur Seite und suchte bei Chris Schutz.

»Scott!«, rief ich aufgebracht und auch die anderen versuchten, ihn zu beruhigen.

»Spinnst du?!« John schlug seine Hände ab und blickte ihn entgeistert an. »Was stimmt nicht mit dir?!«

Scott wandte sich von ihm ab und lief zur anderen Seite der Halle. Dabei vergrub er aufgebracht seine Hände in den Haaren. Sarah eilte ihm hinterher, um ihn zu trösten. Für was auch immer er Trost benötigte.

»Ist alles in Ordnung?«, erkundigte ich mich bei John, der Scott wütend hinterherblickte. Als er sich wieder an mich wandte, kam sein altbekanntes Lächeln zurück.

»Ja, klar. Mach dir keine Sorgen.« Als er mir entgegenzwinkerte, unterdrückte ich ein Augenrollen. Wieso konnte Sarah sich nicht John angeln? Die beiden schienen perfekt zueinander zu passen.

Chris legte sachte ihre Hand auf meine Schulter. »Ist bei dir auch alles in Ordnung?« Ihre Stimme war so leise, dass die anderen nichts mitbekamen. Und irgendwie spürte ich, dass sie mit ihrer Frage nicht die Situation mit John meinte, sondern auf etwas ganz anderes aus war. Auf *wen* ganz anderes.

Ich presste die Lippen aufeinander, wollte gerade bejahen, da überkam mich plötzlich der Drang, mich ihr anzuvertrauen. Die Worte, die Emotionen mussten raus, ich musste jemandem davon erzählen. Und wenn ich meine Gefühle schon nicht mehr in meinem Notizbuch verewigen konnte, dann musste eben Chris dran glauben.

»Ich …«, stammelte ich und blickte mich um. Scott lehnte an der Wand und starrte angespannt zu Boden.

»Möchtest du mit Einkaufen kommen? Dann erzähl ich dir alles.«

Chris' Gesicht erhellte sich, als hätte ich sie soeben ins Disneyland eingeladen. »Ja, gerne!«

Ich warf einen letzten Blick in die Runde, drehte mich dann zum Gehen um.

»Ach Giulia?«, rief John mir hinterher. Aufmerksam wandte ich mich ihm im Tor nochmal zu. »Sehen wir uns dann eigentlich auf dem Sommerfest?«

Mein Blick zappte zu Scott, der bei Johns Frage aufgebracht den seinen hob. Ich wusste, dass ich es sicherlich bereuen würde, doch nach alldem, was Scott angerichtet und wie er sich aufgeführt hatte, überkam mich der Drang, ihm richtig eins auszuwischen. Egal, wie falsch es sich auch anfühlte.

»Ja, ich freue mich schon!«, antwortete ich mit einem bemühten Lächeln und verließ mit Chris dann schließlich die Fabrik, ohne Scott nochmal eines Blickes zu würdigen.

Mich Chris anzuvertrauen, war einfacher als gedacht. Irgendwie fühlte es sich an, als würden wir uns schon ewig kennen, und wenn man bedachte, dass ich nie wirklich eine Freundin gehabt hatte, stellte ich mich ziemlich gut an. Es war so leicht, mit ihr zu reden. Nichts fühlte sich gezwungen oder peinlich an und ihre Unterstützung tat mir gut.

»Ich kenne Scott seit dem Kindesalter, habe aber seit der Schulzeit kaum Kontakt mehr zu ihm gehabt«, hatte sie ratlos erzählt. »Meines Wissens nach hatte er seit Sarah keine Freundin mehr und lebt ziemlich zurückgezogen. Ich kann mir irgendwie nicht vorstellen, dass er plötzlich einen auf Macker machen will. Das ist eher Johns Markenzeichen.«

Ihre ehrlichen Gedanken gaben mir die Hoffnung, dass Scott vielleicht doch nicht mit mir gespielt haben könnte, zumal er sich ja scheinbar immer noch um mich sorgte. Andererseits verstärkte sich mein Gefühl, dass er immer noch an Sarah hing.

Zum Glück bot Chris mir an, gemeinsam zum Sommerfest zu gehen. Jetzt, wo ich gegen meinen Willen und vor allen anderen zugesagt hatte, erleichterte es mich, dass ich sie an meiner Seite haben würde.

Es war schon spät, als ich schließlich den letzten Punkt auf Rubys Liste abhakte und die Axt zurück in den Schuppen brachte. Für mich war es das erste Mal, dass ich mich im Holzhacken versucht hatte, und auch wenn es extrem anstrengend und zu Beginn auch ziemlich nervenaufreibend war, konnte man dabei doch gut seine Wut ablassen. Mit dem Zipfel von meinem Shirt wischte ich mir über die Stirn, ehe ich die Holzscheite in einem dafür vorgesehenen Regal stapelte. Dabei war ich so in meiner Arbeit vertieft, dass ich den Wagen, der nun im Hof einfuhr, gar nicht bemerkte. Erst als laut eine Autotür knallte, drehte ich mich erschrocken um. Scott stand mitten in der Einfahrt und blickte mich ausgelaugt an. Sein Ausdruck war zum Teil so verletzt und erschöpft, dass ich beinahe Mitleid mit ihm bekam. *Ich! Mit ihm!*

»Hast du das alles gehackt?«

Ich wandte mich gleichgültig von ihm ab und räumte weiter das Brennholz ein. »Ja.«

Der Kies knarzte unter seinen Boots, als er ein paar Schritte näher kam. »Unmöglich«, murmelte er fassungslos. »Ich rede mit Harvey. Es kann nicht sein, dass du alles für ihn tun musst. Erst recht nicht solch schwierige –«

»Hör verdammt nochmal auf, meinen Babysitter zu

spielen!«, brüllte ich, als meine Geduld allmählich ein Ende nahm. Wütend stapfte ich auf ihn zu. »Wenn dir das, was zwischen uns war, so gar nichts bedeutet – wovon ich ausgehe, sonst würdest du dich nicht wie das letzte Arschloch verhalten –, dann lass mich gefälligst ein für alle Mal in Ruhe. Wenn du dich unbedingt um jemanden Sorgen oder jemanden Babysitten möchtest, dann tu das doch bei Sarah! Oder noch viel besser: Wie wäre es, wenn du dich um deinen kranken Onkel sorgst?!«

»Du hast keine Ahnung«, antwortete er nur bemüht leise.

»Nein, Scott.« Ich trat einen weiteren Schritt vor und pikste ihm mit dem Zeigefinger in die Brust. »Du hast keine Ahnung! Du hast keine Ahnung, wie es deinem Onkel geht! Und du hast auch keine Ahnung, wie es mir die letzte Woche ergangen ist!« Tränen schossen mir in die Augen, je grober ich ihm gegen die Brust trommelte. Scott blieb ruhig stehen, ließ zu, dass ich meinen Ärger an ihm ausließ. »Du hast keine Ahnung, was ich durchmachen musste und wie viel Überwindung es mich gekostet hat, dich so nah an mich ranzulassen! Und dann haust du einfach ab!« Mein brüllendes Schluchzen hallte über den Hof und sicherlich bekam nun auch der Rest der Familie das Spektakel mit. Aufgebracht trommelte ich weiter auf seiner Brust herum, stieß meinen Kopf dagegen und krallte mich schließlich schluchzend an seinem Hemd fest, als Scott vorsichtig seine Arme um mich legte. Ich wehrte mich nicht, nutzte den Moment aus und spürte noch einmal seine Nähe, noch einmal seine Wärme. Denn ich wusste, dass dies wahrscheinlich das letzte Mal sein würde.

»Es tut mir leid.« Seine Stimme war nur ein Hauchen, das sich im Wind verfing und in einer ausgelaugten Spur fortgeweht wurde. Ich wusste nicht, für was er sich entschuldigte. Dafür, dass er nach unserem Kuss geflüchtet war oder dass er mich überhaupt erst geküsst hatte. Ich vermutete Letzteres.

Erschöpft löste ich mich von ihm und trat mit gesenktem Blick einen Schritt zurück. »Ist in Ordnung«, antwortete ich, ehe ich ihm felsenfest in die Augen sah. »Ich habe Bonnie versprochen, mit ihr aufs Sommerfest zu gehen. Danach bin ich sowieso weg.«

21

Scott

Giulia verschwand hinter dem Schleier aus Tränen, der sich vor meine Augen legte. Unschlüssig blickte ich ihr hinterher, ließ sie gehen. Dass sie dachte, sie wäre mir egal, zerriss mich innerlich. Die Zeit mit ihr, der unglaublich schöne Kuss, ihre Nähe – all diese Dinge hatten mich endlich mal wieder etwas fühlen lassen. Etwas Positives. Neben all dem Schmerz, der Wut, der Verzweiflung hatte Giulia etwas zurückgebracht, das ich so viele Jahre von mir ferngehalten und verdrängt hatte, wie schön es sich doch anfühlte: Liebe. Doch genau dieses Gefühl erinnerte mich auch daran, weshalb ich es all die Jahre gemieden hatte. Es war einfach besser so. Früher oder später würde sie mich so oder so verlassen. Wie Sarah es getan hatte. Und ich wusste, dass ich mich mit jedem weiteren Tag in Giulias Nähe mehr und mehr in sie verlieben würde. Sie dann zu verlieren, würde mich ein für alle Mal umbringen.

»Scott?«

Eine raue, fast tonlose Stimme tauchte hinter mir auf. Ich drehte mich um und entdeckte Harvey auf der Veranda. Mein Schmerz verwandelte sich in Wut.

»Dir geht es nicht gut?«, fragte ich und beäugte ihn skeptisch. »Was hast du denn Schlimmes, dass du Giulia all die harte Arbeit allein machen lässt?«

Mein Onkel krallte sich ans Geländer und wandte den Blick in die Ferne. »Ich huste ...« Ich rollte wütend die Augen, als er sich auf seine Antwort hin dann noch demonstrativ räusperte. »Wahrscheinlich eine Erkältung.«

»Eine Erkältung?!«, entgegnete ich ihm aufgebracht und trat näher. »Im Sommer?! Vielleicht solltest du einfach mal die scheiß Zigaretten weglassen! Dann geht es dir sicherlich auch besser! Und dann muss Giulia nicht all deine Arbeit übernehmen! Wieso hast du nicht einfach mich gefragt? Wieso hast du sie alleingelassen?!«

»Wieso hast *du* sie alleingelassen?«, raunte er mir entgegen. Ich stockte, riss aufgebracht die Augen auf, als seine mich angespannt niederstarrten.

»Hast du etwa gelauscht?!« Meine Stimme wurde lauter und wütender, doch Harvey blieb ruhig. Wenn ich mich nicht täuschte, konnte ich sogar fast ein schwaches Lächeln auf seinen Lippen entdecken. Kein spottendes. Nein, es war besorgt, ermüdet, irgendwie traurig.

»Lass sie nicht gehen.« Langsam trat er eine Stufe tiefer, um mir entgegenzukommen. Verwirrt von seinen Worten, wusste ich erst nicht, was ich sagen sollte. Ich war wütend, wollte ihn anbrüllen, dass er sich um seine Dinge kümmern sollte, gleichzeitig hatte ich allmählich keine Kraft mehr. Harveys offener und besorgter Blick lud mich ein, meinen Ärger abzulegen und die Fassade eines starken Mannes, die ich zum größten Teil wegen ihm errichtet hatte, fallenzulassen.

»Du hast keine Ahnung!« Mein stures Ego protestierte laut. Es wollte nicht fallen gelassen werden, es wollte sich nicht verletzlich machen. Nicht vor Harvey. Warum er sich plötzlich so besorgt und liebevoll verhielt, war mir ein Rätsel und brachte mich noch stärker durcheinander.

»Scott …« Seine ruhige Stimme machte es mir nicht leichter. Allmählich setzten wütende Tränen ein und meine Atmung wurde stockender. Als Harvey noch näher kam und seine Hand auf meine Schulter legte – so vertraut und väterlich, wie ich es all die Jahre gebraucht hätte –, fiel ich vollkommen in mir zusammen. Ein verzweifelter Schluchzer löste sich aus meiner Kehle und ich landete im Arm meines Onkels. All der Schmerz und die Tränen, die ich nie hatte weinen dürfen, schossen aus mir hinaus und landeten auf Harveys Hemd. Ich ließ los. Die Schuldgefühle, den Ärger, die Kälte und die Verzweiflung. Und das ausgerechnet bei ihm.

Er sank mit mir auf die Treppen und ich stemmte das Gesicht in meine Hände. Harvey klopfte mir auf die Schulter, ließ dann jedoch wieder von mir ab und verharrte stumm neben mir. Einen ziemlich langen Moment sagten wir gar nichts, saßen nur da und starrten vor uns hin. Mit so vielen unausgesprochenen Worten zwischen uns, die in seinem Inneren sicherlich genau so laut widerhallten wie in meinem. Und doch schwiegen wir weiterhin.

»Sie ist nicht wie Sarah«, warf Harvey irgendwann leise ein. Seine Stimme war gebrochen, seine Worte vorsichtig.

Mein Blick blieb starr auf den sandigen Boden geheftet. Das Thema Sarah machte mich immer noch wütend. Nicht, weil ich noch Gefühle für sie hatte oder sie mir noch etwas bedeutete. Sie hatte mich alleingelassen, als ich sie am dringendsten gebraucht hatte, und dies hatte ganz offensichtlich Spuren hinterlassen. Am wütendsten machte es mich aber, dass genau diese Spuren mich dazu brachten, Giulia von mir wegzustoßen. Dass ich sie verletzte, sie von mir fernhielt und dies womöglich den Rest meines Lebens bereuen würde, würde ich Sarah niemals verzeihen.

»Du weißt, dass sie dich sicherlich niemals verurteilen würde.«

»Woher willst du das wissen?«, raunte ich meinem Onkel ausgelaugt entgegen. »Du kennst sie doch gar nicht.«

»Nein.« Ohne ihn anzusehen, bekam ich deutlich mit, dass er traurig schmunzelte. »Aber du kennst sie. Und du weißt, dass sie nicht so ist.«

Das stimmte. Ich konnte mir nicht vorstellen, dass Giulia ebenso reagieren würde, würde sie ... Aber das spielte nunmal gar keine Rolle.

»Sie wird sowieso wieder abreisen«, warf ich ein und schüttelte erschöpft den Kopf. »Da muss ich das Risiko gar nicht erst eingehen.«

»Will sie das auch? Wieder abreisen?«

Ich zuckte mit den Schultern.

»An deiner Stelle würde ich sie einfach mal fragen, Unausgesprochenes klären.«

»So, wie du immer alles mit mir klärst?« Ehe ich richtig über meine Worte nachdenken konnte, schnellte mein Blick angespannt zur Seite. Mit dem bissigen Klang meiner Stimme merkte ich, dass ein Streit gerade vollkommen fehl am Platz war. Seufzend fuhr ich mir übers Gesicht. »Tut mir leid, ich –«

»Nein, du hast ja recht.« Harveys Stimme klang so verletzt, dass er mir fast schon leid tat. »Ich bin wirklich der Letzte, der dir diesen Ratschlag geben darf. Aber gerade deshalb weiß ich, wie schrecklich es sich anfühlt, wenn man merkt, dass es zu spät ist.«

Meine Stirn runzelte sich skeptisch. Ehe ich genauer

darüber nachdenken konnte, was genau er mit *zu spät* meinte, sprach er weiter.

»Ich war in deinem Alter, als ich durch Europa reisen wollte. Dein Großvater war genauso streng und mürrisch wie ich …« Er verharrte kurz, schmunzelte andächtig und presste die Lippen quälerisch aufeinander. »Ich habe ihn wahrscheinlich ebenso für sein Verhalten verachtet, wie du mich verachtest.«

Beschämt wandte ich den Blick ab. »Harvey, ich –«

»Nein, dir muss das nicht leidtun, ich verstehe das«, hauchte er. »Weißt du, ich wäre damals am liebsten in Italien geblieben. Bei Maria … der Frau, die ich bis heute nicht loslassen konnte. Aber ich habe mich von meinem Vater unterdrücken, mich von seiner kalten Art verzehren lassen und bin schließlich genauso geworden wie er.«

Aufmerksam beobachtete ich sein Profil, die Erinnerungen, die in seinen Augen widerhallten, die Sehnsucht, die sich in seinem Blick verbarg. Jahrelang hatte ich geglaubt, Harvey wüsste nicht, was Liebe bedeutete. Nun merkte ich, wie falsch ich gelegen hatte. Meist sind es doch die kältesten Seelen, die den größten Schmerz erlebt hatten und dadurch am besten wussten, wie sich die Liebe anfühlte.

»Ich habe Maria fallengelassen und es mein Leben lang bereut. Mach nicht denselben Fehler.«

Gedankenversunken begann ich zu nicken, als er mir ein letztes Mal auf die Schulter klopfte. Ich versuchte mich in seine Lage zu versetzen, mir vorzustellen, wie ich mich fühlen würde, wäre Giulia schon am nächsten Morgen nicht mehr bei uns. Eine schreckliche Leere erfüllte mich dabei und ich musste schlucken.

»Was hast du wirklich?«, fragte ich irgendwann, um das Thema zu wechseln. Weil er mir einen verwirrten Blick zuwarf, deutete ich auf seinen Hals. »Dein Husten.«

Ich erinnerte mich noch gut an Gerry Sanders' Worte, als John und ich begonnen hatten, die Halle seiner Baumwollfabrik für das Fest aufzuräumen. Laut seinen Erzählungen wäre Harvey stark hustend beim Arzt gewesen, was mich damals schon skeptisch zurückgelassen hatte.

Für einen Moment wirkte er überrascht, irgendwie getroffen. Er fing sich aber schnell wieder und winkte lächelnd ab.

»Mach dir da keine Sorgen«, antwortete er eine Spur zu gelassen. »Ich sollte wirklich mit dem Rauchen aufhören.«

Auch wenn ich irgendwie spürte, dass er nicht ganz die Wahrheit sagte, ließ ich seine Aussage so stehen. Würde es sich um etwas wirklich Schlimmes handeln, würde Harvey uns schon aufklären.

Hoffentlich.

Mit mulmigem Gefühl parkte ich Donnerstagfrüh meinen Wagen vor dem Revier. Seit meinem Ausraster am Montag hatte ich John kein einziges Mal mehr zu Gesicht bekommen. Während ich im Revier die Stellung hatte halten müssen, half er mit den Jungs der Feuerwehr weiter bei den Vorbereitungen. Eine Einteilung, die ich bisher eigentlich immer zufrieden hingenommen hatte. Mein Verhalten ihm gegenüber war mehr als unangebracht gewesen, ich hatte mich selbst kaum wiedererkennen können. Ja, ich war eifersüchtig, dass John sich an Giulia ranmachte, und ja, es quälte mich schrecklich, dass sie nun wirklich zum Sommerfest gehen würde und ich absolut keine Kontrolle darüber hatte, wie John sich bei ihr verhalten würde. Doch diese Eifersucht war nicht der Hauptgrund für meinen Ausraster gewesen. Giulia hatte ganz klare Berührungs- und Vertrauensängste – vor allem bei Männern. Schon von Beginn an war mir aufgefallen, wie sehr sie sich verspannte, kam ihr jemand zu nahe. Ich wusste, wie sich diese Angst anfühlte, auch wenn sie bei ihr höchstwahrscheinlich ganz andere Ursprünge hatte, weswegen ich stets vorsichtig mit ihrer Nähe umgegangen war. John war für solch sensible Menschen einfach nicht gemacht.

Nach längerem Überlegen stieg ich schließlich aus und lief zum Eingang. Johns Wagen stand vor der Tür, was mir verriet, dass er bereits arbeitete. Als ich eintrat, entdeckte ich ihn auf seinem Schreibtisch sitzend. Er unterhielt sich mit unserem Kollegen Sam und konnte mich daher perfekt ignorieren, als ich mich an meinem Tisch niederließ.

»Hey John«, unterbrach ich die beiden leise und zeigte ein entschuldigendes Lächeln. »Können wir kurz reden?«

Er schaute mich nicht an, wandte den Kopf nur kurz in meine Richtung und presste die Lippen aufeinander. Dann schenkte er Sam ein breites typisches John-Grinsen.

»Wir reden später bei den Vorbereitungen weiter, okay?«

Sam nickte uns zu und verschwand dann zurück zu seinem Arbeitsplatz.

»Ich wusste gar nicht, dass heute noch Vorbereitungen anstehen?«, fragte ich skeptisch, als John sich auf seinem Schreibtisch umdrehte und mir zuwandte.

Er zuckte mit den Schultern. »Eigentlich nicht, aber gestern haben wir festgestellt, dass zwei Biertischgarnituren kaputt sind und den Abend wahrscheinlich nicht aushalten werden. Das ist zu gefährlich.«

»Oh okay.« Ich nickte und fragte mich, ob er mich nur

nicht um Hilfe gebeten hatte, weil er wusste, wie sehr ich dieses Fest hasste, oder weil er mich einfach nicht dabeihaben wollte. »Wenn ihr Hilfe braucht –«

»Scott, was willst du?«, unterbrach er mich und verschränkte die Arme. »Das frage ich mich schon seit Jahren. Du wolltest immer aus dieser Stadt raus, hängst aber immer noch hier und lässt deinen ganzen Frust an anderen aus. Du hast keine Lust auf Frauen, wirst aber zur Furie, wenn ich Giulia zum Fest einlade. Und jetzt möchtest du bei besagtem Fest helfen, obwohl du es so hasst. Ich werde nicht schlau aus dir und habe da langsam keine Lust mehr drauf.«

John sprach mir aus der Seele. Die Fragen, die er mir stellte, stellte ich mir bereits seit Jahren und ich hatte immer noch keine Antwort drauf.

»Ich weiß nicht«, gab ich erschöpft zu und senkte den Blick. »Im Moment möchte ich mich nur bei dir entschuldigen. Der Vorfall am Montag ... Ich hab's nicht so gemeint.«

John seufzte ausatmend, schnappte sich dann seinen Stuhl und setzte sich damit vor mich.

»Hör zu«, begann er. »Ich weiß, dass du das nicht so gemeint hast. Und ich weiß auch, dass du unsterblich in Giulia verknallt bist.«

Erschrocken hob ich den Blick und erntete von ihm ein breites Grinsen. Ich wollte demonstrieren, alles abstreiten, merkte aber schnell, dass es nutzlos sein würde. John hatte mich durchschaut und sowieso ... Wieso sollte ich ihn eigentlich belügen?

»Denkst du, dein bester Freund merkt das nicht?«, lachte er und klopfte mir auf die Schulter. »Jeder merkt das. Ist bei dir ja auch ein seltenes Wunder, das fällt schon auf.«

Beschämt schob ich die Brauen zusammen und verdrehte die Augen. Ein Lächeln konnte ich aber dennoch nicht unterdrücken.

»Deswegen habe ich sie ja eingeladen.« Nun verblasste sein Lächeln. »Wegen dir.«

Verwirrt drehte ich den Kopf. »Wegen mir? Ich gehe doch sowieso nicht zum Fest.«

»Deshalb ja.« Johns Blick wurde traurig, als er mir brüderlich gegen die Schulter boxte. »Ich habe gehofft, dass du vielleicht auch kommst, wenn sie dabei ist. Mann, Scott, du bist mein bester Freund und ich will einfach nur, dass du mit mir zu diesem beschissenen Fest gehst.«

Ich brauchte einen Moment, um seine Aussage zu verarbeiten. Klar, John und ich waren richtig dicke Freunde, doch ich hätte niemals gedacht, dass er bei seinen vielen Kumpels ausgerechnet mich als seinen besten bezeichnete.

Ich seufzte und bekam mit einem Mal ein noch größeres schlechtes Gewissen.

»John, ich *kann* nicht zum Sommerfest«, begann ich und fuhr mir hin- und hergerissen über das Gesicht. John hatte die Wahrheit verdient, und wenn ich wirklich wollte, dass er meine Beweggründe verstand, musste ich sie ihm eben erzählen.

Also begann ich, ihm im Schnelldurchlauf nochmal alles vom Brand zu erzählen – diesmal mit den Details, die ich sonst immer für mich behalten hatte. Ich erklärte, weshalb ich das Fest mied und weshalb Sarah für mich gestorben war, erzählte von Harveys und meinem Zerwürfnis, von Giulia und mir und von dem Gefühlschaos, das ich durchlebte. Und unerwarteterweise verhielt sich John sehr verständnisvoll und aufmerksam.

»Ganz ehrlich, Scott«, antwortete John und legte mir die Hand auf die Schulter. »Giulia verschwindet so oder so, wenn du es zulässt. Du lässt sie lieber von sich aus gehen, weil sie denkt, dass du sie nicht willst? Das ist Bullshit! Rede mit ihr, erkläre es ihr, und wenn sie dann immer noch gehen will, dann ist sie es nicht wert.«

Ich nickte gedankenversunken. Vielleicht sollte ich es wirklich wagen, vielleicht sollte ich es ihr wirklich erklären.

»Ja, hast recht ...«, seufzte ich, auch wenn ich mir da immer noch nicht ganz sicher war.

Als ich Freitag von einem anstrengenden letzten Vorbereitungstag, an dem ich den Jungs doch nochmal für den letzten Schliff geholfen hatte, nach Hause kam, konnte ich schon von weitem ein unbekanntes Auto vor unserem Haus stehen sehen. Je näher ich kam, desto genauer erkannte ich, dass es ein schwarzer, glänzender Mercedes war. Ein solcher Wagen fiel zwischen dem Misthaufen und den freilaufenden Hühnern jedem Blinden auf und weckte in mir ein ungutes Gefühl. Noch während ich parkte, überlegte ich, wem von unseren Freunden oder Bekannten das Auto gehören könnte, kam aber auch, als ich das Kennzeichen ablas, zu keinem Namen.

»Hey, wem ist denn –«, fragte ich Harvey, der mir im Flur entgegenkam. Als er mit einem Kopfschütteln in die Küche deutete, verstummte ich und spähte vorsichtig durch die Tür.

Ich musste sie nicht sehen, um zu verstehen, wer da bei Ruby am Tisch saß. Harveys Blick und die leisen Stimmen, die von der Küche in den Flur hallten, genügten. Doch bevor ich das wirklich realisierte, steckte mein Kopf schon in der Tür, und somit war es mir unmöglich, mich vor Sarah zu verstecken.

»Hallo Scott«, begrüßte sie mich mit einer ruhigeren,

nicht ganz so quirligen Stimme, wie sie sie sonst hatte, und schenkte mir ein müdes Lächeln. Sie sah niedergeschlagen aus, irgendwie ganz blass. Ihre Haare hatte sie anders als sonst zu einem unordentlichen Pferdeschwanz gebunden, ihre Lippen trugen kaum Farbe.

»Hey«, antwortete ich skeptisch und warf meinen Blick fragend zu Ruby. »Was machst du denn hier?«

Sarah erhob sich von ihrem Stuhl und griff nach ihrer Handtasche. Ehe sie hinausdeutete, wandte sie sich nochmal an Grandma.

»Vielen Dank für alles, Mrs Collister.« Ruby drückte sie einmal an sich und ich verstand die Welt nicht mehr. »Es war schön, Sie mal wiederzusehen.«

»Komm gut nach Hause, Liebes«, antwortete Ruby, ehe Sarah sich wieder mir zuwandte.

»Können wir draußen reden?«

Immer noch ziemlich perplex folgte ich ihr zu ihrem Wagen. An der Fahrertür drehte sie sich zu mir um.

»Ich reise wieder ab.«

»Wie?« Ich kniff die Augen zusammen. »Wolltest du nicht nach all den Jahren mal wieder das Sommerfest besuchen?«

Sie schmunzelte traurig. »Weißt du, mein Besuch hier war eigentlich nur dazu da, um meinen Problemen in Nashville aus dem Weg zu gehen, aber ... ich weiß jetzt, dass das nichts bringt.«

»Probleme ...?«

Sie senkte den Blick, als sich Tränen in ihren Augen ansammelten, und zum ersten Mal seit langem machte ich mir ernsthaft Sorgen um sie.

»Ich war bis vor kurzem in einer ziemlich toxischen Beziehung«, erklärte sie mit gebrochener Stimme. »Gleich nachdem ich mich endlich von ihm getrennt hatte, bin ich zu meinen Eltern gefahren, und als ich dich dann wiedergetroffen habe«, sie schluckte deutlich hörbar, ehe sie den Blick hob und weitersprach, »habe ich realisiert, was ich damals gehen gelassen habe. Du warst immer gut zu mir gewesen, hast mich auf Händen getragen, und ich ...«

»Sarah«, hauchte ich, als sich ein lauter Schluchzer aus ihrem Mund löste. Trotz allem ging es mir immer noch nahe, wenn sie weinte. Vor allem, wenn ich der Grund dafür war.

»Die Art, wie du sie ansiehst, wie du sie verteidigst ... Giulia« Ein sehnsüchtiges Schmunzeln legte sich auf ihre Lippen. »Das hat in all dem Gefühlschaos eine Sehnsucht in mir geweckt, die ich mit Gefühlen für dich verwechselt habe. Eine Sehnsucht, endlich jemanden zu finden, der mich auch wieder so ansieht, wie du mich damals angesehen hast ... wie du sie jetzt ansiehst. Aber wahrscheinlich ist das meine Strafe für damals.«

»Hör auf, das zu sagen«, bat ich sie. »Wenn er dich nicht auf Händen trägt, hat er dich auch nicht verdient. Punkt.«

Sie wischte sich über die Augen und nickte dankbar. »Es tut mir leid, Scott«, flüsterte sie gebrochen und zuckte mit den Schultern. »Alles. Dass ich dich damals alleingelassen habe, dass ich einfach so hier auftauche und mich an dich ranmache, nur weil ich verletzt und erschöpft bin ... Einfach alles. Das wollte ich dir noch sagen, bevor ich fahre.«

Ich schmunzelte traurig und fuhr ihr über den Oberarm. »Wir alle tun dumme Dinge, wenn wir verletzt sind. Ich kenne das nur zu gut. Wichtig ist aber jetzt erstmal, dass du klarkommst.«

»Ja, ich komme in Nashville vorerst bei einer Freundin unter und habe ein paar Freunde, die mir auch beistehen und helfen, alles zu regeln, falls er nochmal auftaucht …«

»Das ist gut.«

Ich presste die Lippen aufeinander, als sie mich zum Abschied nochmal umarmte. Ein letztes Mal drückte auch ich sie an mich, auch wenn es schmerzte, auch wenn ein Händeschütteln gereicht hätte. Doch Sarah brauchte mich jetzt und obwohl ich immer noch wütend auf sie war, bedeutete sie mir als Mensch trotzdem noch sehr viel.

»Pass auf dich auf, Sarah.« Herausgefallene Strähnen ihrer Haare verhakten sich in meinem überfälligem Dreitagebart, als ich mich von ihr löste und ihr zuversichtlich entgegenlächelte. Genau in dem Moment kam Bonnie laut lachend um die Ecke gerannt und blieb überrascht im Hof stehen. Giulia, die wohl gerade mit ihr Fangen spielte, machte es ihr gleich.

Ihr Blick verdunkelte sich, ihre Augen verzerrten sich schmerzerfüllt. Hastig zog ich Sarahs Strähnen aus meinem Gesicht und trat einen Schritt zurück, doch da hatte Giulia auch schon wieder nach Bonnies Hand gegriffen und sie in den Pferdestall geführt.

Sarah blickte mich mitleidig an. »Tut mir leid, ich hoffe, du bekommst jetzt keine Probleme …«

»Wir sind nicht zusammen«, hauchte ich, während ich ihr hinterherblickte. »Sie reist bald wieder ab.«

»Dann solltest du ihr schleunigst sagen, was du fühlst, bevor du irgendwann wie ich endest, vor ihr stehst und realisierst, was du gehen gelassen hast.«

Wenn das so einfach wäre.

22

Giulia

Ich staunte nicht schlecht, als ich Samstagnachmittag mit Bonnie beim Sommerfest ankam. Auf dem großen Innenhof der Baumwollfabrik – wie ich mittlerweile auch herausgefunden hatte – tummelte sich das halbe Dorf. Es gab selbst errichtete Essensstände, bunte Attraktionen für Kinder, einen Streichelzoo auf der anliegenden Wiese und nebendran eine große Liegefläche für Picknickdecken. Zudem waren die Außenwände der Fabrik mit bunten Blumendekorationen geschmückt und mehrere Fackeln standen bereit, um zu späterer Stunde für Licht zu sorgen. Jeder schien jeden zu kennen und die Veranstaltung wirkte weniger wie ein Stadtfest, mehr wie eine große Familienversammlung. Sogar ich war bereits als Harveys neue Vorarbeiterin bekannt und sorgte bei einigen älteren Damen, die mich durch Erzählungen von Ruby kannten, aber auch bei jüngeren Bewohnern für Aufmerksamkeit. Nicht nur einmal wurde ich mit der Frage »Du bist doch die junge Giulia, oder? Die von den Collisters?« angesprochen und höflich nach Ruby, Harvey und Scott gefragt. Für Ruby war es dieses Jahr das erste Mal, dass sie zu Hause blieb. Sie meinte, sie müsse Harvey unter die Arme greifen und wäre froh, dass ich Bonnie diesen Spaß ermöglichte. Eigentlich hatte ich die Woche das Gefühl gehabt, dass es Harvey besser ging. Er arbeitete weitestgehend wieder normal, packte mit an, doch der Schein trog wohl.

Auch wenn mir dieser Trubel mehr als unangenehm war, fühlte es sich doch gar nicht so schlimm an, wie ich es befürchtet hatte. Diese Menschen wollten mir nichts Böses, das spürte ich. Sie interessierten sich für mich, freuten sich, dass die Collisters Unterstützung bekamen und ich für Bonnie eine so gute Freundin war. Bei ihren Worten wurde ich ziemlich wehmütig. Der Gedanke, dass ich sie alle demnächst verlassen musste, schmerzte. Doch für Scott und auch für mich war es besser so. Auch wenn ich insgeheim immer noch hoffte, dass er mich aufhalten würde.

»Da ist Gina!« Bonnie zog am Zipfel meines Shirts und rannte dann auf die große Wiese. Ich folgte ihr und musste breit lächeln, als ich Chris mit ihrer kleinen Schwester entdeckte.

»Hallo Chris«, begrüßte ich sie und wir umarmten uns, als wären wir schon ewig befreundet.

»Mensch, ich dachte schon, ihr kommt gar nicht mehr«, lachte sie, als wir uns voneinander lösten. »Gina und ich sind schon seit dem Mittag hier und haben uns schon mindestens zweimal die Zaubershow angeschaut.«

Ich zerknirschte mein Gesicht schuldbewusst. »Tut mir leid, ich musste erst noch meine Arbeit erled-«

»Mensch, Giulia«, unterbrach sie mich und winkte ab. »Das war ein Spaß! Aber du musst mir unbedingt mal deine Nummer geben, dann können wir uns besser absprechen.«

Meine Finger wurden feucht, als ich überlegte, wie ich ihr nun erklären sollte, dass ich kein Handy besaß, ohne vollkommen bescheuert vor ihr dazustehen. Sie war die erste Freundin, die ich seit Jahren gefunden hatte. Ich wollte nicht, dass sie dachte, ich wäre eine Irre. Obwohl ein Smartphone eigentlich wirklich von Vorteil war, um mit ihr in Kontakt zu bleiben, würde ich wieder abreisen.

»Ich habe mein Handy verloren«, log ich fast flüsternd.

Zum Glück kamen in dem Moment Gina und Bonnie angerannt und überrumpelten uns mit der Bitte um ein Softeis. Wir entschieden uns dazu, dem Wunsch der beiden nachzukommen und setzten uns dann mit einer kühlen Cola auf die Wiese, während Gina und Bonnie an einem Hula-Hoop-Wettbewerb teilnahmen.

»Hat sich Scott eigentlich nochmal bei dir blicken lassen?«, fragte Chris, nachdem wir längere Zeit stumm den beiden Mädels zugeschaut hatten.

Ich schluckte, als ich an Montagabend dachte. Bis heute hatte ich in seinem komischen Verhalten, seiner Umarmung und seinem seltsamen *›Tut mir leid‹* keinen Sinn gefunden. Warum tat er all das, warum sagte er all das, wenn er es doch nicht so meinte und dennoch nichts gegen meine näherrückende Abreise unternahm?

»Na ja, er hat sich zwar auf irgendeine Art und Weise, die ich immer noch nicht verstehe, entschuldigt, sein Verhalten ist aber unverändert«, berichtete ich. »Er geht mir aus dem Weg, redet nicht mit mir, flüchtet förmlich vor meiner Anwesenheit. Und dann bekomme ich gestern mit, wie innig er Sarah umarmt.«

»Er hat was?!« Chris' Mund klappte auf und sie sah mich ungläubig an.

Ich zuckte nur mit den Schultern. »Ja, sie war bei ihm … Zum Abschied haben sie sich an ihrem Wagen umarmt.«

»Ich fasse es nicht«, gab Chris wütend von sich und schüttelte den Kopf. »Diese blöde Schnepfe. Lässt ihn erst fallen und jetzt taucht sie einfach so hier auf und wickelt ihn wieder um den Finger.«

»Für mich wirkte es nicht so, als musste sie ihn dazu zwingen. Er hat es auch gewollt.«

»Du kennst Sarah nicht. Sie ist Meisterin darin, andere Menschen zu manipulieren und sie das wollen zu lassen, was eigentlich nur sie will. So war sie jedenfalls immer in der Schulzeit.«

»Na ja, gut für ihn.« Aus meinem Mund löste sich ein verächtliches Schnauben. »Wenigstens gibt sie ihm dann jetzt Klarheit darüber, was er will. Wahrscheinlich ist es wirklich besser, wenn ich bald wieder gehe.«

»Gehen?« Chris blickte mich verwirrt an. »Du willst wegen diesem Deppen deinen Job kündigen?«

Ich öffnete den Mund, um mit »Ja« zu antworten, da realisierte ich allerdings, dass Chris gar nicht die ganze Wahrheit kannte. Für sie war ich eine normale Angestellte. Jemand, die wahrscheinlich aus einem der Nachbardörfer kam und sich einen Job bei den Collisters gesucht hatte, um sich ihr Studium oder sonstiges finanzieren zu können. Sie wusste nicht, dass ich im Cottage der Collister wohnte. Sie wusste nicht, dass ich eigentlich gar kein eigenes Zuhause besaß. Und sie wusste nicht, dass ich bloß eine flüchtige Streunerin war, die Scott im Wald aufgegabelt hatte.

»Lass dir diesen Job nicht vermiesen, nur weil Scott keine Ahnung hat, was er will. Wenn er deinen Wert nicht sieht, dann hat er dich auch nicht verdient. Du meintest doch, dass du ihn sowieso kaum siehst. Dann ist die Sache doch erledigt.«

Hin- und hergerissen presste ich die Lippen aufeinander und nickte. »Ja, hast recht«, antwortete ich und schenkte ihr ein Lächeln.

Ich hätte ihr die Wahrheit erzählen können, sie aufklären können, doch dafür war nun einfach nicht der richtige Zeitpunkt. Ich wollte heute Spaß haben, die Zeit mit meiner neuen Freundin genießen und nicht stundenlang in meiner Vergangenheit kramen und mich davon ermüden lassen.

Die nächsten drei Stunden vergingen wie im Flug. Chris bestand auf ein gemeinsames Selfie, dem ich mich nach längerem Protestieren schließlich hingab. Aus einem wurden schließlich mehr als zehn und ich freundete mich mit dem ungewohnt schönem Gefühl, Erinnerungen mit einer Freundin festhalten zu können, allmählich an. Auch wenn es für Gina und Chris nun das dritte Mal war, schauten wir uns dennoch zusammen die Zaubershow an. Im Anschluss gönnten wir uns etwas Gegrilltes und führten Gespräche mit Freundinnen von Ruby oder Bekannten von Chris. Mir fiel auf, dass kaum jemand in unserem Alter anwesend war. Das Fest wurde von Eltern mit ihren Kindern und älteren Einheimischen dominiert. Sarah, John und die anderen würden sicherlich erst später auftauchen. Um fünf startete die Auktion und ich war überrascht, wie viel altes Gerümpel erfolgreich versteigert werden konnte. Das Geschirr einer Pferdekutsche ging an einen Herren Namens Harry Morris. Ein antiker Kleiderschrank aus Massivholz an Reverend Clark. Ich staunte nicht schlecht, als nach einer Stunde bis auf den letzten Kochlöffel alles versteigert war.

»Die meisten können mit dem Gerümpel gar nichts anfangen«, erklärte mir Chris zwischendurch. »Harry zum Beispiel: Er besitzt eine Buchhandlung und hat mit Kutschen rein gar nichts am Hut. Die Feuerwehr könnte auch nur ein Spendenkonto eröffnen und die Leute würden ohne das ganze Gerümpel hemmungslos spenden. Die Auktion an sich ist eigentlich mehr für das Vergnügen und für das Gefühl gedacht. Niemand möchte, dass sich eine solche Tragödie wie jene der Collisters wiederholt.«

Ich formte die Lippen zu einem Lächeln, als ich an Scott denken musste. Wie schön es war, dass sich die Einwohner von Coker Creek gegenseitig halfen. Wie traurig es war, dass die Feuerwehr nicht schon vor jenem Brand besser gerüstet gewesen war. Dann wäre ich vielleicht nun mit Scott hier. Mit der ganzen Familie Collister.

Kurz nach acht, als das Feuerwerk vorbei war und das Fest nach drinnen verfrachtet wurde, brachten wir Bonnie nach Hause und fuhren dann gemeinsam zu Chris, um auch Gina abzusetzen. Zudem wollte Chris sich für das Fest nochmal umziehen. Während sie das tat, erzählte sie mir, dass sie in Knoxville Psychologie studierte und bei ihren Eltern wohnen bleiben wollte. Ich verstand das. Würde meine Mutter noch leben, wäre ich wahrscheinlich niemals zu Hause ausgezogen. Es dauerte nur wenige Minuten, da trat Chris in einem schwarzen Jumpsuit gekleidet aus dem Bad. Überwältigt riss ich die Augen auf. Ihre feuerroten Haare hoben sich von dem eng anliegendem Schwarz mächtig ab und betonten ihre von Sommersprossen überfluteten Schultern.

»Wow!«, staunte ich, als sie sich noch etwas Lipgloss auf die Lippen schmierte. »Du siehst toll aus!«

Strahlend lächelte sie mir durch den Spiegel zu und machte einen königlichen Knicks. »Vielen Dank!«, sagte sie und drehte sich dann zu mir um.

Einen Moment musterte sie mich unschlüssig, deutete auf mein weites Schlabbershirt.

»Du willst das aber nicht anlassen, oder?«

Verwirrt sah ich an mir hinab. »Wieso nicht?«

Sie lachte herzlich. »Na ja, für eine Abendveranstaltung würde ich nicht meine Arbeitsklamotten anbehalten.«

Stimmt. »Ich habe aber leider nicht so schöne Sachen wie du.«

Als hätte sie nur auf diesen Moment gewartet, raste sie zum Schrank und fischte ein paar Kleider heraus, die sie prompt auf ihr Bett schmiss. Während sie noch weitersuchte, schaute ich mir die bunten Stoffe genauer an. Chris besaß wirklich umwerfend schöne Klamotten.

»Kleider bestelle ich immer im Internet«, erzählte sie, als könne sie meine Gedanken lesen, und kramte noch ein schlichtes, geblümtes Sommerkleid hervor. »*Showpo*«, las sie das Etikett des Kleides vor, ehe sie es mir anhielt.

Ich verzog das Gesicht. »Ich weiß nicht, Chris. Das kann ich nicht annehmen. Was ist, wenn ich es schmutzig mache?«

»Dann wasche ich es.« Ein breites Grinsen legte sich auf ihre Lippen. »Probiere es wenigstens mal an.«

Aus Probieren wurde schließlich Anbehalten. Lange war es her, dass ich ein Kleid getragen hatte. Das letzte Mal in der achten Klasse, soweit ich mich erinnern konnte. Der Stoff war seidig weich und fiel locker an meinen Beinen hinab. Die Ärmel waren dreiviertellang, luftig für den Sommer aber dennoch warm genug für eine kühlere Sommernacht. Ich musste unwillkürlich grinsen, als ich mich im Spiegel betrachtete, auch wenn mein Inneres sich immer noch gegen den Gedanken sträubte, ein so schönes Kleid von Chris anzunehmen. Zumal ich wirklich nicht noch mehr auffallen wollte.

Aber jetzt war es zu spät. Jetzt saß ich auf Chris' Beifahrersitz und war auf dem Weg zum Sommerfest. Ohne Scott.

Der Abend war spaßiger, als ich erwartet hatte. Zu Beginn war ich zwischen Chris' und Johns alten Schulfreunden noch ziemlich schüchtern, doch dadurch, dass Sarah komischerweise gar nicht auftauchte, konnte ich mich schnell etwas entspannen. Für mich war es das erste Mal, dass ich eine Party besuchte. Auch wenn dies keine klassische Party war, war ich doch stolz darauf, dass ich mich bisher unauffällig anstellte und den Abend weitestgehend ohne Panikattacke überlebte. Eine Band spielte laute Country-Songs, wozu fast jeder einzelne Gast zu tanzen schien. Country-Line-Dance beherrschten in Coker Creek sicherlich auch schon die Fünfjährigen. Scott wohl auch? Ich konnte ihn mir irgendwie nicht beim Tanzen vorstellen.

Amüsiert schaute ich den anderen dabei zu, bis die angetrunkene Chris irgendwann zu meinem Tisch gestürmt kam und mich auf die Tanzfläche zerrte. Unter Protest ließ ich mir von ihr ein paar Schritte zeigen, die ich ihr nachmachte, bis sie irgendwann wieder selbst im Tanzwahn versunken war und mich zum Glück schließlich nicht mehr beachtete. Beschämt schlich ich mich wieder zurück zu meinem Tisch und beschloss, mir noch eine Cola zu holen. Nach nur wenigen Minuten spärlichem Tanzen kam ich bereits ins Schwitzen. Wie hielten die anderen es nur stundenlang damit aus?

Um etwas frische Luft zu schnappen und dem Trubel zu entkommen, lief ich in den nun leeren Innenhof, in dem sich bis vor wenigen Stunden noch das ganze Dorf getummelt hatte. Während ein paar wenige Pärchen auf der Wiese lagen und den Abend für sich nutzten, waren zwei Typen gerade dabei, hinter der Fabrik ihre Körper zu entleeren. Der eine seine Blase, der andere ... seinen Magen.

Ich rümpfte angeekelt die Nase und lief in die entgegengesetzte Richtung. Hier draußen verwandelte sich die laute Musik der Band in ein dumpfes Tosen. Zirpenden Grillen und einem heulenden Uhu gehörten nun die Bühne und ich lauschte ihnen mit geschlossenen Augen. Das Fest war schön, doch diese wohltuende Stille war mir doch immer noch am liebsten.

Hinter mir knackste es und ich drehte mich erschrocken um. Dabei schwankte ich und ein großer Teil meiner Cola landete auf meiner Hand. Mit rasendem Herzen starrte ich in die Dunkelheit, als ich eine Bewegung darin wahrnahm. War *er* mir doch gefolgt? War jetzt der Moment, in dem meine Reise endete?

Zittrig trat ich einen Schritt zurück und atmete erleichtert auf, als sich ein mir vertrautes Gesicht zeigte.

»Scott?« Meine Stimme war leise und brüchig. Der Schreck hallte immer noch nach, doch nun verwandelte sich die Furcht in Wut. »Warum schleichst du dich so an mich heran?«

Er blieb wenige Meter vor mir stehen, die Hände tief in den Hosentaschen vergraben. Sein Blick war unschlüssig. Er lächelte nicht, trug aber auch nicht seinen sonstigen gleichgültigen Gesichtsausdruck. Ich erkannte Wehmut und Sehnsucht, Verwirrung und Schmerz und vergaß mit einem Mal wieder alles, was er mir angetan hatte.

»Sorry«, gab er von sich und fuhr sich durchs Haar. »Ich wollte dich nicht erschrecken.«

Mit diesen Worten kam ich zurück in die Realität, verschränkte die Arme vor der Brust und wandte ihm wieder den Rücken zu.

»Sarah ist nicht hier, falls du sie suchst«, informierte ich ihn, während ich mühevoll versuchte, die klebrige Cola von meiner Hand zu entfernen.

Schritte. Er kam näher.

»Ich weiß. Sie ist heute abgereist.«

Verwirrt drehte ich mich kurz zu ihm um, zeigte ihm dann wieder die kalte Schulter. »Was willst du dann hier?«

Im Augenwinkel bemerkte ich, dass er sich neben mich stellte und ebenfalls in die Dunkelheit vor uns starrte. Er reckte seinen Hals, als er in den Himmel blickte. Ich wagte einen Blick auf sein Profil, sah seinen Adamsapfel deutlich zucken. Mir fiel auf, dass er seinen Dreitagebart gestutzt hatte. Akkurat rahmte dieser seine wohlgeformten weichen Lippen ein. Nur beim Hinsehen spürte ich die rauen Stoppeln auf meinen Wangen, seine zarte Haut auf meinen Lippen und –

Er wandte mir seinen Blick zu und für einen Moment vergaß ich zu atmen. Mein Inneres forderte mich auf, wegzusehen, ihn nicht hineinzulassen, doch es war zwecklos. Ich hing fest, verfing mich in dem dunklen Grün seiner Iris, das sogar hier im Dunkeln zu strahlen schien.

»Ich wollte dich sehen«, kam es aus seinem wunderschönen Mund und ließ mich erschaudern.

»Mich?« Meine Stimme war nur ein Hauchen, kaum hörbar, nur fühlbar.

Endlich zuckten seine Mundwinkel, endlich zeigte er ein Lächeln. *Gott,* wie sehr ich es vermisst hatte. Dieses seltene Schmunzeln, dieses ehrliche Offenbaren seiner warmen Seite.

»Soll ich dir etwas zeigen?«

Ich hätte »Nein« sagen, ihm eine Standpauke halten und ihn auffordern sollen, dass er mir erstmal gefälligst erklärte, was mit ihm los war. Doch was richtig und was falsch war, wusste mein Herz nicht. Es wusste nur, dass es ihm folgen wollte. Egal, wohin er auch ging.

Also nickte ich stumm und ließ mich wie in Trance

von ihm zu einer klapprigen Metalltreppe an der hinteren Außenwand der Halle führen. Als wäre es selbstverständlich, nahm er meine Hand und zog mich hinter sich her. Ich ließ es zu. Ließ zu, dass er meine Gedanken mal wieder vollkommen durcheinanderbrachte, die Splitter meines Herzens zerstreute. Um ihn nur noch ein einziges Mal berühren, fühlen zu können, nahm ich all den Schmerz, der folgen würde, nur zu gerne in Kauf.

Oben angekommen, standen wir in einer großen Lagerhalle, die über der Festhalle zu liegen schien. Eine Öffnung im Boden zeigte die unter uns liegenden, tanzenden Gäste. Scott lehnte sich an das Geländer und beobachtete das Geschehen im Erdgeschoss, während ich mich noch etwas umsah und die großen, mit Baumwolle gefüllten Container bestaunte.

»Das erste Mal, dass dieses Fest veranstaltet wurde, war nur wenige Monate nach dem Tod meiner Eltern«, begann Scott andächtig zu erzählen. Aufmerksam stellte ich mich neben ihn und hörte ihm zu. »Im Grunde ist es eine gute Sache. Coker Creek hat aus unserem Unfall gelernt und sofort Maßnahmen ergriffen, um die Feuerwehr besser zu unterstützen. Doch als ich an dem Abend heimlich herkam und sah, wie ausgelassen und fröhlich alle feierten, als wäre nichts passiert, machte mich das so unfassbar wütend.«

Mitleidig schloss ich die Augen. Ich konnte mir nur zu gut vorstellen, wie schrecklich sich dieses Fest für ihn anfühlen musste.

»Und das war es ja auch. Für die anderen hatte sich nichts verändert, sie hatten niemanden verloren, sie mussten niemanden beerdigen. Ganz im Gegenteil: Sie bekamen sogar noch dieses bescheuerte Fest geschenkt und konnten sich an meinem Leid vergnügen.«

Seine Fingerknöchel wurden weiß, als er sich angespannt an das Geländer krallte und die tanzende Meute fixierte. Obwohl ich immer noch verletzt und sauer war, fiel es mir nun unheimlich schwer, ihm weiterhin die kalte Schulter zu zeigen. Also legte ich meine Hand auf seine, um ihn aus dieser tödlichen Starre zu befreien. Als sie sich berührten, senkten sich seine Augen auf meine kleinen Finger und sein Blick wurde sofort viel friedlicher.

»Ich habe dir bewusst nicht alles vom Brand erzählt.« Sein Kinn fiel erschöpft zwischen seine Arme, die er ausgestreckt gegen das Geländer stemmte. Für einen Moment schloss er die Augen, als würde er sich vor seinen eigenen Worten fürchten, als könne er der Wahrheit einfach aus dem Weg gehen.

»Du musst das doch auch nicht –«

»Doch«, unterbrach er mich aufgewühlt, ehe er mich mit leidendem Gesichtsausdruck anblickte. »Anders würdest du es sonst nicht verstehen.«

Ich hatte keine Ahnung, was er meinte. Trotzdem widersprach ich nicht. Ließ ihm diesen Freiraum, in der Hoffnung, er würde sein seltsames Verhalten im Anschluss endlich ändern.

»Okay«, flüsterte ich und beobachtete ihn geduldig, während er sich sammelte.

»Beim Versuch, meine Eltern aus den Flammen zu holen, hat mein Körper selbst Feuer gefangen«, begann er leise, mied meinen Blick allerdings. »Harvey hat mich rausgeholt und mich vor Schlimmerem bewahrt. Ich kam mit Verbrennungen dritten Grades in die Notaufnahme. Als ich zwei Wochen später langsam wieder zu mir kam, wachte ich in einem komplett anderem Leben auf. Ein Leben ohne meine Eltern. Von da an wurde meine Haut von mehreren großflächigen Brandnarben verunstalten: an meinem Rücken, meinen Schultern und teilweise auch an meinen Armen. Als Sarah mich so sah, meine Narben sah –« Er stockte, ehe er weitersprach, schüttelte gequält den Kopf. »Noch bevor ich aus dem Krankenhaus entlassen wurde, machte sie mit mir Schluss, zog ohne mich nach Nashville, wo wir eigentlich gemeinsam ein neues Leben anfangen wollten. Sie fing es ohne mich an.«

Erst als er mit Erzählen fertig war, merkte ich, dass meine Wangen in Tränen getränkt waren. Und er hatte recht behalten: Endlich verstand ich. Endlich verstand ich, weshalb er nie kurzärmlige Klamotten trug, endlich verstand ich, weshalb er sich so sehr davor fürchtete, eine Beziehung einzugehen und seine Haut zu zeigen, warum es einfacher für ihn war, andere abzustoßen als sie heranzulassen. In keinem anderen Moment hatte ich mich ihm mehr verbunden gefühlt als in diesem. Die Angst, die er durchlebte, die Schmerzen, die er fühlte, sie waren den meinen so gleich. Dieselben und doch so anders.

»Weißt du«, fuhr er fort und blickte mich dann andächtig an. »Harvey hat mich damals zwar vor dem Tod gerettet, doch ehrlich gesagt, habe ich es immer als Strafe angesehen, überlebt zu haben ... Bis du dann kamst. Du warst so stur, so nervend«, ein trauriger Lacher löste sich aus unseren Kehlen, »aber irgendwie hast du es geschafft, dass ich dieses Leben endlich mal wieder fühle. Ich weiß nicht, was es ist, weiß nicht, was du machst, aber wenn ich bei dir bin, fühle ich mich direkt weniger zerrissen, weniger vernarbt. Ich habe längst vergessen, wie sich innerer Frieden anfühlt, aber ich bin mir sicher, dass er dem Gefühl deiner Nähe ziemlich gleichkommt.«

Liebevoll fuhr ich ihm über die Wange, symbolisierte ihm damit, dass es mir genauso ging. Er drückte sich sehnsüchtig in meine Hand, atmete zittrig ein und aus.

»Deswegen bin ich so ein Arschloch gewesen. Deswegen bin ich abgehauen. Ich hatte Angst, dass du wie

Sarah gehen würdest, ich hatte Angst, dass ich nicht genug sein würde.«

Ich schüttelte andächtig den Kopf und ließ meine Hand dann von seiner Wange zu seiner Brust gleiten. Ohne ihn aus den Augen zu lassen, begann ich behutsam, sein Hemd aufzuknöpfen. Als ich die Finger über seine nackte Haut gleiten ließ, stockte sein Atem. Doch ich hörte nicht auf, seine Narben zu streicheln, und ihm zu zeigen, dass ich jede Faser seines Körpers liebte. Der leichte Stoff seines Hemds fiel zu Boden und ich senkte den Blick. Nun stockte auch mein Atem. Seine Brust hob sich muskulös hervor und zuckte unter meinem Blick. Ich schenkte seinem Körper eine Umarmung aus Blicken, streichelte seinen stahlharten Bauch und die mit rauen Adern überzogenen Arme. Auf seiner linken Brust prangte großflächig vernarbtes Gewebe, das sich über seinen Arm bis hin zu seinem Rücken ausbreitete. Liebevoll legte ich meine Lippen darauf ab, küsste jeden Millimeter seiner Wunden. Seine Arme, seine Handgelenke, den Rücken und seinen Hals. Und als ich schließlich den Blick wieder in seine Augen hob, realisierte ich, dass mein Zuhause nie ein Ort gewesen war. Mein Zuhause war Scott.

23

Scott

Jede Faser meines Körpers stand von ihren Küssen in Flammen. Wohltuenden Flammen, befreienden Flammen, als würde das Feuer in mir endlich erlöschen und eine heimatliche Wärme hinterlassen. Giulia legte ihre Hände an meine Wangen und ich zog sie näher an mich heran. Mit einem Mal konnte ich es nicht mehr erwarten, von ihr berührt zu werden. Jetzt, wo ich wusste, wie sich ihre Berührungen anfühlten, bekam ich nicht mehr genug. Sie war noch da. Sie war bei mir. Nahm mich mit all meinen Narben, mit all meinen Fehlern. Einen Moment lang sahen wir uns nur an, mit meiner Stirn auf ihrer, meinem Herzen an ihrem und schließlich meinen Lippen auf den ihren. Erst zaghaft, dann sehnsüchtiger und leidenschaftlicher. Als wäre ihr Mund die Luft zum Atmen. Ich erstickte ohne ihn, starb ohne sie. Als sich dann noch vorsichtig ihre Zunge in meinen Mund tastete, war es um mich geschehen. Kurzerhand packte ich sie und legte sie vorsichtig auf den mit Baumwolle bedeckten Boden. Dabei quiekte sie überrascht und zauberte ein Schmunzeln auf meine Lippen. Als sie da so unter mir lag und sich unsere Münder für einen Moment trennten, betrachtete ich sie andächtig. Sie war so wunderschön.

»Bitte geh nicht«, hauchte ich auf ihre Wange, woraufhin sie mir liebevoll durchs Haar fuhr.

»Das sind die drei Worte, nach denen ich mich seit Wochen gesehnt habe«, antwortete sie mit Freudentränen in den Augen, ehe sie mich wieder an sich zog und meine Lippen mit ihren vereinte.

Ein Seufzen löste sich aus meiner Kehle, als sie ihre Finger über meine nackte Haut fahren ließ. Meine Hände begannen, die ihre zu erkunden, tasteten sich über den weichen Stoff ihres Kleides an ihre Taille. Giulia klammerte ihre Beine um mich und drückte sehnsüchtig ihre Mitte gegen meinen Hosenbund. Erregt schnappte ich nach Luft und krallte mich in ihren prallen Oberschenkel. Nun seufzte auch sie und ließ ihre Zunge über meinen Hals fahren. Ich schloss die Augen, während meine Hand weiter unter ihren Rock an ihren Arsch wanderte und sich dort festkrallte. Ich spürte, dass ihre Glieder zitterten, und zog sie noch dichter in meinen Arm, um sie zu wärmen. Immer wieder sah ich sie an, um sicherzugehen, dass meine Berührungen auch wirklich in Ordnung waren. Irgendwann gab sie ein leises Stöhnen von sich, das mich direkt noch geiler machte. Gierig tastete sich meine Zunge ihren Weg von ihrem Hals hinunter zu ihrem Dekolleté. Der süßliche Duft ihres Shampoos flog mir in die Nase und ich sog ihn vollständig in mich auf. Sog *sie* vollständig in mir auf. Als ich meine Hand vorsichtig auf ihre Brust legte, drückte sie mir ihren Oberkörper entgegen und verschaffte mir dadurch Zugang zu ihrem Reißverschluss. Geschickt fädelte ich meinen Arm unter ihrem Rücken hindurch und öffnete langsam ihr Kleid. Sofort löste sich der Stoff von ihren Schultern und Armen. Ich blickte sie an, drang atemlos in ihre Iris ein, während ich langsam ihren Ausschnitt erweiterte und ihren BH entblößte. Ihr Atem war zittrig und schnell. Als ich meine Finger über die dünne Haut an ihren Brüsten fahren ließ, schloss sie die Augen. Ihre vollen, prallen Lippen waren einen Spalt geöffnet, ein warmes Keuchen drang durch diesen hinaus und landete auf meiner Wange. Langsam verteilte ich Küsse auf ihrem Hals und fuhr mit der Zunge hinab zu ihrem BH. Als ich dann langsam den Stoff zur Seite zog und meinem Mund Zugang zu ihren harten Nippeln verschaffte, stöhnte sie lustvoll auf.

Verdammt! Mein bescheuertes Männerhirn dachte sich, wie unglaublich geil sie doch war, und fragte sich, wie ich es all die Wochen neben ihr ausgehalten hatte, ohne über sie herzufallen. Wie ich es ausgehalten hatte, mich nicht von ihr berühren zu lassen. Doch da war so viel mehr an ihr, das diesen Moment so besonders machte. Die Sicherheit, die sie ausstrahlte, die liebevolle Wärme ihres Körpers, ihre unglaubliche Begabung, mich anzusehen und all meinen Schmerz von mir zu nehmen. Ich beobachtete ihren Gesichtsausdruck. Beobachtete, wie sie sich unter meinem Mund an ihren Brüsten wand, ihre Brauen zusammenzog und angestrengt ein Stöhnen unterdrückte. Ihre Finger lagen immer noch in meinen Haaren, krallten sich an meinen Kopf und drückten ihn dichter an ihre weiche Haut. Als sie sich irgendwann hektisch an meinem Gürtel zu schaffen machte, presste ich meine Lippen zurück auf ihre. Ohne Vorwarnung, ohne es wirklich zu entscheiden. Es passierte einfach, mein Körper machte sich selbstständig. Was hätte er auch anderes tun sollen? Es war unmöglich, zu denken, unmöglich, Entscheidungen zu treffen.

Kurzerhand streifte ich mir die Jeans von den Beinen, während sie sich von ihrem Kleid befreite. Als sie in Unterwäsche vor mir lag, musterte ich ihren perfekten Körper und streichelte sie mit meinem Blick. Unsicherheit machte sich in ihrem Gesicht breit und sie bedeckte ihren Bauch mit ihren Armen. Ich schenkte ihr ein andächtiges Lächeln, verschränkte dann ihre Hände mit meinen und hauchte ihr einen zarten Kuss auf den Bauch.

»Du bist perfekt«, flüsterte ich. »Versteck dich nicht.«

»Es ist nur …«, begann sie mit zittriger Stimme, als ich mich wieder über sie legte und sie aufmerksam ansah. »Ich habe noch nie – ich meine, doch, ich habe schon, aber –«

Ich schmunzelte und zog ihr eine Strähne aus dem Gesicht. »Wir müssen nicht, wenn du das nicht möchtest.«

Ihre Augen wanderten zu meinen Lippen und sie biss sich gierig auf die eigenen. Zaghaft fuhr sie mit dem Daumen über die dünne Haut auf meiner Unterlippe, ehe sie ihre Finger an meinem Hinterkopf vergrub und mich zurück in einen innigen Kuss zog.

»Ich möchte dich so gerne spüren«, hauchte sie an meine Lippen und jagte damit einen warmen Schauer durch meinen ganzen Körper. Dann löste sie sich wieder und streichelte meine Wange. Ihre Augen waren gläsern, die Lippen verzerrt. »Aber ich kann das nicht. Noch nicht.«

Ich verstand sofort, legte meinen Arm unter ihren Kopf und zog sie auf meine Brust. Sie war noch nicht so weit, das war in Ordnung. Für uns zwei Berührungsmuffel war dieser Abend sowieso ein großer Schritt gewesen und ich wollte ihr so viel Raum und Zeit geben, wie sie brauchte.

Ich griff nach ihrem Kleid und meinem Hemd und legte es über ihren zitternden Körper. Dann zog ich sie noch enger an mich, wärmte sie, so gut ich konnte, und zeichnete kleine Kreise auf ihren Rücken. Gemeinsam lauschten wir der leisen Musik aus dem Erdgeschoss und brachten unsere Atmung in Einklang. Noch immer fühlte ich das taube Pochen auf meinen Lippen, noch immer lag das kribbelnde Gefühl ihres Keuchens auf meiner Haut.

»Scott?« Ihr Kopf hob sich von meiner Brust und sie blickte mich müde an. »Wieso ...«, begann sie und stockte dann nochmal unsicher. Ermutigend fuhr ich ihr durch die Haare. Sie sollte wissen, dass sie mich fragen durfte, was sie wollte. »Wieso war Sarah gestern bei dir?«

Ein breites Lächeln setzte sich auf meine Lippen, weil es mich irgendwie glücklich machte, dass sie so sichtlich eifersüchtig war.

»Ich habe sie gefragt, ob sie mich zurück will. Sie hat aber abgelehnt«, erzählte ich ihr und zuckte plump mit den Schultern. Ihre Augen weiteten sich geschockt. »Aber du bist auch eine ganz gute zweite Wahl.«

Als ich frech grinste, verstand sie, dass ich sie nur verarschte. Verärgert boxte sie mir gegen die Brust, musste dann aber auch schmunzeln. Lachend wirbelte ich sie auf den Rücken und lehnte mich über sie. Auf ihrem Gesicht lag derselbe genervte und süße Ausdruck, den sie bei unserer ersten Begegnung getragen hatte. Nur lag jetzt viel mehr Zuneigung, viel mehr Liebe darin.

»Arsch!«, grummelte sie. Ich antwortete ihr mit einem Kuss.

»Sie hat sich nur entschuldigt und angekündigt, dass sie abreist«, erzählte ich ihr schließlich die Wahrheit, woraufhin sie verwirrt den Kopf schief legte.

»Für was hat sie sich entschuldigt?«

»Für damals und dafür, dass sie sich jetzt plötzlich wieder an mich rangemacht hatte. Sie kommt wohl gerade ganz frisch aus einer schwierigen Beziehung und meinte, dass ihr dadurch klargeworden ist, was sie an mir verloren hat.«

Giulia runzelte die Stirn. »Und du wolltest sie nicht zurück?«

Ich musste lachen. »Wieso sollte ich das wollen?«

»Weil sie umwerfend ist.«

»Vielleicht ist sie das«, antwortete ich mit einem Schulterzucken. Giulia starrte mich verunsichert an. »Aber nicht für mich.«

Jetzt verschwand die Unsicherheit aus ihrem Blick und sie unterdrückte ein erfreutes Grinsen. Ihr Lächeln steckte an, weswegen ich ihres mit meinem vereinte und noch einmal ihre weichen Lippen spürte. Sanft ertasteten sie sich. So sanft, dass ich für einen Moment dachte, das alles sei nur ein Traum. Als ich mich allerdings wieder von ihren Lippen hob und ihr über die Wange fuhr, sah, wie verliebt sie mich anblickte, wusste ich, dass kein Traum schöner sein konnte als die Realität. Unsere Realität.

»*Giuliaa?*« Eine betrunkene Frauenstimme mischte sich unter die Musik der Band. Giulia rappelte sich auf und horchte hinaus. »*Giuliaaaaa, wo bissuu?*«

»Oje«, seufzte sie und vergrub schmunzelnd das Gesicht in den Händen. »Das ist Chris. Ich denke, ich sollte sie nach Hause bringen.«

Ich nickte und zog mir mein Hemd über, als auch Giulia sich wieder in ihr Kleid zwängte. Dann half ich ihr, den Reißverschluss zu schließen und hauchte ihr anschließend einen Kuss auf die Schulter. Ehe wir hinabliefen, drückte sie sich nochmal in meinen Arm.

»Am besten gehe ich nach dir runter«, überlegte ich. »Ich möchte nicht, dass mich irgendjemand sieht und ein großes Ding daraus macht, dass ich auf dem Sommerfest war.«

Giulia hob ihren Kopf und blickte unsicher zu mir hoch. »Wir sehen uns aber morgen, oder?«

Ich musste schmunzeln und kniff ihr in die Wange. »Ich bestehe darauf.«

Wir sahen uns am nächsten Morgen. Und am Morgen darauf und die ganzen Morgen danach. Die nächsten Wochen verbrachten wir jede freie Minute zusammen. Bevor ich in der Früh zur Arbeit fuhr, schaute ich bei ihr vorbei und holte mir genug Küsse ab, um die Stunden ohne zu überstehen. Nachmittags arbeiteten wir zusammen all die restlichen Erledigungen auf der Farm ab und zum ersten Mal seit langem machte mir die Arbeit dort wieder richtig Spaß. Wir waren ein perfekt eingespieltes Team. So gut, dass Harvey sich an manchen Nachmittagen sogar auf die Hollywoodschaukel fläzte und nichts mehr zu tun hatte. Nach der Arbeit nutzten wir die kühlen Abendstunden und gingen mit Jack spazieren, mit Bonnie schwimmen oder wälzten uns im Bett und erzählten uns Geschichten von vergessenen Träumen und lebhaften Erinnerungen.

»Wolltest du schon immer Polizist werden?«, fragte sie mich eines Abends, als sie mit zerzausten Haaren und einem meiner Shirts rittlings auf mir saß.

Es war Freitagabend und wir waren bei ihr im Cottage. Die goldene Abendsonne warf lange Schatten der Bäume durchs Fenster und verfing sich in ihren goldenen Strähnen. Fasziniert fuhr ich ihr durchs Haar.

»Nein«, antwortete ich. »Ich hatte eigentlich geplant, mit Sarah nach Nashville zu gehen, dort eine Ausbildung zum Pferdewirt zu machen. Nach dem Unfall fiel das aber dann ins Wasser und weil ich es nicht aushielt, Tag für Tag auf der Farm zu sein, habe ich den ersten Job genommen, den ich bekommen konnte. Die Polizei von Coker Creek brauchte Unterstützung und ich Ablenkung.«

Mitleidig presste sie die Lippen aufeinander. »Vielleicht kannst du die Ausbildung ja noch nachholen.«

»Ich weiß nicht«, antwortete ich nachdenklich und rümpfte die Nase. »Wie ist es bei dir? Wolltest du schon immer auf einer Farm arbeiten?«

Ein Schmunzeln tauchte in ihrem Gesicht auf, als ich geschickt das Thema meiner verloren gegangenen Pläne umging. Doch es verblasste so schnell, wie es gekommen war.

»Ich wollte Schriftstellerin werden«, erzählte sie andächtig. »Ich hatte sogar schon mit dem Studium begonnen, doch dann ...« Sie stockte, ehe sie weitersprach, und bei ihrem Blick wurde mir plötzlich ganz mulmig zumute. »Ich musste einfach vorher erstmal raus, diese Reise machen, um mich selbst zu finden.«

Ich nickte verständnisvoll. Auch wenn ich auf irgendeine Art und Weise spürte, dass dies nicht die ganze Wahrheit war.

»Weißt du«, fuhr sie dann mit einem zaghaften Lächeln fort. »Das hört sich jetzt vielleicht bescheuert an, aber ... ich habe jahrelang meiner Mutter geschrieben. Sie war mein Tagebuch.«

Angespannt musste ich schlucken. Giulias Notizbuch hatte ich ja vollkommen vergessen! Ich hätte es ihr längst zurückgeben müssen. Wie sollte ich ihr nun erklären, dass ich es *nur* gefunden hatte, wenn es nun schon seit mehr als einem Monat bei mir lag.

»Auf diese Art und Weise habe ich mich mit ihr unterhalten und so habe ich irgendwie meine Leidenschaft zum Schreiben entdeckt«, fuhr sie gedankenversunken fort, ehe ihr Lächeln verschwand und ihr Blick suchend aus dem Fenster eilte. »Bei meiner Wanderung habe ich es aber irgendwo verloren. Es ist seit meiner Ankunft weg ... Bestimmt liegt es noch irgendwo im Wald.«

Ich stockte verdutzt. Sie erinnerte sich wohl gar nicht daran, dass sie es an ihrem ersten Abend bei uns noch bei sich gehabt hatte. Unschlüssig zwang ich mich zu einem nichts ahnenden Lächeln. Vielleicht war ihr Unwissen ja ganz gut, vielleicht war es besser, wenn sie davon ausging, es am See verloren zu haben. Es fühlte sich zwar wirklich mies an, ihr die Wahrheit zu verschweigen, doch der Gedanke, es ihr zu erklären, ihr zu erzählen, dass ich in ihre Intimsphäre eingedrungen war, war schlimmer. Sie würde denken, ich hätte alle Seiten bereits durchgelesen und ihr Vertrauen missbraucht. Wie sollte ich ihr erklären, dass es mir per Zufall in die Hände gefallen ist, dass ich per Zufall die zwei Seiten gelesen hatte?

Es lag auf einmal einfach da und ich habe es erstmal bei mir behalten, nur für den Fall, dass du eine gefährliche Irre bist, die meiner Familie schadet.

Ja sicher, da konnte ich mir auch direkt die Kugel geben.

»Wenn du willst, können wir ja nochmal am See suchen gehen«, platzte es panisch aus mir heraus, weil ich nicht wusste, was ich sagen sollte.

Vielleicht konnte ich das Buch schon vorher irgendwo dort deponieren und es ihr auf diese Art und Weise zurückgeben.

Sie schüttelte den Kopf. »Das habe ich schon selbst. An dem Tag, als ich Harveys Wagen zur Werkstatt gebracht hatte, bin ich danach nochmal zum See gefahren. Ich habe alles abgesucht, es war nirgends zu finden.«

Meine Panik wuchs mit ihren Worten. Der Gedanke, dass ich ihr Vertrauen oder womöglich sie ganz verlieren könnte, wenn sie die Wahrheit erfuhr, machte mich verrückt.

»Dann besorge ich dir einfach ein neues«, schlug ich vor, woraufhin sie endlich wieder lächelte und mein schlechtes Gewissen ein Stück weit besänftigte.

»Das ist lieb von dir, aber wirklich nicht nötig«, sagte sie mit einem liebevollen Schmunzeln. »Außerdem ist es nicht dasselbe. In diesem Buch standen so viele Briefe an meine Mutter. Jetzt fühlt es sich irgendwie so an, als wäre sie mir nun ganz genommen worden.«

Traurig legte sich Giulia schließlich auf meine Brust und kuschelte sich an mich. Ich presste dabei schuldbewusst die Augen zusammen und drückte sie fest in meinen Arm, als könnte ich sie jeden Moment verlieren.

Und das würde ich, würde sie erfahren, dass ich ihr das letzte Stück ihrer Mutter genommen hatte.

24

Giulia

Es war perfekt.

Die nächsten Wochen mit Scott vergingen wie im Flug und ich konnte mir kaum mehr einen Tag ohne ihn vorstellen. Oder ohne Bonnie, Ruby, Harvey und die Farm. Auch Chris wurde zu einer engen Freundin, der ich alles anvertrauen konnte. Wir sahen uns mindestens zwei Mal die Woche, verbrachten Mittagspausen in der Stadt zusammen oder gingen spazieren.

So auch an jenem Freitagnachmittag. John hatte Scott wohl schon die ganze Woche in den Ohren gelegen, endlich mal mit ihm auszugehen, und dieser sich nach gemeinsamen Überlegen schließlich dafür entschieden. Weil ich mit den zwei Männern aber nicht alleine los wollte, hatte ich Chris gefragt, die sich begeistert anschließen wollte. John und Scott waren noch auf der Arbeit, als mich Chris, nachdem ich die Tiere gefüttert hatte, von der Arbeit abholte und wir uns bei ihr gemeinsam fertigmachten. Für mich war es das erste Mal, dass ich eine Bar besuchen würde, und auch wenn es keine große Sache war, war ich dennoch ziemlich aufgeregt. Chris nutzte diese Aufregung und machte sich an meinen Haaren und meinem Gesicht zu schaffen. Ich konnte mich nicht erinnern, wann ich zuletzt Mascara oder Lippenstift getragen hatte und eigentlich war Make-Up auch gar nicht wirklich mein Ding. Doch für diesen Abend weckte es Vorfreude in mir. Vorfreude auf Scotts Gesicht, das er machen würde, wenn er mich so schön zurechtgemacht sah. Chris hatte redlich Spaß daran, den Pinsel in meinem Gesicht zu schwingen, und auch für die Planung meines Outfits war sie gut vorbereitet. Gleich mehrere Kleider und Jumpsuits hatte sie für mich rausgelegt und nach längerem Probieren entschied ich mich schließlich für ein rotes schulterfreies Sommerkleid.

»Du brauchst wirklich dringend ein neues Handy«, knurrte Chris, als wir fertiggemacht in ihren Wagen stiegen und Johns Name auf ihrem Display auftauchte. »Dann müsste mir dieser Vollhonk nicht ständig schreiben und könnte sich für die Abendplanung an dich wenden.«

Ich lachte. »Warum schreibst du nicht mit Scott?«

»John meint, Scott hätte wohl kein Guthaben mehr. Ihr zwei Höhlenmenschen habt euch wirklich gesucht und gefunden.«

Schmunzelnd verdrehte ich die Augen und schnallte mich an. Mir war schon beim Sommerfest aufgefallen, dass Chris John nicht sonderlich gut ausstehen konnte. Die trockene Art, mit der sie sich aber immer wieder begegneten und sich gegenseitig fertigmachten, war für Außenstehende dennoch sehr amüsant.

»Was hast du eigentlich gegen John?«

Sie schnaufte. »Was kann man *nicht* gegen ihn haben? Er ist aufdringlich, arrogant und ein komplettes Arschloch.«

Ich überlegte. Gut, irgendwo hatte sie schon recht. Auch ich war mit seiner aufdringlichen Art immer noch nicht ganz warmgeworden, doch allmählich hatte ich gemerkt, dass er eigentlich ein ganz lieber Typ war, der angestrengt versuchte, sein gebrochenes Herz hinter dummen Sprüchen zu verstecken.

»Außerdem ist er der Ex meiner Cousine«, erzählte sie weiter, als wir den Waldweg verließen und auf die Landstraße in Richtung Highway bogen. »Michelle und er waren in der High School zusammen, doch er hat sie betrogen und seitdem ist er bei mir untendurch.«

Erschrocken studierte ich Chris' Profil. Sie biss sich angespannt auf die Lippe, schien John wohl wirklich richtig zu verachten. Ob der Betrug an ihrer Cousine wirklich der einzige Grund für ihren ausgeprägten Hass ihm gegenüber war?

»Du kannst wirklich froh sein, dass ich dich so mag«, schob sie mit einem Lacher hinterher und blickte in meine Richtung. »Eigentlich habe ich wenig Lust, einen Abend mit John und zwei Turteltäubchen zu verbringen. Aber ich lasse mir von keinem Typen den Spaß verderben, nicht mal von einem wie John Duster.«

Liebevoll verdrehte ich die Augen und kniff ihr in die Wange. »Welch eine Ehre!«

Die Bar in Knoxville trug den königlichen Namen *Kings Beer* und war gut besucht. Zu gut, wenn man mich gefragt hätte. Knoxville war zwar längst nicht so groß wie Chicago, trotzdem tummelte sich auch hier das große Leben und jagte mir schon bei einem Blick aus dem Wagen ziemliche Angst ein. Wir parkten auf einem großen Sammelparkplatz, auf dem John und Scott schon auf uns warteten. Ein großer Stein fiel mir vom Herzen, als ich sein Gesicht in der furchteinflößenden Menschenmenge wahrnahm und mich in seinen schützenden Arm flüchten konnte.

»Wow!«, staunte er, drückte mich von sich und betrachtete mein Outfit. »Du siehst toll aus!«

Meine Wangen fingen Feuer. Als Antwort drückte ich ihm einen Kuss auf die Lippen.

»Ja, wirklich hübsch!«, komplimentierte mich nun auch John, woraufhin ich ihm dankbar zunickte. Dann deutete er in Chris' Richtung.

»Du siehst auch gar nicht so scheiße aus.«

Chris verdrehte genervt die Augen. »Du schon.«

Scott und ich stießen gleichzeitig einen lauten Lacher aus. Bevor die Unterhaltung zwischen den beiden in eine Diskussion ausarten konnte, schnappten wir sie uns und drängten uns in Innere der Bar. Es dauerte eine Weile, bis wir an unserem Tisch angekommen waren. Immer wieder mussten wir uns zwischen betrunkenen oder tanzenden Gästen durchzwängen. Ich klammerte mich wie ein Affe an Scotts Arm und als wir uns endlich setzen konnten, drückten meine Lungen, als wäre ich einen Marathon gelaufen.

»Ist alles in Ordnung?« Scott lehnte sich auf seinem Stuhl an mein Ohr, als John und Chris gerade darüber diskutierten, welches Bier das beste war.

Ich schluckte meine Nervosität hinunter und lächelte ihm warm entgegen. »Ja, es geht schon. So viele Menschen auf einem Haufen bin ich einfach nicht gewohnt.«

Liebevoll nahm er meine Hand und hauchte mir einen Kuss auf die Stirn. »Ich auch nicht«, gab er schmunzelnd von sich und nickte zu John, um ihm die Schuld dafür zu geben, dass wir beide nun in dieser Bar hockten. »Aber wir können jederzeit gehen, okay?«

Als er meine Hand einmal drückte, nickte ich zuversichtlich. Zu wissen, dass er dasselbe fühlte und ich nicht alleine war, gab mir unglaublich viel Sicherheit.

Aber wir blieben. Um genau zu sein, blieben wir ganze drei Stunden, was für Scott und mich ein absoluter Rekord war. Zu Beginn schlürften wir ein paar Drinks am Tisch und unterhielten uns. Ja, sogar John und Chris schienen irgendwann ganz gut miteinander klarzukommen und ihre Auseinandersetzungen verwandelten sich in ein freches Necken. John erzählte witzige Storys aus der Schulzeit, diskutierte mit Chris und Scott, dass er und nicht ein bestimmter Peter Thompson der beste Footballspieler gewesen war. Ich hörte den dreien aufmerksam zu, versuchte mir vorzustellen, wie ausgelassen ihre Schulzeit wohl gewesen sein musste. Sie erzählten so ausführlich, dass ich beinahe das Gefühl bekam, selbst dabei gewesen zu sein, und irgendwie war es schön, Scott mal so fröhlich über seine Vergangenheit sprechen zu sehen. Ob ich das wohl auch irgendwann konnte? Über die wenigen schönen Momente meiner Vergangenheit zu sprechen, ohne von allem anderen überschattet zu werden?

Irgendwann zog Chris mich gegen meinen Willen auf die Tanzfläche. Konzentriert versuchte ich, nicht in Panik zu verfallen, als Scotts ermutigendes Gesicht hinter den vielen Menschen verschwand und ich umzingelt von schwitzenden Männern und laut singenden Frauen war. Chris bewegte sich so ausgelassen und elegant, dass es fast ansteckend war. Angespannt griff ich nach ihrer Hand und klammerte mich schützend daran fest, während ich versuchte, ihre Bewegungen nachzumachen. Einfach loszulassen, die Musik zu spüren. Und irgendwie ... funktionierte es. Es wunderte mich selbst, wie entspannt ich plötzlich die Augen schließen und alles um mich herum vergessen konnte. Da waren nur die Musik und ich – und Chris' Hand, nur zur Sicherheit. Ich ließ mich von den vibrierenden Bässen leiten, fühlte jede einzelne Note auf meiner Haut. Ein verstohlenes Lächeln zauberte sich auf meine Lippen. Es breitete sich aus, als ich realisierte, dass ich inmitten einer großen Menschenmenge stand, eine Freundin bei mir hatte und einen liebenden Freund besaß, der am Tisch auf mich wartete und mich auffing, sollte ich fallen. Ich war *normal*, ich war *heil*. Konnte lieben, berühren, lachen und Menschen an mich heranlassen. Ich besaß alles, was ich mir immer gewünscht hatte, und ich ließ nicht zu, dass es mir irgendwer nochmal nahm.

Da John schon ziemlich schnell eine junge Frau an der Bar kennenlernte, war Scott alleine, als ich zurück zum Tisch kam. Chris wollte sich noch eine Cola holen – schließlich musste sie noch fahren – und dann weiter tanzen. Vollkommen aus der Puste setzte ich mich auf Scotts Schoß und umarmte ihn innig, weil ich so glücklich war.

»Alles in Ordnung?«, fragte er, als ich mich löste und die Stirn auf seine legte.

»Ja, mehr als in Ordnung«, gab ich mit einem Grinsen von mir. »Ich bin so froh, dich zu haben.«

Einen Moment lang durchforstete er andächtig mein Gesicht, fuhr mit seinem Daumen dann über meine Wange und senkte seine Lippen auf meine. Wir tasteten uns in einen erst fragenden, dann gierigen Kuss. Scotts Hand krallte sich in meine Hüfte und meinen Oberschenkel, während ich meine Finger über seine muskulösen Schultern wandern ließ. Die Bässe der Musik ließen unsere Körper vibrieren und meine Lust auf ihn verstärkte sich, als er vorsichtig meine Unterlippe zwischen die Zähne zog und seufzend daran knabberte. Ich musste mich dazu zwingen, meine Lippen von seinen zu lösen. Schließlich war dies hier immer noch ein öffentlicher Ort und ich konnte mich zwar nun offiziell als Dancing Queen bezeichnen, doch um hier nun auch noch ausgiebig rumzumachen, fehlte mir zum einen sicherlich der Alkohol und zum anderen ganz eindeutig der Mut.

»Ich habe übrigens noch etwas für dich«, meinte Scott, erhob sich dann kurz mitsamt mir in seinen Armen und griff geschickt in seine Gesäßtasche. Zum Vorschein kam ein kleines Notizbuch.

»Du hast mir ein neues gekauft?«, fragte ich vollkommen gerührt und musste eine Freudenträne unterdrücken.

Er zog seinen rechten Mundwinkel empor und nickte. »Ja«, hauchte er so leise, dass ich es nur an seinen Lippen ablesen konnte. Irgendwie wirkte sein Lächeln seltsam traurig, seine Augen ungewohnt nachdenklich. Wahrscheinlich, weil ihn die Story über mein verloren gegangenes Tagebuch ebenso mitgenommen hatte wie mich. Wie aufmerksam er doch war.

Vollkommen überwältigt fiel ich ihm um den Hals und übersäte seine Wangen mit Küssen. Zwar wäre mir mein altes Tagebuch mit all den Briefen an meine Mum um Welten lieber gewesen, doch die Geste zählte und zeigte mir, dass Scott mich wirklich liebte.

»Weißt du, was ich mich immer gefragt habe?«, begann er, während ich in dem Buch blätterte und mir die mit liebevollen Zeichnungen geschmückten Seiten ansah. »Was hättest du über mich in das Buch geschrieben? Was hättest du deiner Mum über mich erzählt?«

Verwirrt hob ich den Kopf. Was meinte er mit *immer gefragt*? Er wusste doch erst seit gestern von dem Buch. Ich durchforstete unschlüssig seinen Blick, doch er war so rein, so liebevoll, dass alle Skepsis sofort wieder verflog. Sicherlich hatte er sich einfach nur versprochen und meinte mit *immer* die Zeit, seitdem er davon wusste.

»Tja, das wüsstest du wohl gerne«, antwortete ich mit

einem frechen Schmunzeln und zuckte dann mit den Schultern. »Vermutlich hätte ich aber geschrieben, wie unausstehlich du bist und dass du mich in den Wahnsinn treibst.«

Als Antwort vergrub Scott seine Finger in meiner Taille und kitzelte mich. Ich wand mich lachend auf seinem Schoß und flehte schreiend um Erbarmen, was in der lauten Musik zum Glück unterging. Schließlich hievte er mich von seinen Beinen und setzte mich auf meinen Stuhl, ehe er aufstand und zur Bar deutete.

»Ich hole mir noch ein Wasser. Willst du auch noch etwas?«

»Nein, danke«, antwortete ich und blickte ihm dann nach, als er in der Menschenmenge verschwand.

Ich nutzte den Moment und ließ den Blick durch den Raum schweifen. Viele der Gäste waren schon gehörig betrunken, taumelten durch die Gegend oder sangen laut und meistens auch schief die verschiedenen Songs mit. Ein Schmunzeln huschte über mein Gesicht, als ich eine Gruppe angetrunkener Frauen entdeckte, die sich liebevoll gegenseitig aufbauten und sich immer wieder klarmachten, was für besondere Menschen sie waren. Auch wenn ich Alkohol bis auf den Tod nicht ausstehen konnte und er mich an schreckliche Zeiten erinnerte, zeigte mir dieser Abend doch, dass er nicht jeden Menschen in absolute Monster verwandelte. Trotzdem war es, glaube ich, für mich besser, einen großen Bogen darum zu machen.

Ein großer Knall ertönte, als vor meinem Tisch ein junger Mann stolperte, sein Glas am Boden zu Bruch ging und er mit vollem Gewicht auf mich drauf fiel. Ich gab einen lauten Schrei von mir und versteifte mich panisch, als er sich langsam aufrappelte. *Ruhig bleiben,* rief ich mir ins Gedächtnis. *Er ist nur gestolpert, er möchte dir nichts tun.*

»Sorry«, nuschelte der Typ an meiner Schulter, als er sich langsam aufrappelte. »Das wolltisch nisch.«

»Ist schon okay«, gab ich zittrig von mir und versuchte ihn weg zu drücken.

Als er jedoch den Kopf von meiner Schulter hob und sein Gesicht nur Zentimeter von meinem entfernt war, war es alles andere als okay. Angewidert drehte ich den Kopf zur Seite und stemmte meine Arme mit voller Kraft gegen seinen Körper, während er mich mit betrunkenem Blick musterte.

»Mann, bisdu hübsch.« Mit der Alkoholfahne, die mich bei seinen lallenden Worten erreichte, setzte mein kompletter Verstand aus. Mit einem Mal war ich nicht mehr in dieser Bar in Knoxville sondern in meinem Zimmer in Chicago. Scotts Sicherheit existierte nicht, ich war alleine. Alleine mit *ihm.*

Laut kreischend zappelte ich unter seinem schweren Gewicht, versuchte irgendwie aus seinen Griffen zu entfliehen. Ich kniff die Augen zusammen, wie ich es immer tat. Doch es half nichts, meine Sinne spielten vollkommen verrückt. Jetzt war es so weit, gleich würde ich aus diesem wunderschönen Traum aufwachen und merken, dass Scott, die Collisters und diese Reise nie existiert hatten. Heiße Tränen rannen meine Wangen entlang, als sich das Gewicht endlich von mir löste, ich schmerzhaft zu Boden fiel und mich gegen eine Wand robbte.

»Hey, tumir leid.« Eine Hand streckte sich nach mir aus. *Seine* Hand. Panisch schlug ich sie von mir, schlug alles von mir, das mich berühren wollte. Es durfte nicht sein, es durfte nicht nochmal passieren.

»Giulia!« Woher kannte *er* diesen Namen? Woher wusste *er*, dass ich ihn geändert habe? »Giulia, ich bin es!«

»Lass mich in Ruhe!«, schrie ich aus vollster Seele und schlug um mich.

»Schau mich an!«, bat *er* mich. Doch ich wollte nicht, ich wollte sein Gesicht nicht sehen, wollte seinen Atem nicht riechen. »Ich bin es! Scott!«

Etwas veränderte sich in mir, als ich diesen Namen hörte. *Scott.*

»Nein, ich will nicht!«, wiederholte ich trotzdem immer und immer wieder, schüttelte panisch den Kopf und zuckte bei jeder Berührung weiter zurück.

Doch *er* ließ nicht locker, oder ... *Scott* ließ nicht locker. Zwei warme Hände schlangen sich um meine Wangen, gegen die ich mich zu wehren versuchte.

»Es ist alles gut«, sagte die Stimme, von der ich mir allmählich nicht mehr sicher war, wem sie gehörte. »Ich bin bei dir. Ich, Scott.«

Schon wieder dieser Name, schon wieder diese Wärme, die versuchte in mein kaltes Herz zu stürmen. Atemlos öffnete ich die Augen und entdeckte durch den Schleier meiner Tränen *sein* Gesicht. Doch es verblasste, je öfters ich blinzelte und aus dieser Schockstarre aufwachte. Scott. Sein Name war Scott. Scott liebte mich, Scott würde mir niemals etwas antun. Scott bedeutete Sicherheit.

»Scott«, kam es zittrig zwischen meinen Lippen hervor, woraufhin er mich erleichtert in seine Arme zog und ich einen lauten Schluchzer in sein Shirt drückte.

Ohne zu zögern, hob er mich schließlich in seinen Arm und setzte sich in Bewegung. Nur flüchtig bekam ich die vielen erschrockenen und verwirrten Blicke mit, die uns hinterherstarrten. Doch meine Wahrnehmung war getrübt, und so merkte ich auch kaum, wie Scott mich schließlich in seinem Wagen niederließ, eine warme Jacke um meinen Körper schlang und ich von dem melancholischen Wippen des fahrenden Autos in den Schlaf gewogen wurde.

Es war dunkel, als ich laut kreischend hochschreckte. Nur langsam klärte sich meine Sicht, nur langsam gewöhnten sich meine Augen an das schwache Licht des Mondes, das durch ein kleines Fenster an der oberen rechten Ecke des Raumes schien. Dann gesellte sich das Licht einer kleinen Glühbirne dazu und half dem Mond, meine Sinne zu beruhigen. Scott hatte sich aufgerappelt und seine Nachttischlampe angeknipst. Wir waren bei ihm.

Als ich das realisierte, vergrub ich keuchend das Gesicht zwischen den Fingern. Scotts warme Hand fuhr mir über den Rücken.

»Tut mir leid«, hauchte ich mit heiserer Stimme, als ich mich erinnerte, wie der letzte Abend geendet hatte. »Ich wollte euch den Abend nicht vermiesen.«

Scott schmunzelte ausatmend. »John und Chris haben sowieso nichts mitbekommen und mir kannst du einen Abend gar nicht vermiesen.«

Ich hob das Gesicht von meinen Händen und blickte ihn ausgelaugt an. Liebevoll strich er mir eine Träne von der Wange und drückte mir einen Kuss an die Schläfe. Dann wurde sein Blick plötzlich ganz ernst.

»Du hast mir einen ganz schönen Schrecken eingejagt«, meinte er und schluckte besorgt. »Was war denn los?«

Beschämt wandte ich den Blick ab und studierte meine zitternden Hände. Ich wusste, dass Scott die Wahrheit verdient hatte, ich wusste, dass es das Richtige war, es ihm zu erzählen, damit er meine angsteinflößenden

Schockstarren einfach besser verstand. Auch wenn es einfacher war, zu schweigen.

»Als ich neun war und meine Mum starb, kam ich in ein Heim«, begann ich. »Schon ein halbes Jahr später wollte mich ein Pärchen adoptieren, das selbst nie Kinder hatte bekommen können. Die Grays lebten in Chicago, waren wohlhabende Menschen und schienen mich wirklich zu lieben. Besonders Mr Gray überhäufte mich mit Geschenken, brachte mir immer etwas mit, wenn er von Geschäftsreisen kam, und ermöglichte mir die beste Schulbildung, die ich hatte bekommen können.« Ich schluckte, ehe ich weitersprach. Meine Stimme war belegt, die Lippen zittrig. Scott merkte meine Nervosität und griff nach meiner Hand.

»Ich merkte schnell, dass seine Liebe tiefer war, als sie es für ein Kind sein sollte. Zu Beginn dachte ich, seine ausgiebigen Gute-Nacht-Küsse und die vielen Geschenke waren in dieser Familie nunmal normal, doch spätestens, als er auf meine Bitte hin, er solle mich beim Gute-Nacht-Sagen nur umarmen, antwortete, ich wäre undankbar und solle mich nicht so anstellen, merkte ich, dass mit ihm etwas nicht stimmte. Und ich bekam Angst. Angst, dass er mir etwas tun könnte, wenn ich nochmal den Mund aufmache. Angst, dass er mich rausschmeißen könnte, obwohl mir der Gedanke, auf der Straße zu landen, ab einem bestimmten Zeitpunkt lieber war, als noch eine Nacht bei ihnen zu verbringen. Ich glaube, seine Frau hat von alldem nie etwas mitbekommen. Sie wusste nicht, was er mit mir anstellte, wenn er spät abends betrunken zu mir kam, das Licht löschte und sich an mir …«

Meine Stimme endete in einem Schluchzen, woraufhin Scott seine Arme um meinen Körper schlang und mich beruhigend hin und her wog.

»All die Jahre war es mir so schwergefallen, ihn zu

hassen, weil er zu jedem immer so höflich und liebevoll war und mir eingeredet hatte, dass er es nur gut meinte und er der Heilige war, dem ich dankbar sein sollte«, fuhr ich nach einer längeren Verschnaufpause fort. »Bevor ich volljährig war, hat er mich immer nur ... berührt. Doch in der Nacht meines 18. Geburtstags hat er dann ...«

Scott verhinderte, dass ich die Worte laut aussprach, und drückte mein Gesicht angespannt an seine Brust. Sein Griff an meinem Kopf war so fest, dass ich mir zu gut denken konnte, was in ihm vorging. Ich brauchte ihm nicht erklären, was Mortimer Gray mir angetan hatte, die Vorstellung reichte ihm.

»Ich habe es ausgehalten, weil ich die Hoffnung hatte, dass es endete, sobald ich zur Uni ging und ihn nicht mehr sehen musste. Doch schon das erste Jahr auf dem Campus habe ich gemerkt, wie sehr er mich wirklich zerstört hatte. Ich bekam Panikattacken in den Hörsälen, bekam kein Wort heraus, wenn jemand mit mir sprach, und jede Nacht war ein absoluter Höllentrip. Ich konnte mich kaum auf die Themen der Vorlesungen konzentrieren, weil ich mich zu sehr darauf konzentrierte, ruhig zu bleiben. Konnte keine Freundschaften schließen, weil ich den Menschen nicht vertraute und lieber alleine war. In der Hoffnung, dass es sich bessern würde, wenn ich ihn anzeigte und er seine gerechte Strafe bekommen würde, ging ich zur Polizei. Doch da fing das Chaos erst richtig an.«

Langsam löste ich mich aus seinen Armen und blickte ihn schmerzerfüllt an. Dann zuckte ich mit den Schultern.

»Natürlich waren die ersten Fragen, die man mir stellte: Hast du nein gesagt? Warum kommst du erst jetzt zur Polizei? Und es dauerte nicht lange, da wusste dann auch schon die ganze Uni von meiner Anzeige. Da ich keine Beweise hatte und die Grays angesehene und engagierte Bürger waren, wurde die Anzeige fallengelassen und von da an wurde ich zur aufmerksamkeitssuchenden Lügnerin des Campus. Als Mr Gray dann meinte, er wolle mich besuchen kommen und dieses *Missverständnis* aus der Welt schaffen, packte ich meine Sachen und haute ab, nahm den ersten Bus aus der Stadt raus und kam vorerst in einem heruntergekommenen Motel unter, um mich auf diese Reise vorzubereiten. Ich änderte meinen eigentlichen Namen, Sofia, in den meiner Mutter, Giulia. Seit sie starb, hatte ich mir insgeheim ihren Namen angeeignet, um sie bei mir zu behalten. Habe ihn überall niedergeschrieben und musste mich in Klausuren sogar manchmal daran erinnern, dass ich eigentlich Sofia hieß. Ich wusste, irgendwann, wenn ich ein neues Leben anfangen würde, wäre mein alter Name Geschichte. Weil ich nicht viel Geld hatte, verkaufte ich ein paar meiner teuren Designerklamotten, die ich von ihm geschenkt bekommen hatte, und kratzte alles zusammen. Ich sehnte mich so nach einem richtigen Zuhause, sehnte mich so nach der menschenleeren Natur, dass ich alles – sogar den Tod – in Kauf nahm, um diese Reise zu machen. Als dann dieser betrunkene Typ in der Bar auf mich gefallen ist und ich seine Alkoholfahne gerochen habe ... Ich weiß nicht, da haben mich meine Erinnerungen wieder eingeholt.«

Scott schüttelte fassungslos den Kopf und blickte mich mit Tränen in den Augen an. Seine Hände schlangen sich um meine Wangen, als er vorsichtige Küsse auf meiner Schläfe verteilte. Dann legte er seine Stirn auf meine.

»Wie hast du es geschafft, nach all der Zeit nicht die Hoffnung zu verlieren?«, fragte er und erinnerte mich an die Worte, die ich in jener Nacht, in der ich mich verirrt hatte, zu ihm gesagt hatte.

Ich schmunzelte traurig. »Keine Ahnung«, flüsterte ich. »Aber irgendwie habe ich gespürt, dass es da draußen einen Ort gibt, den ich mein Zuhause nennen kann. Ich wollte einfach daran glauben, dass es ihn gibt.«

»Und hast du diesen Ort gefunden?« Seine Mundwinkel zuckten, doch ich schüttelte nur den Kopf.

»Nein«, hauchte ich und fuhr ihm durchs goldbraune Haar. »Aber die Person.«

Scotts Blick verharrte reglos in meinen gläsernen Augen, drang in meine Iris ein. Ich tat es ihm gleich, vereinte meinen Blick mit dem seinen, der so intensiv, so heimatlich war. Nach wenigen Momenten schüttelte er lächelnd den Kopf, als hätte er so lange gebraucht, meine Worte endlich zu verinnerlichen, um zu verstehen, dass nur er allein mein Zuhause war. Vorsichtig lehnte er sich vor und hauchte mir einen Kuss auf die Lippen, hinterließ ein sehnsüchtiges Kribbeln darauf. Dann verharrte er mit seiner Stirn auf meiner und hielt lächelnd inne.

»Ich liebe dich, Giulia Moreno.«

Diese drei kleinen Worte reichten, um das Bitzeln in ein intensives Prickeln zu verwandeln. Als wären unsere Lippen magnetisch, schnellten meine zurück auf seine. Es gab niemanden, den ich mehr wollte, keinen Ort, an dem ich lieber gelandet wäre. Nur ihn, nur hier bei Scott.

Er lehnte sich zurück auf den Rücken, zog mich über sich und krallte sich an meinen Oberschenkeln fest. Jede seiner Berührungen löste ein vibrierendes Feuerwerk in meinem Inneren aus und ich wusste plötzlich nicht mehr, wie ich es all die Jahre ohne ihn ausgehalten hatte. Ohne seine Küsse, ohne seine Wärme. Ich vergrub meinen Mund an seinem Hals, tastete seufzend sein Schlüsselbein ab, woraufhin er ein tiefes Stöhnen von sich gab, das mir durch Knochen und Mark ging. Als ich meine Mitte fester gegen die seine drückte, spürte ich deutlich, wie erregt er bereits war, und schnappte seufzend nach Luft. Diesen Moment nutzte Scott, um mich zu packen und auf den Rücken zu drehen. Durch gierige Augen starrte er dunkel auf meine Lippen.

»Bist du sicher?«, flüsterte er, so, wie er es immer tat, wie er schon immer um meine Erlaubnis gefragt hatte. Und auch hier genügte nur ein Blick, nur ein sicheres Nicken, um sie ihm zu geben. Also verschmolzen wir wieder, brachten den Takt unserer Bewegungen in Einklang. Scott schob sich zwischen meine nackten Beine und befreite sich von seinem Shirt. In dem Moment schnellte ich sehnsüchtig hoch und ließ die Lippen über die Muskeln seines Oberkörpers fahren. Er war perfekt. So perfekt, als er auch mich von seinem Shirt, das er mir zum Schlafen gegeben hatte, befreite und meinen halbnackten Körper mit warmen Blicken liebkoste, die mir das Gefühl gaben, wunderschön zu sein. Doch er konnte sich nicht lange zurückhalten, konnte nicht lange seinen Mund von meinem Körper entfernt halten. So schnellte er an meinen Hals, an meine Schultern und mein Schlüsselbein, verteilte Küsse auf der dünnen Haut meiner Brüste. Ich wand mich unter ihm, genoss, wie jede seiner Berührung mein ganzes Inneres ausfüllte. Langsam fuhr er mit der Zunge über meinen Nippel, der sich ihm sofort entgegenstreckte. Ich gab sehnsüchtig ein lautes Stöhnen von mir. Ein solches Gefühl hatte ich noch nie spüren dürfen, ein solches Glück war mir all die Zeit verwehrt gewesen und ich hätte niemals gedacht, dass ich es jemals bekommen würde.

»Du bist so schön«, hauchte er gegen meine Brüste und krallte sich darin fest, während ich meine Finger in seinen Haaren vergrub und mich ihm entgegenstreckte.

Doch ich hielt es langsam nicht mehr aus, konnte nicht mehr abwarten. Gierig zog ich ihn wieder zu meinen Lippen und klammerte die Beine um seine Hüfte. Als ich seine Härte deutlich durch mein Höschen spüren konnte, schnappte ich hilfesuchend nach Luft und auch Scott gab ein leises Keuchen von sich. Ich zog an seiner Boxershorts und streifte sie ihm von den Beinen, und als er dann so über mir lehnte und ich seinen harten Körper in seiner vollen Pracht betrachten konnte, fragte ich mich, wie er je denken konnte, dass er nicht absolut perfekt war.

Nun machte auch er sich an meinem Höschen zu schaffen, befreite mich davon. Langsam tastete sich sein Finger zwischen meine Beine und gab mir eine kleine Kostprobe von dem, was mich jede Sekunde erwarten würde. Schon bei dieser einen Berührung verlor ich für einen Moment die vollkommene Kontrolle. Seufzend drückte ich mich zurück in die Kissen, während er mich dabei beobachtete. Sein Blick wärmte meine Haut wie wohltuende Sonnenstrahlen an einem kalten Wintertag. Er begehrte mich, liebte mich, und das sah man in jedem Winkel seiner Iris. Als er sich dann endlich ein Kondom überzog, sich zwischen meine Beine schob und langsam in mir versank, vergaß ich vollkommen zu atmen. Er sah mich dabei an, verschränkte seine Finger mit meinen, um mir immer wieder ins Gedächtnis zu rufen, dass ich in Sicherheit war, dass er alles dafür tun würde, um mich zu beschützen.

Er schien zu spüren, wie eng ich war, und zog sich wieder zurück, nur um im nächsten Moment seine volle Härte in mir zu versenken. Unser Stöhnen ging in einem leidenschaftlichen Kuss unter und unsere Bewegungen verflossen miteinander. Dichte Adern hoben sich auf seinen Unterarmen hervor und seine Schläfen zuckten angespannt, je öfter er in mich stieß. Er ließ mich kein einziges Mal aus den Augen, presste seine Stirn gegen meine und beobachtete keuchend meinen Blick, um sich sicher zu sein, dass ich mich wohlfühlte. In diesem Moment gab es nur uns. Der Raum um uns herum schwand, unsere Probleme, unsere Narben schwanden. All der Schmerz, der uns jahrelang heimgesucht hatte, verflüchtigten sich in unserem Kuss, in unseren Berührungen. Erst als er das Tempo verstärkte, schloss ich seufzend die Augen und nahm ihn mit meinen restlichen Sinnen wahr. Spürte seinen Atem auf meinen Wangen, hörte sein keuchendes Stöhnen und roch sein raues Aftershave, das er für den Abend aufgetragen hatte und das immer noch an seinem Hals haftete. Mein Körper zitterte unter ihm, als sich etwas Großes in mir anbahnte. Auch Scotts Körper wurde angespannter, härter. Gierig krallte er sich an meiner Brust fest, während er seine Zunge ein weiteres Mal über meinen Hals fahren ließ.

»Schau mich an«, bat er mich, als ich laut stöhnte und kurz davor war zu kommen.

Und ich kam seiner Bitte nach, öffnete die Augen und vereinte meinen Blick mit seinem. Je schneller er wurde, desto mehr wuchs das Feuer in mir. Er bemerkte die Veränderung in meinen Augen, als der Druck in meinem Inneren allmählich unaufhaltbar schien, und stieß noch ein paar Mal mit voller Kraft in mich. Unsere Glieder verkrampften, als wir gemeinsam explodierten und eng umschlungen in die Kissen fielen.

»Ich liebe dich auch, Scott Collister«, kam es in einem atemlosen Flüstern aus meinem Mund, ehe ich in einen tiefen Schlaf verfiel.

25

Scott

Es war ungewöhnlich ruhig, als ich am nächsten Tag aufwachte. Voller Vorfreude, Giulia zum Kuscheln nochmal in meinen Arm ziehen zu können, drehte ich mich zu ihr um, fand aber leider nur eine leere Matratze vor. Verwirrt warf ich einen Blick auf die Uhr auf meinem Handy. Wir hatten kurz vor acht, wahrscheinlich war sie schon im Stall am arbeiten. Ich wunderte mich selbst, wie spät es für meine Verhältnisse bereits war. Doch nach der letzten Nacht war es auch kein Wunder, dass ich wie ein Stein hatte schlafen können. Giulia war einfach unglaublich. So perfekt, so wunderschön und so stark, nach allem, was sie hatte durchmachen müssen.

Langsam rappelte ich mich auf und zog mich vor zur Bettkante. Nach so einer Nacht aufzuwachen, gab mir direkt viel mehr Motivation, mit der Arbeit zu beginnen. Hastig machte ich mich frisch, zog mir Shirt und Jeans über, weil ich es kaum aushalten konnte, Giulia endlich wieder in den Arm zu nehmen.

Als ich die Treppe hinauf nahm, fand ich zu meiner Verwunderung eine leere Küche vor. Zwar brutzelte der Speck noch in der Pfanne, doch Grandma war weit und breit nirgends zu sehen. Ein Morgen ohne Ruby, die aus der Küche eilte und mir einen Kuss auf die Schläfe drückte, war äußerst ungewöhnlich und mir wurde sofort mulmig zumute.

Ich lief in den Hof. Zu meiner Erleichterung kam Grandma gerade aus dem Pferdestall und ich lächelte ihr entgegen. Mein Lächeln verblasste allerdings, als ich bemerkte, wie ernst ihr Blick war. So enttäuscht, so traurig.

»Grandma?«, fragte ich mit unwohlem Gefühl, als sie vor mir stehenblieb, die Lippen aufeinanderpresste und das Gesicht verzerrte. Dann lief sie einfach wortlos zurück ins Haus.

Was zur Hölle ist hier los?

Ich blickte ihr nach. So lange, bis sie hinter der Tür verschwunden war, und selbst danach starrte ich noch weiter zur Veranda. Dann drehte ich mich zurück zum Stall. Was hatte Ruby im Stall gemacht? Sie hatte mit den Pferden doch gar nichts am Hut. Schnellen Schrittes eilte ich zum Tor, weil ich Angst bekam, dass irgendetwas mit den Pferden war. Als ich jedoch in die Stallgasse trat, fand ich nur Giulia vor. Sie lehnte mit dem Rücken zu mir an einem großen Strohballen und blickte starr aus dem Hinterausgang zur Koppel.

»Giulia?« War sie wieder in einer Schockstarre? Hatte sie eine Panikattacke erlitten? Langsam trat ich ein paar Schritte vor und stockte, als ich an ihren angewinkelten Füßen ein rotes Buch liegen sah. Ihr Tagebuch.

Ausgelaugt hob sie den Kopf. Ihre Augen waren blutunterlaufen, der Mund verzerrt. Ihr Blick traf mich mitten ins Herz, so enttäuscht, so tiefenverletzt war er. Sie sagte nichts, schaute mich einfach nur an und beobachtete meine Reaktion. Mein kompletter Magen krampfte sich zusammen, als ich realisierte, was ich angerichtet hatte.

»Ich habe es unter der Matratze gefunden, als ich heute Morgen meine Halskette gesucht habe«, erklärte sie zittrig und wandte den Blick ab. »Es war die ganze Zeit hier, bei dir.«

»Ich kann das erklären«, flehte ich panisch und trat einen Schritt näher, woraufhin sie aufsprang und mich mit einer schützenden Handbewegung zum Stehen brachte.

»Ich habe nur eine Frage«, kam es gebrochen aus ihrem Mund. Sie schluckte, versuchte, die Tränen aufzuhalten, ehe sie weitersprach. »Hast du darin gelesen?«

»Giulia ...«

»Beantworte mir die Frage!« Ihr Brüllen war so laut, so verletzt, dass sogar die Pferde zusammenzuckten.

Ich spürte, dass ich sie verlor. Mit jeder weiteren Sekunde, in der ich nichts sagte und sie meine Antwort in meinem Blick ablesen konnte, wuchs die Verzweiflung in mir. Ich hatte sie verletzt. Ich, derjenige, der sie nie hatte verletzen wollen. Und jetzt stand ich hier vor ihr und musste mitansehen, wie sie mir Stück für Stück entglitt.

Ihr Mund verzerrte sich elendig, als sich mehrere Tränen aus ihren Augen lösten. Sie schüttelte fassungslos den Kopf.

»Ich habe dir vertraut, Scott!«, weinte sie und taumelte zurück, als ich ihr näher kommen wollte. »Ich habe dir all die Dinge erzählt, die ich noch nie jemandem erzählt habe, und du tust die ganze Zeit so, als wüsstest du sie nicht schon längst?! Bist du deswegen mit mir zusammen? Aus Mitleid?«

»So war es nicht«, flehte ich. »Bitte, lass es mich erklären!«

»Und dann kaufst du mir auch noch ein neues, fragst mich, was ich über dich geschrieben hätte! Wolltest du mein altes Tagebuch einfach so behalten?! Es als Abendlektüre im Bett lesen und dich an meinem Leid erfreuen?!«

Sie schlug die Hände vor dem Mund zusammen und lief an mir vorbei in Richtung Ausgang.

»Bitte, Giulia! Gib mir eine Chance, es zu erklären!« Panisch griff ich nach ihrem Arm, was sie erschrak und dazu brachte, dass sie sich reflexartig losriss, das Gleichgewicht verlor und zu Boden fiel. Ich streckte entschuldigend meine Hand aus, doch sie robbte sich nur von mir fort, blickte mich an, als wäre ich ein absolutes Monster, und diesmal lag es nicht an einer ihrer Schockstarren.

»Lass mich bitte einfach in Ruhe!«, schluchzte sie, als sie aufstand und rückwärts den Stall verließ. Das Letzte, was ich von ihr sah, war der tiefenverletzte und verzerrte Schmerz, der in ihren Augen lag, und ich wusste, dass er mich von nun an heimsuchen würde.

Niedergeschlagen sank ich auf den kalten Boden und spürte heiße Tränen über meine Wangen fließen. All die Zeit mit ihr, das Vertrauen, die Verbundenheit und das Glück verflogen mit einem einzelnen Wimpernschlag und ich wusste, dass ich mir niemals verzeihen konnte, was ich ihr angetan hatte.

»Gib ihr etwas Zeit.«

Ruby stellte einen Teller warm duftender Pancakes neben mich auf die Bank, als ich am nächsten Abend immer noch sprachlos an der Koppel saß und in die Ferne starrte. Meinen Blick an den Punkt heftete, wo Giulia gestern erst verschwunden war. Ich fragte mich, ob es das letzte Mal gewesen war. Das letzte Mal, dass ich sie gesehen hatte. Seitdem war sie jedenfalls nicht mehr auf der Farm aufgetaucht, hatte ihre Arbeit zum Teil Jakub zum Teil mir überlassen. Ob sie plante, wieder abzureisen? Mich endgültig zu verlassen? Ich wusste es nicht und dieses Unwissen zerriss mich. Einerseits wollte ich ihr folgen, sie anflehen, mich anzuhören, und ihr erklären, wieso ich ihr Buch bei mir gehabt hatte. Andererseits wusste ich, dass dieses aufdringliche Verhalten momentan vollkommen fehl am Platz war und ich ihr Raum und Zeit geben musste, um etwas runterzukommen. Wenn sie bis dahin überhaupt noch hier war ...

»Danke, Grandma«, hauchte ich, als sie sich neben mich setzte. »Aber ich habe keinen Hunger.«

Sie ging nicht weiter darauf ein, was für sie ziemlich ungewöhnlich war. Normalerweise zeigte sie immer offen, wie traurig oder besorgt sie war, wenn wir einfach mal keinen Hunger hatten.

»Warum hattest du ihr Tagebuch bei dir?«

Ausgelaugt starrte ich weiter ins Leere. Das Gold der untergehenden Sonne wirkte an diesem Abend viel trister als sonst.

»Ich weiß es nicht. Ich ... habe es einfach gefunden und wollte es ihr eigentlich auch zurückgeben«, überlegte ich und fragte mich, wie die Zeit so schnell hatte vergehen können. Giulia war nun fast zwei Monate bei uns. »Irgendwie habe ich es dann vergessen und als es mir wieder eingefallen ist, hatte ich Angst, es ihr zu sagen.«

Ich richtete meinen Blick in ihre Augen. Erst jetzt merkte ich, wie müde und zerbrechlich sie aussah.

Sie schmunzelte traurig. »Weißt du, Scott, es ist immer besser, einen Fehler zuzugeben, als so zu tun, als hätte man gar keinen gemacht.«

»Hör auf deine Großmutter.« Harveys Stimme tauchte hinter uns auf. Als wir uns umdrehten, stand er kreidebleich am Stalltor gelehnt. Ich hatte ihn die letzten Tage gar nicht mehr zu Gesicht bekommen

»Harvey!« Ruby sprang überrascht auf. »Was machst du hier?«, fragte sie, als wäre es so ungewöhnlich, dass er im Pferdestall stand. Ich warf Ruby einen fragenden Blick zu, doch dann sprach Harvey weiter.

»Ich habe viel zu lange so getan, als hätte ich keine Fehler gemacht, und es vorgezogen, zu schweigen«, meinte er heiser und schmunzelte. »Mach nicht denselben Fehler wie ich, sprich deine Wahrheiten aus und zeige den Menschen, die dir wichtig sind, immer deine wahren Gefühle.«

Skeptisch runzelte ich die Stirn. So poetisch kannte ich Harvey gar nicht und sein leidender Blick machte mir etwas Angst. Wahrscheinlich hatte er Giulia ebenfalls liebgewonnen und wollte nicht, dass sie uns verließ.

Ich nickte, blickte dann zu Grandma. »Ich weiß nur nicht, ob es nicht vielleicht noch zu früh ist … Sie ist sicherlich noch ziemlich durchein-«

»Sie wird nicht weniger durcheinander sein, wenn du noch tagelang wartest«, raunte Harvey mir hastig entgegen und kam einen Schritt auf mich zu. »Geh schon! Du wirst es bereuen, wenn du es nicht tust!«

Mein Blick wechselte unsicher zwischen meinem Onkel und Grandma, die nur teilnahmslos am Rand stand und Harvey angespannt anstarrte. Wahrscheinlich war sie genauso überrascht von seinen Worten wie ich.

»Geh schon!«, wiederholte Harvey erneut und räusperte sich, als ich schließlich adrenalingeladen nickte und in den Hof rannte.

Er hatte recht. Ich musste es ihr sagen, ich musste es ihr erklären – und wenn ich sie dazu zwang, mir zuzuhören. Doch wenn sie fort wäre, würde ich mich mein Leben lang dafür bestrafen, geschwiegen zu haben, nur weil ich Angst hatte, sie zu verschrecken.

. . .

Als ich am Cottage ankam, blieb ich davor stehen und betrachtete es eine gefühlte Ewigkeit. Es brannte Licht, was mir verriet, dass Giulia da war. Dennoch war ich mir immer noch nicht sicher, ob ich wirklich klopfen sollte. Langsam trat ich an die Treppe und lauschte, ob drinnen etwas zu hören war, ehe ich vorsichtig einen Fuß auf die erste Stufe setzte. Es rumpelte im Inneren, als das Holz unter mir laut knarzte. Giulia hatte mich gehört – jetzt gab es kein Zurück mehr.

»Giulia?«, fragte ich und klopfte gegen die Tür. »Ich bin's, Scott!«

Stille. Im ganzen Cottage hörte man weder einen Schritt noch ein Knarzen.

»Können wir bitte reden?« Meine Stimme war flehend und erschöpft. Ich wollte sie nicht verschrecken, indem ich zu fordernd wirkte, also blieb ich vorsichtig. »Ich weiß, ich habe dich verletzt und das werde ich mir sicherlich nie wieder verzeihen«, begann ich dann nochmal und legte die Stirn gegen das harte Holz, stellte mir lächerlicherweise vor, dass auch sie an der Tür auf der anderen Seite lehnte und ich ihr somit nah war. »Aber lass es mich doch bitte erklären. Es ist ganz anders, als du denkst.«

Kopfschüttelnd presste ich die Augenlider zusammen, als ich spürte, dass sich eine Träne darin ansammelte. Ein letztes Mal klopfte ich, ein letztes Mal bat ich sie zu öffnen, doch sie rührte sich nicht. Enttäuscht taumelte ich von der Tür weg und realisierte, dass sie mich wirklich nicht mehr sehen wollte, dass sie wirklich kein Interesse daran hatte, dieses Missverständnis aus der Welt zu schaffen. Aus meiner Trauer wurde wie sonst auch immer Wut.

»Bin ich dir so egal?«, rief ich und breitete die Arme aus. »Ich meine, willst du nicht hören, was ich dir zu sagen habe? Willst du denn gar nicht mit mir reden und diese Sache klären? Ich an deiner Stelle würde wissen wollen, warum –«

In Sekundenschnelle wurde die Tür aufgeschlagen und Giulia kam mit verzerrtem Gesicht auf mich zu.

»*Du* bist aber nicht an meiner Stelle!«, brüllte sie und pikste mir in die Brust. Auch wenn es keine schöne Berührung war, löste sie direkt eine große Sehnsucht in mir aus. »*Du* hast keine Ahnung, wie ich mich fühle! Also hör auf, so zu tun, als wäre ich hier die, die alles kaputtgemacht hat.«

»Dann lass es mich doch wiedergutmachen! Lass es mich erklären!«

»Da gibt es nichts zu erklären!«

Aufgebracht trat ich einen Schritt auf sie zu. »Warum bist du so stur?!«

»Ich?! *Du* bist doch der Sture hier! *Du* kannst es doch nicht seinlassen!«

»Weil ich dich liebe, *verdammt*!« Das Echo meiner Stimme wurde vom Wald zurückgerufen, als die plötzliche Stille nach unserer lauten Auseinandersetzung einen großen Platz zwischen uns einnahm.

Erst jetzt merkte ich, wie nah wir uns wieder waren. Die Anspannung in unserem Blickkontakt verwandelte sich in ein prickelndes Verlangen und für einen Moment verloren wir beide den Faden, starrten auf unsere schwer atmenden Münder. Zu gerne hätte ich ihre Wut in einem Kuss erdrückt, sie einfach in meinen Arm gezogen und die Welt um uns herum ausgeschaltet. Doch so einfach war es nicht.

Sie verschränkte die Arme vor der Brust und trat einen Schritt zurück. Der Abstand, der nun wieder zwischen uns lag, ließ mich erschaudern.

»Du hast zwei Minuten«, gab sie mit belegter Stimme von sich und starrte mich erwartungsvoll an.

Etwas überfordert schluckte ich, weil ich kaum wusste, wie ich nun anfangen sollte. Es gab keinen ordentlichen Anfang, wenn man jemandem erklärte, dass man ein vollkommener Volltrottel war.

»Ich habe es an deinem ersten Abend bei uns auf der Veranda gefunden«, sagte ich. »Weil ich nicht wusste, wem es gehört, habe ich es geöffnet und eine Seite gelesen.«

Giulia wandte starr den Blick ab. Ihre Lippen waren gekräuselt und sie knabberte nervös an der Innenseite ihrer Wange. Das konnte man deutlich an dem Zucken ihres Kiefers erkennen. Als ich merkte, dass sich Tränen in ihren Augen angesammelt hatten, streckte ich vorsichtig die Hand aus, doch sie schreckte nur abweisend zurück.

»Und dann?«, fragte sie, ohne mich eines Blickes zu würdigen. »Warum hast du es mir nicht einfach zurückgegeben?«

»Ich weiß es nicht, ich …« Verwirrt stockte ich und fuhr mir über das Gesicht, weil ich einfach keine Antwort hatte. Weil ich nicht wusste, wie ich ihr sinnvoll erklären sollte, dass ich sie zu Beginn als eine Gefahr für meine Familie gehalten hatte. Wie dumm sich das nun anhörte …

»Du weißt es nicht?! Scott! Da stehen meine dunkelsten Gedanken drin, meine tiefsten Geheimnisse! Auf jeder einzelnen Seite! Du hättest schon bei einem einzigen Satz merken müssen, wie wichtig mir dieses Buch ist und wie wichtig es war, es geschlossen zu halten!«

»Das habe ich auch! Ich wollte es dir zurückgeben! Aber ich weiß nicht … Das klingt alles so bescheuert, ich habe dir einfach nicht über den Weg getraut, habe dich für eine gefährliche Landstreicherin gehalten und wollte es zur Sicherheit behalten, solange du bei uns bleibst. Wie hätte ich denn wissen können, dass deine Worte ...«

Ihr Blick wandelte sich von verletzt, über entsetzt in verwirrt, als ich stockte. »Dass meine Worte was ...?«

Ich schluckte. »Dass sie mir so nahegehen.«

Ihr wütendes Gesicht verzerrte sich schmerzerfüllt, ehe eine große Träne über ihre Wange rollte und sie fassungslos den Kopf schüttelte.

»Was denkst du, wie nah sie dann *mir* gehen«, hauchte sie kaum hörbar und trat zurück.

»Es tut mir leid, Giulia«, flüsterte ich entkräftet. »Ich wollte dich damit nie verletzen. Je wichtiger du mir wurdest, desto größer wurde die Angst, dich zu verlieren, wenn ich es dir zurückgebe und du erfährst, dass es die ganze Zeit bei mir war.«

»Stattdessen tust du einen auf aufmerksamen Freund, kaufst mir ein neues und bietest mir sogar an, es gemeinsam suchen zu gehen?! Das ist feige, Scott!«, krächzte sie ausgelaugt. »Wie soll ich dir jetzt vertrauen? Wie soll ich dir vertrauen, dass du nicht das ganze Buch gelesen hast? Und wie soll ich wissen, ob du nicht all die Infos, die da drinstehen, zu deinem Vorteil genutzt hast, um mich rumzubekommen. Ich meine ... Ich dachte, wir haben eine gewisse Verbindung ... Wie soll ich jetzt noch wissen, ob diese Verbindung echt war oder ob du dich mir einfach nur gefügt hast?«

Verzweifelt schüttelte ich den Kopf und starrte sie flehend an. »Ich –«

Ein leises Heulen ertönte in der Ferne und ich stockte. Auch Giulia nahm es war, als ich verwundert den Waldweg hinabblickte. Bei dem Geräusch wurde mir ganz mulmig zumute, denn das letzte Mal, als es so nah an unserem Heim gewesen war, war der Tag, an dem meine Eltern starben. Verwirrt trat ich die Treppen hinab, als ich realisierte, dass die Sirenen wirklich näherkamen, blickte dann panisch zu Giulia, die aber selbst ahnungslos zu sein schien.

»Was zur …«, hauchte ich, als sich schließlich auch ein blaues Flackern zu den letzten Lichtstrahlen des Tages mischte.

Mein Herz pochte mir bis zum Kopf, als ich realisierte, dass der Krankenwagen, der nun aus dem Waldweg auftauchte, zu uns wollte. Hastig blickte ich zur Farm, versuchte zu erkennen, was los war. Doch ich konnte beim besten Willen nichts erkennen.

Plötzlich ging alles so schnell. Der laute Krankenwagen raste an mir vorbei und hinterließ ein dumpfes Dröhnen in meinen Ohren. Je länger ich ihm hinterherstarrte, sah, wie er an den Koppeln entlangfuhr und die Pferde aufgewühlt über die Wiese liefen, desto schwindeliger wurde mir.

Der Notarzt fuhr zur Farm. Er fuhr zu meiner Familie.

Endlich reagierte ich, endlich setzte ich mich in Bewegung. Adrenalingeladen sprintete ich den Weg zum Haus hinab und fokussierte den Notarzt genau. Er hielt vor dem Haus, woraufhin drei Männer ausstiegen und in den Stall eilten.

In den Stall? Warum denn in den Stall? Ich verstand die Welt nicht mehr. Vor weniger als zwanzig Minuten hatte ich mich doch noch mit Ruby und Harvey im Stall unterhalten und jetzt war auf einmal der Notarzt hier?!

Allmählich kam ich dem Haus näher. Bonnie saß weinend auf den Treppen der Veranda und ich war unschlüssig, ob ich erst nach ihr oder den Sanitätern schauen sollte. Die Entscheidung wurde mir abgenommen, als ich atemlos im Hof ankam und freie Sicht auf die Stallgasse erlangte. Ich stoppte so hastig, als wäre ich gegen eine Scheibe gelaufen, blieb dann regungslos stehen und starrte in den Stall.

Blut. Da war überall Blut. Zittrig starrte ich auf die rote Flüssigkeit und traute mich plötzlich gar nicht mehr, näherzukommen. Hatte ich es eben noch so eilig gehabt, wusste ich nun nicht mehr, ob ich wissen wollte, was los war. Ob ich überhaupt wahrhaben wollte, was hier passierte.

Doch es passierte. Hier und Jetzt. Und daran konnte ich verdammt nochmal nichts ändern.

»Scott!« Rubys Stimme tauchte irgendwo hinter all den anderen lauten Tönen auf. Hinter dem Rauschen meines Blutes, meinem lauten Keuchen und dem Adrenalin, das durch meine Adern floss.

Doch ich nahm sie nicht wahr, starrte nur auf das Blut, das auf dem Boden lag, und kam Schritt für Schritt näher. Einer der Sanitäter trat zur Seite und verschaffte mir freie Sicht auf Harveys gekrümmten Körper. Er saß auf dem Boden, lehnte an einem Strohballen, die Beine zur Brust gezogen und den Kopf zur Seite gedreht.

Noch mehr Blut. Auf dem Boden. An seinen Händen. An seinem Mund.

Einer der Sanitäter drängte sich an mir vorbei, um eine Trage zu holen. Die anderen beiden, einer davon war wohl der Notarzt, verabreichten Harvey irgendein Mittel.

»Harvey?«, hauchte ich unbemerkt. Es war, als würde jemand anderes meinen Körper steuern.

In dem Moment hob mein Onkel seinen Blick und erkannte mich. Schmerz und Qual lagen darin, seine Haut war blass und die Augen blutunterlaufen.

»Scott ...« Harveys Stimme versagte urplötzlich, als er in einen starken Hustenanfall verfiel. Blut schoss aus seinem Hals und landete auf seinem Hemd.

Mein Atem wurde schwerer und schneller. Alles um mich herum klärte sich wieder. War meine Umgebung eben noch so dumpf, wurde sie jetzt plötzlich so laut. Zu laut. Unerträglich laut.

»Er hat zu viel Blut verloren«, hörte ich den Arzt sagen, als sie meinen Onkel auf die Trage hievten und mit ihm zum Wagen liefen.

Ich blieb stehen, starrte ihnen einfach hinterher, während mein Kopf versuchte, die Puzzle zusammenzusetzen. Doch es ging nicht, keines passte zusammen, mein Gehirn war vollkommen überfordert.

»Scott!« Wieder Rubys Stimme. Benommen sah ich sie an. »Bitte fahr mit Harvey ins Krankenhaus, er braucht dich. Ich bleibe bei Bonnie.«

Ich brauchte einen Moment, um sie zu verstehen. Um zu verstehen, dass ich mich gefälligst in Bewegung setzen sollte.

Natürlich, dachte ich.

»Natürlich.«

Endlich konnte ich mich wieder in Bewegung setzen, endlich reagierte mein Hirn angemessen. Die Sanitäter hatten Harvey bereits im Krankenwagen verfrachtet, als ich zu meinem Wagen stürmte und mit zittrigen Händen die Schlüssel hervorkramte. Die Sirene ertönte und klirrte in meinen Ohren. Ohne groß darüber nachzudenken, startete ich den Wagen und drückte das Gaspedal bis zum Anschlag durch.

Ich durfte sie nicht verlieren. Ich durfte Harvey nicht verlieren.

26

Harvey

Grelle Lichter erstreckten sich über mir. Ich konnte die Augen kaum offenhalten. Immer wieder blendete mich ein weiteres und brachte mich dazu, meine Lider zu schließen. Sie dann wieder zu öffnen, war Anstrengung pur.

Ich wusste genau, wo und warum ich hier war, und doch wirkte alles so surreal. Wie ein schlechter Traum, aus dem ich gleich aufwachen und realisieren würde, dass sich nichts verändert hatte: Scott hasste mich immer noch, Mum machte mir weiterhin ein schlechtes Gewissen und die Farm schlummerte nach wie vor voller Ruhe in ihrer eigenen Idylle.

Und doch, das Brennen in meinen Lungen war real. Die Atemnot war real. Der ekelhafte Geschmack von Eisen in meinem Mund war real. Diese Krankheit war real und das Schlimmste: Scotts unwissender und verwirrter Blick war auch real gewesen.

Ich hätte schon längst mit ihm darüber sprechen sollen. Nun war es zu spät. Endgültig.

Die Liege, auf die sie mich verfrachtet hatten, kam zum Stehen. Verschwommene Gestalten beugten sich über mich und sagten irgendetwas, das ich nicht verstand. Ich schaute sie an, schaute durch sie hindurch und konzentrierte mich auf meine Atmung. Versuchte, das Kratzen in meinem Hals zu ignorieren. Doch es war mir unmöglich. Das Blut in meiner Luftröhre schien sich mit jedem weiteren Atemzug zu vermehren und ließ mich daran ertrinken. Ich musste es loswerden, musste noch ein paarmal kräftig husten. Leider konnte ich mich in meinem schwachen Zustand kaum bewegen und es kostete mich alle Kraft, um schließlich den Kopf zur Seite zu drehen und die rote Flüssigkeit auf meiner Liege zu verteilen.

Für einen Moment wurde mir schwarz vor Augen. Ein tödliches Schwarz. Zum Glück erreichte mich nach wenigen Sekunden wieder grelles Licht.

Bleib wach, dachte ich mir. *Bleib hier*.

27

Scott

Orientierungslos ließ ich meinen Wagen einfach irgendwo stehen und rannte den Sanitätern hinterher. Doch eine Krankenschwester versperrte mir den Weg.

»Dies hier ist der Eingang der Notaufnahme, Sie können hier nicht durch«, ermahnte sie mich. Doch ich ignorierte sie, drängte mich ruppig an ihr vorbei und lief dabei einem kräftigeren Herren in weißem Kittel in die Arme. Mit voller Kraft hielt er mich an den Schultern fest.

»Junger Mann!«, schimpfte die Krankenschwester nun etwas bestimmter. »Bitte benutzen Sie den Haupteingang und lassen Sie uns hier unsere Arbeit erledigen.«

»Das ist mein Onkel!«, schrie ich so laut, dass sie zusammenzuckte. Als ich sah, dass die Sanitäter mit Harvey in einem Raum am Ende des Flurs verschwanden, wollte ich mich losreißen. Leider war der Arzthelfer stärker als ich.

»Lassen Sie mich los!«, brüllte ich vollkommen außer Kontrolle und stieß ihm in die Seite. »Von mir aus rufen Sie die Polizei, aber ich werde jetzt nach meinem Onkel sehen.«

Im Augenwinkel sah ich, dass eine weitere Krankenschwester nach dem Telefon griff und hektisch drei Ziffern wählte. Sollten sie doch die Polizei rufen, es würde sowieso nur John kommen. Ich hatte momentan keinen Kopf, mir über irgendwelche Konsequenzen Gedanken zu machen. Da war nur Harvey und die Angst um ihn.

Benommen taumelte ich den Flur entlang und rannte dabei mehrere Ärzte und Krankenschwestern über den Haufen. Als ich an dem Raum ankam, in dem Harvey lag, stellte ich zu meinem Entsetzen fest, dass er verschlossen war. Nur ein kleines Fenster in der Tür verriet mir, dass sie ihn in einen OP-Saal gebracht hatten. Wieso wurde er operiert? Warum sagte mir niemand, was hier los war?!

Hilflos hämmerte ich dagegen. »Harvey!«

Tränen schossen mir in die Augen. Ob es Tränen der Angst, der Panik oder der Wut waren, konnte ich nicht einordnen. Wahrscheinlich alle drei.

Mehrere Krankenschwestern und Arzthelfer verharrten im Flur und starrten mich entgeistert an. In dem Moment, in dem ich sie anbrüllen wollte, mir gefälligst zu sagen, was los ist, öffnete sich die OP-Tür und ein Arzt schlüpfte durch den Spalt. Als er mein panisches Gesicht sah, hob er erwartungsvoll die Brauen.

»Gehören Sie zu Mr Collister?«, fragte er und kritzelte dann irgendetwas auf das Blatt auf seinem Klemmbrett.

»Er ist mein Onkel.«

Der Arzt hob den Blich und musterte mich über den Rand seiner Brille hinweg. Dann nickte er nachdenklich. »Ich bin Dr Vice.«

»Bitte sagen Sie mir, was ihm fehlt. Warum hat er so viel Blut gespuckt?«

Er stockte bei meiner Frage und legte skeptisch den Kopf schief. »Sie meinten doch, Sie sind sein Neffe?«

»Ja.«

»Dann müssen Sie doch wissen –«

»Ich weiß rein gar nichts!«, brüllte ich und raufte mir die Haare. »Kann mich einfach mal jemand aufklären?!«

Anders als die vielen Krankenschwestern ignorierte Dr Vice meinen Wutausbruch und blieb ruhig. Dann blickte er erneut auf sein Klemmbrett und hob ein paar Zettel.

»Wir werden mit Ihrem Onkel nun eine Bronchoskopie machen, um die Ursache der Blutung festzustellen. Er hat viel Blut verloren und wir müssen die Atemwege freibekommen, sie sind verstopft und verklebt. Wir vermuten, dass erneut ein Blutgefäß im Tumor geplatzt ist, nur diesmal war die Blutung schlimmer. Hat Ihr Onkel in letzter Zeit viel gehustet?«

Mit diesem Satz setzte mein gesamtes Hörvermögen aus. Verwirrt taumelte ich zurück, starrte ihn fassungslos an. Seine Worte hallten in meinem Inneren wider und verdrängten all die anderen Töne in meiner Umgebung.

Tumor, erneut geplatzt. Tumor, erneut geplatzt.

»Tumor?«, kam es unkontrolliert aus meinem Mund.

Erneut blickte er verwirrt hinauf und runzelte seine Stirn, ehe er mir schließlich an die Schulter fasste und mich zu einer Bank zog, auf der wir uns niederließen.

»Sie wissen wirklich gar nichts davon?«

Vollkommen weggetreten starrte ich auf den Boden und schüttelte im Schneckentempo den Kopf. Plötzlich begann seit langem mal wieder meine Haut zu brennen. Ich spürte jede Narbe, jeder Funken Feuer auf meinem Körper, und wusste, dass kein Schmerzmittel der Welt dieses Leid beseitigen konnte.

Dr Vice seufzte. »Ihr Onkel leidet seit einem Jahr an Lungenkrebs. Der Tumor liegt in seinem linken Lungenflügel und wächst leider unkontrollierbar. Eine operationelle Entfernung kam von Anfang an nicht in Frage. Als wir den Krebs entdeckt hatten, war er schon sehr fortgeschritten. Es hatten sich bereits Metastasen in seiner Lunge und seinem Gehirn gebildet. Wir wollten Ihren Onkel hier bei uns behalten, doch er hat sich geweigert. Er wollte bei seiner Familie sein.«

Ein Schleier aus Tränen bildete sich vor meinen Augen. Angestrengt holte ich Luft, um etwas zu sagen, kam aber nicht dazu, weil mir der Atem stockte. Allmählich hatte ich keine Kraft mehr.

28

Harvey

Mein Mund war taub, mein Hals rau und der Kopf dröhnte, als ich langsam wieder zu mir kam. Gedankenversunken lehnte Scott an der Fensterbank von meinem Zimmer und starrte auf den Boden. Die Arme um den Körper geschlungen und der Atem regelmäßig und ruhig.

Scott wusste nun Bescheid. Er musste es von irgendeinem Arzt erfahren haben und ich konnte mir bis aufs kleinste Detail ausmalen, wie er reagiert haben musste.

Ich beobachtete ihn. Scott hatte noch nicht bemerkt, dass ich wach war, und schüttelte immer wieder fassungslos den Kopf. Obwohl meine Wahrnehmung verschwommen war, erkannte ich deutlich die Enttäuschung in seinem Gesicht.

Da war es wieder, das Kratzen im Hals. Ich musste mich räuspern, was Scott aus seinen Gedanken hervorholte. Zu Beginn dachte ich, er würde zu mir ans Bett eilen, doch er starrte mich nur mit leerem Blick an. Kein einziges Blinzeln, keine einzige Emotion. Nur dieses kalte Starren.

»Hallo Scott«, hauchte ich mit heiserer Stimme und

verzog qualvoll das Gesicht. Mein Hals schmerzte bei jedem Atemzug und bei jedem Ton, den ich von mir gab.

Scott antwortete nicht, zuckte nicht und er verzog auch keine Miene. Das Einzige, was sich in seinem Gesicht änderte, waren seine Augen. Ich konnte genau erkennen, dass sich Tränen in seinen Augenwinkel bildeten.

»Krebs?«, fragte er fassungslos und wendete den Blick ab.

Weil ich nicht wusste, was ich sagen sollte, nickte ich nur.

»Harvey, du hast seit über einem Jahr Krebs und mir nichts gesagt?«

»Ich wollte es dir sagen –«

»Du wolltest?« Scotts Stimme überschlug sich. Aufgebracht wandte er mir den Rücken zu und stützte sich auf der Fensterbank ab.

»Giulia hatte recht: Das war schon immer unser größtes Problem«, flüsterte er nach einem tiefen Atemzug. »Wir reden nicht miteinander. Wir malen uns nur aus, was der andere zu sagen hat.«

Stille. Weil mir immer noch die Worte fehlten, nickte ich nur.

»Wieso bist du nicht im Krankenhaus geblieben?!«, brüllte er nun und drehte sich wieder um. »Sie hätten dir helfen können! Wieso tust du uns das an?!«

»Ich habe das für euch getan! Für die Farm und für Ruby!«

»Für uns?! Was bringt es uns nun, dass du im Sterben liegst?!«

»Du hast dich nie groß für die Farm interessiert, hattest andere Dinge vor, was ich auch verstehe. Aber wenn ich im Krankenhaus gewesen wäre, wer hätte sich dann um die Farm gekümmert? Ich hätte dir das nicht antun können.«

Wutentbrannt kam er auf mich zu. Für einen Moment dachte ich, er würde mir nun eine verpassen. Ich hätte es ihm nicht verübelt.

»Mir nicht antun können?!«, brüllte er. »Stattdessen verheimlichst du mir, dass du im Sterben liegst?! Denkst du echt, ich hätte nicht sofort meinen Job an den Nagel gehängt und mich um die Farm, um Ruby und Bonnie gekümmert? Die Familie ist wichtiger als irgendein dummer Job, als irgendwelche Pläne und Träume, die ich habe!«

»Ich weiß nicht ...«, hauchte ich. »Ich wusste, dass die Farm dir nicht so viel bedeutet und du nach dem Abschluss andere Pläne hattest, als bei uns zu bleiben.«

»Du kapierst echt gar nichts, oder?«, fragte Scott und raufte sich die Haare. »Die Farm und die Familie bedeutet mir alles. Du hast mir das Leben und die Arbeit dort nur echt nicht leicht gemacht. Andauernd war meine Arbeit nicht gut genug, du warst immer schlecht drauf, niemals kam ein Danke. Du hast mir das Gefühl gegeben, ich wäre dir egal! Ich konnte die Farm nicht mehr sehen, ich habe mich nicht mehr wie zu Hause gefühlt, weil es gleichzeitig der schrecklichste Ort für mich war, den es gibt. Dort habe ich Mum und Dad verloren, dort habe ich meinen Lebenswillen verloren und du hast keinen Tag genutzt, um mir diesen wiederzugeben.«

Hastig blinzelte ich eine Träne fort. »Ich weiß, du hast ja recht.«

Scott schüttelte den Kopf. »Das ist alles, was du dazu sagen kannst?«

»Ich war nie der große Gefühlsmensch. Ich komme eben direkt nach meinem Vater, den ich genauso sehr verachtet habe, wie du mich nun verachtest, und ich hasse mich dafür, dass ich so geworden bin wie er«, erklärte ich und schluckte. Schluckte meinen Stolz, meinen Kummer und meinen Schmerz hinunter. »Es tut mir leid, Scott.«

Skeptisch hob er den Blick, schüttelte dann nur den Kopf. »Das hat jetzt sowieso alles keine Bedeutung mehr.«

»Für mich schon!« Mühevoll rappelte ich mich auf. »Die letzten Monate ging es mir besser. Ich wollte keinen großen Wind um die Sache machen, weil ich gehofft habe, dass der Tumor sich vielleicht wie durch ein Wunder von selbst auflöst. Natürlich tat er das nicht, und als die Beschwerden dann wieder schlimmer waren, habe ich ständig nach dem passenden Zeitpunkt gesucht, es dir zu sagen. Doch dann kam Giulia und du warst so … glücklich. Ich wollte dir das nicht kaputtmachen.«

Scotts gläserne Augen huschten durch den Raum und endeten schließlich nachdenklich am Fenster. Erschöpft lehnte er sich an die Fensterbank und ließ den Kopf hängen.

»Du musst dich jetzt ausruhen«, antwortete er nur, nahm sich einen Stuhl und schob ihn ans Bett. Dann setzte er sich zu mir. »Ich bleibe die Nacht hier. Ist mir egal, was die Ärzte sagen.«

Ich musste schmunzeln. »Diesen Sturkopf hast du von mir.«

29

Scott

Es war bereits kurz nach elf, als ich von einem leisen Klopfen an der Tür geweckt wurde. Mein Nacken schmerzte und die Beine waren taub vom vielen Sitzen. Ich warf einen kurzen Blick zu Harvey, der tief und fest schlief. Dabei sah er so friedlich aus, als würde der Krebs gar nicht existieren. Als ich jedoch genauer hinhörte, konnte ich in seinem unregelmäßigen Atem ein schreckliches Rascheln hören.

Erneut klopfte es. Ich eilte zur Tür und öffnete sie einen Spalt. Als ich John in seiner Uniform erkannte, wusste ich, was los war. Die Krankenschwester hatte tatsächlich die Polizei gerufen.

Kurzerhand schlüpfte ich durch den Türspalt und schloss die Tür hinter mir. John schenkte mir ein bemitleidenswertes Lächeln und zog mich dann in eine brüderliche Umarmung.

»Wir haben eine Meldung wegen Körperverletzung und Hausfriedensbruch bekommen.«

Ich musste gehässig auflachen und ließ mich auf einem Stuhl nieder. *Was verstehen die denn unter Körperverletzung und Hausfriedensbruch?* »Und da tauchst du erst jetzt auf?«

Ein trauriges Schmunzeln bildete sich auf seinen Lippen, als er sich breitbeinig vor mich stellte.

»Ein gewisser Dr. Vice hat nur etwas später zurückgerufen und die Anzeige zurückgezogen«, erklärte er und musterte mich mitleidig. »Ich bin nicht dienstlich hier.«

Ich verstand und nickte. John hielt einen Moment inne, ehe er schließlich seinen Stand lockerte.

»Hör zu«, begann er dann nochmal. »Nimm dir ruhig so lange frei, wie du brauchst. Ich halte die Stellung im Revier.«

Prüfend hob ich den Blick. In all den Jahren bei der Polizei hatte ich mir bisher noch nie frei genommen oder mich krankgemeldet. Zum ersten Mal zog ich es wirklich in Betracht. Ich konnte Harvey schließlich nicht alleine lassen.

»Wie geht es dir?« Mit einem leisen Seufzen ließ John sich neben mir nieder.

Ich zuckte mit den Schultern. »Ich weiß nicht, was ich von der ganzen Sache halten soll. Harvey war immer so ein Arschloch zu mir und ich weiß nicht, ob ich ihm trotz seiner Krankheit jemals verzeihen kann.«

»Er ist trotzdem dein Onkel.«

»Aber er hat sich nie verhalten wie ein Onkel.«

John schwieg. Er wusste genauso gut wie ich, dass dies kein guter Zeitpunkt war, eine Diskussion zu beginnen. Außerdem würde er mich sowieso niemals dazu bringen, meine Meinung zu ändern. Auch das wusste er.

»Ich weiß nicht«, hauchte ich schließlich und rappelte mich auf. »Ich brauche, denke ich, einfach etwas Zeit.«

Um John zu signalisieren, dass ich nun wieder alleine sein wollte, stand ich auf und lehnte mich an die Tür, als er sich auf seine Knien stützte.

»Ja, nur weißt du nicht, ob Harvey so viel Zeit bleibt.«

Ich wandte den Blick zu Boden und spürte, wie sich erneut ein dicker Kloß in meinem Hals bildete.

»Kannst du bitte Ruby Bescheid geben, dass ich heute Nacht bei Harvey bleibe?«, fragte ich, um das Thema endgültig abzuhaken.

John nickte, ehe ich wieder hinter der Tür verschwand. Hastig schloss ich sie hinter mir und lehnte mich dann von innen dagegen. Der grelle Mond war das einzige Licht, das mir in diesem dunklen Zimmer verriet, dass Harvey immer noch schlief. Silbrig schien es durchs Fenster, verhöhnte mich, wie der Mond es schon in der Nacht getan hatte, als meine Eltern gestorben waren. Langsam rutschte ich an der Tür hinunter und ließ mich auf den Boden fallen. Mit einem Mal spürte ich deutlich, wie alle Kraft aus meinen Beinen wich, mein Kopf schwer wie Blei wurde und ich nicht mal mehr die Energie dazu hatte, mir die Tränen aus dem Gesicht zu wischen. So saß ich da, starrte in die körnige Dunkelheit und ließ leere Gedanken meinen Kopf passieren.

Die verschiedensten Momente drängten sich vor mein inneres Auge: Mum, wie sie mich zum ersten Mal auf Jack gehievt, Stunden bei Arrow an der Box verbracht oder auf einem Heuballen gedöst hatte. Dad, wie er mich als kleinen Jungen immer auf dem Traktor mitgenommen hatte oder Peggy, der Hofsau, geholfen hatte, als sie ihre Babys bekam.

Nun traten mir Momente mit Harvey vor Augen. Größtenteils negative Momente. Seine schmerzhaften Vorwürfe, seine abfälligen Blicke. Die Worte, die er nie ausgesprochen hatte und jene, die er nicht hätte aussprechen dürfen. Wie konnte ich ihm nach all der Zeit wieder vertrauen? Wie konnte ich ihm glauben, dass es ihm wirklich leidtat? Von einem auf den anderen Tag war er plötzlich todkrank, lag im Sterben. Ich wollte seine Entschuldigung annehmen, wollte die letzten Momente mit ihm im Guten verbringen. Nur überforderte es mich, wie schnell momentan alles passierte. Für eine solche Versöhnung brauchte es mehr Zeit, als uns sicherlich blieb.

Ich überlegte weiter, blätterte zwischen den vielen Momenten, in denen mein Onkel herzlos mit mir umgegangen war. Und ich stockte, als ich zwischen all den vielen schwarzen Seiten plötzlich ein paar wenige weiße entdeckte. Positive Momente, in denen er mich überrascht und mir gezeigt hatte, dass er mich vielleicht wirklich liebte.

Der Abend, an dem er mir klar machen wollte, dass der Tod meiner Eltern nicht meine Schuld gewesen war. Der ungewöhnliche Moment, als er mir von Maria und seinem verhassten Vater erzählt hatte. Oder die vielen Tage in meiner Kindheit, an denen er mit mir am Traktor geschraubt und mir geduldig alle Einzelteile erklärt hatte.

Ich dachte an meinen Großvater, Harveys und Dads Vater. Zwar hatte ich ihn nie kennenlernen dürfen, doch ich wusste von Erzählungen, dass er ein sehr kalter und direkter Mensch gewesen war. Dies erklärte Harveys Verhalten zwar, rechtfertigte es aber nicht. Genauso, wie es mein Verhalten, das ich mir von meinem Onkel abgeschaut hatte, nicht rechtfertigte.

Ich konnte jede Seite verstehen, konnte mich in alle Parteien hineinversetzen und die Situation sachlich betrachten. Und doch fühlte mein Herz etwas ganz anderes. Es fühlte nur den Schmerz, den Harvey mir jahrelang zugefügt, und den Hass, den ich daraufhin aufgebaut hatte. Harvey war die letzten Jahre kein wirklicher Onkel für mich gewesen. Er entzweite die Familie, sorgte für Spannungen und Streit und schaffte es, dass ich mein Heim kaum mehr als Zuhause betrachten konnte. Er rauchte, obwohl er todkrank war. Arbeitete, obwohl er eigentlich im Krankenhaus liegen sollte. Log, obwohl nur ein einziger Satz ihn wohlmöglich gerettet hätte. *Uns beide* gerettet hätte.

Nun war es zu spät. Zu spät für Rettungsaktionen, zu spät für Entschuldigungen und Erklärungen und zu spät, um mit dem Rauchen aufzuhören.

Ich trauerte um all die schönen Momente, die ich nie mit ihm hatte erleben dürfen, die Harvey mir nie ermöglicht hatte. Und mir wurde ein für alle Mal klar, dass ich sie auch in Zukunft nicht erleben würde. Die Zeit war einfach abgelaufen.

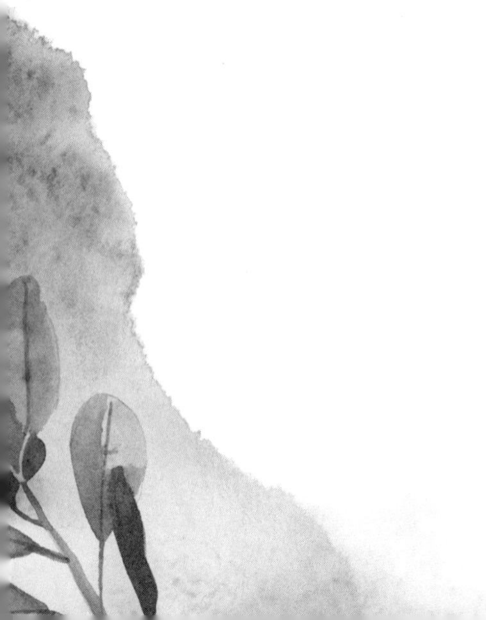

30

Harvey

Ich wurde von einer wohltuenden Wärme an meiner Hand geweckt. Nur schwer konnte ich die Augen öffnen und den Kopf zur Seite drehen. Meine Glieder waren taub wie immer, nur diesmal fühlte es sich an, als hätte ich tagelang geschlafen und wüsste nicht mehr, wie man sich bewegt. Ich spürte zwei kleine zarte Hände, die meinen Zeige- und Ringfinger umschlangen. Vorsichtig wandte ich den Blick zu meinem Arm. Bonnie saß auf einem Stuhl am Bettrand und vergrub ihr Gesicht im Ellenbogen. Sie streichelte meinen Arm und schluchzte dabei leise in ihre Armbeuge.

Mit ganzer Kraft hob ich meinen anderen Arm und strich ihr über das zerzauste Haar. Traurig blickte sie zu schließlich hoch.

»Hallo mein Schatz«, hauchte ich und zwang mich zu einem Lächeln.

»Hallo Onkel Harvey«, antwortete sie, während sie mit dem Zipfel meiner Decke spielte.

Ruby stand am Fenster und weinte. Ihre Augen waren blutrot, die Lider dick angeschwollen und der Mund zitterte.

»Wie geht es dir?«, fragte ich Bonnie, die im Anschluss nur mit den Schultern zuckte.

»Wirst du wieder gesund, Onkel Harvey?«

Für eine Sekunde blieb mir der Atem im Hals stecken. Hilfesuchend blickte ich zu meiner Mutter, doch Ruby sah mich nur kopfschüttelnd an und drehte sich dann zum Fenster.

Da musste ich jetzt alleine durch.

»Ich gebe mein Bestes und werde nicht aufhören zu kämpfen, okay?«

Bonnie nickte traurig.

»Du musst immer daran denken: Egal wie hoffnungslos es scheint, gib niemals auf, kämpfe bis zum Schluss! Versprichst du mir das?«

»Ich verspreche es.« Nasse Tränen sammelten sich in ihren Augen, als ich sie in den Arm nahm. Schluchzend drückte sie ihr Gesicht in meine Decke und krallte sich an meinen Armen fest.

»Wo ist Scott?«, fragte ich an meine Mutter gewandt, als Bonnie sich neben mich aufs Bett legte.

»Er ist vor ein paar Stunden gegangen, er kommt bald wieder. Aber er meinte, er müsse mal raus.« Mum hielt kurz inne, ging ein paar Schritte auf mich zu und blickte dann traurig zu Boden.

»Harvey, ich habe mich gestern etwas umgehört und werde demnächst Jakubs Arbeitszeit erhöhen und zusätzlich seinen Bruder einstellen. Er kann reiten.«

»Was? Wieso denn das?« Voller Entsetzen überschlug sich meine Stimme und brachte mich in ein schmerzvolles Keuchen. Als sich der Husten beruhigte, setzte Ruby sich zu mir ans Bett.

»Scott schafft das nicht alleine auf der Farm. Du weißt selbst, wie viel Arbeit das ist.«

»Aber er hat doch Giulia. Die beiden machen das doch so wundervoll.«

Ruby schluckte und ich ahnte Schlimmes. »Du weißt, dass Giulia und Scott sich getrennt hab-«

»Das legt sich sicher bald wieder«, schnitt ich ihr panisch das Wort ab, weil ich nicht wahrhaben wollte, dass Giulia uns womöglich verlassen könnte.

»Dafür ist es aber zu spät.«

»Was meinst du mit zu spät?« Gequält verzog ich das Gesicht, als Mum den Blick zu Boden wandte. Ich ahnte, was nun kommen würde.

»Giulia hat gekündigt.«

31

Giulia

Ich hatte die Farm noch nie so leer erlebt wie in der Woche nach Harveys Krankenhauseinweisung. Außer dem Regen, der laut auf das Blechdach des Pferdestalls prasselte, konnte man an diesem Sonntagnachmittag nichts hören. In meinem Kopf herrschte Stille. Laute Stille.

Seit dem Tag, als der Notarzt plötzlich auf der Farm aufgetaucht war, geisterte mir Scotts Blick im Kopf herum. So verwirrt, so aufgelöst. Ich hatte das Ausmaß mitbekommen, war Scott gefolgt, weil auch ich mich gesorgt hatte. Den Schmerz, der mich heimgesucht hatte, als ich mitansehen musste, wie Scott beim Anblick seines todkranken Onkels förmlich zerbrach, traf mich härter als all jenes Leid, das ich bisher gekannt hatte. Von diesem Tag an vermisste ich ihn mehr als je zuvor. Er war seitdem nicht mehr auf der Farm aufgetaucht, verbrachte die Tage und Nächte im Krankenhaus. Obwohl ich bei Ruby schon am Morgen nach Scotts und meiner gemeinsamen Nacht panisch angedeutet hatte, dass ich wegen Scotts Vertrauensbruch zu kündigen gedachte, war ich immer noch hier. Streng gesehen wollte ich nämlich gar nicht fort. Die Zeit bei den Collisters hatte mir deutlich gemacht, wie ein Zuhause aussehen sollte, und dass sich nun, wo sie in dieser schrecklichen Familiensituation waren, alles in mir dagegen sträubte, sie alleine zu lassen, zeigte mir, wie wichtig sie mir doch waren.

Trotzdem war da immer noch diese Angst, dass die Gefühle zwischen Scott und mir nicht echt gewesen waren. Dass er von meinen Worten – wenn er log und sie vielleicht doch alle gelesen hatte – voreingenommen und Mitleid mit im Spiel gewesen war und er nur deshalb sein ruppiges Verhalten mir gegenüber geändert hatte. Ich wollte kein Mitleid, ich wollte nicht, dass meine Vergangenheit mein wahres Ich überschattete. Er hatte mich so kennenlernen sollen, wie ich wirklich war, und nicht wie gefühlt halb Chicago mich sah: als eine bemitleidenswerte, aufmerksamkeitsgierige Lügnerin.

Auch wenn ich wusste, dass Scott mich sicherlich nicht mit denselben Augen betrachtete, lagen mir die bösen Kommentare meiner Kommilitonen und Mitmenschen immer noch unverdaut im Magen. Es fiel mir schwer, in Betracht zu ziehen, dass mir jemand glauben und mich dazu noch lieben konnte. Ich fürchtete mich davor, ihm nicht mehr vertrauen zu können. Davor, von ihm irgendwann ebenso abgewiesen zu werden, wie es alle anderen in meinem Leben getan hatten. Vielleicht war es wirklich besser, wenn ich mein Leben alleine fortführte und wieder aufbrach, sobald Ruby Ersatz gefunden hatte. Ich wollte den Collisters in dieser Ausnahmesituation wirklich nicht auch noch die Arbeit auf der Farm überlassen.

»Tschüss«, grummelte Jakub mit polnischem Akzent und verließ dann den Stall. Eigentlich hatte er durch mich als zusätzliche Arbeitskraft nur noch ein paar Mal die Woche aushelfen müssen. Seit Harvey aber nun im Krankenhaus lag, packte er wieder mehr an. Er war neben Ruby, die immer mal wieder bei mir vorbeisah, die einzige Person, die ich diese Woche zu Gesicht bekommen hatte. Scott hatte recht: Er war unausstehlich und viel zu grob. Ich hatte mich schon mehrmals mit ihm in den Haaren gehabt, weil er mit den Tieren zu ruppig umsprang. Bevor er aber noch meinetwegen kündigte und ich den Collisters dadurch nur noch mehr Probleme machte, hielt ich mich dann doch lieber etwas zurück und versuchte, ihm nicht den Kopf abzureißen.

Ein Rascheln mischte sich unter das melancholische Prasseln des Regens. Dann ertönte aus dem Hof ein dumpfer Stoß. Müde drehte ich mich zum Tor um und sah, dass ein Wagen in der Einfahrt stand. Ich hievte mich vom Strohballen, um besser erkennen zu können, wem der Wagen war, als plötzlich hektische Schritte im Regen ertönten und näher kamen.

»Himmel! Was ist das für ein Dreckswetter!«, stöhnte Chris, als sie im trockenen Stall ankam und ihre Jacke ausschüttelte.

Dann blickte sie mich an, schenkte mir ein trauriges Lächeln und breitete die Arme aus. »Ich habe von Harvey gehört und dachte, ich schaue mal bei euch vor-«

Ich fackelte nicht lang und ließ mich sehnsüchtig in ihre Umarmung fallen. Wie sehr ich sie gebraucht hatte, merkte ich erst jetzt, als plötzlich heiße Tränen über meine Wangen liefen. Tränen der Verwirrung, der Verzweiflung und der Erschöpfung. Davon, die letzte Woche stark geblieben zu sein, während alles um mich herum zerbrach, das Gefühlschaos, das in mir herrschte, unterdrückend, um Ruby und den anderen helfen zu können. Nun platzte es aus mir heraus und Chris hielt mich. Hielt mich so lange, bis der Schmerz nachließ.

Wir setzten uns ins warme Wohnzimmer und ich erzählte ihr die ganze Story, von Anfang bis Ende. Von dem wahren Grund, warum ich bei den Collisters überhaupt arbeitete, über mein Tagebuch und den Streit mit Scott, bis hin zu meinen Vertrauensängsten und dem Gedanken, wieder abzuhauen.

»Ehrlich gesagt, hatte ich mich schon die ganze Zeit gefragt, was mit dir nicht stimmt«, witzelte sie, als ich all mein Ballast bei ihr abgeladen hatte. »Du bist der einzige Mensch, den ich kenne, der kein Handy besitzt. Dass du es verloren hast, habe ich dir von Anfang an nicht abgekauft. Außerdem hat mich, nachdem Bonnie mir erzählt hat, dass du verwirrt im Wald herumgeirrt bist und scheinbar niemand wirklich wusste, woher du kommst, gar nichts mehr gewundert.«

Ich stieß ihr liebevoll in die Seite. »Und ich dachte die ganze Zeit, du denkst, ich komme vielleicht aus dem Nachbarort und jobbe bei den Collisters.«

Sie lachte laut. »Aus dem Nachbarort? Der nächste *Nachbarort* ist meilenweit entfernt, außerdem kennt man sich doch irgendwie von irgendwo her und ist immer informiert, selbst über mehrere Nachbarorte hinweg. Dich kannte niemand, meine Liebe.«

»Wenn du mich so seltsam fandest«, begann ich unsicher, »wieso hast du mich dann nie drauf angesprochen? Nie gefragt, woher ich komme? Und warum hast du überhaupt angefangen, Zeit mit mir zu verbringen?«

Sie sah mich an, als würde ich eine andere Sprache sprechen. Dann zuckte sie mit den Schultern. »Ich bin auch seltsam«, antwortete sie mit einer Leichtigkeit in ihrer Stimme, als wäre es das normalste auf der Welt, seltsam zu sein. »Ich meine, schau mich an. Hast du mich jemals mit irgendwelchen Freundinnen gesehen? Ich habe immer nur Zeit mit mir selbst oder meiner kleinen

Schwester verbracht, war in der Schule ein ziemlicher Außenseiter. Michelle, meine Cousine, hingegen war der große Star. Meistens habe ich mich ziemlich wohl in ihrem Schatten gefühlt.«

Den letzten Satz sprach sie aus, als würde er nicht ganz der Wahrheit entsprechen. Trotzdem schenkte ich ihr ein warmes Lächeln und war erleichtert, dass es noch jemanden da draußen gab, der nie viele soziale Kontakte gehabt hatte.

»Ich mochte dich«, meinte sie nach einer längeren Pause und stieß mir liebevoll gegen den Arm. »Da ist mir doch egal, woher du kommst. Jeder hat seine Gründe und ich wusste, du hast deine.«

Ich musste eine Freudenträne unterdrücken, als ich sie dankbar umarmte. »Ich bin so froh, dich kennengelernt zu haben.«

Sie gab ein lachendes Schnaufen von sich, drückte sich dann aus der Umarmung, um mich ansehen zu können, und presste ihre Lippen in einen traurigen Schmollmund. »Und trotzdem willst du mich verlassen.«

»Ich will nicht, aber ... ich weiß nicht, was ich tun soll«, seufzte ich und ließ mich in die weichen Kissen der Couch fallen. »Bis vor einem Monat konnte ich nichtmal mit einem Mann in einem geschlossenen Raum stehen. Dass ich Scott so nahe an mich herangelassen habe, ist ein ultragroßer Schritt für mich gewesen. Du kannst dir sicherlich vorstellen, dass das Fundament dieses Vertrauens daher ziemlich instabil war. Für andere scheint dies vielleicht albern, aber nach allem, was ich –« Ich schluckte, woraufhin sie nach meiner Hand griff und mir Kraft verlieh. »Nach all den Jahren, in denen es in meinem Leben kein Vertrauen gegeben hat, kann jenes zu Scott nur durch den kleinsten Windstoß zum Einstürzen gebracht werden.«

Sie nickte. »So, wie du das sagst, klingt es aber, als wäre es noch gar nicht eingestürzt.«

Ich stockte. War mein Vertrauen zu Scott bereits erloschen? Oder redeten mir dies meine Alarmglocken nur ein? Verzweifelt überlegte ich einen Moment. Mein Leben lang war ich stets von der Panik in mir gesteuert worden. Hatte Entscheidungen getroffen und Dinge gesagt und getan, die mir meine Unsicherheit und Angst vorgeschrieben hatten. Allmählich erkannte ich, dass mein wahres Ich, mein wahrer Wille, hinter alldem verschwunden war. Ich hatte nicht gelebt, um zu *leben,* ich hatte gelebt, um zu *überleben.* Konnte es sein, dass mein wahres Ich hier bei den Collisters langsam wieder an Macht gewonnen hatte? Das Ich, das trotz der Angst Fremden gegenüber bei dieser Familie geblieben war? Das Ich, das gegen alle Warnsignale Berührungen von Scott zugelassen hatte? Das Ich, das trotz des großen Vertrauensbruchs, den meine Panik, meine Angst und meine Unsicherheit niemals akzeptieren würden, Scott immer noch liebte.

»Ich weiß es nicht«, hauchte ich unschlüssig, als ich spürte, dass dieses Ich leider immer noch zu klein war, um all meine Dämonen auslöschen zu können.

Chris war wirklich eine wahre Freundin. Obwohl sie selbst genug zu tun hatte und für die Uni schuften musste, kam sie die nächste Woche jeden Tag vorbei, um mir unter die Arme zu greifen und auf der einsamen und mit Trauer überschatteten Farm Beistand zu leisten. Sie half mir beim Füttern der Tiere, beim Einkaufen und vor allem dabei, mich von den Geschehnissen mit Scott abzulenken. Eineinhalb Wochen war Harvey nun im Krankenhaus. Seitdem hatte ich Scott nicht mehr wiedergesehen. Ruby meinte, er würde die meiste Zeit im Krankenhaus verbringen. Ein, zwei Mal hatte ich ihn nachts am Cottage vorbeifahren gehört und gehofft, er würde nochmal bei mir vorbeisehen. Tat er nicht, schließlich hatte er momentan ganz andere Sorgen. Am nächsten Morgen war er jedes Mal schon wieder fort.

Obwohl ich es war, die nicht mit ihm reden wollte und gar nicht wusste, was ich zu ihm sagen sollte, sehnte ich mich nach ihm. Danach, alles vergessen zu können und einfach bei ihm zu sein. Leider war das nur wirklich nicht so leicht.

Ruby war mit Bonnie meist morgens und nachmittags bei Harvey. Zwischendurch schaute sie immer mal wieder auf der Farm vorbei und wollte mir selbstlos unter die Arme greifen. Doch schon nach wenigen Tagen verstand sie zum Glück, dass es mir lieber war, wenn sie sich ausruhte. Bonnie konnte ihre Gefühle nicht so leicht unterdrücken und saß die meiste Zeit weinend bei Sammy im Garten und malte ihrem Onkel tausende Bilder, die ihn wieder gesundmachen sollten. Es war traurig, mitanzusehen, wie zerbrochen diese Familie war, und dass ich wirklich gar nichts tun konnte, außer ihnen Arbeit abzunehmen. Ich hätte wirklich gerne mehr getan.

»Hey, siehst du den Mercedes da hinten?« Chris und ich standen gerade auf dem Parkplatz des Supermarkts und räumten die Einkäufe in den Truck, als sie mir aufgeregt in die Seite kniff und zu einem schwarzen, ziemlich teuer aussehenden Wagen deutete.

»Geile Karre«, staunte sie, als ich mich müde wieder abwandte und weiter den Einkaufswagen leerte. »Der steht in letzter Zeit öfters in meiner Straße. Vielleicht gehört er einem steinreichen heißen Typ, der neu hergezogen ist.«

Sie wackelte wild mit den Brauen, als ich dem Wagen

einen weiteren gleichgültigen Blick schenkte. »Würde man sowas in Coker Creek nicht schon erfahren, bevor er überhaupt herziehen würde?«

Sie ließ einen leisen Lacher von sich. »Stimmt auch wieder«, überlegte sie enttäuscht und stieg dann an der Beifahrerseite ein, als auch ich mich hinter das Steuer sinken ließ. »Trotzdem ... Ein solcher Wagen fällt in einem Städtchen wie diesem auf und da Sarah ja wieder in Nashville ist, wüsste ich nicht, wem er sonst gehören sollte.«

»Mach dir keine großen Hoffnungen.« Ich schenkte ihr ein müdes Lächeln. »Ist bestimmt nur jemand auf der Durchreise.«

Als wir zurück zur Farm kamen, saß Bonnie auf den Stufen der Veranda und malte wie sonst auch immer. Aus der Küche drang ein wohliger Duft süßer Pancakes und ich fragte mich, was Ruby seit langem mal wieder dazu getrieben hatte, den Herd anzuwerfen. Die letzten Tage hatte ich mich von Tiefkühlpizza, Nudeln oder den Essensresten Chris' Eltern ernährt, wenn ich überhaupt was runterbekam, denn ich hatte Ruby strikt angewiesen, sich wegen mir keine Umstände zu machen.

»Das riecht toll!«, lobte Chris, als wir mit den Einkaufstüten in die Küche trotteten. Ruby wandte sich vom Herd ab und schenkte uns ein warmes Lächeln, dann drückte sie mich so fest an sich, dass ich kurz keine Luft bekam.

»Danke«, hauchte sie in mein Ohr, drückte mich dann von sich und strich mir mit Tränen in den Augen über die Wange. »Ich wüsste nicht, was wir ohne dich in dieser Zeit getan hätten. Und auch dir danke, Christina.« Liebevoll fuhr sie meiner Freundin über die Schultern, dann lächelte sie uns entgegen. »Ich weiß, du wolltest nicht bekocht werden, aber ich dachte mir, ich mache euch zur

Stärkung heute mal Pancakes. Die hat Scott immer geliebt, wenn es ihm nicht gut ging.«

Bei seinem Namen schluckte ich hörbar, was Ruby mitbekam und mir mitleidig zulächelte.

»Das wäre wirklich nicht nötig gewesen.«

»Oh doch, das war es.« Ruby drehte sich zurück zum Herd und schaufelte zwei Pancakes auf unsere Teller. Bonnie kam auch dazu und setzte sich zu uns an den Tisch.

»Wie geht es Harvey denn?«, fragte ich vorsichtig.

Ruby bemühte sich eines Lächelns. »Heute hat er einen guten Tag. Ich bringe ihm und Scott später noch ein paar Pancakes mit.«

»Und«, begann ich nochmal, nachdem ich eine Zeit lang schweigend genickt hatte, »wie geht es Scott mit der Situation?«

Nun wurde Rubys Miene stählern und sie verharrte einen Moment reglos, ehe sie mich traurig anblickte und mit den Schultern zuckte. »Na ja, er hat seitdem nicht viel geredet, ist zwar Tag und Nacht bei Harvey und kümmert sich um ihn, aber ich glaube, er ist mächtig enttäuscht. Ich habe Harvey so oft gebeten, es Scott endlich zu erzählen, doch er war so stur, wollte nie Schwäche zeigen und hat mit der Begründung, dass es ihm ja ganz gut gehe, die Unterhaltung mit Scott immer aufgeschoben.«

Ich schluckte. Nur zu gut konnte ich mir vorstellen, was in Scotts Kopf abgehen musste. Wie enttäuscht, wie wütend und verletzt er von seinem Onkel sein musste, diese Gefühle aber am liebsten verdrängen würde, weil ihm nicht mehr viel Zeit mit Harvey blieb. Wie gerne ich ihn einfach mal wieder in den Arm genommen hätte.

»Kannst du ihn von mir grüßen?« Wie dumm klang das denn? *Ihn grüßen? Von mir?* Derjenigen, die nicht mit ihm hatte reden wollen, ihm nicht hatte glauben wollen?

Ruby griff nach meiner Hand und drückte sie einmal. »Natürlich mache ich das. Er freut sich sicherlich.«

Ich nickte. Auch wenn ich mir dabei nicht so sicher war. Womöglich hatte er mich in den Sorgen um seinen Onkel schon längst verdrängt. Vielleicht verwirrten ihn meine Grüße auch, wo ich ihn doch zuletzt so panisch abgewiesen hatte. Ich wusste doch selbst nicht, was ich wollte, wusste doch selbst nicht, was das Richtige war. In dieser Situation weiterhin sauer auf ihn zu sein, wo es ihm doch so schlecht ging? Nein, das ging nicht. Aber alles vergessen, was geschehen war, ging genauso wenig.

Wir verharrten noch eine ganze Stunde am Esstisch und unterhielten uns. Beinahe war es so unbeschwert und schön wie früher, bevor die Wahrheit über Harveys Krankheit ans Licht gekommen war und sich ein großer Schatten über die Farm gelegt hatte. Bonnie erzählte, dass die Sommerferien schon nächste Woche rum waren und sie dann in die fünfte Klasse kommen würde, und Chris berichtete, dass auch Gina sich schon groß auf das neue Jahr freute. Das hatte ich in ihrem Alter nicht von mir behaupten können. Ruby schwelgte in vergangenen Tagen und erzählte uns Geschichten von Scotts und Bonnies Eltern, und sogar ich schaffte es irgendwann, ihnen Erlebnisse mit meiner eigenen Mum anzuvertrauen. Es tat gut, endlich mal wieder ausgelassen mit ihnen reden zu können, sie lächeln zu sehen, auch wenn ich wusste, dass es nicht von Dauer sein würde. Doch für den Moment reichte es.

Nach dem Essen half ich Ruby beim Spülen, während Bonnie im Hof ein Porträt von Chris anfertigte. Es war fast wie zu Beginn, als mein Knöchel noch verstaucht gewesen war. Ruby und ich in der Küche und Bonnie malend auf der Veranda. Nur Scott und Harvey fehlten …

»Hey Giulia!«, hörte ich Chris von draußen rufen. »Da ist der Wagen schon wieder!«

Ich brauchte einen Moment, um zu verstehen, welchen Wagen sie meinte. Als ich jedoch einen Blick aus dem Fenster warf und den schwarzen Mercedes näher kommen sah, wurde mir mit einem Mal ganz mulmig zumute. Chris hatte gemeint, der Wagen hätte nun schon seit längerem immer mal wieder in ihrer Straße gestanden, und jetzt tauchte er hier auf. Hoffentlich war es wirklich nur irgendein heißer, reicher Typ, der ihr gefolgt war.

Unsicher sah ich Ruby an in der Hoffnung, dass sie vielleicht wusste, wer uns da gefolgt war. Doch sie schien genau so ahnungslos wie wir. Ich stellte den letzten Teller zurück in den Geschirrschrank und lief dann zu Chris in den Hof. Mittlerweile war der Mercedes am Pferdestall angekommen und verringerte seine Geschwindigkeit. Mit zugekniffenen Augen versuchten wir zu erkennen, wer hinter dem Steuer saß, doch die pralle Sonne spiegelte sich in der Frontscheibe und verwehrte uns einen Einblick. Der Wagen kam zum Stehen, die Tür öffnete sich. Langsam trat ich die Verandastufen herab und näherte mich. Als sich jedoch eine raue, große Hand aus dem Wagen streckte und sich an der Tür festkrallte, erstarrten meine Beine und ich knallte gegen eine unsichtbare Mauer. Diese Hand, diese Finger – sie waren mir nur zu gut bekannt. Aber ... nein! Das konnte niemals möglich sein!

Der Hand folgte ein großer, männlicher Körper, gekleidet in einem karierten Anzug, dessen Knöpfe über seinem prallen Bierbauch fast zu reißen schienen. Tränen sammelten sich in meinen Augen an, als *er* mir erfreut zulächelte. Ich hätte es wissen müssen, hätte meine Alarmglocken einschalten müssen, als Chris mir erzählt hatte, dass sie seinen Wagen nun schon öfters hier gesehen hatte. Schließlich kannte ich sein Auto nur zu gut, wusste eigentlich ganz genau, wie es aussah. Die Sorge um Scott und Harvey hatte meine Sirenen vollkommen auf Stumm geschaltet. Nun war es zu spät. *Er* war hier, *er* hatte mich gefunden.

»Sofia!« Mit erleichtertem Ton in seiner Stimme breitete er die Arme aus und kam näher. Erschrocken taumelte ich ein paar Schritte zurück, woraufhin auch er stehen blieb. »Endlich! Ich habe dich so vermisst. Wir hatten solche Angst um –«

»Wie hast du mich gefunden?« Meine Stimme war überraschend fest. Er verharrte eine Zeit lang mit offen stehendem Mund und blickte hinter mich zu Chris und Ruby.

»Wir haben eine Vermisstenanzeige aufgegeben. Du warst so verwirrt und durch den Wind, wusstest nicht, was du tust. Dir hätte sonst etwas passieren können.«

»Ich wusste ganz genau, was ich tue. Tu nicht so, als wäre die Anzeige nicht gerechtfertigt gewesen, und behandle mich verdammt nochmal nicht, als wäre ich geistig zurückgeblieben.« Meine Hände ballten sich zu Fäusten, als er sich beruhigend näherte.

»Ach Sofia«, hauchte er und lächelte mich mitleidig an, als wäre ich immer noch ein kleines Kind. »Du bist doch nicht geistig zurückgeblieben. Du trägst einfach nur ein schlimmes Trauma durch den Tod deiner Mutter mit dir und weißt nicht, was du tust!«

»Wie. Hast. Du. Mich. Gefunden?!«, presste ich wütend erneut hervor, weil er mir immer noch keine Antwort darauf gegeben hatte.

Er deutete zu Chris. »Die Polizei hat im Internet ein Bild von dir mit der jungen Dame dort hinten gefunden.

Wir waren so erleichtert, dass du wohlauf bist. Ich bin sofort hergekommen!«

Erschrocken drehte ich mich zu Chris um, die gequält das Gesicht verzog und ein *Entschuldigung* mit den Lippen formte. Ich erinnerte mich an die vielen Selfies, die wir am Sommerfest gemacht hatten. Chris konnte nicht wissen, dass ich lieber unsichtbar blieb, sie wusste nicht, was dieses Bild anrichten konnte.

»Du hast mir so gefehl-«, flüsterte er sehnsüchtig und wollte mich an sich drücken, doch ich schubste ihn von mir und schnitt ihm das Wort ab.

»Fass mich nicht an!« Mein Brüllen tönte über den Hof. Überrascht taumelte Mr Gray zurück und blickte mich fassungslos an. Dass ich mich wehrte, hatte er nicht erwartet. Umso wütender wurde sein Blick, als er realisierte, dass ich mich ganz und gar nicht über seine Anwesenheit freute.

»Junges Fräulein!« Drohend hob er den Zeigefinger, als wäre ich noch neun. »Wir haben so viel für dich getan, dir solch ein gutes Studium ermöglicht, und das ist dein Dank?! Du hast deiner Mutter und mir schon genug Sorgen bereitet und kommst jetzt sofort mit nach Hause!«

Mit festem Griff umschlang er mein Handgelenk und zerrte mich zum Auto. Ich wehrte mich mit aller Kraft, was ihm noch mehr Bestätigung dafür gab, mich als unzurechnungsfähiges, traumatisiertes Mädchen darzustellen, das trotz ihres Alters nicht wusste, was es tat. Erst als hinter uns klappernd eine Waffe entsichert wurde, blieb er stehen und drehte sich um.

»Sie ist bereits zu Hause!«, raunte Ruby ihm mit scharfer Stimme entgegen und richtete ein großes Jagdgewehr auf ihn. Vollkommen perplex zwinkerte ich ein paarmal, um mir sicherzugehen, dass ich auch wirklich nicht träumte. Doch es passierte wirklich, Ruby trug wirklich ein Gewehr bei sich und kam damit zielend auf uns zu.

»Also lassen Sie sie sofort los!«

Mr Gray blickte entgeistert auf das Gewehr, fasste sich aber schnell wieder. »Ich bin Ihnen wirklich dankbar, dass Sie Sofia so nett bei sich aufgenommen haben, aber bei dieser Angelegenheit muss ich Sie bitten, sich rauszuhalten.«

»Und ich muss Sie bitten, die Klappe zu halten!«, gab Ruby zurück, hob das Visier an ihr Auge und presste das andere zu. »Die Höflichkeiten können Sie sich sparen. Lassen Sie sofort das Mädchen los und setzen Sie nie wieder einen Fuß auf unser Gelände, sonst stecke ich Ihnen das Gewehr höchstpersönlich in den Arsch!«

Ich hörte ihn neben mir deutlich mit den Zähnen knirschen, als das Gewehr schließlich seine Stirn berührte. Sprachlos ließ er endlich von mir ab, woraufhin ich hinter Ruby flüchtete und Chris mich schützend in den Arm nahm. Erst jetzt merkte ich, wie nass meine Wangen wirklich waren.

Mr Gray hob mit wütendem Blick die Arme auf Kopfhöhe und lief dann rückwärts zurück zu seinem Wagen. Dabei visierte er Ruby so scharf, dass ich Angst bekam, er würde ihr gleich das Gewehr aus der Hand schlagen und sie umlegen. Doch Ruby blieb standhaft, Ruby blieb stark und ich wusste nicht, wie ich ihr jemals dafür würde danken können.

»Sofia?« Er stellte sich an die Fahrertür und wandte sich dann nochmal an mich. Bemüht zwang er sich zu einem traurigen Lächeln, versuchte, weiterhin den besorgten Vater zu spielen, der seiner Tochter niemals etwas antun könnte. »Bitte.«

Ein letztes Mal streckte er von weitem die Hand aus, bat mich, zu ihm zurückzukommen. Zu ihm in die Hölle.

Mit zusammengepressten Lippen und tränennassen Augen trat ich neben Ruby und fixierte ihn wütend und schmerzerfüllt.

»Mein Name ist Giulia«, sagte ich mit voller Härte. »Und du hast Ruby gehört: Ich bin bereits zu Hause!«

32

Harvey

Ein schmaler Sonnenstrahl traf meine Nase und weckte mich. Für kurze Zeit vergaß ich all den Schmerz und das Brennen in meinen Lungen. Beobachtete, wie sich Stück für Stück die Tropfen der letzten Nacht vom Fenster lösten und sich auf den hoffnungslosen Weg machten, der Sonne auszuweichen. Auch wenn jeder Einzelne dazu verbannt war, sich aufzulösen und auseinanderzufallen.

So wie ich es tat, nach und nach.

Durch den nebligen Schleier der Morgensonne, in der man die winzigen Staubpartikel in der Luft tanzen sehen konnte, erkannte ich nur schwer, dass Scott zusammengekauert auf dem Boden saß und an der Wand lehnte. Das Kinn lag auf seiner Brust und er schlief. Ich vermochte mir nicht vorzustellen, welch schreckliche Rücken- und Nackenschmerzen der Junge beim Aufwachen haben würde.

Mühevoll streckte ich meine Hand nach dem Becher Wasser aus, der auf meinem Krankentisch stand. Beinahe bekam ich ihn mit zwei Fingern zu greifen, entfernte ihn dadurch aber leider nur noch weiter von mir, als er mir aus der Hand rutschte. Ich stöhnte leise und hielt angestrengt den Atem an, was mir allerdings nur noch mehr Schmerzen bereitete.

»Was tust du da?«, fragte Scott und musterte mich mit leblosen Blick. Dabei klangen seine Worte nicht wirklich wie eine Frage, mehr wie ein Vorwurf. »Warum fragst du mich nicht einfach nach Hilfe?« Wieder keine Frage.

Kopfschüttelnd stand er auf. Man merkte, dass er kurz nach seinem Gleichgewicht rang und sich bemühte, seiner Schwäche keine Beachtung zu schenken.

»Ich wollte dich nicht wecken.«

»Stimmt, damit ich mir weiterhin auf dem Boden den Rücken verdrehe.«

Scott griff nach dem Becher und reichte ihn mir, ohne mich dabei nur ein einziges Mal anzusehen. Obwohl er meinem Blick auswich, konnte ich seine aufgequollenen, müden Augen ganz genau erkennen. Dass er wegen mir geweint hatte, bezweifelte ich. Viel mehr dachte ich dabei an Giulia, doch es wäre zwecklos gewesen, ihn danach zu fragen.

»Ich hole dir eine neue Flasche Wasser«, nuschelte Scott und deutete auf die Leere neben meinem Bett.

»Möchtest du nicht auch mal wieder einen Tag zu Hause verbringen?«, fragte ich, woraufhin er mit dem Rücken zu mir an der Tür stehenblieb. Seit über einer Woche lag ich nun hier im Krankenhaus und seitdem hatte ich nur selten mitbekommen, dass Scott wirklich mal zur Farm gefahren war, sich umgezogen oder geduscht hatte. Die meisten seiner Nächte hatte er hier bei mir, auf dem Boden oder einem ungemütlichem Besucherstuhl verbracht und nur selten hatte er sich zum Ausruhen spätnachts mal wieder zur Farm geschlichen. Meist war er am frühen Morgen dann aber längst schon wieder bei mir. Viel Ruhe bekam er also nicht wirklich.

»Nein«, antwortete Scott. Kurz und knapp, ohne frechen Unterton und ohne Gefühl. Wie ein Roboter.

Er verschloss die Tür hinter sich und ließ mich alleine zurück. Alleine in meiner unglaublich lauten Stille. Es war unerträglich. Ich hörte jeden einzelnen Herzschlag, jedes Rascheln in meinen Lungen und das Rauschen meines eigenen Blutes, welches durch meine Adern strömte. Sehnsüchtig erinnerte ich mich an meine Reise nach Italien. Die Reise, in der ich Maria kennen- und lieben gelernt hatte. Noch heute spürte ich die Hitze auf meiner Haut, die an jenem Tag auf die Erde hinabgeschickt worden war, als ich auf einem Felsen am Meer, abseits der Touristenstrände, gesessen hatte. Schon damals war ich ein Einzelgänger gewesen, hatte mich für den Trubel und die Sehenswürdigkeiten des Landes kaum interessiert. Souvenirs interessierten mich nicht. Ich wollte die Wunder der Welt sehen und nicht die Dinge, die der Mensch auf unserem Planeten erschaffen hatte. Das Meer, den Horizont, Kunstwerke aus Fels und Stein, die vom Wunder der Natur geformt worden waren.

An jenem Tag tauchte an meinem besonderen Platz, von dem ich bisher geglaubt hatte, dass niemand sonst sich dorthin trauen würde, plötzlich dieses Mädchen auf und verdrehte meine komplette Welt. Von da an war das Meer nur noch Nebensache, der Horizont wurde uninteressant und die Kunstwerke der Natur vollkommen irrelevant. Es gab nur noch Maria. Maria löste mein Herz aus seinen Ankern und ließ es zwischen uns schweben, mit dem Risiko, dass es irgendwann kein Halt mehr haben und am Boden zu Bruch gehen würde. Doch das war es mir wert, das war mir Maria wert.

Ich erinnerte mich an den Tag vor meiner Abreise. Maria schenkte mir eine große Muschel und meinte, ich müsse nur mein Ohr dranhalten, um das Meer zu hören und bei ihr zu sein. Das Meer, den salzigen schwülen Wind und Marias Atem auf meinem Nacken.

Jetzt, wo ich hier in meinem Krankenbett lag und dem lauten Strömen meines Blutes lauschen musste, überkam mich die traurige Erkenntnis, dass ich weder die salzige Brise des Meeres, noch Marias Atem in der Muschel hatte hören können. Es war mein Blut gewesen, all die Jahre dieses verfluchte Blut, das nun dazu verdammt war, bald in meinen Adern zu gefrieren.

Das ruckartige Öffnen der Tür holte mich zurück in die Realität. Scott hatte gleich mehrere Wasserflaschen mitgebracht und verstaute sie nun am Rande des Bettes, ehe er meinen Becher nochmal vollmachte. Sein Blick war kalt und verbittert und verschlimmerte das Ziehen in meinen Lungen um einiges.

»Willst du mich jetzt bis zum Ende ignorieren?«, fragte ich, woraufhin er urplötzlich erstarrte, den Kiefer zusammenpresste und sich schließlich angespannt mit dem Rücken zu mir ans Fenster stellte.

»So, wie du bis zum Ende ignorieren wolltest, dass du todkrank bist?«, stellte er die Gegenfrage und schüttelte mit dem Kopf. »Hast du dir erhofft, dass der Krebs schon alles klären wird? Dass du nicht persönlich mit mir sprechen musst und zwischen uns automatisch wieder alles Friede, Freude, Eierkuchen ist, sobald ich von deinem Zustand erfahre? So läuft das nicht!«

»Ich weiß«, hauchte ich. »Es tut mir doch auch leid. Du kannst mich doch nicht für immer ignorieren.«

»Das kann ich schon, schließlich bleibt uns beiden ja nicht mehr viel Zeit und das ist – oh Wunder! – diesmal nicht meine Schuld!«, zischte er, drehte sich zu mir um und starrte mich angespannt nieder.

»Eben, wir haben nicht mehr viel Zeit und ich möchte –«

»Was möchtest du? Die Zeit nutzen, um dich mit mir zu versöhnen? Denkst du, nur weil du diese Krankheit hast, kann ich alles vergessen, was du mir angetan hast? Was du aus mir gemacht hast?!« Seine Stimme überschlug sich, Tränen fluteten seine Augen. Mühevoll schluckte er und versuchte, ruhig zu bleiben.

»Als wäre es nicht schon genug, dass ich Mum und Dad verloren habe, hast du es auch noch geschafft, dass mir mein Onkel genommen wurde. Den Onkel, zu dem ich als Kind aufgesehen habe, den ich wie einen zweiten Vater geliebt und verehrt habe. Er ist tot! Seit dem Brand ist er weg! Seitdem existiert nur noch diese leblose, kalte Hülle. Denkst du ernsthaft, ich trauere dieser Hülle nach?«

»Scott …« Ich holte Luft zum Antworten, doch mein Mund erstarrte elendig und verstummte schließlich.

»Du hast mich alleingelassen. Jeden einzelnen Tag. Ich wundere mich, dass es mich überrascht, dass du mich nun auch im Stich lässt, aber ich denke, ich hatte einfach nie die Hoffnung aufgegeben. Sag mir bitte, was du von mir erwartest! Ich weiß nicht, was du von mir willst. Möchtest du, dass ich dich nehme und mit dir wie in einem schlechten Film noch einen letzten Roadtrip mache, sodass wir aufholen, was wir in den Jahren verpasst haben?! Möchtest du einfach nicht alleine sein in diesem kahlen Krankenhaus?! Was willst du?!«

Scott schrie so laut, dass die Leute im Innenhof außerhalb des Fensters ihre Köpfe streckten und sich verwundert umsahen.

»Ich will, dass du mit mir redest. So, wie du es bei deinen Sorgen über Giulias Reaktion auf deine Narben getan hast. Ich weiß, es war nicht viel, aber mir hat diese Unterhaltung viel bedeutet. Ich kann nicht wiedergutmachen, was ich dir die letzten Jahre angetan habe, aber ich würde alles dafür tun, um dieses Vertrauen, das du an dem Abend zu mir hattest, nur nochmal für eine Sekunde zu spüren. Ich wollte es dir sagen, Scott. Aber du hattest genug Sorgen und dann warst du so glücklich mit Giulia ... Ich weiß nicht, was ich mir dabei gedacht habe.«

Scotts Ausdruck wurde sanfter und ruhiger. Eine Träne kullerte über seine Wange, ehe er den Blick abwandte. Schließlich lehnte er sich zurück an die Wand und ließ sich auf dem Boden nieder.

»Ich bin nie ein guter Onkel gewesen und ich verstehe deine Wut mir gegenüber. Ich habe meinen Vater genauso sehr gehasst, wie du mich jetzt hasst, und glaube mir, ich hasse mich selbst womöglich noch mehr, dafür, dass ich meinem Vater nun so ähnele. Doch im Gegensatz zu ihm, der bis zu seinem Tod keines seiner Worte und keine Tat bereut hat, bereue ich alles in meinem Leben. Alles ist schief gelaufen und wenn ich eine Chance hätte, nochmal neu zu beginnen, würde ich sie nutzen.«

Scott nickte stumm. »Du hast aber leider keine Chance mehr.«

»Da hast du recht«, hauchte ich und verharrte, ehe ich weitersprach. »Aber in der Zeit, die mir noch bleibt, möchte ich alles versuchen, um zu verhindern, dass du denselben Fehler wie ich machst.«

»Und der da wäre?« Skeptisch hob er seine Brauen.

»Deine große Liebe gehenzulassen und genauso verbittert in einem Leben zu enden, das du nie für dich vorgesehen hast.«

Mühevoll rappelte ich mich auf und setzte mich an die Bettkante. Scott blieb stumm, starrte angespannt auf den Boden und schüttelte nachdenklich den Kopf.

»Es ist sowieso zu spät, sie vertraut mir nicht mehr. Außerdem gibt es gerade wichtigere Sorgen.«

Urplötzlich huschte ein trauriges Schmunzeln auf meine Lippen, weil ich die Lüge in seinen Worten ganz genau heraushören konnte. Er fühlte sich verantwortlich, bei mir zu bleiben, bei der Familie. So zu tun, als wäre alles andere irrelevant, als würde es erst gar nicht in Frage kommen, dass er sich ausnahmsweise mal um seine eigenen Sorgen kümmerte – schließlich hatte ich ihm genau dies all die Jahre unter die Nase gehalten. Wie falsch ich doch gelegen hatte.

»Es gibt nichts wichtigeres als die Liebe, Scott.«

Verwundert zappten seine Augen in die Höhe. Er fixierte mich eine Zeitlang mit offen stehendem Mund, als würde er mir nicht glauben. Als würde ich ihn nur verarschen. Womöglich wartete er darauf, dass ich ihm sagte, er wäre ein absoluter Nichtsnutz, wenn er nur hier rumsaß und den Frauen die Farm überließ. Dass er es nicht richtig machen konnte, weil ich immer etwas zu meckern hatte. Nun von mir die Anweisung zu bekommen, ausnahmsweise mal nicht an die Familie sondern sich selbst zu denken, verwirrte ihn sichtlich.

»Willst du weiterhin hier blöd rumsitzen?«, raunte ich nun in einem Ton, den er eher gewöhnt war. »Hör auf zu jammern, steh gefälligst auf und tu endlich etwas, anstatt dich andauernd zu beklagen.«

Scotts Ausdruck wandelte sich von verwirrt zu genervt und endete in einem müden Lächeln, als ich ihm verschmitzt zuzwinkerte. Schließlich schüttelte er den Kopf und hievte sich zurück auf die Beine.

»Verdammter Mistkerl«, brummte er und lief zur Tür.

Ehe er die Klinke runterdrückte, blieb er noch ein letztes Mal stehen und drehte sich um. Es dauerte einen Moment, bis er seinen Blick vom Boden in meine Augen hob und mich noch ein letztes Mal kopfschüttelnd fixierte. Bis sich schließlich sein rechter Mundwinkel hob und ich in seinen Augen einen letzten Funken Vertrauen erkennen konnte. Es war nicht viel, doch es reichte, um mich in den letzten Tagen, die mir noch blieben, glücklich zu machen.

33

Scott

Mit gemischten Gefühlen verließ ich das Krankenhaus. Eigentlich hatte ich keine Ahnung, was ich hier tat, was ich vorhatte. Doch ich hatte weder die notwendige Energie noch die Lust dazu, mit Harvey weiter darüber zu diskutieren, was das Richtige war. Natürlich wollte ich Giulia nicht verlieren, natürlich dachte ich ununterbrochen an sie und fragte mich seit Tagen, wann der Zeitpunkt kommen würde, an dem ich sie vollkommen und für immer verlieren würde. Vielleicht war ich feige, dass ich seit unserem letzten Gespräch kein weiteres mit ihr gesucht hatte. Vielleicht hatte ich Angst, noch mehr zu zerstören, wenn ich ihr zu nahekam. Vielleicht hatte ich nach allem, was passiert war und immer noch passierte, auch einfach keine Kraft mehr. Harvey hatte in der letzten Woche fünf Mal Blut gespuckt und zwei Mal operiert werden müssen. Ihn von jetzt auf gleich so schwach zu erleben, riss mein ganzes Standbein aus den Angeln. Es war mir schon immer schwergefallen, stark zu bleiben, doch allmählich konnte ich einfach nicht mehr. Natürlich wollte ich mich mit ihm versöhnen, natürlich wollte ich die letzte Zeit, die mir noch mit ihm blieb, nutzen. Auch wenn ich doch nur neben seinem Bett saß und ihn anschwieg. Familie war das Wichtigste. Doch was, wenn Giulia mittlerweile auch Familie war?

Weil ich nicht wusste, was ich tun sollte, fuhr ich erstmal zum Revier. Seit Harveys Krankenhauseinweisung hatte ich mich zum ersten Mal im Leben krankgemeldet und John damit ziemlich hängengelassen. Das schlechte Gewissen ihm gegenüber plagte mich schon seit Tagen und vielleicht würde es mir ja ganz gut tun, mal wieder an etwas anderes zu denken als an Harvey oder Giulia. Als ich im Büro ankam, wurde ich mit mitleidigen Blicken und aufbauenden Sprüchen meiner Kollegen begrüßt. Ich versuchte, ruhig zu bleiben und ihnen dankbar zu sein, auch wenn ich das momentan gar nicht gebrauchen konnte. John kam gerade vom Drucker, als ich an seinem Schreibtisch ankam, und begrüßte mich mit einem breiten Lächeln. Doch auch er konnte das Mitleid, das in seinem Blick mitschwang, nicht verstecken.

»Scott!« Brüderlich klopfte er mir auf den Rücken. »Was machst du denn hier?«

»Ich komme gerade vom Krankenhaus, ich musste einfach mal raus.«

»Und da ist dein erster Gedanke, ins Büro zu kommen?«, fragte er lachend und ließ sich auf seinem Stuhl nieder.

Ich schob die vielen Akten zur Seite und setzte mich auf seine Schreibtischkante. Dann zuckte ich mit den Schultern. »Irgendwie schon.«

Sein Lächeln verwandelte sich in eine mitleidige Grimasse. Eine Zeit lang sah er mich nachdenklich an und nickte verständnisvoll.

»Ich wollte gleich Mittagspause machen.« John griff

nach den vielen losen Zetteln auf seinem Schreibtisch und sammelte sie ein. »Vielleicht willst du mitkommen?«

Ich schüttelte den Kopf. »Kein Hunger.«

»Ach Scott«, hauchte John, klopfte die Blätter zu einem Stapel und stand auf, ehe er mir die Hand auf die Schulter legte. »Du weißt, dass ich da bin, wenn du etwas brauchst.«

Dankbar musste ich schmunzeln, stieß ihm dann brüderlich in die Seite. »Ja, ich weiß, aber da muss ich, denke ich, nun alleine durch.«

Weil John nach seinem Autoschlüssel griff und ich ihn nicht von seiner Mittagspause abhalten wollte, erhob auch ich mich. Gleich mehrere Zettel seines Schreibtischs verhakten sich in meiner Jeans und fielen zu Boden.

»Mann, John«, sagte ich mit einem Lacher, als ich mich bückte, um seine Unterlagen wieder einzusammeln. »Wieso ist auf deinem Schreibtisch immer so ein Chaos?«

Grinsend zog er sich die Sonnenbrille an. »Das ist kein Chaos. Das ist meine eigene Ordnung.«

Ich schmunzelte und legte die Blätter zurück auf seinen Tisch, stockte dann aber, als ich einen Namen las, der mir ziemlich bekannt vorkam. Skeptisch hob ich den Zettel an und führte ihn zu meinen Augen.

Sofia Moreno, Chicago stand dort handschriftlich niedergeschrieben und brachte mein Herz umgehend zum Rasen.

»Was ist das?«, fragte ich angespannt und hielt ihm den Zettel unter die Nase. »Warum steht da Sofia Moreno?«

John brauchte einen Moment, um zu verstehen, was ich von ihm wollte, zuckte dann aber schließlich mit den

Schultern. »Nur ein Mädchen aus Chicago, dessen Eltern eine Vermisstenanzeige aufgegeben haben, weil es scheinbar nicht ganz auf der Höhe ist. Es sei wohl auf einem Instagram-Bild von unserem Sommerfest aufgetaucht und die Kollegen aus Chicago haben uns gebeten, Ausschau zu halten. Sie haben mir auch ein Bild per Mail geschickt, aber ich kam noch nicht dazu, es zu öffnen und die Anzeige auszuhängen.«

Ohne zu merken, zerknitterte ich das Blatt zwischen meinen Fäusten. Er hatte sie gefunden, er wusste, dass sie hier war, und wenn er sie bei der Polizei als nicht zurechnungsfähig bezeichnete, konnte ich mir nur zu gut ausmalen, zu was er fähig war, um sie zu sich zurückzuholen.

Panisch feuerte ich das zerknüllte Papier zurück auf seinen Schreibtisch und lief hinaus. John folgte mir.

»Scott?«, rief er. »Was ist denn los? Kennst du diese Sofia?«

»Sofia ist Giulia!«, brüllte ich und blieb verzweifelt stehen. John sah mich an, als würde ich eine andere Sprache sprechen. »Ihr eigentlicher Name ist Sofia und sie ist in Gefahr. Ich kann dir das jetzt nicht erklären, aber du musst mir versprechen, dass du diese Anzeige erstmal für dich behältst! Niemand darf davon erfahren, auch nicht der Sheriff! Ich suche nach einer Lösung!«

John öffnete perplex den Mund, ließ ihn dann wieder zuklappen und nickte schließlich nur, als ich mich in meinen Wagen schwang.

»Du hast mein Wort«, hörte ich ihn nur noch sagen, als der knirschende Kies unter meinen Reifen erdrückt wurde und ich zurück auf die Straße raste.

Rastlos krallte ich mich ans Lenkrad, drückte das Gaspedal mit voller Kraft durch. Falls dieser Typ hier auftauchen sollte, musste ich bei Giulia sein. Ganz egal, ob sie meine Nähe wollte oder nicht, ob ich sie als ihr *Babysitter*, wie sie es in ihrer Wut stets ausgedrückt hatte, nur bedrängte und noch weiter von mir fortdrückte. Das Wichtigste war, dass ihr nichts passierte, und ich würde es mir nie verzeihen, wenn ich nicht bei ihr gewesen wäre.

Ich erreichte den Waldweg und bog mit quietschenden Reifen um die Kurve. Der Wagen wackelte, als ich über den unebenen Sandboden fuhr und mit voller Geschwindigkeit das Ende des Weges anpeilte. Von weitem konnte ich schon das Cottage sehen, dann folgte die Koppel und unsere Farm. Ein Stück Erleichterung überkam mich, als ich erkannte, dass Rubys Wagen im Hof stand. Wenn dieser Mistkerl schon hier gewesen war, hätte sie mich sicherlich sofort angerufen. Trotzdem beruhigte sich mein Puls nur wenig und schoss erneut in die Höhe, als ich auf der Veranda Harveys altes Gewehr liegen sah. *Warum zur Hölle liegt es da?!*

Rasch eilte ich ins Haus, wollte gerade nach meiner Grandma rufen, da kam sie mit bleichem Gesicht aus der Küche und stieß mit mir zusammen.

»Scott!« Ihre Augen füllten sich mit Tränen und sie fiel mir um den Hals, was mich direkt noch mehr verunsicherte.

»Was ist passiert?«, fragte ich, ehe ich mich aus ihrer Umarmung löste. »Warum liegt Harveys Gewehr auf der Veranda?«

Sie schluckte. »Giulia, sie –«

»Was ist mit Giulia?!«

Kraftlos verharrte ihr Mund offen stehend. Sie brauchte einen Moment, um sich wieder zu fassen und hinaus zu deuten. »Sie ist bei den Pferden.«

Ohne groß darüber nachzudenken, ließ ich von ihr ab und eilte die Verandastufen hinab.

»Scott!«, hörte ich meine Grandma noch rufen. »Bitte sei vorsichtig. Sie ist ziemlich durcheinander!«

Ihre Bitte ging in dem lauten Dröhnen meines Pulses unter, als ich in die Stallgasse eilte und die schwachen Spuren von Harveys Blut auf dem Boden erkennen konnte. Weil ich Giulia nirgends entdecken konnte, eilte ich zum hinteren Tor, das zur Koppel führte, und suchte dort weiter. Bei genauerem Hinsehen sah ich, dass sie im Gras am Zaun lehnte und sich von Arrow beschnuppern ließ. Die Knie hatte sie zur Brust gezogen, saß ganz ruhig da und ließ den Blick leer in die Ferne schweifen. Unsicher stieg ich durch den Zaun und kam ihr langsam näher, um sie nicht zu erschrecken. Wenige Meter von ihr entfernt blieb ich stehen und wartete darauf, dass sie den Blick hob und mich ansah. Tat sie nicht. Stattdessen starrte sie weiterhin vor sich her, mit einer Leere in ihrem Blick, die mir durch Knochen und Mark ging.

»Giulia?«, fragte ich im Flüsterton und kam noch einen Schritt näher. Keine Reaktion. »Ich«, fuhr ich fort, »muss dir etwas Wichtiges sagen. Dein Adobtivvater, er –«

»Du bist zu spät«, unterbrach sie mich, ohne sich zu bewegen. Verwirrt ging ich vor ihr in die Hocke und blickte sie fragend an. Schließlich ließ sie ein lächelndes Schnaufen von sich und blickte mich endlich an. »Er war schon hier.«

Ehe ich verstand, was sie da gerade von sich gegeben hatte, fuhr sie fort.

»Vor ein paar Stunden ist er hier aufgetaucht und wollte mich zurück nach Chicago bringen. Ruby hat ihn erfolgreich verscheuchen können«, erzählte sie mit einem Lächeln auf den Lippen, was meinen Puls umgehend beruhigte und den großen Felsen, der auf meinem Herzen gelegen hatte, hinabstürzen ließ.

»Aber ...«, fuhr sie fort und verlor ihr Lächeln. Gedankenversunken wandte sie ihren Blick ab. »Das ändert rein gar nichts. Er weiß jetzt, wo ich bin, und er wird wiederkommen.«

Hastig erhob sie sich und lief zurück in Richtung Stall. Ich folgte ihr.

»Das ist doch egal!«, rief ich, woraufhin sie sich umdrehte und mich mit blutunterlaufenen Augen ansah.

»Was ist daran bitte egal?!«

Ich blieb vor ihr stehen, näherte mich nur in langsamen Schritten und streckte die Hand aus. »So lange du hier bist … bei mir …«

Ihr Gesicht verzerrte sich in eine verzweifelte Grimasse. Dann schüttelte sie schmerzerfüllt den Kopf. »Das kann ich nicht, Scott. Nach allem, was ihr durchmachen musstet, kann ich das dir und deiner Familie nicht antun.«

»Aber du gehörst doch hierher!« Meine Stimme war brüchig, weil ich nicht fassen konnte, dass sie es ernsthaft in Erwägung zog, weiterzuziehen. Ganz alleine. Ohne Schutz und ohne Ziel.

Ahnungslos breitete sie die Arme aus und verdrückte eine Träne. »Vielleicht ist das so. Ich wünsche mir aus tiefster Seele, diesen Ort mein Zuhause nennen zu dürfen. Aber das ändert nichts an der Situation. Wenn ich bleibe, wird er wiederkommen. Immer und immer wieder, bis er mich endlich wieder bei sich hat. Du kennst ihn nicht. Er würde vor nichts zurückschrecken. Ich will nicht, dass er euch etwas antut. Verstehst du das? Wenn ich bleibe, wird er diesen Ort zur Hölle machen. Mit mir ist dies hier kein Zuhause mehr.«

Mit diesen Worten drehte sie sich um und lief zurück zum Stall. Ehe auch ich mich endlich wieder in Bewegung setzen konnte, starrte ich ihr aufgewühlt hinterher.

Doch noch bevor sie im Stall verschwand, eilte ich ihr hinterher.

»Giulia!« Niedergeschlagen rannte ich los und überlegte nicht, was es bei ihr auslösen könnte, würde ich sie am Arm greifen und davon abhalten, zu gehen. Erschrocken löste sie sich und taumelte mit weit aufgerissenen Augen zurück an einen Strohballen. Entschuldigend hob ich die Hände und trat einen Schritt zurück.

»Mit dir ist dieser Ort erst wieder zu einem Zuhause für mich geworden. Für uns alle«, flüsterte ich, woraufhin sie aufgewühlt die Augen schloss und versuchte, ihren Tränen den Ausgang zu verwehren. Aussichtslos.

»Er hat mich bei der Polizei in Chicago als verrückt und unzurechnungsfähig bezeichnet. Hat meine Anzeige und die darauffolgende Flucht dafür genutzt, mich als verwirrt und vom Tod meiner Mutter traumatisiert abzustempeln. Sie glauben ihm, alle glauben ihm und ...« Sie hielt kurz inne, ehe sie weitersprach, wandte dann schmerzerfüllt den Blick ab und schluckte. »Ich glaube das auch langsam.«

»Giul-«

»Ich bin verrückt, ich bin verwirrt, mehr als traumatisiert und vor allem unzurechnungsfähig. Ich meine ...« Ein spottendes Lachen löste sich aus ihrer Kehle. »Ja, ich wäre da draußen verreckt, wärst du nicht gewesen, ja, ich war absolut verrückt, den Tod in Kauf zu nehmen! Willst du so jemanden wirklich in deinem Leben behalten? Jemanden, der von jetzt auf gleich ausrasten oder um sich schlagen könnte? Vor allem jetzt, wo ich weiß, dass er meinen Aufenthaltsort kennt, werde ich keine Nacht mehr schlafen können, keinen Tag ohne Panikattacke überleben. Stell dir nur vor, Bonnie würde mich so sehen. Ich will euch diese Last wirklich nicht aufbürden.«

»Ich will dich«, antwortete ich. »Nur dich. Mit all

deinen Narben und Fehlern und Ängsten und Macken. Bevor du kamst, war die Arbeit auf dieser Farm, die Arbeit in meiner Familie eine einzige Last für mich, und als ich sie dann mit dir an meiner Seite ausführen durfte, war alles anders, alles leichter. Ja, es ist schwierig mit Harveys Situation, und ja, deine Lage wird es mir sicherlich nicht einfacher machen, aber solange du bei mir bist, solange wir zusammen sind, kann ich alles schaffen.«

Meine Stimme endete in einem flehenden Schluchzen. Giulias Schultern bebten, ihre Glieder zitterten, als sie aufgebracht den Kopf schüttelte, weil sie nicht wusste, was sie tun sollte. Vorsichtig näherte ich mich ihr, streckte sehnsüchtig die Hand aus.

»Bitte bleib«, hauchte ich, woraufhin sie leise aufjaulte und die Hand auf ihren Mund presste. »Bleib bei mir und ich verspreche dir, dass du an keinem anderen Ort dieser Welt sicherer bist als hier.«

»Ich ... ich kann das nicht, Scott«, schluchzte sie laut und vergrub die Augen in ihren Fingern.

Vorsichtig näherte sich meine Hand ihrem Gesicht. Als ich ihre Finger berührte, zuckte sie angespannt zusammen, ließ dann aber schließlich zu, dass ich ihre Hände von ihrem Gesicht entfernte.

»Schau mich an«, bat ich sie und hob ihr Kinn. In ihren langen Wimpern hingen immer noch Tränen, die Augen umrandet von dunklen Ringen. Liebevoll fuhr ich ihr über die Wange, woraufhin sie die Lider schloss und sich in meine Handfläche drückte. Wie sehr ich sie doch vermisst hatte, wie sehr ich sie doch brauchte. Es reichte nur eine einzige Berührung, um meine letzten grauen Tage endlich wieder in Farbe zu tunken.

»*Du* bist mein Zuhause«, gab ich leise von mir. Sie öffnete ihre Augen und sah mich unschlüssig an. »Und ich werde dir folgen, wohin du auch gehst.«

Ungläubig starrte sie mich an. Ein leises Keuchen, das mir zeigte, wie sehr sie sich mit dieser Entscheidung quälte, kam aus ihrem Mund. Schließlich krallte sie sich an meinen Händen fest und kniff kraftlos die nassen Augen zusammen.

»Ich habe solche Angst, Scott«, weinte sie. Ich fackelte nicht lang und zog sie in meinen Arm, um ihr zu zeigen, wie sicher sie dort war, wie fest ich sie halten und dass ich sie niemals alleine lassen würde.

»Ich auch«, flüsterte ich und presste meine Lippen gegen ihre Haare. »Ich habe auch Angst. Aber ich weiß, dass ich diese Angst nur mit dir zusammen überwinden kann.«

Ich hörte sie leise gegen meine Brust schluchzen, fühlte ihren bebenden Körper in meinen Armen und malte sanfte Kreise auf ihren Rücken. Irgendwann beruhigte sie sich etwas und löste sich benommen aus der Umarmung. Andächtig hob sie ihren Blick, fuhr mir mit der linken Hand durchs Haar und tastete nach den Narben an meinen Schultern. Ihre nassen Wangen glänzten im goldenen Abendlicht der Sonne, die Augen geschwollen, die Lippen wund. Und doch war sie für mich immer noch der wunderschönste Mensch auf Erden.

»Bitte, bleib bei mir.« Flehend kniff ich die Augen zusammen und lehnte meine Stirn gegen die ihre. Als ich sie wieder öffnete, fiel eine meiner Tränen auf Giulias Wange und verband sich mit ihren eigenen. »Bitte.«

Giulia sah mich eindringlich an, regte sich nicht und sagte nichts. Bis sie sich schließlich sachte von mir löste und langsam ein paar Schritte zum Tor lief. Mit dem Rücken zu mir blieb sie in der Stallgasse stehen und blickte in die Ferne. Ihre Arme schlang sie um sich, rieb sich zittrig ihren Oberarm. Einen Moment lang verharrte sie dort und schien zu überlegen, ehe sie sich endlich wieder umdrehte. Ihr Blick war entschlossen, ihre Haltung verzweifelt. Gequält verzog sie das Gesicht und verlor eine allerletzte Träne.

»Bitte verzeih mir.«

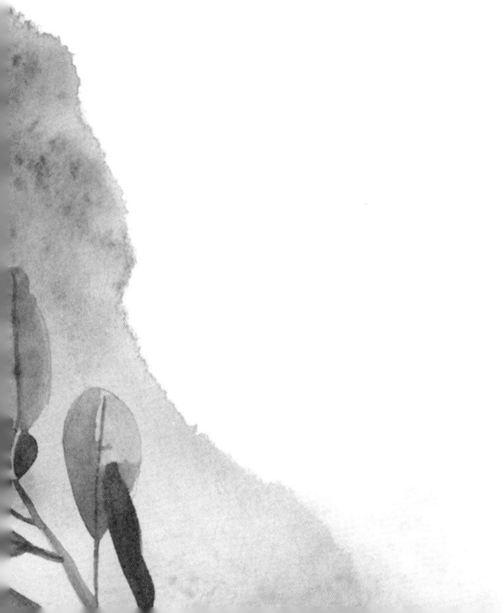

34

8 MONATE SPÄTER

Scott

Harveys Leidensweg zog sich noch weitere vier Monate hin. Ich hätte gerne behauptet, dass er in Ruhe und ohne Schmerzen sterben konnte, doch das war nicht der Fall. Harvey wollte keine erneute Chemotherapie, denn er wusste, wie weit sich der Krebs bereits ausgebreitet hatte. Nach zwei Wochen kündigte ich vorerst meinen Job auf dem Revier, um mehr bei Harvey sein und mich intensiver um die Farm kümmern zu können. Auch Bonnie fing langsam an, einzelne Dinge auf der Farm zu erledigen. Nicht weil Ruby oder ich es von ihr verlangten, sondern weil sie selbst helfen wollte und ihr die Arbeit Spaß bereitete. Mit der Zeit fing sie an, Reiten zu lernen, wurde immer sicherer im Sattel. Man konnte ihr redlich ansehen, wie gut ihr die Arbeit mit den Pferden tat. Besonders in dieser schlimmen Zeit, in der man sie regelmäßig nachts schreien und nach Harvey rufen hören konnte.

Ich verbrachte weiterhin fast jeden Tag und jede Nacht bei meinem Onkel. Früh morgens machte ich mich dann auf zur Farm und sah nach den anderen. In diesen vier Monaten spielte sich mein Leben fast hauptsächlich im Krankenhaus und im Auto ab. Ich bekam kaum Schlaf und erwischte mich des Öfteren dabei, wie ich vor Erschöpfung hinter dem Steuer beinahe einschlief.

Im ersten Monat verbesserte sich Harveys Zustand und die Ärzte bekamen Hoffnungen, doch ich wusste, dass es zu spät war, um zu hoffen. Die Phasen, in denen es Harvey gut ging, waren nur ein erbarmungsloses Aufschieben seines Todes, bis sich die nächsten Metastasen gebildet hatten. Und so sollte es auch kommen. Der Krebs breitete sich immer weiter aus und befiel den kompletten Körper. In manchen Nächten lag Harvey so leblos und friedlich da, dass ich seinen Puls überprüfen musste. Dann gab es wiederum Nächte, in denen er vor Schmerzen schrie und sich krümmte, Blut spuckte und keuchte, als wollte er seine komplette Lunge aushusten. Und dann gab es Momente, in denen ich mit meinem Onkel stundenlang hätte reden können. In denen er mir Geschichten über Maria erzählte oder wir in vergangenen Tagen schwelgten. Dies waren Augenblicke, in denen ich vergaß, wie krank Harvey wirklich war. In denen ich vergaß, dass wir im Krankenhaus saßen und wie schlecht er mich all die letzten Jahre behandelt hatte.

In Zeiten, in denen sich sein Krebs besonders stark zeigte, überkam mich dennoch all die schmerzliche Wut, die sich die Jahre über in mir aufgestaut hatte. Ich liebte Harvey und ich vergab ihm – und doch hasste ich ihn dafür, dass er nie mit dem Rauchen aufgehört hatte, obwohl ihm sein Zustand schon lange klar gewesen war.

Die letzten zwei Monate verbrachte Harvey zu Hause, auch wenn ich dagegen war. Doch was sollte ich tun? Der Mann hatte einen ebenso großen Sturkopf wie sein Neffe und ich hatte langsam keine Kraft mehr, den meinen aufrechtzuerhalten. Die meiste Zeit saß Harvey in eine Decke gehüllt auf der Veranda und versuchte, die letzten Sonnenstrahlen dieses Jahres, die letzten Sonnenstrahlen seines Lebens einzufangen. Doch der Oktober war dieses Jahr besonders kalt und verregnet, weswegen es leider sehr selten vorkam, dass sich die Sonne mal zeigte. Eine Zeit lang verbrachte er nur in seinem Bett, da ihn das dunkle und verregnete Wetter müde und depressiv machte. In dieser Zeit hörte ich Ruby so oft weinen, dass sie ihr Leid kaum mehr verstecken konnte. Zu Beginn versuchte sie, sich mit Arbeit abzulenken, mistete Klamotten aus und räumte ganze Schränke um, nur damit sie etwas zu tun und eine Ausrede parat hatte, wenn jemand mit ihr reden wollte.

Ich ließ sie alleine mit ihrer Trauer, denn auch ich wollte damit lieber für mich bleiben. Nur Bonnie wollte ganz und gar nicht alleine sein und litt ziemlich stark unter unserer Abkapselung. Auch wenn ich mein Bestes gab, sie abzulenken und zu beschäftigen, war es mir an vielen Tagen einfach unmöglich, mein Lächeln in ihrer Gegenwart aufrechtzuerhalten. An jenen Tagen hörte ich sie nachts im Schlaf weinen und verzweifelt nach Giulia rufen.

Im Dezember fiel der erste Schnee und damit kam die Zeit, in der Harvey langsam wieder aus seiner Höhle hervorkam. Ich erschrak bei seinem Anblick jedes Mal aufs Neue. Die Wangen waren eingefallen, die Haut blass und trocken. Er war so abgemagert, dass man jeden einzelnen Knochen sehen konnte, und da er sich langsam nicht mehr auf den Beinen halten konnte, musste ein Rollstuhl angeschafft werden.

Eines Abends kochte Ruby seit längerem mal wieder für alle, da Harvey es sich gewünscht hatte. Zwar bekam er kaum etwas runter, wirkte an jenem Abend dennoch so munter und glücklich wie nie zuvor, und auch Bonnie fragte mit hoffnungsvollen und strahlenden Augen, ob er nun wieder gesund werden würde.

Leider heißt es nicht umsonst, dass viele Menschen in ihren letzten Tagen nochmal richtig aufgehen, bevor es sich dem Ende zuneigt. Harvey blieb nach diesem letzten gemeinsamen Essen nur noch im Bett. Ich konnte ihn nachts oft weinen hören, denn anstatt dass ich in meinem Keller schlief, machte ich es mir bei meinem Onkel gemütlich. Es zerbrach mir das Herz, mir mitansehen zu müssen, wie sehr er litt. Äußerlich und innerlich. Harveys schlechtes Gewissen mir gegenüber plagte ihn weiterhin und auch wenn ich ihm oft genug gesagt hatte, dass ich ihm verzieh, machte er sich doch weitere Vorwürfe, er hätte seine letzten Jahre nicht sinnvoll genutzt.

Nach diesem einen letzten Abendessen stellte Harvey das Trinken und Essen komplett ein. Er weigerte sich aufzustehen und sich zu bewegen. Ich musste eine Pflegekraft einstellen, welche ihn regelmäßig umlagerte und ihm einen Blasenkatheter legte.

Von diesem Tag an war er fort.

Er redete nicht mehr, bewegte sich nicht mehr. Oft versuchte ich, mit ihm zu reden, erzählte ihm Geschichten und Erinnerungen an Mum, Dad und Giulia, und stellte ihm Fragen zu Maria, in der Hoffnung, er würde mir antworten. Tat er nicht. Harveys Geschichte endete nicht mit einer wundervollen Wendung oder ein paar traurigen letzten Worten, wie sehr er uns alle liebte. Nein, sie endete einfach.

Eines Morgens lag er da, wie er schon all die Wochen zuvor dagelegen hatte. Bewegte sich nicht, redete nicht. An jenem Morgen atmete er auch nicht mehr. Ich hatte es schon beim Aufwachen gespürt, hatte gespürt, wie kalt und still es in seinem Zimmer gewesen war. Die Todesstille hatte sich in meine Ohren gebohrt und schrecklichen Lärm darin verursacht. Bei seinem friedlichen Anblick und der Erkenntnis, dass er nun endgültig fort war, war ich umgehend zusammengebrochen.

Die Beerdigung fand kurz vor Weihnachten statt, was sich komisch anfühlte, denn überall herrschte Vorfreude und man konnte das weihnachtliche Strahlen in den Gesichtern der Menschen sehen. Die Lichter an den Häusern von Coker Creek erhellten die Stadt und ließen sie umso größer wirken. Nur auf der Farm war es dunkel.

Ich weigerte mich, Weihnachten zu feiern, auch wenn Bonnie es sich so sehr wünschte. Doch ich konnte einfach nicht so tun, als wäre Harvey nicht erst Wochen vorher verstorben. Obwohl Grandma mich des Öfteren darauf hinwies, nicht wie Harvey in Kummer und Hass zu versinken, sondern daran festzuhalten, was noch am Leben war, spürte ich, dass ich einfach noch nicht soweit war. Also besorgte ich Bonnie einen kleinen Weihnachtsbaum, damit sie ihn zufrieden schmücken konnte. Doch das war dann auch alles, was ich für Weihnachten tat.

Als der März kam und der Salat in Rubys kleinem Garten immer grüner und größer wurde, blühte auch sie langsam wieder auf. Laut summend erntete sie die verschiedensten Gemüsesorten und strahlte bei dem Gedanken, ihre Ernte schon bald wieder auf dem Wochenmarkt verkaufen zu können.

Auch Bonnie ging es langsam besser. Wenn sie von der Schule kam, war ein langer Ausritt mit Jack das Erste, was sie tat. Irgendwie lag die Leidenschaft zum Reiten im Blut der Familie, denn auch ich freundete mich mit dem Gedanken, endlich wieder aufzusteigen, immer mehr an.

Und obwohl ich von Geburt an umgeben von Wäldern und Wiesen gelebt hatte, war es Giulia – ein *Großstadtgör* – gewesen, die mich der Liebe zur Natur, der Liebe zu meinem Zuhause wieder nähergebracht hatte, und dafür würde ich ihr auf Ewig dankbar sein.

35

Giulia

Liebe Mum,

Gedankenversunken ließ ich mich an der Wurzel einer Tanne nieder und setzte den Stift auf das raue Papier meines Tagebuchs.

ich weiß, ich habe mich lange nicht gemeldet und vermutlich wird dies wohl auch das letzte Mal sein. Ich glaube, ich brauche dich nämlich nicht mehr. Ich brauche dich nicht mehr als meinen Seelentröster. Die letzten Monate waren hart, sehr hart. Ich bin an meine Grenzen gekommen, habe gelitten, gezweifelt und geweint – und dennoch lebe ich. Ich lebe mit Hoffnung und mit Liebe. All die Jahre hatte ich geglaubt, dass ich dich in Form dieses Tagebuches brauche würde, dass ich die schrecklichen Tage und Nächte ohne dich niemals hätte überleben können. Doch in dem letzten Jahr habe ich realisiert, dass die Hilfe, die ich mir durch die Briefe an dich erhofft hatte, in meinem eigenen Inneren lag. Ich war es, die mir geholfen hat, ich war es, die mich aus der Hölle gezogen hat. Ich war es, die diese Stärke besaß.

Ich weiß jetzt, dass du niemals weg warst, und doch habe ich alles auf eigene Faust geschafft. Wenn ich mich an dich erinnere, möchte ich mich an die Zeit vor deinem Tod erinnern, nicht an dieses Buch, nicht an die Zeit bei den Grays, in der ich keinen anderen Ausweg sah, als mich an dich zu wenden. Du lebst in mir weiter, in dem Namen, den ich trage, und dem Lächeln auf meinen Lippen, und dort wirst du für immer bleiben.

Ich habe jetzt ein Zuhause. Ein richtiges Zuhause, kannst du das glauben? Ein Zuhause, in dem ich geschätzt, gebraucht und vor allem geliebt werde. Ich werde von einem Mann namens Scott Collister geliebt. Du würdest ihn sicherlich mögen. Er ist einfühlsam, stark, gefühlvoll und so stur! Mit seiner Hilfe und der Hilfe der Mutter seines Freundes John, die zufällig auch Staatsanwältin ist, haben wir es nach vielen qualvollen Monaten, in denen Mortimer Gray uns stets das Leben zur Hölle gemacht und ich regelmäßig daran gezweifelt habe zu bleiben, endlich geschafft, dass er mir nicht mehr näher als 200 Meter kommen darf. Auch wenn er mir eingesperrt lieber wäre, ist dies dennoch ein Anfang. Ich weiß, dass ich in Scotts Nähe sicher bin und mit ihm alles schaffen kann.

Er plant, die Farm seiner Familie irgendwann zu einem Gestüt umzubauen, sobald er seine Ausbildung zum Pferdewirt absolviert hat. Ist das nicht toll? Ach so, und ich schreibe jetzt. So offiziell und nicht mehr nur für dich und mich. Scott hat mich dazu überredet, weiterzumachen, und ist bisher der Einzige, der meine Geschichten lesen durfte. Vielleicht werde ich sie irgendwann veröffentlichen, aber dafür brauche ich noch viel Zeit.

Heute haben wir einen kühlen Frühlingstag. Die Sonne scheint und lockt die ersten Osterglöckchen hervor, ist aber dennoch nicht stark genug, um ordentlich zu wärmen. Du müsstest diesen Ort sehen, oder vielleicht tust du es ja schon längst. Vielleicht erzähle ich dir hier all die Dinge, die du schon längst weißt, die du sie von dort oben schon längst mitbekommen hast. Vielleicht warst du ja auch diejenige, die mich hierher geführt, mir ein Bein gestellt und dafür gesorgt hat, dass ich Scott an jenem Tag begegnet bin. Wie schön es ist, sich vorzustellen, dass die Liebe der Collisters dein Flüstern gewesen ist. Ein Flüstern, das du zur Erde geschickt hast, als Antwort auf all meine Briefe. Wie Stimmen im Wind, die mich an jenem Tag nochmal in den Schlaf gewogen haben, nur um beim Aufwachen Scott direkt in die Arme zu laufen.

Kannst du dir vorstellen, wie wunderschön sich die Strahlen der Sonne in den frischen Ähren der Felder verfangen, wie friedlich der Wind in den Blättern der hohen Walnussbäume raschelt und wie ruhig mein Atem, mein Puls mittlerweile ist? In meinen schönsten Träumen hätte ich niemals geglaubt, dass ich es jemals schaffe, meine Ängste zu verschmälern. Sie sind stets noch da, gehören immer noch zu mir, und doch kontrollieren sie mich nicht mehr. Ich kontrolliere mich, ich alleine treffe Entscheidungen, die mir meine Panik früher niemals erlaubt hätte.

Mein wahres Ich ist endlich groß genug, zu lieben, zu fühlen, zu berühren und zu leben, und es wächst mit jedem Tag, den ich mit nur einem einzigen Lächeln verbringe.

Ich hoffe, du bist stolz auf mich. Ich liebe dich.

Deine Giulia

Mit aufgewühlten Gefühlen klappte ich das Notizbuch zu und fuhr über den rauen Einband. Ein letztes Mal steckte ich die Nase zwischen die Seiten, sog den antiken Duft vergangener Tage ein und ließ ihn schließlich durch mein Ausatmen in die Welt hinaus. Dann hob ich den

Blick. Ein andächtiges Lächeln ließ sich auf meinen Lippen nieder, als ich Scott mit Arrow und Jack näher kommen sah. Langsam rappelte ich mich auf und trat hinter dem Cottage hervor, um ihm entgegenzukommen.

»Bist du soweit?«, fragte er und hauchte mir einen Kuss auf die Stirn.

Ich nickte. »Du auch?«

Etwas unsicher blickte er an Arrow hoch, der gesattelt und gezäumt neben ihm stand. Schließlich schenkte er mir ein zuversichtliches Lächeln. »Ist etwas seltsam, wieder aufzusteigen, aber ich denke, ich bekomme das irgendwie hin.«

»Oder muss ich mich erst wieder verlaufen?«, witzelte ich, woraufhin er mir liebevoll in die Seite kniff.

Gemeinsam ritten wir zum Coker Creek, um mit dem letzten Stück meiner Vergangenheit abzuschließen. Als wir ankamen, stieg ich langsam ab und blickte unsicher in die raschen Strömungen, die durch die vielen Schauer in dieser Jahreszeit besonders stark waren. Verbissen krallte ich mich an mein Notizbuch, fühlte ein letztes Mal die alten Seiten zwischen meinen Fingern und den Schmerz, der sich in meinen Worten verbarg. Als sich Scotts warme Hand auf meine Schulter legte, schloss ich umgehend die Augen und schöpfte aus seiner Berührung, vor der ich mich einst so gefürchtet hatte, Unmengen Kraft. Dann öffnete ich die Augen, streckte das Buch über den flutenden Bach und ließ los.

Meine Worte, meine Schmerzen, meine Abhängigkeit, mein Leid. Ich ließ die Tage in Chicago los, die Nächte in meinem Zimmer bei den Grays, schaute zu, wie meine Tränen vom Wasser überflutet wurden, wie die mit Qualen gefüllten Seiten unter der Oberfläche verblassten. Nur eines ließ ich nicht los, nur eines würde für immer bei mir bleiben. Egal, ob mit oder ohne Buch. *Mum.*

Erleichtert drehte ich mich zu Scott, der mir stolz zu nickte.

»Wie fühlst du dich?«, fragte er und fuhr mir durchs Haar.

Ich überlegte. »Irgendwie ... *ganz.*«

Er musste nicht nachfragen, um zu verstehen, was ich meinte. Ein Blick reichte, ein Gefühl von Verbundenheit genügte, um uns zu verständigen. Um uns zu *vervollständigen.*

Scott war mein fehlendes Puzzleteil. Sein zerbrochenes Dasein passte perfekt in das große Loch in meinem Inneren, in dem bisher all die Schmerzen, Qualen und Erinnerungen an verflossene Tage gelegen hatten. Zusammen wurden wir Eins, zusammen wurden wir *ganz.* Mit großen Narben und geflickten Wunden, die kein Mensch dieser Welt jemals wieder würde aufreißen können.

DANKSAGUNG

Die Geschichte von Giulia und Scott schwebt mir bereits seit 2015 im Kopf. Als ich sie 2017 im Selfpublishing veröffentlichte, merkte ich schnell, dass sie von mir nicht die gerechte Umsetzung bekommen hat, die sie verdient. Ich bin Jane und dem Team vom Federherzverlag daher umso dankbarer, dass sie meiner Geschichte noch eine Chance gegeben und sie bei sich aufgenommen haben.

Zudem danke ich meinen tollen Testleserinnen Annika, Hannah, Marie, Sarah und Michelle. Danke, dass ihr mir geholfen habt, Giulias und Scotts Geschichte die Umsetzung zu verleihen, die sie verdient haben. Ohne eure Hilfe und euren Beistand wäre dieses Buch nicht das, was es heute ist.

Ein großes Dankeschön auch an meine wundervollen Autorenkolleginnen Alessia, Anny und Sophie. Danke, danke, danke für die vielen hilfreichen, lustigen und manchmal auch betrunkenen Gespräche. Ohne euch ist die Schreibzeit nur halb so schön.

Ganz besonders danke ich aber euch – den Lesern. Vor allem den Lesern, die Wie Stimmen im Wind bereits 2017 gelesen und geliebt haben, und der Neuauflage nun trotzdem eine weitere Chance gegeben haben. Eure damaligen Kritiken und Rezensionen habe ich sehr ernst genommen und als Stütze genutzt, diese Geschichte zu verbessern. Ich danke euch für eure Ehrlichkeit, konstruktive Kritiken und vor allem für die Liebe, die ihr meinen Büchern und mir mit jedem Tag schenkt. Ihr seid der Grund, weswegen ich bei all den Selbstzweifeln dennoch immer wieder zum Stift greife.

Zu guter Letzt danke ich von ganzem Herzen meiner Mutter, die sich für meine Geschichten schon in der Grundschule begeistern konnte und jede einzelne davon gelesen hat. Die in allen Lebenssituationen immer meine Stütze gewesen ist, mich durch schwere Phasen geleitet hat und immer an meiner Seite war. Danke Mama. Ich hoffe, du bist stolz auf mich.

Rockkonzerte, One-Night-Stands und exzessive Partys – damit kann Paula rein gar nichts anfangen. Sie ist ein Good Girl: schüchtern, strebsam und unauffällig.
Doch dann trifft sie auf ihn.
Mats. Es reicht ein Blick in seine strahlend grünen Augen, damit alles um sie herum verblasst.

Und obwohl sie sich mit sämtlichen Mitteln gegen seine einnehmende Ausstrahlung sträubt, verliebt sie sich Hals über Kopf in ihn. Paula stürzt sich in eine Welt, die ihr nicht fremder sein könnte, und entdeckt bislang völlig unbekannte Seiten an sich.
Mats jedoch wird von den Dämonen seiner Vergangenheit verfolgt. Liebe und Gefühle existieren für ihn nicht. Und vor allem Paula darf er nicht zu nah an sich heranlassen, denn sie beide verbindet ein gut gehütetes Geheimnis, das alles verändern würde, wenn es ans Licht käme ...

Der emotionale Auftakt der neuen New-Adult-Reihe von Alessia Gold.

Mitreißend, ergreifend und gefühlvoll

Sammle Herzpunkte und sichere dir

kostenlose Wunschbücher

Du hast Lust, Feedback zu den Verlagstiteln des Federherz Verlages zu geben? Du möchtest dabei Punkte sammeln, von denen du dir in regelmäßigen Abständen Wunschbücher aussuchen kannst?

Dann mach mit beim Herzlesen. Alles, was du dafür brauchst, ist ein Konto auf unserer Federherz-Homepage. Sobald du dieses hast, kannst du direkt damit loslegen, Herzpunkte zu sammeln.

Wir freuen uns, bald mehr von dir zu lesen!

Dein Federherz Verlag